# Profundamente sua

A Editora Paralela é uma divisão da Editora Schwarcz S.A.

*Grafia atualizada segundo o Acordo Ortográfico da Língua Portuguesa de 1990, que entrou em vigor no Brasil em 2009.*

TÍTULO ORIGINAL Reflected in You

IMAGEM DE CAPA © Shutterstock

PREPARAÇÃO Lígia Azevedo

REVISÃO Juliane Kaori e Renato Potenza Rodrigues

Dados Internacionais de Catalogação na Publicação (CIP)
(Câmara Brasileira do Livro, SP, Brasil)

Day, Sylvia
Profundamente sua / Sylvia Day ; tradução de Alexandre Boide. — 1ª ed. — São Paulo : Paralela, 2013.

Título original: Reflected in You.
ISBN 978-85-65530-37-8

1. Erotismo 2. Ficção norte-americana I. Título.

13-10205 CDD-813

Índice para catálogo sistemático:
1. Ficção : Literatura norte-americana 813

*6ª reimpressão*

[2014]

EDITORA SCHWARCZ S.A.
Rua Bandeira Paulista, 702, cj. 32
04532-002 — São Paulo — SP
Telefone (11) 3707-3500
Fax (11) 3707-3501
www.editoraparalela.com.br
atendimentoaoleitor@editoraparalela.com.br

*Para Nora Roberts, uma inspiração e um exemplo de pura classe.*

# 1

Eu amava Nova York de maneira ensandecida. Era o tipo de paixão que reservava a apenas mais uma coisa na minha vida. A cidade era um microcosmo que aliava as oportunidades do Novo Mundo às tradições do Velho Continente. Conservadores andavam lado a lado com boêmios. Novidades bizarras ocupavam o mesmo espaço que raridades de valor inestimável. A energia pulsante da cidade alavancava grandes negócios internacionais, atraindo gente de todo o mundo.

E a encarnação de toda essa vibração, ambição irrefreável e sede de poder em escala global havia acabado de me proporcionar dois orgasmos incríveis, de contorcer os dedos do pé.

Enquanto eu caminhava até o closet gigantesco, olhei para a cama desarrumada de Gideon Cross e estremeci com a recordação do prazer que havia sentido ali. Meus cabelos ainda estavam molhados do banho, e eu tinha apenas uma toalha enrolada no corpo. Faltava uma hora e meia para o início do expediente, de modo que eu não tinha tempo a perder. Eu precisava reservar um tempinho na rotina da manhã para o sexo, caso contrário estaria sempre atrasada. Gideon sempre acordava pronto para conquistar o mundo e gostava de exercitar seu lado dominador comigo antes de qualquer outra coisa.

Eu tinha mesmo muita sorte.

O mês de julho estava chegando, e a temperatura em Nova York só subia. Escolhi uma calça de linho bege e uma blusinha cinza sem mangas que combinava com meus olhos. Como não tinha o menor talento para me pentear, prendi meus longos cabelos loiros em um rabo de cavalo simples e me maquiei. Quando senti que estava apresentável, saí do quarto.

Assim que pisei no corredor, ouvi a voz de Gideon. Senti um pequeno arrepio percorrer meu corpo quando percebi que ele estava irritado. Seu tom de voz era seco e grave. Ele não perdia a cabeça com facilidade... a não ser que eu o provocasse. Era capaz de fazê-lo gritar, xingar e querer arrancar os lindos cabelos negros que cobriam sua cabeça.

Na maior parte do tempo, porém, Gideon era um exemplo de força bruta contida. Ele não precisava gritar quando queria intimidar alguém — bastava um olhar ou uma palavra mais incisiva.

Fui até o escritório. Ele estava de pé, de costas para a porta, usando um fone de ouvido. Com os braços cruzados, olhava pela janela de sua cobertura na Quinta Avenida, transmitindo a imagem de uma pessoa profundamente solitária, alheia ao mundo a seu redor, embora capaz de governá-lo — em todos os sentidos.

Apoiada ao batente da porta, saboreei a visão. Com certeza minha vista de Nova York era muito mais inspiradora que a dele. Da minha perspectiva, além dos arranha-céus, via-se um homem igualmente imponente. Gideon tinha tomado banho antes que eu saísse da cama. Ele vestia duas das três peças de um caríssimo terno feito sob medida — o tipo de roupa que me excitava num homem — sobre seu corpo altamente viciante. Vendo-o de costas, eu podia admirar sua bunda perfeita e suas costas largas delineadas pelo colete.

Na parede, havia uma enorme colagem de imagens de nós dois, além de uma foto muito íntima tirada enquanto eu dormia. A maioria delas havia sido feita pelos paparazzi que nos seguiam a cada passo. Ele era Gideon Cross, das Indústrias Cross, que aos vinte e oito anos já era uma das vinte pessoas mais ricas do mundo. Eu desconfiava que ele era dono de boa parte de Manhattan, e tinha certeza absoluta de que era o homem mais lindo do planeta. Havia fotos minhas espalhadas por todos os escritórios de Gideon, como se olhar para mim fosse tão divertido quanto olhar para ele.

Ele se virou, girando elegantemente sobre os pés para me encarar com seus olhos azuis. Gideon sabia que eu estava lá, olhando para ele. Havia uma energia no ar quando chegávamos perto um do outro, uma espécie de tensão nervosa que lembrava o silêncio que precede um trovão. Ele provavelmente tinha adiado de propósito o momento em que ficaria de frente para mim, de modo que eu pudesse admirá-lo mais um pouco.

Um moreno perigoso. E todo meu.

Nossa... Eu jamais me acostumaria com o impacto daquele rosto. O contorno de suas feições, as sobrancelhas arqueadas, os olhos azuis com cílios grossos e aquela boca... perfeitamente talhada para ser igualmente sensual e perversa. Eu adorava quando aquela boca sorria me convidando para o sexo, e estremecia quando a via se contrair em uma expressão fria e tensa. Quando aqueles lábios tocavam meu corpo, eu ardia.

*Que maluquice é essa?* Abri um sorriso ao me lembrar do quanto me irritava ouvir minhas amigas descrevendo poeticamente a beleza de seus namorados. Mas lá estava eu, sempre de queixo caído diante do visual irresistível daquele homem complicado, perturbador, traumatizado e sexy por quem eu me apaixonava um pouco mais a cada dia.

Ainda que olhássemos um para o outro, sua expressão não se amenizou, e ele não parou nem por um instante de falar com o pobre coitado do outro lado da linha, mas a irritação implacável em seu olhar foi substituída por uma intensidade dramática.

Eu já deveria ter me acostumado à mudança que ocorria quando ele me olhava, mas ainda me abalava a ponto de estremecer. Aquele olhar demonstrava a força e a intensidade com que ele queria me comer — o que fazia sempre que possível — e me oferecia um vislumbre de sua determinação irreprimível. A liderança e o pulso firme eram a marca de Gideon em tudo o que fazia na vida.

"Vejo você no sábado, às oito", ele disse antes de arrancar o fone de ouvido e arremessá-lo sobre a mesa. "Vem cá, Eva."

Mais uma vez estremeci ao ouvi-lo dizer meu nome no mesmo tom autoritário com que dizia "Goza, Eva" quando eu estava debaixo dele... sentindo-o dentro de mim... desesperada para chegar ao orgasmo...

"Não temos tempo para isso, garotão..." Voltei para o corredor, porque não confiava em mim mesma quando estava perto dele. O leve toque de rouquidão em seu tom de voz suave e contido era capaz de me fazer gozar. Quando ele me tocava, eu me desmanchava inteira.

Fui até a cozinha fazer o café.

Ele resmungou alguma coisa bem baixinho e me alcançou facilmente com suas passadas largas. Quando percebi, estava espremida contra a parede por um metro e noventa centímetros de pura gostosura masculina.

"Você sabe o que acontece quando tenta fugir, meu anjo." Gideon mordeu meu lábio inferior e aplacou a dor acariciando com a língua. "Eu pego você."

Senti meu corpo relaxar e se render alegremente ao prazer da proximidade daquele aperto. Eu o desejava o tempo todo, e com tanto ardor que até doía. Era luxurioso, mas havia algo mais. Alguma coisa delicada e profunda fazia com que o desejo que Gideon sentia por mim não funcionasse como um gatilho para sentimentos desagradáveis que poderiam vir à tona com outros homens. Se outra pessoa tentasse me subjugar com o peso do corpo daquele jeito, eu teria um ataque. Mas isso nunca foi problema com Gideon. Ele sabia do que eu precisava e o quanto era capaz de suportar.

Ele abriu um sorriso que fez meu coração parar de bater por um momento.

Diante daquele rosto maravilhoso, emoldurado por cabelos negros e sedosos, senti minhas pernas fraquejarem. Ele era elegante e contido. O único toque de ousadia em sua aparência eram os cabelos.

Gideon esfregou seu nariz contra o meu. "Você não pode sorrir para mim daquele jeito e me dar as costas. No que estava pensando enquanto eu falava ao telefone?"

Abri um sorrisinho malicioso. "Em como você é lindo. Penso nisso o tempo todo. Ainda não me acostumei."

Ele agarrou a parte de trás de uma das minhas coxas e me puxou para mais perto, provocando-me com o balanço irresistível de seus quadris contra os meus. Gideon era absurdamente bom de cama. E sabia muito bem disso. "Não vou deixar você se acostumar."

"Mesmo?" O tesão já percorria minhas veias e meu corpo ansiava pelo toque de Gideon. "Não acredito que você queria outra mulher obcecada no seu pé o tempo todo."

"O que eu quero", ele sussurrou, agarrando meu queixo e acariciando meu lábio inferior com o polegar, "é que você se mantenha ocupada demais pensando em mim para poder pensar em qualquer outra pessoa."

Soltei um suspiro lento e trêmulo. Estava absolutamente entregue ao olhar quente em seu rosto, ao tom provocador de sua voz, ao calor de seu corpo e ao gosto divino de sua pele. Ele era minha droga, um vício que eu não tinha a menor vontade de largar.

"Gideon", murmurei, deliciada.

Soltando um gemido suave, Gideon cobriu minha boca com a dele, e meus pensamentos se esvaíram em um beijo intenso e luxurioso... um beijo que conseguiu desviar minha atenção da insegurança que Gideon havia acabado de despertar.

Enfiei os dedos em seus cabelos para que ficasse imóvel e retribuí o beijo, acariciando e atacando sua língua com a minha. Não fazia muito tempo que éramos um casal. Menos de um mês. Para piorar, nenhum dos dois tinha experiência em um relacionamento como aquele — uma relação em que nenhuma das partes precisava se preocupar em fingir que não era profundamente traumatizada.

Seus braços se juntaram em torno de mim e me apertaram possessivamente. "Adoraria passar o fim de semana com você em uma ilha no sul da Flórida... sem roupa."

"Humm... Parece ótimo." Mais do que ótimo. Por mais que eu gostasse de ver Gideon de terno, preferia mil vezes vê-lo sem nada. Não comentei que não estaria disponível aquele fim de semana...

"Mas tenho negócios a tratar este fim de semana", ele resmungou sem desgrudar os lábios dos meus.

"Negócios que você deixou de lado para ficar comigo?" Gideon saía do trabalho mais cedo durante a semana para ficarmos mais tempo juntos, e eu sabia que isso não era nada fácil para ele. Minha mãe estava em seu terceiro casamento, e todos os maridos dela eram homens ricos e poderosos, bem parecidos entre si. Eu tinha consciência de que o preço da ambição eram horas e horas de dedicação.

"Pago um salário muito generoso a algumas pessoas para poder ficar com você."

Uma boa resposta, mas, ao notar uma pontinha de irritação se insinuar em seus olhos, resolvi mudar de assunto. "Obrigada. Agora vamos tomar café antes que a gente se atrase."

Gideon percorreu meu lábio inferior com a língua e então me soltou. "Quero decolar amanhã às oito da noite. Não precisa levar muita coisa. O Arizona é quente e seco."

"Quê?" Fiquei perplexa. Ele virou as costas e desapareceu dentro do escritório. "Você tem negócios a tratar no Arizona?"

"Infelizmente."

*Opa*... Em vez de perder a chance de tomar café, preferi adiar a discussão e ir até a cozinha. O apartamento de Gideon era enorme, um exemplo da arquitetura do pré-guerra, com janelas arqueadas. O som dos meus saltos batendo no piso reluzente de madeira nobre era abafado pelos tapetes Aubusson. Decorado com peças de madeira escura e tecidos naturais, o tom sóbrio daquele espaço luxuoso só era quebrado pelo brilho colorido de peças ornamentadas com pedras preciosas. Por mais que se tratasse de um ambiente luxuosíssimo, ainda assim era um lugar aconchegante e acolhedor, o local perfeito para relaxar e ser mimada.

Quando cheguei à cozinha, fui logo pondo um copo descartável na cafeteira. Gideon apareceu com o paletó estendido no braço e o celular na mão. Fiz um café para ele e fui até a geladeira pegar o leite.

"Acho que dei sorte, no fim das contas." Eu o encarei e o lembrei de que tinha questões a resolver com meu colega de quarto. "Preciso conversar com Cary neste fim de semana."

Gideon pôs o telefone no bolso de dentro do paletó e o pendurou em um dos banquinhos do balcão. "Você vai comigo, Eva."

Soltando um suspiro, despejei o leite no café. "Pra fazer o quê? Ficar lá deitada sem roupa, esperando você voltar do trabalho pra me comer?"

Ele me encarou e começou a beber o café fumegante com uma tranquilidade calculada. "Vamos brigar por causa disso?"

"Você vai dar uma de cabeça-dura? Já conversamos sobre isso. Não posso deixar Cary sozinho depois do que aconteceu ontem à noite." A multidão engalfinhada que encontrei na minha sala na noite anterior dava um novo significado à palavra "suruba".

Pus o leite de volta na geladeira e experimentei a sensação

de ser inexoravelmente submetida à força de vontade de Gideon. Era assim desde o começo. Quando queria, ele era capaz de me fazer sentir *fisicamente* suas exigências. E era difícil demais ignorar aquela parte de mim que só queria fazer o que ele mandasse. "Você vai cuidar dos seus negócios e eu vou cuidar do meu amigo. Depois vamos cuidar de nós dois."

"Só vou voltar no domingo à noite, Eva."

*Ah...* Senti um frio na barriga ao ouvir que ficaríamos tanto tempo longe um do outro. A maior parte dos casais não passa todo o tempo livre juntos, mas éramos uma exceção. Tínhamos traumas, neuroses e uma necessidade da companhia do outro que exigiam contato constante para nos manter em um estado mental saudável. Eu detestava ficar longe de Gideon. Quase nunca passava mais de duas horas sem pensar nele.

"Você também não gostou nadinha da ideia", ele disse baixinho, mostrando que sabia exatamente o que eu estava pensando. "Quando domingo chegar vamos estar desesperados."

Soprei meu café com leite e arrisquei um gole. A perspectiva de passar um fim de semana inteiro sem ele me perturbava. Para piorar, gostava menos ainda da ideia de que ele passasse todo esse tempo sem mim. Gideon tinha um mundo de escolhas e possibilidades à sua disposição, mulheres bem menos perturbadas e complicadas.

Apesar de tudo, consegui argumentar mais um pouco: "Isso não é exatamente saudável, Gideon".

"Quem disse? Ninguém sabe o que é passar pelo que nós passamos."

Eu era obrigada a concordar.

"Precisamos trabalhar", eu disse, sabendo que essa indecisão nos deixaria nervosos o dia inteiro. Mais tarde poderíamos resolver a questão, mas naquele momento estávamos diante de um impasse.

Apoiado contra o balcão, ele cruzou os pés em uma postura teimosa. "Então precisamos que você aceite ir comigo."

"Gideon." Comecei a bater o pé. "Não posso abrir mão da minha vida por sua causa. Se eu for obediente e compreensiva o tempo todo, você vai ficar de saco cheio rapidinho. Até eu vou ficar de saco cheio. Não custa nada a gente passar dois dias resolvendo outras questões, mesmo que seja contra a nossa vontade."

Ele me olhou bem nos olhos. "Você não consegue ser obediente e compreensiva nem metade do tempo."

"Olha só quem fala."

Gideon se endireitou, exibindo sua sexualidade pulsante e me arrebatando com toda a sua intensidade. Ele era volátil e caprichoso — assim como eu. "Você tem aparecido bastante ultimamente, Eva. Não é segredo pra ninguém que está em Nova York. Leve Cary junto se for preciso. Vocês podem quebrar o pau enquanto resolvo o que tenho que resolver antes de te comer."

"Ah." Apesar de valorizar sua tentativa de melhorar o clima, percebi que sua intenção era me manter a salvo de alguém... *Nathan*. Meu irmão de criação. O pesadelo do meu passado, que Gideon parecia temer que reaparecesse no presente. Eu relutava em aceitar a ideia de que ele não estava totalmente errado. O escudo do anonimato, que me protegera durante anos, fora esfacelado quando nosso relacionamento veio a público.

*Deus*... não era o momento para conversar sobre aquilo, e eu sabia que Gideon seria irredutível nesse ponto. Ele era um homem que sabia impor limites, enfrentava seus concorrentes de maneira impiedosa e jamais deixaria que alguém me prejudicasse. Eu era seu porto seguro, seu bem mais valioso e imprescindível.

Gideon olhou no relógio. "Está na hora, meu anjo."

Ele apanhou o paletó, fez sinal para que eu atravessasse sua luxuosa sala, onde estava a sacola com meu tênis de caminhada e outros artigos de primeira necessidade. Poucos instantes depois, tendo descido até o térreo em um elevador particular, estávamos no banco de trás do Bentley preto.

"Oi, Angus." Cumprimentei o motorista, que bateu com os dedos na aba de seu quepe de chofer à moda antiga.

"Bom dia, senhorita Tramell", ele respondeu com um sorriso. Era um homem de certa idade, com uma boa quantidade de fios brancos na cabeleira ruiva. Eu gostava dele por inúmeros motivos, e um dos principais era que Angus trabalhava para Gideon desde a época do colégio e gostava dele de verdade.

Com uma rápida olhada no Rolex, presente da minha mãe

e do meu padrasto, confirmei que chegaríamos a tempo... se não ficássemos presos no trânsito. Justamente quando pensei nisso, Angus adentrou o mar de táxis e carros que inundavam a cidade. Depois do silêncio carregado de tensão no apartamento de Gideon, o ruído de Manhattan funcionou como uma dose de cafeína para me despertar. O alarido das buzinas e o som do choque dos pneus contra as bocas de lobo serviram para me revigorar. Pedestres apressados percorriam ambos os lados da rua, enquanto os prédios se elevavam ambiciosamente na direção do céu, mantendo-nos na sombra apesar do sol cada vez mais alto.

Eu amava Nova York. Todos os dias precisava fazer força para me acostumar à cidade, para acreditar que estava ali.

Ajeitei-me no assento de couro e procurei a mão de Gideon, apertando-a bem forte. "Você acharia melhor se eu e Cary saíssemos da cidade no fim de semana? E se fôssemos para Las Vegas?"

Gideon estreitou os olhos. "Você acha que tenho alguma coisa contra Cary? É por isso que não quer ir com ele para o Arizona?"

"Quê? Não. Acho que não." Eu me remexi mais um pouco no assento antes de encará-lo. "É que às vezes demora um bocado pra Cary começar a se abrir."

"Você *acha* que não?", ele repetiu, ignorando todo o resto da resposta.

"Talvez ele pense que não pode mais contar comigo, porque passo o tempo todo com você", esclareci, segurando o copo de café com as duas mãos enquanto passávamos por um trecho esburacado. "Você vai ter que aprender a superar esse ciúme de Cary. Quando digo que ele é um irmão pra mim, Gideon, estou falando sério. Você não precisa gostar dele, mas tem que aceitar que faz parte da minha vida."

"É isso que você fala para ele sobre mim?"

"Eu não falo nada. Ele sabe. Estou tentando fazer um acordo aqui..."

"Eu não faço acordos."

Minhas sobrancelhas se ergueram. "Nos negócios tenho certeza que não. Mas num relacionamento, Gideon, é preciso saber quando ceder e..."

Ele me interrompeu com uma declaração enfática: "No meu avião, no meu hotel, e você só pode sair escoltada por uma equipe de seguranças".

O modo repentino e um tanto relutante como ele concordou comigo me deixou surpresa e sem ter o que dizer por um instante. Foi tempo suficiente para ele erguer as sobrancelhas e me encarar com seus olhos azuis penetrantes como quem diz "É pegar ou largar".

"Você não acha meio exagerado?", argumentei. "Cary vai estar comigo."

"Você tem que entender que não confio mais nele para garantir sua segurança depois do que aconteceu ontem à noite." A postura de Gideon enquanto bebia o café deixava bem claro que estava tudo decidido. Ele havia me proposto a alternativa que lhe parecia mais razoável.

Eu até poderia me incomodar com esse tipo de imposição, se não entendesse que sua motivação principal era cuidar de mim. Meu passado era habitado por fantasmas terríveis, e meu namoro com Gideon me pôs em uma posição capaz de levar Nathan Barker a se sentir tentado a bater na minha porta.

Além disso, a necessidade de controlar tudo a seu redor fazia parte do temperamento de Gideon. Era algo que vinha com o pacote, de que ele não abria mão.

"Certo", concordei. "Qual é o seu hotel?"

"Tenho mais de um. Pode escolher." Ele se virou e olhou pela janela. "Scott vai te mandar a lista por e-mail. Quando decidir, é só avisar que ele cuida de tudo. A gente pode ir e voltar no mesmo avião."

Encostando os ombros no assento, bebi mais um gole do café e percebi que Gideon estava com o punho fechado. No reflexo do vidro escuro do carro, seu rosto parecia impassível, mas seu mau humor era palpável.

"Obrigada", murmurei.

"Não agradeça. Não estou nada feliz com isso, Eva." Um músculo se contraiu em seu maxilar. "Cary pisou na bola e fui eu que perdi o fim de semana com você."

Não gostei de ouvir que ele estava chateado, então apanhei o copo de café de sua mão e pus os dois no porta-copos. Depois pulei no colo dele e joguei meus braços sobre seus ombros. "Fico feliz que você tenha cedido, Gideon. Significa muito para mim."

Ele me encarou com um olhar de filhotinho. "Eu sabia que você ia acabar me deixando maluco assim que pus os olhos em você."

Dei risada, lembrando-me de quando nos conhecemos. "Caindo de bunda no saguão do prédio?"

"Antes disso. Lá fora."

"Lá fora onde?", perguntei, franzindo o rosto.

"Na calçada." Gideon agarrou meus quadris, apertando-me da maneira possessiva e dominante que me fazia morrer de tesão por ele. "Eu estava saindo pra uma reunião. Se saísse um minuto mais cedo não teria te visto. Tinha acabado de entrar no carro quando você virou a esquina."

Lembrei-me do Bentley estacionado no meio-fio naquele dia. Eu estava impressionada demais com o prédio para notá-lo quando cheguei, mas vi que estava lá quando saí.

"Você me abalou à primeira vista", ele comentou com a voz um pouco rouca. "Eu não conseguia desviar os olhos. Queria ter você naquele momento. Era um desejo excessivo. Quase violento."

Como eu nunca soube que nosso primeiro encontro envolvia muito mais do que eu imaginava? Pensei que tivéssemos esbarrado um no outro por acidente. Mas Gideon já estava indo embora... o que significava que tinha voltado só para me ver.

"Você parou bem ao lado do carro", ele continuou, "e jogou a cabeça para cima. Estava olhando para o prédio, mas imaginei você de joelhos na minha frente, com os olhos voltados para mim."

Seu tom de voz sussurrado fez com que eu começasse a me contorcer em seu colo. "Olhando para você como?", perguntei baixinho, hipnotizada pelo calor de seu olhar.

"Com tesão. Um pouco impressionada... um pouco intimidada." Ele agarrou minha bunda e me puxou para mais perto. "Eu não tinha como deixar de ir atrás de você lá dentro. E lá te encontrei, bem do jeito que eu queria, ajoelhada na minha frente. Naquele momento, pensei no monte de coisas que faria quando conseguisse deixar você peladinha."

Engoli em seco, lembrando que minha reação não havia sido muito diferente. "Quando vi você pela primeira vez, só consegui pensar em sexo. Sexo selvagem, de rasgar os lençóis."

"Eu percebi." Ele acariciava minhas costas com ambas as mãos. "E percebi também o jeito como me olhou. Você viu quem eu era... o que havia lá dentro. Conseguiu enxergar através de mim."

E foi isso que me fez cair para trás — literalmente. Olhei bem em seus olhos e percebi a força que ele fazia para se reprimir, para não deixar transparecer as atribulações que havia dentro de si. O que vi ali foi sede de poder e de controle. E, no fundo, sabia que cedo ou tarde ele tomaria posse de mim. Foi um alívio descobrir que sentia a mesma coisa.

Gideon me puxou pelos ombros até nossas testas se tocarem. "Ninguém nunca tinha me visto antes, Eva. Você foi a única."

Senti um nó na garganta. Em muitos sentidos, Gideon era um sujeito durão, mas sabia ser meigo comigo. E de uma maneira quase infantil, o que eu adorava, porque era uma coisa pura e espontânea. Se a pessoa não conseguia enxergar nada além de seu rosto bonito e sua conta bancária recheada, então não merecia tê-lo. "Eu nem me dei conta. Você parecia tão... seguro de si. Nem imaginei que tivesse causado algum efeito em você."

"Seguro?", ele ironizou. "Eu estava morrendo de tesão. E continuo assim até agora."

"Nossa. Obrigada."

"Você se tornou indispensável pra mim", ele sussurrou. "Agora não suporto a ideia de ficar dois dias sem você."

Segurei seu queixo, eu o beijei com carinho, quase num pedido de desculpas. "Eu também te amo", murmurei com a boca colada à dele. "Não suporto ficar longe de você."

Ele retribuiu o beijo com paixão, devorando-me, mas ainda assim me segurando contra ele de uma forma gentil e respeitosa. Como se eu fosse frágil. Quando o beijo acabou, estávamos ambos ofegantes.

"Eu nem fazia seu tipo", comentei, como uma provocação para aliviar a tensão antes de começarmos a trabalhar. A preferência de Gideon pelas morenas era pública e notória.

Senti que o Bentley estava estacionando. Angus saiu do carro para nos dar mais privacidade, deixando o motor e o ar-condicionado ligados. Olhei pela janela e vi o prédio Crossfire pairando acima de nós.

"Sobre isso..." Gideon recostou a cabeça no assento e respirou fundo. "Corinne ficou surpresa ao ver você. Não era o que ela esperava."

Cerrei os dentes ao ouvir o nome da ex-noiva de Gideon. Mesmo sabendo que sua relação tinha mais a ver com amizade e companheirismo do que com amor, o ciúme ainda causava estragos em mim. Era um dos meus defeitos mais evidentes. "Porque sou loira?"

"Porque... você não se parece em nada com ela."

Perdi o fôlego. Jamais tinha me dado conta de que Corinne era o padrão de mulher para ele. Eu sabia que Magdalene Perez — uma das amigas de Gideon que gostariam de ser algo mais — tinha deixado o cabelo crescer só para ficar parecida com Corinne, mas ainda não tinha notado a complexidade daquilo tudo. Meu Deus... Se era verdade, Corinne possuía um poder enorme sobre Gideon, muito mais do que eu era capaz de suportar. Senti meu coração disparar e meu estômago revirar. Sentia um ódio irracional por Corinne. Detestava o fato de Gideon ter alguma intimidade com ela. Abominava todas as mulheres que haviam sentido seu toque... seu desejo... seu corpo sensacional.

Comecei a sair de cima dele.

"Eva." Gideon me manteve junto a ele, apertando com força minhas coxas. "Não sei se ela está certa."

Olhei para o lugar onde ele estava me apertando, e a visão do anel que eu tinha dado em sua mão direita — o sinal de nosso compromisso — me acalmou, assim como a expressão confusa em seu rosto quando o encarei. "Ah, não?"

"Se foi isso mesmo, foi uma coisa inconsciente. Eu não estava procurando outras mulheres como ela. Não estava procurando nada, na verdade, até encontrar você."

Senti meu corpo todo se aliviar, e minhas mãos desceram pela lapela de seu paletó. Talvez ele não estivesse mesmo procurando por ela e, ainda que estivesse, eu não poderia ser mais diferente de Corinne, tanto em termos de aparência como de temperamento. Eu era uma novidade. Uma mulher diferente de todas as outras, em todos os sentidos. Como eu queria que isso bastasse para aplacar meu ciúme...

"Talvez fosse mais um padrão do que uma preferência." Alisei a ruga que havia se formado em sua testa com a ponta do dedo. "Converse sobre isso com o doutor Petersen na consulta de hoje à noite. Eu queria ter mais a dizer depois de tantos anos de terapia, mas não tenho. Existe um monte de coisas sem explicações entre nós, não é mesmo? Ainda não faço ideia do que foi que você viu em mim."

"O grande mistério é o que *você* viu em *mim*, meu anjo", ele respondeu em voz baixa, amenizando a expressão do rosto. "Você sabe quem eu sou e me quer tanto quanto eu quero você. Todas as noites vou dormir com medo de que você não esteja lá quando eu acordar. Ou que assuste você... com os meus sonhos..."

"Não, Gideon." *Meu Deus.* Aquilo era de cortar o coração. Acabava comigo.

"Posso até não falar dos meus sentimentos da mesma maneira que você, mas sou seu. Você sabe disso."

"Sim, eu sei que você me ama." Loucamente. Absurdamente. Obsessivamente. Assim como eu.

"Sou louco por você, Eva." Com a cabeça inclinada para trás, ele me puxou para me dar o mais doce dos beijos, seus lábios se movendo suavemente junto aos meus. "Eu mataria por você", ele sussurrou. "Abriria mão de tudo o que tenho... mas não desistiria de você. Esses dois dias são o limite. Não me peça mais que isso. Não consigo ceder mais."

Eu sabia qual era o peso exato daquelas palavras. Sua riqueza era seu escudo, sua possibilidade de exercer o poder e o controle que havia perdido em algum momento da vida. Gideon tinha sido violado e brutalizado, assim como eu. O fato de preferir perder sua paz de espírito a abrir mão de mim significava mais do que qualquer declaração de amor.

"Só preciso de dois dias, garotão, e vou te recompensar muito bem por eles."

O brilho afetuoso de seu olhar foi substituído pelo desejo carnal. "Ah, é? Está querendo compensar sua ausência com sexo, meu anjo?"

"Sim", admiti sem a menor vergonha. "Muito sexo. Parece funcionar muito bem com você."

Ele abriu um sorriso, mas seu olhar penetrante me fez perder o fôlego. Aquele olhar me fazia lembrar que Gideon não era um homem que pudesse ser manipulado ou domado — como se fosse possível esquecer.

"Ah, Eva", ele sussurrou, ajeitando-se no assento com a confiança indiferente de um grande felino que tinha conseguido atrair um ratinho para sua toca.

Um tremor delicioso se espalhou por meu corpo. Quando se tratava de Gideon Cross, o que eu mais queria no mundo era ser devorada.

# 2

Pouco antes de sair do elevador para o hall de entrada da Waters Field & Leaman, a agência de publicidade em que eu trabalhava, no vigésimo andar do edifício Crossfire, Gideon sussurrou no meu ouvido: "Pense em mim o dia todo".

Apertei sua mão discretamente no elevador lotado. "É o que eu sempre faço."

Ele continuou subindo até o último andar, que abrigava a sede das Indústrias Cross. O Crossfire era uma de suas muitas propriedades na cidade, que incluíam o prédio onde eu morava.

Eu tentava não dar muita bola para isso. Minha mãe era o protótipo da esposa troféu. Havia aberto mão do amor do meu pai em troca de um estilo de vida luxuoso, coisa com a qual eu não me identificava nem um pouco. Trocaria a riqueza pelo amor sem pensar duas vezes, mas acho que para mim era fácil dizer isso, porque tinha dinheiro, distribuído em uma considerável carteira de investimentos. Não que algum dia tivesse recorrido a ele. Aquela fortuna era fruto de muito sofrimento, a um custo inimaginável.

Megumi, a recepcionista, destravou a porta de vidro da entrada e me cumprimentou com um enorme sorriso no rosto. Era linda e jovem, com os cabelos bem pretos emoldurando seus admiráveis traços asiáticos.

"Oi." Eu parei em sua mesa. "Tem compromisso para o almoço?"

"Agora tenho."

"Ótimo." Abri um sorriso largo e sincero. Por mais que adorasse Cary e passasse ótimos momentos com ele, precisava ter amigas também. Além disso, Cary já estava começando a criar uma rede de conhecidos na cidade, e eu tinha sido sugada para o universo de Gideon praticamente no momento em que chegara. Por mais que gostasse de passar todo o meu tempo livre com ele, sabia que não era saudável. Amigas são fundamentais para oferecer uma nova perspectiva quando necessário, e eu precisava criar esses laços de amizade se quisesse me beneficiar deles mais tarde.

Depois de combinar o almoço, entrei pelo corredor, a caminho da minha baia. Quando cheguei à mesa, guardei a bolsa e a mala da ginástica na última gaveta e peguei o celular para pôr no silencioso. Vi que havia uma mensagem de Cary: **Desculpa, gata.**

"Cary Taylor", suspirei. "Eu te adoro... mesmo quando você me irrita."

E daquela vez ele tinha me irritado pra valer. Mulher nenhuma gostaria de entrar em casa e dar de cara com uma suruba bem no meio da sala. Muito menos depois de ter acabado de brigar feio com o novo namorado.

Respondi à mensagem: **Reserve o fim de semana p/ mim.**

A mensagem seguinte demorou a chegar, o que me fez pensar que ele estava pensando a respeito. **Nossa, vc deve estar planejando me dar uma baita surra.**

"Talvez", murmurei, estremecendo com a lembrança daquela... *orgia* que encontrei em casa. Mas, acima de tudo, o que eu achava era que precisávamos passar mais tempo juntos. Estávamos em Manhattan fazia pouco tempo. A cidade era uma novidade para nós, tínhamos um apartamento novo, empregos novos e namorados novos. Estávamos fora da nossa zona de conforto, o que não era nada fácil considerando nosso passado, e não sabíamos muito bem como lidar com tudo aquilo. Geralmente recorríamos um ao outro para restabelecer o equilíbrio, mas nos últimos tempos não vinha sendo esse o caso. Precisávamos recuperar o tempo perdido.

**Que tal uma viagem p/ Vegas? Só eu e vc?**

**Porra, fechado!**

**Ok. Conversamos mais tarde.**

Depois de pôr o celular no silencioso e guardá-lo, passei os olhos pelos porta-retratos ao lado do meu monitor — um com fotos dos meus pais e de Cary, outro com fotos minhas com Gideon. Ele mesmo havia feito aquela colagem, para que eu me lembrasse dele enquanto trabalhasse. Como se fosse preciso...

Eu adorava ter a imagem das pessoas que amava por perto: minha mãe com seus cabelos loiros ondulados, seu sorriso irresistível e seu corpo curvilíneo coberto apenas por um biquíni pequeno enquanto curtia o verão na Riviera Francesa no iate do marido; Richard Stanton, meu padrasto, com sua postura imponente e distinta, seus cabelos brancos criando uma combinação curiosa com a juventude da esposa; e Cary, capturado em toda a sua glória fotogênica, com seus cabelos castanhos brilhantes, olhos verdes faiscantes, e um sorriso largo e malicioso. Aquele rosto de um milhão de dólares estava começando a ser presença constante nas revistas, e em pouco tempo estaria em outdoors e pontos de ônibus, em anúncios da grife Grey Isles.

Através do corredor estreito, olhei para a parede de vidro do pequeno escritório de Mark Garrity e vi seu paletó pendurado na cadeira, mas nem sinal dele. Não foi nenhuma surpresa encontrá-lo na máquina de café, preparando uma caneca para viagem — éramos ambos viciados em cafeína.

"Pensei que você já tivesse pegado o jeito", comentei, referindo-me à sua dificuldade com a nova cafeteira.

"Peguei, obrigado." Mark ergueu a cabeça e abriu um sorriso charmoso. Ele tinha a pele escura e reluzente, um cavanhaque bem aparado e olhos castanhos que exalavam simpatia. Além de ser bonito, era um ótimo chefe — sempre disposto a me ensinar coisas valiosas sobre o mercado publicitário e ciente de que para mim não era preciso pedir nada duas vezes. Trabalhávamos muito bem juntos, e minha vontade era que essa parceria continuasse por muito tempo.

"Experimente", Mark ofereceu, pegando outro copo fumegante no balcão. Aceitei de bom grado, notando que ele havia sido atencioso a ponto de acrescentar creme e adoçante, exatamente como eu gostava.

Dei um gole cauteloso, já que a bebida estava quente, e fui obrigada a tossir ao sentir um sabor inesperado e nada agradável. "O que é *isso*?"

"Café sabor blueberry."

Não resisti à tentação de reclamar um pouco mais. "E por que alguém beberia isso?"

"Ah, então... seu trabalho é descobrir, e depois posicionar *isso* no mercado." Ele levantou a caneca. "Um brinde à nossa nova conta."

Sentindo um calafrio, respirei fundo e dei mais um gole.

Tinha certeza de que aquele sabor doce e enjoativo de blueberry artificial só sairia da minha boca várias horas depois. Como já estava na hora do intervalo, fiz uma busca rápida na internet pelo dr. Terrence Lucas, que havia deliberadamente provocado e irritado Gideon no jantar da noite anterior. Mal tinha digitado o nome dele e o telefone da minha mesa começou a tocar.

"Escritório de Mark Garrity. Eva Tramell falando."

"É sério esse negócio de Las Vegas?", perguntou Cary.

"Claro que é."

Ele fez uma pausa. "É assim que você vai me contar que está indo morar com seu namorado bilionário e que eu estou sozinho?"

"Quê? *Não*. Está maluco?" Fechei bem os olhos, tentando compreender a insegurança de Cary, mas ao mesmo tempo pensando que éramos amigos havia tempo demais para esse tipo de dúvida existir. "Você não vai se livrar de mim tão cedo, pode ter certeza."

"E você decidiu ir para Vegas do nada?"

"Mais ou menos. Achei que seria uma boa ficar na beira da piscina virando uns mojitos e usar e abusar do serviço de quarto por uns dias."

"Não sei se posso me dar a esse luxo."

"Não se preocupe, é tudo por conta de Gideon. No avião dele, no hotel dele. A gente só precisa pagar o que consumir." Não era verdade, já que eu pretendia pagar tudo, menos o transporte aéreo, mas Cary não precisava saber disso.

"E ele não vai?"

Recostei-me na cadeira e fiquei olhando para as fotos de Gideon. Eu já estava com saudades, e fazia apenas umas duas horas que tínhamos nos despedido. "Ele tem que ir para o Arizona a trabalho, então vamos dividir o avião com ele, mas em

Vegas vamos ser só nós dois. Acho que estamos precisando disso."

"É verdade." Ele respirou fundo. "Acho que seria bom respirar outros ares e passar um tempo com minha melhor amiga."

"Muito bem, então. Ele quer sair amanhã à noite, às oito."

"Vou começar a arrumar a mala. Quer que eu prepare a sua?"

"Você faria isso? Seria ótimo!" Cary poderia ser estilista ou assessor de moda. Ele tinha muito talento no que dizia respeito a roupas.

"Eva?"

"Oi?"

Ele suspirou. "Obrigado por aturar as merdas que eu faço."

"Para com isso."

Depois de desligar, fiquei olhando para o telefone por um bom tempo, lamentando o fato de Cary estar tão infeliz em um momento em que as coisas começavam a caminhar bem em sua vida. Ele era especialista em se sabotar, porque nunca tinha acreditado que merecia ser feliz.

Quando tentei voltar minha atenção para o trabalho, a página do Google aberta no monitor me fez lembrar que estava tentando descobrir mais sobre o dr. Terry Lucas. Havia alguns artigos sobre ele na internet, com fotos que comprovavam se tratar dele mesmo.

*Pediatra. Quarenta e cinco anos. Casado há vinte.* Já um pouco tensa, fiz uma nova busca por "dr. Terrence Lucas e esposa", morrendo de medo de ver surgir na tela uma morena com longos cabelos negros. Para meu alívio, a sra. Lucas era uma mulher bem branquinha, com cabelos ruivos curtinhos.

Mas isso só fez crescer minha dúvida. Eu achava que uma mulher era a causa da briga dos dois.

No fundo, a verdade era que eu e Gideon não sabíamos muita coisa um sobre o outro. Só os podres. Bom, pelo menos ele sabia dos meus; os dele eu havia apenas suposto, com base nas evidências mais óbvias. Dispúnhamos somente do conhecimento obtido com base nas muitas noites em que dormimos juntos. Ele conhecia metade da minha família e eu conhecia metade da dele. Mas não estávamos juntos havia tempo suficiente para absorver todas as informações periféricas. E, sendo bem sincera, acho que evitávamos um pouco ficar interrogando um ao outro, como se tivéssemos medo de que mais alguma coisa aparecesse para atrapalhar um relacionamento cujas bases já não eram tão sólidas assim para começo de conversa.

Estávamos juntos porque éramos viciados um pelo outro. Nunca tinha me sentido tão inebriada como quando estávamos felizes juntos, e sabia que o mesmo valia para ele. Estávamos sacrificando muita coisa em troca desses momentos de perfeição, tão fugazes que só por pura teimosia e determinação — e pelo amor que sentíamos — continuávamos lutando por eles.

*Agora já chega de me torturar.*

Abri meu e-mail e recebi meu alerta diário do Google sobre Gideon Cross. A maior parte dos links eram fotos de nós dois no jantar de caridade realizado no Waldorf-Astoria na noite anterior. Gideon aparecia vestido a rigor, mas sem gravata.

"Meu Deus." Não consegui evitar pensar na minha mãe ao me ver naquelas fotos, bebendo champanhe e usando um vestido Vera Wang. E não só porque eu era muito parecida com ela — com exceção dos cabelos longos e lisos —, mas também por estar acompanhada de um multimilionário.

Monica Tramell Barker Mitchell Stanton era muito, muito boa na função de esposa troféu. Sabia exatamente o que se esperava dela e executava seu papel à perfeição, embora já tivesse se divorciado duas vezes, ambas por iniciativa própria e para desgosto do ex-marido. Eu não fazia um mau juízo da minha mãe, porque sabia que ela era uma esposa dedicada e sincera, mas durante toda a minha vida quis ser independente. Meu direito de dizer não era a coisa que eu mais valorizava no mundo.

Minimizei a janela do e-mail, deixei minha vida pessoal de lado e comecei a pesquisar sobre cafés com sabor. Tratei também de marcar as primeiras reuniões com o pessoal do setor de estratégia de marketing e ajudei Mark com algumas ideias para a campanha de uma rede de restaurantes cuja bandeira era servir comida sem glúten. A hora do almoço estava chegando, e meu apetite só aumentava quando o telefone tocou. Atendi com a saudação habitual.

"Eva?" Era uma voz feminina do outro lado da linha. "É Magdalene. Você tem um minutinho?"

Eu me recostei na cadeira, cautelosa. Magdalene e eu havíamos nos identificado brevemente uma com a outra quando da chegada de Corinne, mas nunca esqueci como ela me tratou mal quando nos conhecemos. "Estou meio sem tempo, mas tudo bem. O que foi?"

Ela suspirou e começou a falar bem depressa, soltando uma avalanche de palavras. "Eu estava sentada bem atrás de Corinne ontem à noite. Consegui ouvir algumas coisas que ela e Gideon disseram durante o jantar."

Senti um frio na barriga, preparando-me para um tremendo baque emocional. Magdalene sabia muito bem como explorar minha insegurança em relação a Gideon. "Dizer esse tipo de coisa enquanto estou trabalhando é um golpe muito baixo", fui logo dizendo. "Não estou nem um pouco..."

"Ele não estava ignorando você."

Fiquei de boca aberta por um instante, mas Magdalene logo preencheu o silêncio.

"Ele estava se esquivando dela. Corinne estava fazendo sugestões de lugares de Nova York para levar você, já que é nova na cidade, mas sua verdadeira intenção era fazer aquele velho jogo do lembra-quando-a-gente-foi-em-tal-lugar?"

"Uma celebração dos velhos tempos", murmurei, sentindo-me feliz por não ter conseguido ouvir os cochichos de Gideon e sua ex.

"Isso." Magdalene respirou fundo. "Você foi embora porque pensou que ele estava te ignorando. Só queria que você soubesse que ele estava tentando impedir que Corinne te magoasse."

"E por que você faria isso?"

"Não sou exatamente boazinha, mas me sinto em dívida com você, pela maneira como me comportei daquela vez."

Parei um pouco para pensar a respeito. Ela de fato tinha uma dívida comigo, por ter me seguido até o banheiro e dito um monte de besteiras típicas de mulher ciumenta e invejosa. Não que eu acreditasse que aquela era sua única motivação. Talvez eu fosse a opção menos desagradável entre as duas que se desenhavam no horizonte. Talvez ela gostasse de manter os inimigos sempre por perto. "Certo. Obrigada."

Não havia como negar que eu estava me sentindo melhor. Um peso do qual eu nem me dava conta de que estava carregando havia sido removido dos meus ombros.

"Só mais uma coisa", continuou Magdalene. "Ele foi atrás de você."

Segurei o telefone com ainda mais força. Gideon sempre ia atrás de mim... porque eu estava sempre fugindo. Meu equilíbrio psicológico era algo tão frágil que aprendi que deveria mantê-lo a qualquer custo. Quando algo ameaçava minha estabilidade emocional, eu dava no pé.

"Outras mulheres já tentaram esse tipo de ultimato antes, Eva. Ficaram entediadas, ou queriam uma demonstração grandiosa da parte dele... Viraram as costas e saíram andando, esperando que ele fosse atrás. Sabe o que ele fez?"

"Nada", respondi sem me alterar, sabendo com quem estava lidando: um homem que nunca interagia socialmente com mulheres com quem transava e que não transava com as mulheres com quem interagia socialmente. Corinne e eu éramos a única exceção a essa regra, mais um motivo para eu morrer de ciúmes dela.

"Nada além de mandar Angus levá-las para casa em segurança", confirmou Magdalene, fazendo-me pensar que ela também já havia tentado essa tática em algum momento. "Mas, quando você saiu, ele não teve tempo de te alcançar. E, quando veio se despedir, ele estava muito estranho. Parecia... fora de si."

Porque ele estava com medo. Fechei os olhos enquanto me punia mentalmente.

Gideon já havia me dito mais de uma vez que ficava apavorado quando eu fugia, porque não suportava a ideia de nunca mais me ver. De que adiantava dizer que não conseguia me imaginar vivendo sem ele quando minhas ações mostravam o contrário? Não era à toa que ele ainda não tinha conseguido se abrir comigo sobre seu passado.

Eu precisava parar de fugir. Gideon e eu teríamos que segurar a barra — por *nós* — se quiséssemos que nosso relacionamento desse certo.

"E agora estou em dívida com você, é isso?", perguntei sem nenhuma emoção na voz, acenando para Mark, que saía para o almoço.

Magdalene soltou um suspiro. "Gideon e eu nos conhecemos há muito tempo. Nossas mães são muito amigas. Eu e você vamos nos encontrar o tempo todo, Eva, e precisamos arrumar um jeito para que isso aconteça sem nenhum constrangimento."

Aquela mulher tinha ido atrás de mim no banheiro e dito sem cerimônias que, assim que Gideon *enfiasse o pau* em mim, nossa relação estaria acabada. E isso em um momento em que eu me sentia particularmente vulnerável.

"Escuta só, Magdalene, se você parar com esse drama, vai ficar tudo bem." E, aproveitando a sinceridade dela... "Sou capaz de arruinar meu relacionamento com Gideon sozinha, pode acreditar. Não preciso de ajuda pra isso."

Ela deu uma risadinha amena. "Foi o que eu fiz. Fui cuidadosa e acomodada demais. Mas agora é entre vocês dois. Enfim... já ocupei você por bem mais de um minuto. Vou desligar."

"Bom fim de semana", eu disse, em vez de agradecer. Ainda não confiava nas boas intenções dela.

"Pra você também."

Quando pus o telefone no gancho, bati o olho nas minhas fotos com Gideon. De repente, senti-me dominada por uma sensação de paixão e desejo. Ele era meu, ainda que eu não soubesse até quando isso duraria. E a ideia de que terminaria nos braços de outra mulher me deixava maluca.

Abri a gaveta e procurei meu celular dentro da bolsa. Motivada pela vontade de fazê-lo pensar em mim com a mesma intensidade, escrevi uma mensagem sobre minha súbita vontade de devorá-lo inteiro: **Daria qualquer coisa pra estar chupando seu pau agora.**

Pensei na expressão no rosto dele quando eu o chupava... nos ruídos ferozes que fazia quando estava prestes a gozar...

Então levantei, confirmei que a mensagem havia sido enviada e a apaguei, depois joguei o telefone de volta na bolsa. Como estava na hora do almoço, fechei todas as janelas do computador e fui até a recepção encontrar Megumi.

"O que você quer comer?", ela perguntou enquanto levantava, dando-me a chance de admirar seu lindo vestidinho lavanda sem mangas.

Fiquei meio sem graça, porque a pergunta fez com que eu

lembrasse da mensagem que tinha acabado de mandar. "Você que sabe. Eu como de tudo."

Passamos pela porta de vidro a caminho do elevador.

"Mal posso esperar pelo fim de semana", disse Megumi com um suspiro ao apertar o botão com a unha postiça do dedo indicador. "Só falta um dia e meio."

"E quais são seus planos?"

"Isso eu ainda não sei." Ela suspirou e prendeu o cabelo atrás da orelha. "Vou sair com um cara que nem conheço", ela explicou, meio sem jeito.

"Ah. E você confia na pessoa que marcou o encontro?"

"É a menina que mora comigo. Espero que ele seja no mínimo bonitinho, porque sei onde ela vive e sou bem vingativa."

Eu ainda estava rindo quando o elevador chegou e nós entramos. "Bom, isso dá uma boa margem de segurança para você."

"Nem tanto. Ela também conheceu esse cara num encontro às cegas. Jura que ele é legal, só não faz o tipo dela."

"Humm..."

"Então!" Megumi balançou a cabeça e olhou para o mostrador em estilo antigo que indicava a passagem do elevador pelos andares.

"Depois me conte como foi."

"Pode deixar. Me deseje sorte."

"Claro." Tínhamos acabado de chegar ao saguão quando senti minha bolsa vibrar debaixo do braço. Depois de passar pela catraca, peguei o celular e senti um frio na barriga ao ver o nome de Gideon na tela. Ele resolveu me ligar em vez de responder com um torpedo erótico.

"Me dê uma licencinha", eu disse para Megumi antes de atender.

Ela acenou com a mão como se não se importasse. "Fique à vontade."

"Oiê", atendi, toda simpática.

"*Eva.*"

Quase tomei um tombo ao ouvi-lo falar naquele tom. Havia uma promessa generosa de impetuosidade em sua voz.

Fui andando mais devagar e me dei conta de que estava sem palavras só de ouvi-lo dizer meu nome com a intensidade que eu tanto desejava — um toque de ansiedade que demonstrava que aquilo que ele mais queria no mundo naquele momento era estar dentro de mim.

Cercada pela multidão que entrava e saía do edifício, fiquei parada espreitando o silêncio angustiante do outro lado da linha. Era um pedido silencioso e quase irresistível. Ele não fazia nenhum ruído. Eu não conseguia escutar nem sua respiração, mas era capaz de sentir seu desejo. Se Megumi não estivesse esperando pacientemente por mim, eu entraria no elevador e iria até o último andar sem pensar duas vezes para obedecer ao comando silencioso para que eu cumprisse a expectativa que havia gerado.

A lembrança da vez em que o chupei no escritório tomou conta de mim e me deixou com água na boca. Eu engoli antes de responder. "Gideon..."

"Você queria minha atenção... e conseguiu. Quero ouvir você dizer essas palavras."

Meu rosto ficou vermelho. "Não posso. Agora não. Te ligo mais tarde."

"Se esconde atrás do pilar."

Surpresa, olhei ao redor à procura dele. Depois lembrei que Gideon estava ligando do escritório. Percorri o saguão com os olhos em busca das câmeras de segurança. Imediatamente, senti seus olhos sobre mim, brilhando de tesão. Fiquei toda excitada, pulsando de desejo.

"Rápido, meu anjo. Sua amiga está esperando."

Escondi-me atrás de uma coluna, respirando profundamente.

"Agora fala. Sua mensagem me deixou de pau duro, Eva. O que você vai fazer a respeito?"

Levei a mão à garganta, procurando desesperadamente por Megumi, que me olhava com um olhar de surpresa no rosto. Levantei o dedo pedindo mais um minutinho, depois virei de costas para ela e sussurrei: "Quero chupar você".

"Pra quê? Só pra mexer comigo? Pra me provocar, como você está fazendo agora?" Não havia ardor em sua voz, apenas uma severidade controlada.

Eu sabia que precisava levar a sério as necessidades sexuais de Gideon.

“Não.” Levantei o rosto para a abóboda no teto que escondia a câmera de segurança mais próxima. “Pra fazer você gozar. Adoro fazer você gozar, Gideon.”

Ele expirou com força. “Um agrado, então.”

Só eu sabia o que significava para Gideon considerar o ato sexual um agrado. Para ele, o sexo sempre tinha significado dor e degradação, luxúria ou necessidade. Comigo, porém, envolvia prazer e amor. “Isso.”

“Que ótimo. Porque pra mim você é preciosa, Eva, e nossa relação também. Mesmo essa necessidade de foder o tempo todo é inestimável pra mim, porque envolve sentimento.”

Apoiei todo o meu peso à coluna, admitindo para mim mesma que havia voltado a incorrer em um velho e destrutivo hábito — usar o sexo para tirar o foco de minhas inseguranças. Se Gideon estivesse babando de tesão por mim, não estaria perseguindo outra. Como ele conseguia me entender tão bem?

“Sim”, suspirei, fechando os olhos. “Envolve sentimento.”

Houve um tempo em que eu recorria ao sexo em busca de afeto, confundia um desejo momentâneo com um envolvimento verdadeiro. Por isso passei a insistir em estabelecer alguma intimidade antes de dormir com um homem. Nunca mais queria sair da cama de alguém me sentindo suja e sem valor.

E eu tinha certeza de que não queria banalizar o que estava vivendo com Gideon só por causa de um medo irracional de perdê-lo.

Quando me dei conta disso, perdi o equilíbrio. Senti meu estômago embrulhar, uma sensação de que algo terrível ia acontecer.

“Você pode ter o que quiser depois do trabalho, meu anjo.” Seu tom de voz se tornou mais grave, mais áspero. “Enquanto isso, tenha um bom almoço com sua amiga. Vou estar pensando em você. E na sua boca.”

“Eu te amo, Gideon.”

Precisei respirar fundo e me recompor antes de me juntar de novo a Megumi. “Desculpe.”

“Está tudo bem?”

"Está, sim."

"Continua tudo bem entre você e Gideon Cross?" Ela me olhou com um sorrisinho no rosto.

"Humm..." *E como.* "Não tenho do que reclamar." Eu queria muito poder falar sobre o assunto. Queria ser capaz de me destravar e confessar tudo o que sentia por ele. De dizer que pensava nele o tempo todo, que enlouquecia ao seu toque, que sentir o quanto ele sofria me dilacerava.

Mas eu não podia. De jeito nenhum. Ele era visado demais, conhecido demais. Fofocas sobre sua vida particular valiam uma fortuna. Não podia me arriscar.

"Não tem do que reclamar mesmo", concordou Megumi. "Ele é tudo. Você já o conhecia antes de vir trabalhar aqui?"

"Não. Mas talvez a gente tenha se esbarrado antes." Por causa do nosso passado em comum. Minha mãe colaborava com muitas entidades de apoio a crianças vítimas de abuso, assim como Gideon. Era muito provável que um tenha cruzado o caminho do outro em algum momento. Imagino como teria sido esse encontro — ele com alguma morena deslumbrante e eu com Cary. Será que à distância teríamos sentido o mesmo tipo de atração visceral um pelo outro que ocorrera no ambiente mais íntimo do saguão do Crossfire?

*Ele me desejou desde o primeiro momento em que me viu na rua.*

"Imaginei." Megumi atravessou a porta giratória do saguão. "Li que as coisas estão ficando sérias entre vocês dois", ela disse quando cheguei à calçada. "Então achei que já se conhecessem há mais tempo."

"Não acredite em tudo que sai nesses sites de fofoca."

"Então a coisa não é tão séria assim?"

"Eu não diria isso." As coisas eram sérias até *demais* às vezes. Brutalmente sérias. Dolorosamente sérias.

Ela balançou a cabeça. "Opa. Acho que estou sendo muito enxerida. Desculpe. Tenho um fraco por uma fofoquinha. E por homens maravilhosos como Gideon Cross. Nem consigo imaginar como é sair com alguém que exala tanta energia sexual. Só me diz se ele é bom de cama, vai."

Sorri. Como era bom poder conversar com uma garota. Não que Cary não soubesse apreciar o valor de um cara gostoso, mas não havia nada como um bom papo entre duas mulheres. "Não tenho do que reclamar."

"Sua sortuda!" Ela bateu o ombro no meu, para mostrar que estava brincando, e completou: "E aquele seu colega de apartamento? Pelas fotos que vi, é um gato. Ele é solteiro? Não quer me apresentar?".

Eu me virei para ela e encolhi os ombros. Aprendi do jeito mais difícil que era melhor nem tentar incentivar uma relação entre Cary e um amigo ou conhecido meu. Era fácil demais se apaixonar por ele, o que levava a muitos corações partidos, já que Cary não era capaz de se entregar da mesma forma. "Nem sei se ele está solteiro ou não. As coisas estão meio... complicadas no momento."

"Bom, se surgir uma oportunidade, eu não me oponho. Mas foi só um comentário. Você gosta de taco?"

"Adoro."

"Conheço um lugar ótimo a uns dois quarteirões daqui. Vamos lá."

Eu estava me sentindo ótima ao voltar do almoço com Megumi. Quarenta minutos de fofocas, comentários sobre os caras que cruzavam nosso caminho e três excelentes tacos de carne assada eram o que eu precisava para renovar o ânimo. E ainda estávamos voltando dez minutos mais cedo, o que era ótimo, porque eu não estava sendo muito pontual nos últimos dias, apesar de Mark nunca ter reclamado.

A cidade pulsava ao nosso redor — táxis e pessoas indo e vindo em meio ao calor e à umidade, sempre com pressa, para dar conta das tarefas irrealizáveis do dia a dia. Eu observava toda aquela gente sem o menor pudor, atenta a tudo e a todos.

Homens de terno caminhavam lado a lado com moças de vestido florido e rasteirinha. Mulheres em terninhos de alta-costura e sapatos de quinhentos dólares abriam caminho entre vendedores de cachorro-quente e camelôs. O ambiente eclético de Nova York era o paraíso para mim. Ali, eu me sentia mais viva e energizada do que em qualquer outro lugar em que tenha morado.

Estávamos esperando para atravessar a rua no semáforo em

frente ao Crossfire quando meu olhar foi imediatamente atraído pelo Bentley estacionado no meio-fio. Gideon devia ter acabado de chegar do almoço. Instintivamente, comecei a pensar nele sentado em seu carro no dia em que nos conhecemos, observando-me enquanto eu absorvia a beleza imponente daquele prédio. Fiquei trêmula só de imaginar...

Foi quando meu sangue gelou.

Uma morena estonteante saiu pela porta giratória e se deteve, permitindo que eu a enxergasse direitinho — o modelo de mulher ideal para Gideon, conscientemente ou não. Era a mulher que tinha monopolizado sua atenção quando apareceu no evento do Waldorf-Astoria. Uma mulher que, pela autoconfiança e influência que exercia sobre Gideon, despertava minhas inseguranças mais profundas.

Corinne Giroux parecia poderosa e confiante em seu vestido creme e seus sapatos cereja de salto. Ela alisou com uma das mãos seus longos cabelos escuros, que não pareciam tão perfeitos como na noite anterior. Na verdade, estavam até um tanto desalinhados. Depois passou os dedos em torno da boca, como se estivesse limpando os lábios.

Saquei meu telefone, liguei a câmera e tirei uma foto. Com a aproximação do zoom, pude ver que ela estava retocando o batom, que estava meio borrado. Na verdade, completamente borrado. Como depois de um beijo apaixonado.

O semáforo ficou verde. Megumi e eu seguimos a multidão, chegando cada vez mais perto da mulher com quem no passado Gideon prometera se casar. Angus desceu do Bentley, foi até ela e disse algumas poucas palavras antes de abrir a porta para que entrasse. A sensação de estar sendo traída — por Angus e por Gideon — era tão intensa que perdi o ar. Minhas pernas fraquejaram.

"Ei!" Megumi me pegou pelo braço e me ajudou a me equilibrar. "Aquelas margaritas nem tinham álcool! Que fracote!"

Vi a silhueta elegante de Corinne se instalar no assento traseiro do carro de Gideon com uma elegância toda ensaiada. Cerrei os punhos, e a raiva tomou conta de mim. Com os olhos nublados pelas lágrimas de ódio, vi o Bentley se afastar do meio-fio e desaparecer na cidade.

# 3

Quando Megumi e eu entramos no elevador, apertei o botão do último andar.

"Se alguém perguntar, volto em cinco minutos", avisei quando ela entrou no hall da Waters Field & Leaman.

"Dá um beijo nele por mim, tá bom?", ela disse enquanto fingia se abanar com as mãos. "Fico com calor só de pensar em como reagiria no seu lugar."

Consegui abrir um sorrisinho antes que as portas se fechassem e o elevador continuasse a subir. Quando chegou ao último andar, dei um passo à frente e me vi em um hall com uma decoração de muito bom gosto, inegavelmente masculina. Nas paredes de vidro opaco lia-se a inscrição INDÚSTRIAS CROSS, uma visão amenizada pela presença de vasos de samambaias e lírios.

A recepcionista de Gideon, uma ruivinha que não costumava ser muito simpática comigo, liberou o acesso antes que eu chegasse à porta e deu um sorriso amarelo que me irritou ainda mais. Sempre tive a impressão de que ela não gostava de mim, então não acreditei na sinceridade daquele sorriso nem por um segundo. Ainda assim, acenei e disse "oi". Afinal, eu não fazia o tipo barraqueira — a não ser que tivesse um bom motivo para isso.

Entrei no longo corredor que levava ao escritório de Gideon, passando antes por uma segunda recepção, onde Scott, seu secretário, controlava o acesso à sua sala.

Ele ficou de pé quando cheguei. "Oi, Eva", cumprimentou, já apanhando o telefone. "Vou avisar que está aqui."

A parede de vidro que separava o escritório de Gideon do restante do andar era transparente, mas ele podia torná-la opaca ao toque de um botão. Naquele momento estava assim, o que fez crescer ainda mais minha inquietação. "Ele está sozinho?"

"Sim, mas..."

Parei de prestar atenção ao que ele dizia quando atravessei a porta de vidro e adentrei os domínios de Gideon. Era uma sala enorme, com três ambientes diferentes, cada um deles maior que o escritório inteiro do meu chefe. Ao contrário de seu apartamento, que tinha uma elegância aconchegante, seu escritório era decorado com uma paleta de cores frias — preto, cinza e branco —, quebrada apenas pela presença dos decanters de cristal colorido que decoravam a parede atrás do balcão do bar.

Pelas janelas que ocupavam três das quatro paredes, era possível ver os dois lados da cidade. A única parede sólida ficava atrás de sua enorme mesa, e era coberta de monitores sintonizados em canais de notícias do mundo inteiro.

Percorri a sala com os olhos e encontrei uma almofada caída no chão. Além disso, havia rugas no tapete, o que mostrava que o sofá havia sido deslocado de seu local de costume — na verdade, parecia ter sido arrastado aos solavancos.

Meu coração acelerou, e senti minhas mãos começarem a suar. A terrível ansiedade que vinha sentindo até então se intensificou.

Só percebi que a porta do banheiro estava aberta quando Gideon apareceu, deixando-me sem fôlego com a beleza de seu tronco nu. Seus cabelos estavam molhados, como se tivesse acabado de sair do chuveiro, e seu pescoço e seu peito estavam vermelhos, o que indicava que ele havia feito uma boa dose de esforço físico.

Gideon ficou paralisado quando me viu, e seu olhar perdeu o brilho por um instante enquanto assumia a expressão perfeita e implacável que costumava demonstrar em público.

"Não é uma boa hora, Eva", ele disse, vestindo a camisa que estava pendurada em uma banqueta do bar... uma camisa diferente daquela que tinha vestido de manhã. "Estou atrasado pra uma reunião."

Agarrei minha bolsa com força. Ser exposta a seu corpo me fez lembrar do tamanho do meu desejo por ele. Eu o amava enlouquecidamente, precisava da sua companhia como precisava respirar... o que tornava mais fácil entender como Magdalene e

Corinne se sentiam, e perceber que fariam qualquer coisa para tirá-lo de mim. "Por que você não está vestido?"

Não havia como evitar aquela pergunta. Meu corpo reagia instintivamente à visão, o que tornava ainda mais difícil conter minhas emoções. Sua camisa aberta e bem passada revelava a pele dourada que revestia seu abdome musculoso e seu peitoral perfeitamente definido. Os pelos de seu peito estreitavam à medida que desciam pelo corpo, indicando o caminho para seu pau, que naquele momento estava escondido debaixo da calça e da cueca boxer. Só de pensar nele dentro de mim, fiquei louca de vontade.

"Sujei a camisa." Gideon começou a se recompor, e vi seu abdome se flexionar enquanto ele se inclinava sobre o balcão do bar, onde estavam suas abotoaduras. "Preciso ir. Se precisar de alguma coisa, fale com Scott que ele resolve. Ou então espere até eu voltar. Não devo demorar mais de duas horas."

"Por que você está atrasado?"

Ele não olhou para mim para responder: "Tive que marcar uma reunião de última hora".

*Como assim?* "Você tomou banho de manhã." *Depois de fazer amor comigo durante uma hora.* "Por que precisou tomar outro?"

"Por que o interrogatório?", ele reagiu.

Eu precisava de respostas, então fui até o banheiro. A umidade lá dentro era opressiva. Ignorando a voz na minha cabeça dizendo para não buscar problemas com os quais não seria capaz de lidar, procurei sua camisa no cesto de roupas sujas... e vi o batom vermelho estampado como uma mancha de sangue em um dos punhos. Senti uma dor opressiva no peito.

Larguei a camisa no chão, dei meia-volta e saí. Precisava ficar o mais longe possível de Gideon. Antes que eu vomitasse ou começasse a chorar.

"Eva!", ele gritou quando passei por ele. "O que foi que deu em você?"

"Vai se foder, seu filho da puta."

"Como é?"

Minha mão já estava na maçaneta da porta quando ele me alcançou e me puxou pelo cotovelo. Eu me virei e dei um tapa na cara dele com força suficiente para virar sua cabeça e deixar a palma da minha mão ardendo.

"Puta que o pariu", ele grunhiu antes de me agarrar pelos braços e começar a me sacudir. "Nunca mais faça isso!"

"Tira a mão de mim!" A sensação do toque de suas mãos na minha pele era mais do que eu podia suportar.

Ele deu alguns passos para trás e se afastou. "Que porra é essa?"

"Eu vi que ela estava aqui, Gideon."

"Quem estava aqui?"

"Corinne!"

Ele franziu a testa. "Do que você está falando?"

Saquei meu celular e esfreguei a foto na cara dele. "Tenho provas."

Os olhos de Gideon se estreitaram quando ele viu o que estava na tela, e sua testa voltou ao normal. "Provas de que, exatamente?", ele perguntou com calma até demais.

"Ah, vai à merda." Eu me virei para a porta e joguei o telefone dentro da bolsa. "Não vou te dar essa satisfação."

Ele espalmou a mão contra o vidro, mantendo a porta fechada, cercou-me com o corpo e se agachou para murmurar no meu ouvido. "Vai, sim. Você vai me dizer exatamente o que está acontecendo."

Fechei os olhos e me dei conta de que aquela posição me lembrava da primeira vez em que estivera ali. Ele me encurralara daquela mesma maneira, seduzindo-me com maestria, o que nos levara a uma sessão de beijos apaixonados naquele mesmo sofá que estava fora de sua posição habitual.

"Uma imagem não vale mais do que mil palavras?", eu disse entre os dentes.

"Então quer dizer que Corinne andou beijando alguém. O que isso tem a ver comigo?"

"Você está de brincadeira? Me deixa sair."

"Não estou achando a menor graça nisso. Na verdade, nunca fiquei tão puto com uma mulher antes. Você chega aqui fazendo um monte de acusações sem pé nem cabeça, sem a menor razão..."

"Com *toda* a razão!" Eu me virei e me agachei para passar debaixo do braço dele, estabelecendo uma distância entre nós. Ficar perto dele era doloroso demais. "Eu nunca trairia você! Se quisesse trepar com outras pessoas, terminaria primeiro!"

Gideon se apoiou na porta e cruzou os braços. Sua camisa estava para fora da calça, aberta no colarinho. O visual era tentador, o que só me deixou ainda mais irada.

"Você está achando que eu te traí?", ele perguntou num tom de voz duro e implacável.

Respirei profundamente para conseguir suportar o sofrimento que senti ao imaginar Corinne naquele sofá. "O que ela estava fazendo no Crossfire pra sair naquele estado? E por que seu escritório está nesse estado? E por que *você* está nesse estado?"

Ele olhou para o sofá, para a almofada no chão e depois para mim. "Não sei por que Corinne estava aqui, nem por que saiu naquele estado. Não falo com ela desde ontem à noite, quando você estava comigo."

Aquela noite parecia distante na minha memória. Queria que tudo aquilo nunca tivesse acontecido.

"Mas você não estava comigo", argumentei. "Ela fez um charminho e disse que queria te apresentar para alguém, e você me largou lá sozinha."

"Ai, meu Deus." Os olhos dele faiscavam. "Vai começar tudo de novo."

Enxuguei com raiva uma lágrima que deslizou por meu rosto.

Ele bufou. "Você acha que fui com ela porque sou incapaz de resistir e estava morrendo de vontade de me livrar de você?"

"Não sei, Gideon. Foi você que me deu as costas. Você é que precisa dizer."

"Você me deu as costas primeiro."

Fiquei boquiaberta. "Eu não!"

"Não o cacete. Assim que a gente chegou, você sumiu. Tive que ficar te procurando feito um idiota. Quando encontrei, você estava dançando com aquele imbecil."

"Martin é sobrinho de Stanton!" Como Richard Stanton era meu padrasto, eu considerava Martin um membro da família.

"Nem que ele fosse um padre. Ele quer comer você."

"Ai, meu Deus. Que absurdo! Pode parar de mudar de assunto. Você estava falando de negócios com seus sócios. Eu estava totalmente perdida ali."

"Perdida ou não, seu lugar é do meu lado."

Joguei a cabeça para o lado como se ele tivesse me batido. "Como é que é?"

"Como você se sentiria se no meio de um evento da Waters Field & Leaman eu desaparecesse só porque o tema da conversa era uma campanha publicitária? E, quando me encontrasse, eu estivesse dançando agarradinho com Magdalene?"

"Eu..." *Hummm...* Eu não tinha pensado daquela forma.

Gideon parecia tranquilo e inabalável com seu corpo imponente encostado à porta, mas dava para sentir a raiva pulsando sob aquela superfície impassível. Ele estava sempre inquieto, e ainda mais quando fervilhava de paixão. "Meu lugar é ao seu lado, apoiando você, e às vezes só servindo de enfeite mesmo. É um direito, um dever e um privilégio, Eva, e o mesmo vale pra você."

"Pensei que estava fazendo um favor deixando você sozinho."

Ele se limitou a arquear sarcasticamente as sobrancelhas em resposta.

Cruzei os braços. "É por isso que você saiu de braço dado com Corinne? Pra me castigar?"

"Se eu quisesse castigar você, Eva, daria uns bons tapas na sua bunda."

Estreitei os olhos. *Nem pensar.*

"Sei o que você está pensando", ele disse, curto e grosso. "Não queria que você ficasse com ciúmes de Corinne antes que pudesse me explicar. Precisava ter certeza de que ela soubesse que a coisa entre nós é séria, e que eu gostaria muito que você tivesse uma noite agradável. Só por isso fui falar com ela."

"Você pediu pra ela não dizer nada sobre a história de vocês, né? Pra não demonstrar nenhuma intimidade. Pena que Magdalene estragou tudo."

Talvez tenha sido justamente isso que Corinne e Magdalene tinham planejado. Corinne conhecia Gideon bem o suficiente para antecipar suas reações; não teria sido muito difícil prever como ele se comportaria ao vê-la aparecer inesperadamente em Nova York.

Isso lançou uma nova luz sobre o que Magdalene havia

dito ao telefone pouco antes. Ela e Corinne estavam conversando no Waldorf quando Gideon e eu as vimos. Duas mulheres que queriam um homem que estava com uma terceira. Nada poderia acontecer enquanto eu estivesse na jogada, e por isso não dava para descartar a hipótese de que estivessem trabalhando juntas.

"Eu queria que você ouvisse tudo da minha boca", ele disse, resoluto.

Resolvi deixar esse assunto de lado e me concentrar no que estava acontecendo no momento. "Acabei de ver Corinne entrar no seu carro, Gideon. Pouco antes de subir aqui."

Ele fez uma expressão de surpresa. "É mesmo?"

"É. Você pode me explicar isso?"

"Não, não posso."

A mágoa e a raiva tomaram conta de mim. Não suportava mais olhar para ele. "Então sai da minha frente. Preciso voltar ao trabalho."

Ele não se moveu. "Queria esclarecer uma coisa antes: você acha mesmo que eu trepei com ela?"

Ouvi-lo dizer aquilo me deixou arrepiada. "Não sei no que acreditar. As provas mostram que..."

"Não interessa se as supostas provas incluírem uma imagem de nós dois pelados na cama." Ele desencostou da porta e foi chegando mais perto com tamanha naturalidade que dei um passo atrás, surpresa. "Quero saber se você *acha* que trepei com ela. Se acha que eu faria isso. Que eu seria capaz. Você acha?"

Comecei a bater o pé no chão, mas não recuei nem mais um passo. "Explique por que sua camisa está manchada de batom, Gideon."

Ele cerrou os dentes. "Não."

"Quê?" Aquela recusa tão convicta me deixou sem reação.

"Responda minha pergunta."

Observei bem seu rosto e o que vi foi a máscara à qual ele recorria quando estava em público, mas que até então nunca havia usado comigo. Gideon estendeu a mão como se fosse acariciar meu queixo com os dedos, mas desistiu no último momento. Naquele exato instante ouvi seus dentes rangerem, como se ele estivesse fazendo um grande esforço para *não* me tocar. Sofrendo como eu estava, fiquei aliviada por isso.

"*Preciso* que você me explique", sussurrei, enquanto me perguntava se tinha visto mesmo uma expressão de desespero aparecer em seu rosto. Às vezes eu fazia tanta força para acreditar em algo que acabava me agarrando a qualquer coisa para ignorar a dolorosa realidade.

"Nunca dei motivo pra você duvidar de mim."

"Está dando agora, Gideon." Soltei o ar com força, desanimada. Derrotada. Ele estava bem na minha frente, mas era como se estivéssemos a quilômetros de distância. "Entendo que você precise de um tempo pra conseguir se abrir completamente comigo e abordar coisas que são dolorosas. Também já me senti assim, sabendo que precisava contar o que havia acontecido comigo, mas sem me sentir pronta. É por isso que tento não apressar nada e nem arrancar nada de você. Mas o problema é que seu segredo está me *magoando*, e isso muda tudo. Você não entende?"

Soltando um palavrão bem baixinho, ele segurou meu rosto com as mãos frias. "Faço de tudo pra que você não tenha motivos pra ter ciúmes, mas gosto quando isso acontece. Gosto que lute por mim. Gosto que se importe comigo a esse ponto. Quero que seja louca por mim. Mas possessividade sem confiança é sinônimo de inferno. Se não confia em mim, não temos por que ficar juntos."

"A confiança não é uma via de mão única, Gideon."

Ele respirou fundo. "Não me olhe assim."

"Estou tentando descobrir quem você é. Onde está aquele homem que disse sem mais nem menos que queria me comer? O homem que não hesitou em dizer que não desistiria de mim quando as coisas ficaram ruins entre nós? Pensei que você fosse sempre assim sincero. Estava contando com isso. Agora..." O nó na minha garganta não permitiu que eu dissesse mais nada.

Ele estreitou os lábios, mas ficou em silêncio.

Agarrei seus punhos e tirei suas mãos de cima de mim. Eu estava desmoronando por dentro. "Não vou fugir desta vez, não precisa vir atrás de mim. Acho que você precisa pensar um pouco."

Saí da sala. Gideon não me impediu.

*

Passei o resto da tarde concentrada no trabalho. Mark adorava verbalizar suas ideias, o que para mim era uma ótima forma de aprendizado, e a maneira confiante e amigável como ele lidava com seus clientes era inspiradora. Eu o acompanhei em duas reuniões, nas quais ele conseguiu se impor de uma maneira absolutamente natural e nem um pouco ameaçadora.

Depois partimos para uma análise das necessidades de uma fabricante de brinquedos para bebês, procurando cortar gastos com pouco retorno e tentando encontrar caminhos ainda não explorados, como anúncios em blogs sobre maternidade. Fiquei feliz por meu trabalho ser capaz de desviar o foco da minha vida pessoal, e estava ansiosa para chegar logo a hora da minha aula de krav maga, para poder liberar uma parte daquela agressividade reprimida.

Pouco depois das quatro, o telefone da minha mesa tocou. Atendi sem demora e senti meu coração disparar ao ouvir a voz de Gideon.

"A gente precisa sair às cinco em ponto", ele disse, "pra chegar ao consultório do doutor Petersen na hora marcada."

"Ah, é." Eu tinha esquecido que nossas sessões de terapia de casal eram às quintas, às seis da tarde. Aquela seria a primeira.

Eu me perguntei se não seria também a última.

"Passo aí", ele continuou em um tom bem seco, "quando chegar a hora."

Suspirei. Estava cansada. Já bastava todo o desgaste da nossa briga. "Desculpe ter batido em você. Eu não devia ter feito aquilo. Sinto muito."

"Meu anjo..." Gideon bufou. "A única pergunta que interessa você não fez."

Fechei os olhos. O fato de ele sempre saber o que se passava na minha cabeça era bem irritante. "Enfim, isso não muda o fato de você estar guardando segredos."

"Com segredos a gente consegue lidar; com traição, não."

Esfreguei a testa, sentindo uma dor de cabeça repentina. "Isso é verdade."

"Você é a única pra mim, Eva." Sua voz parecia firme e resoluta.

Senti um tremor pelo corpo ao notar a fúria latente em suas palavras. Ele ainda estava furioso por ter sua fidelidade questionada. Mas eu também estava furiosa. "Espero você às cinco."

Ele foi pontual, como sempre. Enquanto punha meu computador em modo de espera e pegava minhas coisas, Gideon conversava com Mark a respeito da campanha publicitária da vodca Kingsman. Eu o espiava de vez em quando. Gideon tinha uma postura imponente, com seu terno escuro e uma silhueta magra e musculosa, e projetava uma imagem de tranquilidade imperturbável, apesar de eu já tê-lo visto em momentos de muita vulnerabilidade.

O homem por quem eu estava apaixonada era aquele, carinhoso e profundamente emotivo. O que eu detestava era aquela fachada, suas tentativas de se esconder de mim.

Ele se virou e viu que eu o estava observando. Consegui encontrar vestígios do meu amado Gideon em seus olhos azuis, que por um momento transmitiram um apelo de desejo incontrolável. Em um instante, porém, sua máscara de frieza reapareceu. "Está pronta?"

Era mais do que óbvio que ele estava escondendo alguma coisa, e o fato de haver tamanha distância entre nós era insuportável. Em determinados pontos, ele não confiava em mim.

Quando passamos pela recepção, Megumi apoiou o queixo na mão e soltou um suspiro dramático.

"Ela está gamadinha em você, Cross", murmurei enquanto saíamos e ele chamava o elevador.

"Até parece", ele esnobou. "O que ela sabe sobre mim?"

"Fiquei fazendo essa pergunta a mim mesma hoje o dia todo", respondi em voz baixa.

Dessa vez, tive certeza de que ele sentiu o golpe.

O dr. Lyle Petersen era um homem alto, com cabelos grisalhos bem cortados e olhos azuis ao mesmo tempo amistosos e incisivos. Seu consultório era decorado com muito bom gosto, em tons neutros, e a mobília era extremamente confortável, algo que eu fazia questão de notar toda vez que ia até lá. Ainda não estava acostumada com a ideia de que ele era *meu* terapeuta. Meu contato com ele se dava apenas através da minha mãe, que era sua paciente fazia uns dois anos.

O dr. Petersen se instalou em sua poltrona de costas altas diante do sofá em que Gideon e eu nos sentamos. Seu olhar afiado se alternou entre nós dois, certamente notando que estávamos mantendo certa distância e adotando uma postura defensiva. No trajeto de carro até lá havíamos nos comportado da mesma maneira.

Ele abriu a capa protetora de seu tablet, apanhou a caneta e perguntou: "Vamos começar falando da causa dessa tensão entre vocês?".

Esperei um pouco para dar a Gideon a chance de falar primeiro, mas não me surpreendi ao constatar que ele não tomaria a iniciativa. "Bom, nas últimas vinte e quatro horas conheci a noiva que nem sabia que Gideon tinha..."

"Ex-noiva", ele rugiu.

"... descobri que ele só namorava morenas por causa dela..."

"Não era namoro."

"... e a vi saindo do escritório dele nesse estado...", completei, sacando o celular.

"Ela estava saindo do prédio", Gideon fez questão de dizer, "não do meu escritório."

Abri a fotografia que tinha tirado e entreguei o telefone para o dr. Petersen. "E entrando no *seu* carro, Gideon!"

"Angus disse no caminho pra cá que ofereceu uma carona pra ela por educação."

"Como se ele fosse dizer outra coisa!", rebati. "Ele é seu motorista desde que você era criança. Claro que ia te acobertar."

"Ah, então a coisa agora virou uma conspiração?"

"O que ele estava fazendo lá, então?", eu o desafiei.

"Era horário de almoço."

"E onde você foi almoçar? Posso conferir se você estava lá e ela não, e a gente resolve de vez esse assunto."

Gideon cerrou os dentes. "Eu já disse. Apareceu um compromisso de última hora. Acabei não indo almoçar."

"Esse compromisso era com quem?"

"Não era com Corinne."

"Isso não é resposta!" Eu me virei para o dr. Petersen, que devolveu meu telefone com toda a tranquilidade do mundo. "Subi até o escritório dele pra perguntar o que estava acontecendo e o encontrei saindo do chuveiro, quase sem roupa, com o sofá fora do lugar e almofadas jogadas no chão..."

"Era só uma almofada!"

"E havia uma mancha de batom vermelho na camisa dele."

"O edifício Crossfire é sede de mais de vinte empresas", Gideon disse com frieza. "Ela pode ter ido visitar qualquer uma delas."

"Ah, sim", respondi num tom carregado de sarcasmo. "Claro."

"Não teria sido mais fácil levá-la ao hotel?"

Respirei fundo, sentindo-me tonta. "Você ainda não desocupou aquele quarto?"

A máscara caiu de seu rosto, revelando sinais de pânico. A confirmação de que ele ainda tinha seu matadouro — um quarto de hotel usado exclusivamente para trepar, um lugar ao qual eu *jamais* voltaria — me atingiu como um soco no estômago, fazendo uma pontada de dor se espalhar pelo meu peito. Deixei escapar um gemido e fechei os olhos.

"Vamos com calma", interveio o dr. Petersen, fazendo algumas anotações rápidas. "Precisamos voltar para o começo. Gideon, por que você não contou para Eva sobre Corinne?"

"Minha intenção era contar", ele respondeu, resoluto.

"Ele nunca me conta nada", eu disse baixinho, procurando um lenço na minha bolsa para não ficar com a cara toda manchada de maquiagem. *Por que ele ainda mantinha aquele quarto?* A única explicação era que pretendia usá-lo com alguém que não fosse eu.

"Sobre o que vocês costumam conversar?", questionou o dr. Petersen, dirigindo-se a nós dois.

"A maior parte do tempo eu estou me desculpando", resmungou Gideon.

O dr. Petersen o encarou. "Por quê?"

"Por tudo." Ele passou a mão pelos cabelos.

"Você acha que Eva exige demais de você?"

Senti que Gideon estava virado para mim. "Não. Ela nunca me pede nada."

"A não ser a verdade", corrigi, virando-me para ele.

Os olhos dele brilhavam, fazendo minha pulsação acelerar. "Nunca menti pra você."

"Você quer que ela peça alguma coisa, Gideon?", perguntou o dr. Petersen.

Gideon franziu a testa.

"Pense nisso. Depois voltamos a esse assunto." O dr. Petersen voltou sua atenção para mim. "Essa fotografia me deixou intrigado, Eva. Você se deparou com uma circunstância que a maioria das mulheres considera profundamente desgastante..."

"Não houve circunstância nenhuma", Gideon reafirmou sem se alterar.

"Houve a percepção de uma circunstância", especificou o dr. Petersen.

"Uma percepção claramente ridícula, considerando nossa relação."

"Certo. Vamos falar sobre isso, então. Quantas vezes por semana vocês fazem sexo? Em média."

Fiquei vermelha. Olhei para Gideon, que retribuiu meu olhar com um sorrisinho malicioso.

"Humm..." Contorci os lábios. "Muitas."

"Todos os dias?" O dr. Petersen ergueu as sobrancelhas quando me viu descruzar e cruzar de novo as pernas, concordando com a cabeça. "Várias vezes por dia?"

Gideon entrou na conversa: "Em média".

O dr. Petersen largou o tablet no colo e olhou para Gideon. "E esse nível de atividade sexual é seu padrão?"

"Nada no meu relacionamento com Eva está dentro dos meus padrões, doutor."

"Com que frequência você fazia sexo antes de se envolver com Eva?"

Gideon cerrou os dentes e se virou para mim.

"Pode falar", incentivei, apesar de saber que não gostaria de responder a essa mesma pergunta na frente dele.

Ele estendeu a mão, diminuindo a distância entre nós. Pus minha mão sobre a dele e gostei de sentir seu aperto reconfortante. "Duas vezes por semana", ele disse com firmeza. "Em média."

Fiz uma conta rápida de cabeça para tentar determinar a quantidade de mulheres. A mão que estava no meu colo se fechou.

O dr. Petersen se recostou na poltrona. "Eva manifestou preocupações de infidelidade e falta de comunicação no seu relacionamento. O sexo costuma ser usado como uma forma de resolver os desentendimentos?"

Gideon ergueu as sobrancelhas. "Antes que você venha me dizer que Eva está sendo vítima da minha libido desmedida, saiba que ela toma a iniciativa tanto quanto eu. Se alguém aqui precisa se preocupar com a viabilidade de manter o ritmo, esse alguém sou eu, por causa das especificidades da anatomia masculina."

O dr. Petersen me olhou, à espera de uma confirmação.

"A maioria das interações entre nós termina em sexo", concordei, "inclusive as brigas."

"Antes ou depois de o conflito ser considerado superado por ambas as partes?"

Soltei um suspiro. "Antes."

Ele pegou a caneta e começou a escrever na tela sensível ao toque. Já havia material para um romance inteiro depois de tudo o que tinha sido dito ali.

"Seu relacionamento tem esse caráter altamente sexualizado desde o início?", ele perguntou.

Concordei com a cabeça, mesmo sabendo que ele não estava olhando. "Sentimos uma atração muito forte um pelo outro."

"Claro." Ele tirou os olhos da tela e abriu um sorriso simpático. "Ainda assim, gostaria de discutir a possibilidade de abstinência enquanto..."

"Fora de questão", interrompeu Gideon. "Se for assim, é melhor nem começar. Sugiro que a gente se concentre nas coisas que *não estão* dando certo, em vez de eliminar uma das poucas que estão."

"Não sei se está funcionando tão bem assim, Gideon", disse o dr. Petersen. "Não como deveria."

"Doutor..." Gideon apoiou um dos tornozelos sobre o joelho e se recostou no assento em uma postura de quem estava irredutível. "O único jeito de me fazer resistir a ela é me matando. Tente encontrar outra maneira de fazer a gente dar certo."

"Essa coisa de terapia é uma novidade pra mim", Gideon disse mais tarde, a caminho de casa no Bentley. "Então não sei bem como avaliar, mas foi mesmo o desastre que pareceu ser?"

"Poderia ter sido melhor", respondi, jogando a cabeça para trás e fechando os olhos. Eu estava exausta. Cansada demais até para pensar em fazer a aula de krav maga das oito. "Só quero tomar um banho e ir pra minha cama."

"Tenho umas coisas pra resolver antes de encerrar meu dia."

"Tudo bem." Bocejei. "Por que você não faz o que precisa e a gente se fala amanhã?"

Minha sugestão foi seguida de um silêncio absoluto. Pouco depois, o clima ficou tão tenso que eu não tive escolha a não ser abrir os olhos, erguer a cabeça e me virar para ele.

Gideon estava me encarando, com os lábios contorcidos de frustração. "Você está me dispensando."

"Não, eu só..."

"Não o cacete! Você já me julgou e me condenou, agora está me dando um pé na bunda."

"Estou morta de cansaço, Gideon! Tenho os meus limites. Preciso de uma noite de sono e..."

"Eu preciso de você", ele interrompeu. "O que mais tenho que fazer pra você acreditar em mim?"

"Não acho que você tenha me traído. Tá bom? Por mais que a coisa pareça suspeita, não consigo acreditar que você faria isso. São os segredos que estão me incomodando. Estou me doando totalmente para as coisas darem certo, mas você..."

"Acha que não estou?" Ele se remexeu no assento, posicionando uma das pernas em cima do banco para ficar de frente para mim. "Nunca me esforcei tanto pra uma coisa dar certo na minha vida como agora."

"Você não tem que fazer esse esforço por mim. Faça por você mesmo."

"Não me venha com esse papo furado! Eu não precisaria me esforçar tanto pra me relacionar com outra pessoa qualquer."

Soltando um gemido baixinho, recostei a cabeça no assento e fechei os olhos de novo. "Estou cansada de brigar, Gideon. Só quero um pouco de paz por uma noite. Estou meio fora do ar o dia todo."

"Você está doente?" Ele chegou mais perto, agarrando com delicadeza minha nuca e beijando minha testa. "Não parece estar com febre. É o estômago?"

Respirei bem perto dele, absorvendo o cheiro delicioso de sua pele. A vontade de descansar meu rosto em seu pescoço era quase insuportável.

"Não." Foi quando me dei conta. Soltei um gemido.

"O que foi?" Ele me puxou para seu colo, abraçando-me bem forte. "O que foi? Quer ir ao médico?"

"É TPM", murmurei, sem querer que Angus ouvisse. "Vou menstruar a qualquer momento. Não sei como não percebi antes. Não é à toa que estou tão cansada e nervosa. São os hormônios."

Ele ficou imóvel. Depois de alguns segundos, levantei a cabeça à procura de seu rosto.

Com um sorrisinho de malícia, ele admitiu: "Isso é novidade pra mim. Não é um problema que aparece muitas vezes numa vida marcada pelo sexo casual".

"Sorte sua. Agora você vai ver o que é conviver com uma mulher."

"Sorte minha *mesmo*." Gideon tirou os fios de cabelos soltos sobre minha têmpora, deixando seus próprios cabelos caírem sobre o rosto. "Talvez, se eu tiver mais um pouco de sorte, amanhã você já vai estar melhor e vai voltar a gostar de mim."

*Ai, meu Deus.* Senti um aperto no coração. "Ainda gosto de você, Gideon. Só não gosto dos seus segredos. Vão acabar com a gente."

"Não deixe isso acontecer", ele murmurou, acariciando o contorno das minhas sobrancelhas com a ponta do dedo. "Confie em mim."

"Você vai ter que confiar em mim também."

Ele me abraçou e me beijou bem de leve na boca. "Quer saber de uma coisa, meu anjo?", ele sussurrou. "Não existe ninguém em quem eu confie mais."

Enfiei os braços por baixo de seu paletó e o abracei, sentindo o calor de seu corpo esguio e rígido. A preocupação com o fato de que estávamos começando a nos afastar um do outro era inevitável.

Gideon aproveitou a ocasião para enfiar a língua na minha boca, provocando a minha com suas lambidas aveludadas. Sem a menor pressa. Eu queria um contato ainda mais íntimo, precisava de mais. Muito mais. Lamentava o fato de que, em termos emocionais, tinha muito pouco acesso a ele.

Ele gemeu dentro da minha boca, um som erótico de prazer que reverberou dentro de mim. Virando a cabeça, colou seus lábios lindamente esculpidos aos meus. O beijo foi se tornando mais profundo, as línguas foram se encontrando, nossa respiração foi se acelerando.

A mão sobre a minha nuca me puxou mais para perto dele. A outra se enfiou por dentro da minha blusa, acariciando minha coluna com sua superfície morna. Seus dedos se flexionaram, mantendo um toque suave mesmo quando o beijo esquentou. Eu me arqueei em direção à sua carícia, sentindo a necessidade de seu toque contra a minha pele.

"Gideon..." Pela primeira vez, nossa proximidade física não era suficiente para aplacar o desejo desesperado que pulsava dentro de mim.

"Shh", ele me acalmou. "Estou aqui. Não vou a lugar nenhum."

Fechei os olhos e me aninhei no pescoço dele, perguntando a mim mesma se seríamos teimosos a ponto de insistir quando tudo parecia dizer que era melhor deixar para lá.

# 4

Acordei com um grito, abafado pela mão suada que cobria minha boca. Um peso esmagador me deixava sem fôlego enquanto outra mão se enfiava por debaixo da minha camisola, apalpando-me. O pânico tomou conta de mim e comecei a me debater, esperneando freneticamente.

*Não... Por favor, não... Chega. De novo*, não.

Arfando como um cão, Nathan escancarou minhas pernas à força. O membro duro que ele tinha no meio das pernas abria caminho às cegas, esfregando-se nas minhas coxas. Resisti até sentir meus pulmões em chamas, mas ele era forte demais. Não conseguia movê-lo dali. Não havia como escapar.

*Para com isso! Sai de cima de mim! Me larga! Por favor, não faz isso comigo... não me machuca...*

*Mãe!*

As mãos de Nathan me empurravam para baixo, esmagando minha cabeça contra o travesseiro. Quanto mais eu reagia, mais excitado ele ficava. Sussurrando palavras terríveis e asquerosas na minha orelha, ele encontrou uma fenda frágil e macia no meio das minhas pernas e me penetrou com um grunhido. Fiquei paralisada, imobilizada por uma dor terrível.

"*Assim*", ele grunhiu... "*Agora você vai gostar... sua putinha... você está gostando...*"

Eu não conseguia respirar. Sentia meus pulmões funcionando aos espasmos, minhas narinas bloqueadas pela mão dele. Pontinhos coloridos dançando diante dos meus olhos. Meu peito queimava. Comecei a me debater de novo... precisava de ar... desesperadamente...

"Eva! Acorda!"

Meus olhos se abriram diante daquela ordem dada aos berros. Consegui libertar meus braços, depois meu corpo todo...

Afastei-me... lutando para me desvencilhar dos lençóis enroscados nas minhas pernas... perdendo o equilíbrio...

O impacto contra o chão me acordou de vez, e um ruído terrível de dor e de medo escapou pela minha garganta.

"Droga, Eva. Assim você vai se machucar!"

Respirei profundamente algumas vezes e fui engatinhando até o banheiro.

Gideon me levantou e me agarrou junto ao peito. "Eva."

"Vou vomitar", eu disse engasgada, pondo a mão sobre a boca quando senti meu estômago embrulhar.

"Eu levo você", Gideon disse sem hesitar, conduzindo-me com passadas firmes e decididas. Ele me levou até o vaso e levantou o assento. Ajoelhado ao meu lado, segurou meus cabelos enquanto eu vomitava, acariciando minhas costas com sua mão quente.

"Calma, meu anjo", ele murmurava sem parar. "Está tudo bem. Você está em segurança."

Depois de esvaziar meu estômago, dei a descarga e apoiei o rosto suado sobre o antebraço, tentando me concentrar em qualquer coisa que ajudasse a dispersar as reminiscências daquele sonho.

"Gata..."

Virei a cabeça e vi Cary parado na porta do meu banheiro, com seu belo rosto franzido em uma careta. Ele estava com um jeans largo e uma camiseta, o que me fez notar que Gideon também estava totalmente vestido. Ele não usava mais o terno, nem a calça de moletom que vestiu assim que chegou. Estava de jeans e camiseta preta.

Desorientada, olhei no relógio e vi que mal havia passado da meia-noite. "O que vocês estão fazendo?"

"Acabei de chegar", respondeu Cary. "E encontrei Cross entrando."

Olhei para Gideon, que tinha a mesma expressão preocupada do meu amigo. "Você saiu?"

Gideon me ajudou a levantar. "Eu avisei que precisava resolver umas coisas."

*À meia-noite?* "Que coisas?"

"Nada de mais."

Escapei de seu abraço e fui até a pia escovar os dentes. Mais um segredo. Quantos ele ainda teria?

Cary apareceu ao lado do meu reflexo no espelho. "Fazia tempo que você não tinha um pesadelo."

Em seus olhos verdes preocupados, percebi como estava exausto.

Ele deu um apertão de leve no meu ombro. "Vamos relaxar no fim de semana. Recarregar as baterias. Estamos precisando. Você vai conseguir ficar bem?"

"Eu cuido dela." Gideon levantou da borda da banheira, onde estava sentado tirando suas botas.

"Isso não significa que eu não possa ajudar." Cary deu um beijo na minha testa. "Se precisar de alguma coisa é só gritar."

O olhar que ele me lançou ao sair do quarto disse tudo — Cary não gostava da ideia de Gideon dormindo ali comigo. Na verdade, eu também tinha minhas restrições a esse respeito. A preocupação constante com o distúrbio do sono dele estava contribuindo e muito para minha instabilidade emocional. Como Cary havia dito pouco tempo antes, o cara era uma bomba-relógio, e eu estava dividindo minha cama com ele.

Enxaguei a boca e pus a escova de dente de volta no suporte. "Preciso de um banho."

Tinha tomado um antes de dormir, mas estava me sentindo suja de novo. Um suor frio brotava da minha pele. Quando eu fechava os olhos, podia sentir o cheiro *dele* — de Nathan — em mim.

Gideon ligou o chuveiro e começou a tirar a roupa, distraindo-me em boa hora com a visão de seu corpo maravilhoso. Sua musculatura era firme e bem definida. Sua silhueta era esguia, mas ainda assim forte e elegante.

Deixei minhas roupas no chão e entrei debaixo do jato quente de água soltando um gemido. Ele entrou logo atrás, pôs meu cabelo de lado e beijou meu ombro. "Está melhor?"

"Estou." *Porque você está aqui.*

Gideon enlaçou minha cintura cautelosamente com os braços e soltou um suspiro trêmulo. "Eu... Nossa, Eva. Você estava sonhando com Nathan?"

Respirei fundo. "Talvez algum dia a gente seja capaz de conversar sobre nossos sonhos..."

Ele soltou o ar dos pulmões, apertando meus quadris com os dedos. “Não dá pra explicar, né?”

“É”, murmurei. “Não dá pra explicar.”

Ficamos no chuveiro um tempão, envoltos em vapor e segredos, fisicamente próximos, mas emocionalmente distantes. Eu detestava aquilo. A vontade de chorar era mais forte que eu e não tentei reprimi-la. Era bom desabafar. Toda a pressão daquele longo dia pareceu se dissipar com meus soluços.

“Meu anjo...” Gideon me abraçou pelas costas, seus braços bem presos à minha cintura, confortando-me com o escudo protetor de seu corpo volumoso. “Não chore... Não aguento isso. Diga do que você precisa, meu anjo. O que eu posso fazer?”

“Tire a sujeira de mim”, sussurrei, inclinando-me na sua direção, entregando-me à sua possessividade reconfortante. Meus dedos se enlaçaram com os dele na altura da minha barriga. “Eu quero ficar limpa.”

“Você já está limpa.”

Respirei bem fundo, sacudindo a cabeça em negação.

“Escute o que vou dizer, Eva. Ninguém nunca mais vai encostar em você”, ele disse, convicto. “Ninguém nunca mais vai encostar em você. Nunca mais.”

Apertei os dedos dele entre os meus.

“Nem por cima do meu cadáver, Eva. Isso não vai acontecer.”

A dor que eu sentia no peito me impedia de falar. A ideia de Gideon encarando meu pesadelo... vendo o homem que havia feito aquilo comigo... O nó no estômago que eu havia sentido o dia todo se apertou ainda mais.

Gideon pegou o xampu e eu fechei os olhos, procurando não pensar em mais nada além do homem cuja única preocupação naquele momento era eu.

Esperei, sem fôlego, pelo toque de seus dedos mágicos. Quando os senti, tive que procurar o apoio da parede para não cair. Com ambas as mãos espalmadas contra os azulejos frios, saboreei a sensação de seus dedos massageando meu couro cabeludo e soltei um gemido.

“Está gostoso?”, ele perguntou num tom de voz baixo e meio rouco.

“Como sempre.”

Entreguei-me ao prazer de senti-lo lavar meus cabelos e depois passar condicionador neles, estremecendo de leve enquanto Gideon passava o pente nas pontas encharcadas. Fiquei decepcionada quando terminou, e devo ter soltado algum ruído de protesto, porque ele se inclinou para a frente e avisou: “Calma, só estou começando”.

Senti o cheiro do sabonete líquido, e então...

“*Gideon.*”

Arqueei meu corpo na direção de suas mãos ensaboadas. Seus polegares atacavam suavemente os nós nos meus ombros, desfazendo-os sob sua pressão na medida certa. Depois ele desceu por minhas costas... minhas nádegas... minhas pernas...

“Vou cair”, gemi, inebriada de prazer.

“Eu pego você, meu anjo. Nunca vou deixar você cair.”

O sofrimento e a degradação das minhas lembranças se desmancharam diante da atenção cuidadosa e reverente de Gideon. Mais do que a água e o sabão, foi seu toque que me despertou do pesadelo. Virei-me e o vi agachado diante de mim, com suas mãos deslizando por minhas panturrilhas, seu corpo prodigioso maravilhosamente flexionado. Agarrei seu queixo e levantei sua cabeça.

“Você faz tão bem pra mim, Gideon”, eu disse num tom de voz suave. “Não sei como pude me esquecer disso. Mesmo que só por um instante.”

Seu peito se expandiu em um suspiro súbito e profundo. Gideon se endireitou, suas mãos subindo pelas minhas coxas até que estivesse totalmente de pé. Ele me beijou na boca. Bem de leve. “Sei que um monte de merda aconteceu hoje. Porra... esta semana toda. Pra mim também não está sendo nada fácil.”

“Eu sei.” Eu o abracei, apertando meu rosto contra seu coração. Ele era tão forte. Adorava a sensação de me entregar aos seus braços.

Sua ereção já se fazia sentir entre nós, e ficou ainda mais intensa quando me aninhei a ele. “Eva...” Ele limpou a garganta. “Me deixe terminar, meu anjo.”

Mordi seu mamilo e agarrei sua bunda durinha, diminuindo o espaço entre nós. “Por que você não começa em vez de terminar?”

"Não era isso que eu tinha em mente."

Como se a coisa pudesse terminar de outra maneira quando estávamos ambos sem roupa e passando as mãos pelo corpo um do outro. Eu não resistia nem ao toque de suas mãos nas minhas costas enquanto andávamos — era como se estivesse no meio das minhas pernas. "Bom... É só rever o planejamento, garotão..."

Gideon pôs as mãos em torno do meu pescoço, com os polegares sob meu queixo para puxar meu rosto para cima. A expressão dele dizia tudo e, antes que dissesse que não era uma boa ideia fazer amor naquele momento, fui logo pegando no pau dele.

Ele gemeu e começou a remexer os quadris. "Eva..."

"Seria um desperdício não aproveitar isto aqui."

"Não posso pisar na bola com você." Seus olhos estavam vidrados em mim. "Se algum dia você rejeitar meu toque, nem sei o que serei capaz de fazer."

"Gideon, por favor..."

"Sou eu que vou dizer quando chegar a hora." O tom imperativo de sua voz era inconfundível.

Eu o larguei imediatamente.

Ele se afastou, e agarrou o próprio pau.

Eu me remexi toda, inquieta, hipnotizada pelo movimento de sua mão habilidosa e seus dedos longos e elegantes. Quando a distância entre nós aumentou, comecei a sentir um desconforto, uma reação física à perda de seu contato mais íntimo. A agitação morna que ele despertou em mim com seu toque se transformou em fervor, como se ele tivesse jogado gasolina em uma fogueira.

"Está vendo alguma coisa de que você gosta?", ele provocou, tocando seu corpo.

Atônita com o fato de ele estar me provocando depois de ter me repelido, revirei os olhos... e perdi o fôlego.

Gideon também estava morrendo de tesão. Era impossível pensar em outra maneira de descrever o que ele sentia naquele momento. Ele me olhava como se quisesse me devorar viva. Sua língua percorria lentamente o contorno dos lábios, como se estivesse me degustando. Quando mordeu o lábio inferior, era como se estivesse entre minhas pernas. Eu conhecia bem demais aquele olhar... sabia o que viria depois dele... conhecia a ferocidade com que Gideon me pegava quando seu desejo chegava àquele ponto.

Aquele olhar era uma incitação ao sexo. Impetuoso, incansável, de virar a cabeça. Ele estava do outro lado do chuveiro, com as pernas afastadas, remexendo seu corpo perfeito enquanto acariciava seu pau enorme de maneira lenta e ritmada.

Eu nunca tinha visto nada tão sexy e profundamente masculino.

"Nossa", sussurrei, encantada. "Você é muito gostoso."

O brilho em seus olhos revelava que ele sabia o efeito que estava gerando sobre mim. Sua mão livre deslizou por seu abdome firme e apertou seu peitoral, deixando-me até com inveja. "Você consegue gozar só de olhar pra mim?"

Foi quando percebi o que estava acontecendo. Ele estava com medo de ter uma relação comigo logo depois do meu pesadelo, com medo de causar alguma reação desagradável. Mas mesmo assim estava disposto a me excitar — a me inspirar — para que eu mesma me desse prazer. A onda de emoção que senti naquele momento foi arrebatadora — uma mistura de gratidão e afeto, desejo e carinho.

"Eu te amo, Gideon."

Seus olhos se fecharam, como se aquelas palavras fossem mais do que ele pudesse suportar. Quando Gideon os abriu de novo, a determinação estampada em seu rosto me fez estremecer. "Então mostra."

A cabeça de seu pau grande e grosso estava escondida na palma de sua mão. Ele apertou ainda mais, com uma expressão de prazer que me fez espremer minhas coxas uma contra a outra. Gideon passou o polegar por um dos mamilos. Uma vez. Duas vezes. E soltou um gemido rouco que me fez salivar.

A água que batia nas minhas costas e o vapor que pairava entre nós tornava a cena toda ainda mais erótica. Seus movimentos se aceleraram, subindo e descendo em um ritmo constante. Seu pau era tão grande e grosso... Ele era um homem inquestionavelmente viril.

Incapaz de aplacar as pontadas de dor nos meus mamilos endurecidos, agarrei meus seios e os apertei com força.

"Isso, meu anjo. Mostra como você faz."

Por um momento, duvidei que fosse capaz de fazer aquilo. Pouco tempo antes, tinha morrido de vergonha ao falar do meu vibrador com Gideon.

"Olhe pra mim, Eva." Ele agarrou as bolas com uma das mãos e o pau com a outra. Sem nenhuma vergonha, o que era um tesão. "Não quero gozar sozinho. Você precisa me acompanhar."

Eu queria demonstrar o mesmo desejo. Queria deixá-lo no mesmo estado em que eu estava. Queria que meu corpo — minha *vontade* — reverberasse no meu cérebro assim como a imagem dele estava gravada no meu.

Com os olhos grudados nos dele, percorri meu corpo com as mãos. Observando seus movimentos... notando sua respiração profunda... usando suas reações para descobrir o que o levava à loucura.

De certa forma, foi um momento tão íntimo quanto nas vezes em que ele esteve dentro de mim — talvez ainda mais, já que estávamos completamente expostos. Sem nenhuma defesa. O prazer de um se refletindo no do outro.

Gideon começou a me dizer o que fazer com sua voz divinamente sexy e rouca: "Aperte seus peitos, meu anjo... Ponha a mão lá embaixo... está molhadinha? Enfie os dedos... Viu como você é apertadinha? Uma bocetinha gostosa e macia, um paraíso para o meu pau... Você é uma delícia... Um tesão. Meu pau está doendo de tão duro. Olha o que você está fazendo comigo... Vou gozar muito...".

"Gideon", sussurrei, massageando meu clitóris com os dedos em movimentos circulares, remexendo os quadris sem parar.

"Vou gozar com você", ele gemeu, masturbando violentamente seu pau, perseguindo o orgasmo.

Quando senti a primeira contração no meu ventre, dei um grito, e minhas pernas amoleceram. Espalmei a mão no vidro do box para me equilibrar enquanto o orgasmo roubava a força dos meus músculos. Gideon chegou até mim em um segundo, agarrando meus quadris de uma maneira que demonstrava todo o seu desejo e controle sobre mim, apertando-me inquietamente.

"Eva!", ele grunhiu quando o primeiro jato quente e grosso de sêmen tocou minha barriga. "Ai, caralho."

Inclinando-se sobre mim, ele cravou os dentes entre meu ombro e meu pescoço, sem provocar nenhuma dor, mas explicitando todo o seu prazer. Senti seus gemidos junto a mim e sua gozada violenta, lançando jorros sucessivos contra minha barriga.

Passava um pouco das seis da manhã quando saí do meu quarto. Estava acordada fazia algum tempo, vendo Gideon dormir. Era um prazer um tanto raro, porque eu quase nunca acordava antes dele. Naquele momento, podia observá-lo à vontade sem gerar nenhum constrangimento.

Caminhei pelo corredor até chegar à sala grande e luxuosa do apartamento. O fato de eu e Cary morarmos em um imóvel amplo o bastante para abrigar uma família inteira no Upper West Side era um tanto ridículo, mas era impossível tentar argumentar com minha mãe e meu padrasto quando o assunto era segurança. Eles não aceitariam de jeito nenhum que eu morasse em outro bairro, ou em um prédio sem porteiro e segurança vinte e quatro horas por dia. Se por um lado eu precisava ceder, também podia aproveitar e conseguir maior liberdade em outros quesitos.

Eu estava na cozinha esperando o café ficar pronto quando Cary apareceu. Ele estava lindo, vestindo uma calça de moletom da San Diego State University, com os cabelos castanhos amassados e a barba por fazer em seu queixo reto.

"Bom dia, gata", murmurou, dando um beijo na minha testa.

"Acordou cedo, hein?"

"Olha só quem fala." Ele pegou duas canecas no armário e o leite na geladeira, trouxe tudo até mim e ficou me observando. "Está tudo bem?"

"Tudo bem. É sério", insisti quando vi a expressão de ceticismo no rosto dele. "Gideon cuidou de mim."

"Legal, mas você sabe que é por causa dele que está estressada a ponto de ter pesadelos, né?"

Enchi as duas canecas de café, acrescentando açúcar à minha e leite às duas. Contei a ele sobre Corinne e o jantar no Waldorf, além da discussão com Gideon sobre sua atitude suspeita no Crossfire.

Cary estava apoiado contra o balcão, com as pernas cruzadas na altura do calcanhar e um dos braços sobre o peito. Deu um gole no café. "Ele não quis explicar?"

Sacudi a cabeça, percebendo como estava incomodada com aquele silêncio da parte de Gideon. "E você? Como estão as coisas?"

"Vai mudar de assunto mesmo?"

"Não tenho mais o que dizer. Agora só depende dele."

"Você já parou pra pensar que Gideon pode guardar segredos pra sempre?"

Franzindo o rosto, baixei a caneca. "Como assim?"

"Ele tem vinte e oito anos e é dono de quase metade de Manhattan. O pai dele era um notório trambiqueiro que cometeu suicídio." Cary ergueu uma das sobrancelhas em sinal de desafio. "Pense bem. Será que uma coisa não tem mesmo nada a ver com a outra?"

Baixei os olhos para a caneca, dei um gole e preferi não dizer que já havia pensado a mesma coisa. A dimensão da fortuna e dos negócios de Gideon era atordoante, principalmente levando em conta sua idade. "Não acredito que Gideon esteja enganando as pessoas. Ele gosta de desafios, e conseguir algo honestamente é muito mais desafiador."

"Sabendo o quanto ele faz questão de guardar segredos, você acha que o conhece tão bem assim a ponto de ter certeza disso?"

A lembrança do homem com quem tinha passado a noite não permitia que eu duvidasse da minha resposta — pelo menos não naquele momento. "Acho."

"Tudo bem, então." Cary deu de ombros. "Falei com o doutor Travis ontem."

Minha atenção foi imediatamente atraída quando ele mencionou nosso terapeuta da época de San Diego. "É mesmo?"

"É. Pisei na bola feio mesmo naquela noite."

Pelo nervosismo que demonstrou ao tirar a franja do rosto, percebi que estava falando da orgia que eu tinha flagrado.

"Cross quebrou o nariz de Ian e cortou o lábio dele", Cary contou, lembrando-me da reação violenta de Gideon ao fato de o cara ter proposto que eu me juntasse a eles. "Encontrei Ian ontem, e parece que ele levou uma tijolada na cara. Ele perguntou quem foi que fez aquilo, pra poder abrir um processo."

"Nossa." Prendi o fôlego por alguns instantes. "Puta merda."

"Pois é. Processar um bilionário é tirar a sorte grande. O que é que ele tem na cabeça?" Cary fechou os olhos e os esfregou. "Eu disse que não sabia quem era, que devia ser um cara que você conheceu por aí e levou pra casa. Cross apareceu do nada, então Ian não viu porra nenhuma."

"As duas meninas deram uma boa olhada para Gideon", constatei, mal-humorada.

"Elas saíram por aquela porta" — Cary apontou para o outro lado da sala como se a porta tivesse acabado de ser batida — "que nem duas baratas tontas. Não foram com a gente até o pronto-socorro, e ninguém sabe quem elas são. Se Ian nunca mais cruzar com elas, está tudo certo."

Senti um frio na barriga, e meu estômago embrulhou de novo.

"Vou ficar de olho nessa história", ele me garantiu. "Aquela noite foi um sinal de alerta pra mim, e conversar sobre isso na terapia me fez entender algumas coisas. Depois fui ver Trey. Pra me desculpar."

Ouvir o nome do Trey me deixou triste. Eu estava torcendo para que sua recém-iniciada relação com aquele estudante de veterinária desse certo, mas no fim, como sempre, Cary tinha estragado tudo. "E como é que foi?"

Ele encolheu os ombros de novo, mas de um jeito meio estranho. "Outro dia ele ficou magoado comigo porque fui um idiota. Dessa vez ele ficou magoado comigo porque tentei fazer a coisa certa."

"Vocês terminaram?" Estendi minha mão para apertar a dele.

"A coisa esfriou bastante. Praticamente congelou. Ele quer que eu seja gay, mas não vai rolar."

Era doloroso saber que Trey queria que Cary fosse diferente, porque era exatamente isso que as pessoas tinham exigido dele durante toda sua vida. Eu não entendia por quê. Para mim, ele era maravilhoso. "Sinto muito, Cary."

"Eu também, porque ele é ótimo. Só que não estou a fim de encarar as complicações de um relacionamento sério. Estou trabalhando demais. Não estou pronto pra ter minha vida virada de cabeça pra baixo." Ele sorriu. "Você devia pensar um pouco nisso também. A gente acabou de se mudar. Ainda temos um monte de coisa pra resolver."

Concordei com a cabeça. Entendia o que ele queria dizer, mas não estava disposta a abrir mão de minha relação com Gideon. "Você conversou com Tatiana também?"

"Não." Ele acariciou meus dedos com o polegar antes de soltar minha mão. "Com ela é tudo bem fácil."

Dei uma risadinha sarcástica e bebi um gole do meu café quase frio.

"Não foi *isso* que eu quis dizer", ele se corrigiu com um sorrisinho malicioso. "É que ela não espera nada, nem pede nada em troca. Desde que eu compareça e ela goze também, está tudo certo. A gente se dá bem, e não só porque ela faz todo tipo de maluquice na cama. É legal ficar com alguém que só quer se divertir sem dar dor de cabeça pra ninguém."

"Gideon me conhece. Ele me entende, e está tentando me ajudar com meus traumas. Ele está se esforçando, Cary. Pra ele também não é nada fácil."

"Você acha que Cross deu uma rapidinha com a ex na hora do almoço?", ele perguntou sem rodeios.

"Não."

"Tem certeza?"

Respirei fundo, tomei mais um gole de café e admiti: "Quase. Não acho que ele esteja transando com ninguém além de mim. É sempre tão quente... Mas essa mulher tem algum tipo de poder sobre Gideon. Ele diz que é remorso, mas isso não explica a fixação por morenas".

"Mas explica por que você perdeu a cabeça e bateu nele... Você não suporta a ideia de que ela esteja por perto. E ele se recusa a dizer o que está acontecendo. Isso não me parece muito saudável."

E não era. Eu sabia disso. E não estava nem um pouco satisfeita. “A gente falou com o doutor Petersen ontem depois do trabalho.”

Cary ergueu as sobrancelhas. “E como foi?”

“Bom, ele não disse pra gente ficar o mais longe possível um do outro nem nada do tipo.”

“E se ele disser? Você vai aceitar?”

“Dessa vez não vou fugir quando a coisa ficar feia. Estou falando sério, Cary.” Olhei bem para ele. “Você acha que eu ainda estaria nessa se não fosse capaz de segurar a onda?”

“Gata, esse Cross é um tsunami.”

“Rá!” Dei risada, mesmo sem querer. Cary era capaz de me fazer sorrir mesmo quando eu sentia vontade de chorar. “Pra dizer a verdade, se as coisas não derem certo com Gideon, duvido que eu consiga me acertar com alguém um dia.”

“Você só está dizendo isso porque a sua autoestima está lá embaixo.”

“Pelo menos ele sabe como sou problemática.”

“Então tá bom.”

Foi a minha vez de erguer as sobrancelhas. “Então tá bom?” Ele tinha se convencido muito facilmente para o meu gosto.

“Eu não entendo, mas respeito.” Cary pegou minha mão. “Agora vamos pentear esses cabelos.”

Abri um sorriso de gratidão. “Você é o máximo.”

Ele bateu o quadril contra o meu. “Não vou te deixar esquecer isso.”

# 5

"Pra uma máquina mortífera", comentou Cary, "até que isto daqui é bem chique."

Sacudi a cabeça ao entrar na cabine de passageiros do jatinho particular de Gideon. "Você não vai morrer. É mais seguro viajar de avião do que de carro."

"E quem você acha que paga por essas estatísticas? As companhias aéreas, é claro."

Depois de dar um beijo sorridente no ombro de Cary, percorri com os olhos o interior absurdamente opulento daquela aeronave, que me deixou mais do que impressionada. Eu já tinha viajado em jatinhos particulares antes, mas, como sempre, Gideon estava em um patamar que era para pouquíssimos.

A cabine era espaçosa e tinha um corredor central bem largo. A paleta de cores era neutra, com toques de marrom e azul. Do lado esquerdo, havia poltronas giratórias com mesas, enquanto do lado direito ficava um sofá. Cada assento contava com seu próprio console de entretenimento. Com base no que já tinha visto, deveria haver um quarto na parte traseira do avião, e um ou dois banheiros luxuosos.

Um comissário pegou minha mala e a de Cary, e então sinalizou para que sentássemos em uma das poltronas com mesa. "O senhor Cross deve chegar em alguns minutos", ele informou. "Enquanto isso, aceitam uma bebida?"

"Uma água, por favor." Olhei para o relógio. Eram mais de sete e meia.

"Um bloody mary", pediu Cary. "Se tiver."

O comissário sorriu. "Temos de tudo."

Cary me pegou olhando para ele. "Que foi? Eu ainda não jantei. O suco de tomate vai enganar meu estômago até a hora de comer, e o álcool vai ajudar o dramin a bater mais rápido."

"Não abri minha boca."

Ao olhar pela janela para contemplar o céu noturno, meus pensamentos, como sempre, se voltaram para Gideon. Ele havia ficado a maior parte do dia calado. O trajeto até o trabalho fora feito em silêncio, e às cinco horas ele havia me ligado apenas para dizer que Angus me levaria para casa e depois até o aeroporto, onde ele nos encontraria.

Preferi ir andando para casa, já que havia faltado na academia na noite anterior e não teria tempo para me exercitar antes da viagem. Angus fez questão de dizer que Gideon não gostaria da ideia, apesar de minha recusa educada e de minhas razões para tanto. Talvez Angus achasse que eu ainda estava chateada pelo fato de ele ter dado carona para Corinne, o que não deixava de ser verdade. Para minha própria decepção, uma parte de mim torcia para que ele estivesse se sentindo mal por isso. Felizmente, a outra parte estava morrendo de raiva de mim mesma por ser tão mesquinha.

Enquanto caminhava pelo Central Park, por um caminho sinuoso entre árvores imensas, decidi que não abriria mão do meu bem-estar por homem nenhum. Nem mesmo Gideon. Eu não deixaria minha frustração com ele atrapalhar a diversão de um fim de semana em Las Vegas com meu melhor amigo.

Na metade do caminho de casa, parei e me virei para olhar a cobertura de Gideon na Quinta Avenida. Eu me perguntei se ele estava lá, arrumando a mala e se preparando para um fim de semana sem mim. Ou se ainda estava no trabalho, resolvendo as últimas pendências de uma semana movimentada.

"Ih", comentou Cary quando o comissário voltava com nossas bebidas em uma bandeja. "Você está com uma cara..."

"Que cara?"

"De quem está incomodada." Cary bateu de leve seu copo no meu. "Quer conversar a respeito?"

Quando eu ia responder, Gideon apareceu. Ele estava com uma expressão séria e carregava uma pasta em uma das mãos e uma mala de viagem na outra. Entregou a mala para o comissário, parou entre mim e Cary, fez um aceno de cabeça para ele e passou a mão de leve no meu rosto. Aquele toque se espalhou pelo meu corpo como uma onda de eletricidade.

Depois disso Gideon foi para o compartimento na parte traseira da aeronave e fechou a porta.

"Ele é tão temperamental", reclamei.

"E muito gato. Esse terno..."

O terno não teria o mesmo efeito em outro homem. Gideon era capaz de transformar um simples traje em uma arma mortal.

"Pare de desviar o foco pra beleza dele", censurei.

"Vai lá chupar o pau dele. Isso levanta o astral de qualquer um."

"Homens..."

"O que você esperava?" Cary pegou a garrafa gelada com o restante da água que não havia cabido no copo de cristal. "Dá uma olhada nisso." Ele me mostrou o rótulo, que ostentava a logomarca do Hotel e Cassino Cross. "É muito chique!"

Dei um sorrisinho malicioso. "É para os tubarões."

"Quê?"

"Os grandes apostadores. Jogadores que não pensam duas vezes em apostar cem mil ou mais por rodada. Os cassinos têm uma porção de mimos pra atrair esses caras. Jantares, suítes, jatinhos, e por aí vai. O segundo marido da minha mãe era um tubarão. Essa foi uma das razões por que eles se separaram."

Ele ficou me olhando e sacudindo a cabeça. "Você sabe cada coisa. Então isto aqui é um jato corporativo?"

"É um deles. No total são cinco", respondeu o comissário, trazendo uma bandeja com queijos e frutas.

"Minha nossa", murmurou Cary. "Ele tem uma esquadrilha inteira."

Cary puxou uma cartela de dramin do bolso e engoliu os comprimidos junto com o bloody mary.

"Quer um?", ele perguntou, pondo a embalagem sobre a mesa.

"Não. Obrigada."

"Você vai lá falar com o senhor Gostosão Nervosinho?"

"Acho que não. Prefiro ler alguma coisa."

Cary concordou com a cabeça. "É a melhor coisa pra sua sanidade."

Trinta minutos depois, Cary estava roncando baixinho em

sua poltrona totalmente reclinável, usando abafadores de ruídos nas orelhas. Fiquei olhando para ele por um tempo, contemplando a visão de seu relaxamento tranquilo, os contornos de sua boca suavizados pela imobilidade do sono.

Então levantei e fui até o compartimento onde Gideon havia se fechado pouco antes. Pensei em bater, mas mudei de ideia. Ele estava impondo barreiras entre nós em todos os sentidos; aquela não seria mais uma.

Gideon voltou os olhos para mim quando entrei, não parecendo surpreso com minha aparição. Estava sentado a uma escrivaninha, ouvindo uma mulher com quem conversava por um vídeo via satélite. Seu paletó estava pendurado na cadeira e sua gravata estava frouxa. Depois de uma rápida troca de olhares, ele tornou a dedicar sua atenção à conversa.

Comecei a tirar a roupa.

Minha camiseta foi a primeira a ir embora, seguida pelas sandálias e o jeans. A mulher continuava a falar, mencionando "preocupações" e "discrepâncias", mas os olhos de Gideon estavam voltados para mim — ávidos e desejosos.

"A gente fala sobre isso amanhã, Allison", ele interrompeu, apertando um botão no teclado que desligou a tela pouco antes de meu sutiã atingir sua cabeça.

"Sou eu que estou de TPM e é você que tem as oscilações de humor?"

Ele tirou meu sutiã do rosto e se recostou, apoiando os cotovelos nos braços da cadeira e juntando os dedos de forma teatral. "E você está fazendo um striptease pra melhorar meu humor?"

"Vocês homens são tão previsíveis. Cary sugeriu que eu chupasse seu pau pra te deixar mais alegrinho. Mas não se empolgue, viu? Não vai acontecer." Agarrei o elástico da minha calcinha com os polegares e apoiei o peso do corpo sobre os calcanhares. Tive que admitir que ele merecia certo crédito por estar olhando para os meus olhos, não para os meus peitos. "Acho que você está me devendo uma. De verdade. Tenho sido uma namorada muito compreensiva dadas as circunstâncias, não?"

Ele ergueu uma sobrancelha.

"Queria saber o que você faria", continuei, "se aparecesse

no meu prédio e visse um ex-namorado meu saindo de lá pondo a camisa pra dentro da calça. E aí, quando você subisse, me encontrasse no banho, e o sofá da sala todo bagunçado."

Gideon cerrou os dentes. "Você não quer saber o que eu faria."

"Então você precisa admitir que me comportei muito bem diante das circunstâncias." Cruzei os braços, consciente de que aquilo só ajudaria a realçar meus atributos. "Você deixou bem claro que gostaria de me punir. Agora quero saber o que vai fazer para me recompensar."

"Sou eu quem vai escolher?", ele provocou, com os olhos semicerrados.

Sorri. "Não."

Ele pôs meu sutiã em cima do teclado e se levantou da cadeira de maneira brincalhona e provocante. "Então essa é sua recompensa, meu anjo. O que você quer?"

"Quero que você pare de dar uma de ranzinza, pra começo de conversa."

"Ranzinza?" Ele contorceu a boca para esconder um sorriso. "Bom, acordei e você não estava lá, e nos próximos dois dias vai ser assim também."

Descruzei os braços e fui até ele, posicionando minhas mãos espalmadas em seu peito largo. "É só isso mesmo?"

"Eva." Ele era um homem de uma força física admirável, mas ainda assim era capaz de um toque reverente e delicado.

Abaixei a cabeça, sabendo que alguma coisa na minha voz havia deixado tudo bem claro. Ele era bastante perceptivo.

Agarrando meu queixo com as duas mãos, Gideon puxou minha cabeça para cima e olhou bem nos meus olhos. "Fale comigo."

"Acho que você está se afastando de mim."

Um rugido grave ressoou entre nós. "Ando com a cabeça bem cheia. Mas isso não significa que não pense em você."

"Estou *sentindo* alguma coisa, Gideon. Uma distância entre nós que não existia."

Suas mãos desceram para o meu pescoço. "Não existe distância nenhuma. Sou totalmente seu, Eva." Ele apertou um pouco as mãos. "Você não consegue sentir isso?"

Respirei bem fundo. Meu coração estava disparado, uma reação física a um medo cuja fonte estava dentro de mim, não em Gideon, que com certeza jamais me machucaria ou me colocaria em uma situação de perigo.

"Às vezes", ele disse ofegante, observando-me com uma intensidade dolorosa, "não consigo nem respirar."

Eu teria fugido dali não fossem seus olhos, que revelavam um desejo e um desespero impossíveis de conter. Ele estava me fazendo experimentar aquela perda de controle, aquela sensação de me sentir dependente de outra pessoa.

O que fiz foi exatamente o contrário. Joguei a cabeça para trás e me entreguei, sentindo arrepios de medo. Eu estava começando a entender meu desejo de ceder todo o controle a Gideon, conforme ele mesmo já havia falado. Ao fazer isso, alguma coisa dentro de mim se apaziguava, uma necessidade que eu nem sabia que tinha.

Houve uma longa pausa, preenchida apenas por sua respiração. Senti que ele estava tentando conter seus sentimentos, e me perguntei que sentimentos eram aqueles, por que ele parecia estar tão dividido.

Gideon liberou a tensão expirando profundamente. "Do que você precisa, Eva?"

"De você... nas alturas."

Ele deslizou as mãos até meus ombros e os apertou, depois acariciou meus braços. Seus dedos se juntaram aos meus e ele colou sua testa à minha. "De onde vem essa sua vontade de transar em veículos em movimento?"

"Quero você do jeito que for", respondi, repetindo algo que certa vez ele mesmo disse para mim. "E só vou poder fazer isso de novo no fim de semana que vem, por causa do meu período menstrual."

"Porra."

"É agora ou nunca."

Ele apanhou o paletó, enrolou-me nele e me levou para uma cabine fechada.

"*Nossa.*" Minhas mãos agarravam com força o lençol e minhas costas se arqueavam enquanto Gideon mantinha meus quadris colados à cama e passava a língua pelo meu clitóris. Minha pele estava coberta por uma fina camada de suor e minha visão embaçou quando meu ventre se contraiu violentamente à espera do orgasmo. Minha pulsação estava acelerada, em compasso com o ruído constante das turbinas do jato.

Eu já tinha gozado duas vezes, com a visão da sua cabeleira negra no meio das minhas pernas aliada à sua língua perversamente habilidosa. Minha calcinha tinha sido literalmente destruída, enquanto ele permanecia totalmente vestido.

"Estou pronta." Passei os dedos pelos cabelos dele, sentindo-os úmidos nas raízes. Gideon estava lutando para se conter. Ele era sempre muito atencioso comigo, esperava que eu estivesse bem quentinha e molhada antes de enfiar seu pau enorme em mim.

"Sou eu quem vai dizer quando você está pronta."

"Quero você dentro de mim..." O avião começou a balançar de repente, e depois a descer, fazendo-me flutuar, tendo como único ponto de contato a boca dele. "*Gideon!*"

Estremeci toda com mais um orgasmo. Meu corpo se contorcia de vontade de senti-lo dentro de mim. Apesar da pulsação acelerada rugindo no meu ouvido, consegui escutar uma voz fazendo um anúncio pelo sistema de alto-falantes, mas não consegui registrar as palavras.

"Você está bem sensível agora." Ele levantou a cabeça e passou a língua pelos lábios. "Está gozando feito uma louca."

Suspirei. "Gozaria ainda mais com você dentro de mim."

"Vou me lembrar disso."

"Tudo bem se eu ficar meio dolorida hoje", argumentei. "Vou ter vários dias pra me recuperar."

Uma faísca se acendeu no fundo dos olhos de Gideon. Ele se levantou. "Não, Eva."

Meu barato pós-orgasmo se desfez diante da seriedade de seu tom de voz. Apoiei-me sobre os cotovelos e vi que ele se despia com movimentos rápidos e econômicos.

"A escolha é minha", relembrei.

Gideon já tinha tirado o colete, a gravata e as abotoaduras. Seu tom de voz foi quase imparcial quando ele perguntou: "Você quer mesmo fazer esse joguinho?".

"Se for preciso."

“Vai ser preciso muito mais que isso pra eu querer machucar você.” A calça e a camisa ele tirou mais devagar, num striptease muito mais sedutor que o meu. “Para nós, a dor e o prazer são coisas inconciliáveis.”

“Eu não quis dizer que...”

“Eu sei o que você quis dizer.” Ele abaixou a cueca, ajoelhou-se na cama e se arrastou até mim como um grande felino espreitando sua caça. “Você quer o meu pau na sua boceta. E diria o que fosse preciso pra conseguir isso.”

“Sim.”

Ele se posicionou em cima de mim. Seus cabelos caíram como uma cortina sobre seu rosto, e seu corpo se impôs como uma sombra sobre o meu. Baixando a cabeça, ele levou sua boca até a minha e me lambeu de leve com a ponta da língua. “Você está aflita. Está se sentindo vazia sem ele.”

“É isso mesmo.” Agarrei seus quadris, inclinando-me para cima a fim de sentir seu corpo junto ao meu. O momento do sexo é quando nos sentimos mais próximos, e eu precisava daquela proximidade, precisava garantir que estava tudo bem entre nós antes de passar o fim de semana sem ele.

Ele se encaixou no meio das minhas pernas. Sua ereção quente e rígida provocava meus lábios. “Sei que dói um pouco quando enfio tudo de uma vez, mas não tem muito jeito... sua boceta é apertadinha, e morro de tesão por você. Às vezes perco o controle e meto com força, mas não dá pra evitar. Só não me peça pra machucar você deliberadamente. Isso eu não consigo.”

“Quero você”, sussurrei, esfregando-me sem nenhuma vergonha no pau dele.

“Ainda não.” Ele remexeu os quadris para me deixar alinhada à cabeça do seu pênis, e depois foi entrando devagarinho, alargando-me e preparando-me, só com a pontinha. Eu estremeci — meu corpo ainda resistia. “Você não está pronta.”

“Me fode. Por favor... me fode!”

Ele deslizou uma das mãos pelo meu corpo e segurou meus quadris, detendo minhas tentativas desesperadas de colocá-lo para dentro. “Você não está pronta.”

Tentei me libertar do seu aperto. Minhas unhas se cravaram nos músculos rígidos do traseiro dele e o puxei para mim. Não me importava que fosse doer. Se não o sentisse dentro do meu corpo eu ia enlouquecer. "Me come."

Gideon passou a mão pelos meus cabelos e os agarrou para me manter imóvel. "Olhe pra mim."

"Gideon!"

"*Olhe pra mim.*"

Fiquei paralisada ao seu comando. Eu o encarei, mas minha frustração foi se desfazendo à medida que uma lenta e gradual transformação ocorria em seu rosto.

Suas feições se contorceram, como se ele estivesse sentindo dor. Ele franziu a testa. Seus lábios se separaram com um gemido e seu corpo começou a subir e descer. Os músculos de seu queixo começaram a vibrar em um espasmo violento. Sua pele esquentou e seu calor se espalhou por mim. Mas o que me deixou mais impressionada foram seus olhos azuis penetrantes e a inconfundível vulnerabilidade que exalavam.

Meu coração disparou quando notei essa mudança em seu rosto. O colchão balançou quando ele apoiou o peso do corpo nos pés e...

"*Eva.*" Ele deu uma estocada e começou a gozar, soltando um jorro quente dentro de mim. Seu rugido de prazer reverberava pelo meu corpo, seu pau deslizava em meio à corrente de sêmen que fez brotar dentro de mim. "Ah... Nossa."

Durante todo esse tempo ele não tirou os olhos de mim, mostrando abertamente seu rosto, quando o habitual era enterrá-lo no meu pescoço. Vi aquilo que gostaria de ver... o fato que ele queria provar...

Não havia distância nenhuma entre nós.

Remexendo os quadris, Gideon despejou o restante do seu orgasmo, esvaziando-se dentro de mim, deixando-me lubrificada a ponto de não haver nenhuma dor ou resistência. Ele soltou meus quadris e permitiu que eu me movesse ao seu encontro, estimulando meu clitóris para poder gozar também. Com os olhos grudados nos meus, procurou meus punhos com as mãos. Com um único movimento, jogou meus braços para cima da minha cabeça, prendendo-me.

Colada ao colchão pela força de suas mãos, seu peso e sua ereção implacável, eu estava completamente à mercê dele. Gideon retomou as estocadas, deslizando pelas paredes trêmulas da minha boceta com seu pau enorme. Dominando-me. Possuindo-me.

"Crossfire", ele sussurrou, relembrando a palavra de segurança caso fosse necessário.

Gemi quando minha boceta irrompeu em clímax, apertando, espremendo e ordenhando avidamente o pau dele.

"Está sentindo?" A língua de Gideon circundava minha orelha, e sua respiração esquentava o que já estava úmido. "Estou literalmente na sua. Cadê a distância agora, meu anjo?"

Durante as três horas seguintes, não houve distância nenhuma.

A gerente do hotel abriu as portas duplas da nossa suíte, e Cary deu um longo assobio.

"Aí, sim", ele disse, puxando-me para dentro pelo cotovelo. "Olha só o tamanho deste quarto. Dá até pra fazer um solo ginástica artística aqui dentro."

Ele tinha razão, mas eu teria que esperar até a manhã seguinte se quisesse tentar. Minhas pernas ainda estavam trêmulas depois de minha primeira trepada a bordo de um avião voando.

Uma vista maravilhosa da vida noturna de Las Vegas se oferecia aos nossos olhos. As janelas iam do chão ao teto, inclusive num canto adornado por um piano.

"Suítes pra milionários sempre têm um piano?", perguntou Cary, abrindo a tampa e ensaiando uma melodia.

Dei de ombros e procurei pela gerente, que não estava mais lá. O carpete branco tinha abafado o ruído de seus saltos altos. A suíte era decorada num estilo Hollywood dos anos cinquenta. A lareira tinha um revestimento de pedra rústica e era adornada com uma obra de arte que parecia uma calota de carro com raios futuristas emergindo a partir do centro. Os sofás eram verdes com pés de madeira tão finos quanto os saltos da gerente. A atmosfera retrô envolvia todo o ambiente, ao mesmo tempo glamouroso e acolhedor.

Um exagero, na verdade. Eu até esperava ficar em um ótimo quarto, mas não na suíte presidencial. Só não pedi para trocar porque Cary me presenteou com um sorriso aberto e dois polegares para cima. Eu não tinha coragem de acabar com a alegria dele, então aceitei e me limitei a torcer para que Gideon não estivesse perdendo dinheiro ao nos colocar ali.

"Ainda está a fim de um hambúrguer?", perguntei, apanhando o cardápio do serviço de quarto em uma mesinha atrás do sofá.

"E uma cerveja. Ou melhor, duas."

Cary seguiu a gerente até o quarto que ficava à esquerda da área de convivência. Peguei o telefone vintage para fazer o pedido.

Trinta minutos mais tarde, depois de me refrescar com um banho rápido e vestir o pijama, eu estava sentada no tapete comendo fettuccine Alfredo com frango. Cary devorava seu sanduíche do outro lado da mesinha de centro e me olhava com a felicidade estampada no rosto.

"Você nunca come tanto carboidrato assim à noite", ele comentou entre uma mordida e outra.

"Está para me descer."

"Tenho certeza de que a malhação da viagem também ajudou."

Estreitei os olhos. "Como é que você sabe? Você estava desmaiado."

"Mera suposição, gata. Quando fui dormir, você estava uma pilha de nervos. Quando acordei, parecia que tinha fumado um baseado."

"E Gideon, como estava?"

"O mesmo de sempre... Todo careta, mas absurdamente gostoso."

Dei uma garfada no macarrão. "Isso não é justo."

"Quem se importa?" Ele chamou a atenção para o ambiente ao nosso redor. "Olha só onde ele pôs a gente."

"Não preciso que ninguém pague minhas contas, Cary."

Ele mordeu uma batata frita. "E *do que* você precisa, aliás? Tem toda a atenção dele, aquele corpão à disposição, acesso a tudo o que ele tem. Não é pouca coisa."

"Não mesmo", concordei, enrolando o macarrão com o garfo. Pela experiência de ter observado minha mãe a vida toda, eu sabia que o mais importante quando se tratava de homens poderosos era conseguir sua atenção. "Mas também não é suficiente."

"Isso é que é vida", decretou Cary, deitado como um deus em uma espreguiçadeira ao lado da piscina. Ele estava usando um calção verde-claro e óculos escuros, e atraiu um número enorme de mulheres para perto da água. "Só estou sentindo falta de um mojito. Não existe comemoração sem um pouco de álcool."

Sorri. Eu estava tomando sol na espreguiçadeira ao lado, curtindo o calor e as gotas d'água que de quando em quando nos atingiam. Cary gostava de comemorar tudo, uma característica que eu considerava das mais charmosas. "E o que estamos comemorando?"

"A chegada do verão."

"Muito bem, então." Sentei, pus as pernas para fora da espreguiçadeira e amarrei a canga na cintura antes de levantar. Meus cabelos estavam presos no alto da cabeça com uma fivela, ainda úmidos do mergulho na piscina. O sol quente na pele dava uma sensação agradável, um beijo sensual que diminuía o desconforto da retenção de líquido — cortesia do período pré-menstrual.

Fui até o bar da piscina, percorrendo com os olhos as espreguiçadeiras e os guarda-sóis por trás das lentes roxas dos meus óculos escuros. O local estava apinhado de hóspedes, muitos deles atraentes o bastante para merecer um segundo e um terceiro olhar. Um casal em particular chamou minha atenção. Eles se pareciam comigo e com Gideon. A loira estava deitada, com o tronco apoiado nos braços e mexendo as pernas sem parar. Seu acompanhante, lindo, estava deitado ao lado, com a cabeça apoiada em uma das mãos enquanto a outra percorria as costas dela.

Ela me surpreendeu olhando para eles, e o sorriso imediatamente desapareceu de seu rosto. Era impossível ver seus olhos por trás das lentes dos óculos escuros, mas com certeza estavam me encarando. Dei um sorrisinho e virei para o outro lado, sabendo exatamente como ela se sentia ao pegar outra mulher admirando seu namorado.

Encontrei uma brechinha no balcão do bar e fiz um sinal para chamar o atendente. Ventiladores de teto refrescavam o ambiente, o que me fez querer esperar sentada quando um dos banquinhos vagou.

"O que você vai pedir?"

Virei a cabeça e olhei para o homem que havia falado comigo. "Ainda não sei, mas estou pensando em um mojito."

"É por minha conta." Ele sorriu, revelando seus dentes impecavelmente brancos, mas meio tortos. Estendeu a mão para mim, num movimento que atraiu minha atenção para seus braços bem torneados. "Daniel."

Eu o cumprimentei. "Eva. Prazer."

Ele cruzou os braços sobre o balcão e se apoiou sobre eles. "O que traz você a Las Vegas? Trabalho ou lazer?"

"Vim descansar um pouco. E você?" Daniel tinha uma tatuagem interessante, uma inscrição em língua estrangeira no braço direito, na altura do bíceps. Ele não era bonito nos termos tradicionais, mas era confiante e educado, algo que eu admirava mais em um homem do que suas características físicas.

"Estou aqui a trabalho."

Olhei para seu calção de banho e comentei: "Acho que escolhi o emprego errado".

"Sou vendedor de..."

"Com licença."

Ambos nos viramos para ver quem estava interrompendo nossa conversa. Era uma morena baixinha vestida com uma polo escura com seu nome, Sheila, bordado logo abaixo da logomarca do Hotel e Cassino Cross. O fone no ouvido e os equipamentos que carregava no cinto denunciavam que era da equipe de segurança.

"Senhorita Tramell." Ela me cumprimentou com um aceno de cabeça.

Fiz uma expressão de surpresa. "Sim?"

"Um garçom pode anotar seu pedido e levá-lo diretamente até seu guarda-sol."

"Legal, obrigada. Mas não ligo de esperar aqui."

Vendo que eu não me movia, Sheila se virou para Daniel. "Se o senhor quiser esperar na outra ponta do balcão, seus próximos drinques serão por conta da casa."

Ele sacudiu a cabeça, depois sorriu para mim. "Vou ficar por aqui mesmo, obrigado."

"Sinto muito, mas vou ser obrigada a insistir."

"Como assim?" Seu sorriso se transformou em uma expressão de indignação. "Por quê?"

Incrédula, fiquei olhando para Sheila sem entender nada até me dar conta do que estava acontecendo. *Gideon tinha mandado que me vigiassem.* Ele achava que podia controlar meus passos mesmo à distância.

Sheila me encarou de volta, com uma expressão impassível. "Vou acompanhá-la de volta até seu guarda-sol, senhorita Tramell."

Por um instante, pensei em transformar o dia dela num inferno, talvez até agarrando Daniel e dando um beijo na boca dele só para ensinar uma lição ao meu namorado possessivo, mas consegui me controlar. Ela só estava cumprindo ordens. Era o patrão dela que precisava repensar suas atitudes.

"Desculpe, Daniel", eu disse, vermelha de vergonha. Estava me sentindo como uma criança que é surpreendida fazendo alguma coisa errada, e aquilo *realmente* me irritou. "Foi legal conhecer você."

Ele encolheu os ombros. "Se mudar de ideia..."

Senti a presença de Sheila atrás de mim enquanto voltava para a espreguiçadeira. De repente, resolvi me virar para encará-la. "Você precisa intervir só quando alguém vier falar comigo ou existe uma lista de situações pré-definidas?"

Ela hesitou por um instante, depois soltou um suspiro. Nem imagino o que devia pensar de mim — a loirinha bonitinha que era tão pouco confiável que não podia nem conversar com ninguém. "Tenho uma série de instruções."

"Imaginei." Gideon não deixaria passar nada. Fiquei pensando quando ele tinha elaborado aquelas instruções, se havia pensado em tudo logo depois de combinarmos que eu iria a Las Vegas ou a lista estava pronta de antemão. E se já tinha feito aquilo com outra mulher. Com Corinne, quem sabe.

Quanto mais eu pensava a respeito, mais irritada ficava.

"É inacreditável", queixei-me com Cary quando ela se afastou e se manteve a certa distância, como se isso fosse capaz de me fazer esquecer que estava sendo vigiada. "Agora tenho uma babá."

"Quê?"

Contei a ele o que tinha acontecido e o vi cerrar os dentes.

"Isso é loucura, Eva."

"Não me diga. Eu é que não vou aturar esse desaforo. Gideon precisa aprender que as coisas em um relacionamento não podem funcionar dessa maneira. Depois de falar tudo aquilo sobre confiança..." Desabei na espreguiçadeira. "Você acha que ele confia em mim, se precisa mandar alguém me vigiar e não deixar ninguém nem chegar perto?"

"Não concordo com isso, Eva." Ele sentou e pôs os pés para fora da espreguiçadeira. "Não é certo."

"E você acha que eu não sei? E por que ele escolheu uma mulher para fazer isso? Não tenho nada contra mulheres seguranças. Só estou me perguntando se Gideon mandou que ela vá comigo até ao banheiro ou se só não quer que um homem chegue perto de mim nem para me vigiar."

"Está falando sério? Por que você não levanta daí, liga para ele e diz umas poucas e boas?"

A noção de que eu estava sendo feita de palhaça se estabeleceu de vez na minha cabeça. "Estou tramando minha vingança."

"Ah, é?" Ele abriu um sorriso malicioso. "Conta mais."

Apanhei meu celular na mesinha com tampo decorado que havia entre nós e procurei nos meus contatos até encontrar o nome de Benjamin Clancy — o guarda-costas do meu padrasto.

"Oi, Clancy. É Eva", eu disse depois que ele atendeu ao primeiro toque.

Cary arregalou os olhos por trás dos óculos escuros. "Ah..."

Fiquei de pé e disse bem baixinho: "Vou subir".

Ele acenou com a cabeça. "Está tudo bem", eu disse em resposta à pergunta de Clancy. Esperei até chegar ao lado de dentro do hotel, a uma boa distância de Sheila. "Só queria pedir um favorzinho a você."

*

Assim que desliguei, recebi outra chamada. Sorri ao ver quem estava ligando e atendi com o maior entusiasmo: "Oi, pai!".

Ele riu. "Como está minha garotinha?"

"Arrumando confusão e achando isso o máximo." Estendi a minha canga sobre uma poltrona e sentei. "E você?"

"Evitando confusão e nem sempre achando isso o máximo."

Victor Reyes trabalhava como policial em Oceanside, na Califórnia, motivo pelo qual eu tinha decidido estudar na San Diego State University. Minha mãe estava passando por uma fase difícil com seu terceiro marido, e eu andava meio rebelde, arruinando minha vida para tentar esquecer o que Nathan havia feito comigo.

Sair de debaixo das asas sufocantes da minha mãe foi uma das melhores decisões que tomei na vida. O amor incondicional do meu pai por mim, sua única filha, fez tudo tomar outro rumo. Ele me deu a liberdade de que eu tanto precisava — com limites muito bem estabelecidos — e me indicou o dr. Travis como terapeuta, o que serviu como pontapé inicial tanto da minha longa jornada de recuperação como de minha amizade com Cary.

"Estou com saudades", eu disse. Por mais que amasse minha mãe, meu porto seguro era meu pai, e lidar com ele era muito mais fácil.

"Acho que você vai ficar contente com o que tenho para dizer. Posso ir para Nova York daqui a duas semanas, se não for te atrapalhar."

"Minha nossa, pai. Você nunca me atrapalharia. Vou adorar te ver!"

"Tem que ser uma visita bem curta. Chego na quinta de madrugada e volto domingo à noite."

"Estou muito feliz! Que legal! Vou me programar. A gente vai se divertir bastante."

A risada suave do meu pai fez uma sensação de conforto se espalhar por meu corpo. "Quero visitar você, não Nova

York. Não precisa fazer uma programação turística nem nada do tipo.”

“Não se preocupe. Vai sobrar bastante tempo pra gente. E você vai poder conhecer Gideon.” Só de pensar nos dois juntos já senti um frio na barriga.

“Gideon Cross? Você me disse que não tinha nada com ele.”

“Pois é.” Franzi o nariz. “A gente estava brigado naquele dia. Pensei que estivesse tudo acabado.”

Ele ficou um tempo em silêncio. “Está falando sério?”

Fiz uma pausa também, remexendo-me na poltrona. Meu pai era muito observador. Ele logo notaria a tensão que havia entre mim e Gideon — inclusive a sexual. “Estou. Não é uma relação das mais fáceis. Mas eu não sou uma pessoa das mais fáceis. As coisas estão meio complicadas, mas a gente está se esforçando para dar certo.”

“Ele gosta de você, Eva?” O tom de voz do meu pai era incisivo e para lá de sério. “Não interessa quanto dinheiro o cara tem. Ele não é melhor do que você.”

“Não é nada disso!” Olhei para meus dedos dos pés recém-pintados e percebi que esse encontro envolveria muito mais do que um pai ciumento sendo apresentado ao novo namorado da filha. Meu pai tinha uma implicância com homens ricos, graças à minha mãe. “Você vai entender tudo quando o conhecer.”

“Sei”, ele comentou com a voz carregada de ceticismo.

“É sério, pai.” Eu não podia culpá-lo por estar preocupado, já que havia sido minha própria tendência autodestrutiva de me envolver com indivíduos que não me faziam nada bem que o levara a me indicar o dr. Travis. Meu pai tinha ficado especialmente incomodado com o vocalista de uma banda para quem eu não passava de uma groupie e com um tatuador que flagrou sendo chupado enquanto dirigia — e não por mim. “Com Gideon é diferente. Ele me entende.”

“Estou disposto a dar uma chance a ele, está bom assim? Mando as informações sobre meu voo assim que comprar a passagem. De resto está tudo bem?”

“A gente vai ter que fazer anúncios de café com sabor de blueberry.”

Ele fez outra pausa. “Você está brincando.”

Dei risada. “Bem que gostaria. A gente vai ter que se virar pra vender aquela coisa! Vou levar um pouquinho pra casa, pra você experimentar.”

“Pensei que você me amasse.”

“De todo o coração. E sua vida amorosa, como anda? Seu encontro foi legal?”

“É... não foi ruim.”

Dando uma risadinha irônica, perguntei: “E você vai sair com ela de novo?”.

“A ideia é essa.”

“Que bom que você me conta tudo em detalhes, pai.”

Ele riu de novo, e eu ouvi o barulho de sua poltrona preferida rangendo enquanto ele se mexia. “Você não vai querer saber detalhes da vida amorosa do seu pai...”

“É verdade.” Embora eu às vezes me perguntasse sobre como teria sido o relacionamento dele com minha mãe. Meu pai era o latino bonitão da periferia, enquanto minha mãe era a loiraça das colunas sociais que só pensava em dinheiro. A atração entre eles devia ter sido irresistível.

Conversamos mais um pouco, empolgados com a perspectiva de nos vermos de novo. Eu não queria que nossa relação se tornasse distante depois de me mudar para Nova York, por isso fazia questão que nos falássemos por telefone todo sábado. A ideia da visita dele aplacava um pouco essa preocupação.

Quando desliguei, Cary entrou, trazendo consigo toda a sua aura de modelo.

“Ainda está tramando sua vingança?”, ele perguntou.

Eu me levantei. “Está tudo acertado. Era meu pai. Ele vai pra Nova York na semana que vem.”

“Sério? Que legal. Victor é o máximo.”

Fomos até a cozinha da suíte e pegamos duas cervejas na geladeira. Eu já tinha percebido que os produtos ali eram os mesmos que havia na minha casa. Imaginei se Gideon era mesmo um bom observador ou se tinha conseguido essa informação de outra maneira — fuçando meus recibos, por exemplo. Seria um comportamento típico dele. Reconhecer os limites da minha privacidade não era seu forte, e mandar seguranças me vigiarem era só mais uma prova disso.

"Quando foi a última vez que seus pais estiveram no mesmo fuso horário?", perguntou Cary, abrindo as cervejas. "Pra não dizer na mesma cidade."

Nossa... "Sei lá. Antes de eu nascer?" Dei um longo gole na minha cerveja. "Um encontro está definitivamente fora dos meus planos."

"Um brinde aos planos inteligentes." Batemos de leve as duas garrafas. "Por falar nisso, eu ia dar uma rapidinha com uma garota que conheci na piscina, mas em vez disso vim para cá. Lembrei que o plano era passarmos um tempo juntos."

"Fico lisonjeada", comentei, irônica. "Eu estava pensando em descer."

"Está muito calor lá fora. Esse sol é de matar."

"O sol aqui é o mesmo de Nova York."

"Engraçadinha." Seus olhos verdes brilharam. "Que tal a gente tomar um banho e sair pra almoçar? Eu pago."

"Claro. Mas a tal da Sheila vai querer ir junto."

"Foda-se ela. E o chefe dela também. Por que esses ricaços são sempre assim tão controladores?"

"Eles ficam ricos exatamente porque querem controlar tudo."

"Que seja. Prefiro nosso tipo de loucura... Pelo menos nós não estragamos a vida de mais ninguém além da nossa." Ele se inclinou sobre o balcão com os braços cruzados na frente do peito. "Você vai tolerar toda essa palhaçada mesmo?"

"Depende."

"Do quê?"

Sorri e tomei o caminho do meu quarto. "Vá se trocar. Conto tudo no almoço."

# 6

Eu tinha acabado de arrumar minha mala para a viagem de volta quando ouvi o som inconfundível da voz de Gideon na sala da suíte. Uma carga de adrenalina inundou minhas veias. Teríamos que conversar sobre o que eu havia feito no fim de semana, apesar de termos nos falado na noite anterior, antes de Cary e eu cairmos na balada, e de novo naquela manhã, quando acordei.

Eu ficava agoniada por ter que me fingir de boba. Estava ansiosa para saber se Clancy havia providenciado tudo o que eu tinha pedido. Na última vez em que tinha falado com o guarda-costas do meu padrasto, ele me garantiu que tudo ocorrera conforme o planejado.

Descalça, passei pela porta aberta do meu quarto bem a tempo de ver Cary saindo da suíte. Gideon estava sozinho na sala, com os olhos vidrados em mim, como se estivesse esperando que eu aparecesse a qualquer momento. Estava usando jeans bem folgado e camiseta preta, e minha saudade era tão grande que meus olhos até arderam.

"Oi, meu anjo."

Os dedos das minhas mãos remexiam inquietamente o tecido da minha calça de ioga preta. "Oi, garotão."

O lindo contorno de sua boca se estreitou por um momento. "Fiz alguma coisa em especial para merecer esse tratamento?"

"Bom... você é mesmo um garotão. E é o apelido de um personagem que eu sempre achei um tesão."

"Não gosto nada da ideia de você achar alguém um tesão, seja uma pessoa de verdade ou um personagem."

"Você se acostuma."

Sacudindo a cabeça, ele começou a vir na minha direção. "Assim como precisei me acostumar ao lutador de sumô que você mandou ficar na minha cola?"

Tive que morder a parte de dentro da minha bochecha para

não rir. Não tinha mencionado nenhum tipo físico específico quando pedi para Clancy arranjar alguém que ele conhecesse em Phoenix para ficar vigiando Gideon assim como Sheila estava me vigiando. Simplesmente indiquei que fosse um homem e passei uma lista relativamente pequena de situações nas quais ele deveria interferir. "Aonde Cary foi?"

"Ao cassino. Arrumei umas fichas para ele."

"Não está na hora de ir embora?"

Ele foi reduzindo lentamente a distância entre nós. Havia um perigo inerente àquela maneira como ele se aproximava. Era algo visível na posição de seus ombros e no brilho de seus olhos. Eu até ficaria mais preocupada se a sinuosidade do seu andar não sugerisse uma atmosfera tão abertamente sexual. "Você está menstruada?"

Fiz que sim com a cabeça.

"Então vou ter que gozar na sua boca."

Minhas sobrancelhas se ergueram. "Ah, é?"

"É." Ele sorriu. "Não se preocupe, meu anjo. Cuido de você primeiro."

Ele me pegou no colo, levou-me até o quarto e me jogou na cama. Quando consegui respirar, sua boca já estava cobrindo a minha em um beijo profundo e sedento. Fui arrebatada por sua paixão e pela sensação gostosa de seu peso me prensando no colchão. Ele cheirava tão bem. Sua pele era tão quente.

"Senti sua falta", murmurei, abraçando-o com os braços e as pernas. "Apesar de você ser bem irritante às vezes."

Gideon grunhiu. "Você é a mulher mais enervante e provocadora que já conheci."

"Bom, é que você me deixou muito brava. Não sou propriedade sua. Você não pode..."

"Você é, sim." Ele mordeu a ponta da minha orelha, causando uma dor que me fez gritar. "E eu posso, sim."

"Então você também é. E eu também posso."

"Isso você já demonstrou. Faz ideia de como é difícil fechar um negócio quando a outra parte é obrigada a manter uma distância de pelo menos um metro?"

Gelei, porque a regra da distância mínima de um metro se aplicava apenas a mulheres. "Por que a outra parte precisaria ficar tão perto de você?"

"Para apontar coisas importantes na planta que estava aberta em cima da mesa e para entrar no foco da câmera para uma teleconferência... duas coisas que você dificultou bastante." Ele ergueu a cabeça e me encarou. "Eu estava trabalhando. Você estava se divertindo."

"Não importa. Se pode fazer isso, eu também posso." E fiquei bem contente com o fato de Gideon ter achado tudo aquilo inconveniente, assim como eu.

Ele agarrou a parte de trás da minha coxa e abriu ainda mais minhas pernas. "Nossa relação não pode funcionar em pé de igualdade."

"Claro que pode."

Ele se posicionou entre as minhas pernas e começou a remexer os quadris, esfregando toda a extensão de sua ereção contra mim. "Não mesmo", ele repetiu, agarrando meus cabelos para me manter imóvel.

Com seus movimentos, ele massageava meu clitóris hipersensível. A costura de sua calça estava no lugar perfeito para estimular ainda mais meu desejo por ele, que fazia meu sangue ferver. "Pare com isso. Não consigo pensar em mais nada com você fazendo isso."

"É só não pensar. Apenas ouça, Eva. Minha posição e meu patrimônio fazem de mim um alvo. Você entende o que isso quer dizer, sabe o que significa conviver com o dinheiro e a atenção que atrai."

"Aquele cara no bar não era uma ameaça a você."

"Isso é discutível."

A irritação tomou conta de mim. Essa falta de confiança me deixava maluca, especialmente quando vinda de uma pessoa que guardava tantos segredos. "Sai de cima de mim."

"Estou muito bem aqui." Ele mexeu de novo os quadris, esfregando-se em mim.

"Estou brava com você."

"Percebi." Ele não parava de se mexer. "Mas vai gozar mesmo assim."

Empurrei os quadris dele, mas Gideon era pesado demais. "Quando estou brava não consigo!"

"Então prove."

Ele era muito convencido, o que fez minha raiva aumentar ainda mais. Como não conseguia virar a cabeça, fechei os olhos. Ele não se abalou e continuou se esfregando em mim. A presença de roupas entre nós e a ausência de penetração me fez reparar ainda mais na fluidez elegante de seus movimentos.

Aquele homem sabia trepar.

Gideon não se limitava a pôr o pau para fora e enfiar numa mulher. Ele sabia usá-lo por inteiro, explorando a sensação de atrito, experimentando diferentes ângulos, alternando a profundidade da penetração. As nuances de suas habilidades eram visíveis até mesmo quando eu estava debaixo dele, preocupada apenas com as sensações que despertava em mim. Mas, naquele momento, tudo aquilo era mais que visível.

Lutei contra o prazer, mas não consegui conter um gemido.

"Isso, meu anjo", ele murmurou. "Está vendo como estou por sua causa? Está vendo o que você faz comigo?"

"Não use o sexo para me castigar", reclamei, afundando os calcanhares no colchão.

Ele parou por um momento, depois começou a lamber meu pescoço, ondulando o corpo como se estivesse me comendo através das roupas. "Não estou bravo, meu anjo."

"Que seja. Você está querendo me manipular."

"E você está me deixando louco. Sabe o que aconteceu quando me dei conta do que você tinha feito?"

Estreitei os olhos e o encarei. "O quê?"

"Fiquei de pau duro."

Meus olhos se arregalaram.

"E em público, com todas as inconveniências possíveis." Ele agarrou um dos meus seios, passando o polegar no meu mamilo endurecido. "Precisei esticar uma conversa que já estava encerrada enquanto me acalmava. Fico excitado quando você me desafia, Eva." Sua voz se tornou mais grave e mais rouca, exalando sexo e pecado. "Fico com vontade de comer você. E depois comer de novo, de novo e de novo."

"Ai, meu Deus." Meus quadris se ergueram, e eu senti meu ventre se contrair de vontade de gozar.

"E, como não posso", ele murmurou, "vou fazer você gozar assim, e depois você vai me fazer gozar com a sua boca."

Soltei um gemido, com água na boca diante da perspectiva de fazer aquilo por ele. Ficávamos sempre em sintonia na hora de fazer amor. O único momento em que ele se esquecia de mim e se concentrava somente no próprio prazer era quando eu o chupava.

"Isso mesmo", ele sussurrou, "continue esfregando a bocetinha assim em mim. Porra, como você é gostosa..."

"Gideon." Minhas mãos percorriam suas costas e suas nádegas contraídas. Meu corpo se arqueava todo na direção dele. Gozei com um gemido bem longo, e a tensão entre nós se tornou alívio.

Gideon cobriu minha boca com a dele, saboreando os ruídos que eu fazia sob seu corpo. Agarrei seus cabelos e retribuí o beijo.

Gideon se virou para ficar debaixo de mim e abriu a braguilha da calça. "Agora, Eva."

Fui deslizando pela cama, tão ansiosa quanto ele para senti-lo em minha boca. Assim que tirou a cueca, peguei seu pênis com as mãos e o abocanhei.

Soltando um gemido, Gideon apanhou um travesseiro e posicionou sob a cabeça. Quando seu olhar se encontrou com o meu, fui ainda mais fundo com a boca.

"Isso", ele sibilou, enroscando os dedos nos meus cabelos. "Chupa bem forte e bem rápido. Quero gozar."

Senti seu sabor e a delicadeza da sua carne quente na minha boca. Depois fiz o que ele mandou.

Sugando o ar das bochechas, eu o engoli até a garganta, depois voltei até lá em cima. E de novo, e de novo, concentrando-me na sucção e na velocidade, já que ele estava louco para gozar, e incentivada por seus gemidos e seus dedos que se contorciam agarrando as cobertas. Seus lábios estavam cerrados, sua mão ditava meu ritmo.

"Nossa." Ele me observava com os olhos obscurecidos de prazer. "Adoro quando você me chupa. Como se estivesse sedenta por mim."

E eu estava. Mais do que imaginava ser capaz. O prazer dele significava muito para mim, porque era autêntico e irrefreável. Para Gideon, o sexo sempre havia sido algo ensaiado e metódico. Ele não conseguia se segurar porque seu desejo por mim ia além da razão. Dois dias sem mim e ele já estava se sentindo... incompleto.

Eu o masturbava com a mão, sentindo suas veias grossas pulsando sob a pele macia. Um som crispado escapou de sua garganta e eu senti um líquido salgado se espalhar por minha língua. Ele estava quase lá, com o rosto todo vermelho, os lábios entreabertos e a respiração ofegante. Suor brotava da minha testa. Minha excitação crescia junto com a dele. Ele estava totalmente à minha mercê, com a cabeça voltada unicamente para a necessidade do clímax, murmurando palavras sujas e sensuais sobre o que faria na próxima vez que trepássemos.

"Isso, meu anjo. Isso... me faz gozar." Suas costas se arquearam e seus pulmões se inflaram. "*Caralho.*"

Sua gozada foi como a minha — intensa e brutal. O sêmen jorrou em um jato grosso e quente que eu tive de me esforçar para dar conta de engolir. Ele disse meu nome em um grunhido, empurrando os quadris na direção da minha boca, conseguindo o que queria de mim, esvaziando-se completamente.

Depois ele se curvou na minha direção e me puxou num abraço bem apertado junto ao peito ofegante. Ficamos abraçados durante um bom tempo. Ouvi seu coração desacelerar aos poucos e voltar ao ritmo normal.

Enfim ele disse alguma coisa, com a boca colada aos meus cabelos. "Obrigado. Eu estava precisando."

Sorri e o apertei mais um pouco. "O prazer foi todo meu, garotão."

"Senti sua falta", ele disse baixinho, com os lábios grudados na minha testa. "Senti demais. E não só por causa disso."

"Eu sei." Precisávamos daquilo — da proximidade física, do frenesi do toque, da exaltação do orgasmo — para liberar uma parte das emoções arrebatadoras que tomavam conta de nós quando estávamos juntos. "Meu pai vai me visitar em Nova York na semana que vem."

Gideon ficou paralisado. Levantando a cabeça, ele me lançou um olhar irônico. "E você me conta isso enquanto ainda estou com o pau pra fora?"

Dei risada. "Peguei você desprevenido, hein?"

"Porra." Ele me deu um beijo na testa e começou a ajeitar a roupa. "Você já sabe como vai me apresentar? Em casa ou num restaurante? Na sua casa ou na minha?"

"Na minha, e eu cozinho." Estiquei-me e comecei a alisar minha blusa com a mão.

Ele concordou, mas seu humor mudou. Meu amante satisfeito e feliz de alguns momentos antes fora substituído pelo homem sério que sempre marcava presença ultimamente.

"Você prefere outra coisa?", perguntei.

"Não. É uma ideia boa. Ele vai se sentir mais confortável na sua casa. Eu faria o mesmo."

"Sério?"

"Sim." Ele apoiou a cabeça em uma das mãos e me olhou, tirando meus cabelos da frente do rosto. "É melhor não ficar ostentando minha riqueza se pudermos evitar."

Respirei fundo. "Nem pensei nisso. Só achei que ficaria menos tensa fazendo bagunça na minha cozinha do que na sua. Mas você tem razão. E vai dar tudo certo, Gideon. Quando ele perceber o que você sente por mim, vai aprovar nosso relacionamento."

"Isso só me interessa se for capaz de interferir no que você sente por mim. Se ele não gostar de mim e isso mudar as coisas entre nós..."

"Isso só depende de você."

Ele acenou com a cabeça, o que não aliviou muito minha preocupação com o que estava sentindo. Muitos homens ficam nervosos ao conhecer os pais da namorada, mas Gideon não era esse tipo de pessoa. Ele não se abalava. Na maioria das vezes. Queria que ele e meu pai ficassem tranquilos e à vontade um com o outro, sem nenhuma tensão ou animosidade.

Resolvi mudar de assunto. "Deu tudo certo lá em Phoenix?"

"Sim. Uma das gerentes do projeto percebeu algumas anomalias nas contas, e fez bem em me chamar pra analisar melhor a situação. Gente corrupta é uma coisa que não tolero."

Estremeci, lembrando-me do pai de Gideon, que sumira com milhões de dólares de seus investidores antes de se matar. "E qual é o projeto?"

"Um resort com campo de golfe."

"Casas noturnas, resorts, condomínios de luxo, vodca, cassinos... e uma rede de academias de ginásticas pra manter o pique?" Pelo site das Indústrias Cross eu sabia que Gideon também era dono de empresas de software e games, além de uma rede social para jovens profissionais de grandes centros urbanos. "Você é um deus do prazer em vários sentidos, então."

"Deus do prazer?" Sua expressão parecia bem-humorada. "Gasto toda a minha energia idolatrando você."

"Como foi que você ficou tão rico?", provoquei, instigada pela lembrança das insinuações de Cary sobre Gideon ter acumulado tanto dinheiro com tão pouca idade.

"As pessoas gostam de se divertir, e não economizam nisso."

"Não foi isso que eu quis dizer. Como surgiram as Indústrias Cross? De onde veio o capital pra começar tudo?"

Seus olhos brilharam de curiosidade. "Como acha que eu consegui esse dinheiro?"

"Não faço a menor ideia", respondi com toda a sinceridade.

"Blackjack."

Pisquei, confusa. "Na mesa de jogo? Está de brincadeira comigo?"

"Não." Ele deu risada e me abraçou mais forte.

Eu não conseguia imaginar Gideon como um jogador. Graças ao segundo marido da minha mãe, eu sabia muito bem que a jogatina era um vício terrível e insidioso que levava à total falta de autocontrole. Uma pessoa tão contida quanto Gideon jamais sentiria atração por algo que dependesse tanto do acaso e da sorte.

Foi quando entendi tudo. "Você conta as cartas..."

"Contava", ele admitiu. "Agora não jogo mais. E os contatos que fiz na mesa foram tão importantes quanto o dinheiro."

Tentei digerir aquela informação, lidar com ela, e depois amenizar um pouco as coisas. "Me lembre de nunca jogar baralho com você."

"Strip poker pode ser divertido..."

"Pra você."

Ele foi descendo uma das mãos e apertou minha bunda. "E pra você também. Você sabe como eu fico quando tira a roupa."

Dei uma olhada de relance para meu corpo totalmente vestido. "E quando não tiro também."

Gideon abriu um sorriso malicioso, sem o menor pudor. "Você ainda aposta?"

"Todos os dias. Mas só nos negócios e com você."

"Comigo? Com nossa relação?"

Seu olhar se encheu de ternura e me provocou um nó na garganta. "Você é o maior risco que já assumi." Ele me beijou de leve na boca. "E o maior prêmio que já ganhei."

Quando fui trabalhar na segunda-feira, senti que as coisas enfim estavam voltando à época pré-Corinne. Gideon e eu tínhamos que lidar com minha menstruação, algo que nunca havia sido problema em nenhum dos nossos relacionamentos anteriores, mas o sexo era nossa forma de expressar os sentimentos. Ele dizia com o corpo o que não conseguia transformar em palavras, e meu desejo era uma forma de provar que acreditava nele, algo indispensável para estabelecer a proximidade entre nós.

Eu podia dizer que o amava o quanto quisesse, e isso tinha lá seu efeito, mas Gideon precisava da entrega total do meu corpo — uma prova de confiança com um significado todo especial, por causa do meu passado — para acreditar de fato nisso.

Como ele me disse certa vez, não era a primeira vez que ouvia "Eu te amo", mas, como a frase nunca vinha acompanhada de uma demonstração de honestidade, confiança e sinceridade, nunca havia sido levada a sério. Essas palavras não significavam muita coisa para Gideon, e por isso ele se recusava a dizê-las. Era uma coisa da qual teria que abrir mão para ficar com ele.

"Bom dia, Eva."

Sentada à minha mesa, olhei para cima e vi Mark de pé ao meu lado. Ver seu sorriso ligeiramente torto era sempre uma alegria para mim. "Oi. Estou pronta pra começar quando você quiser."

"Primeiro um café. Você quer?"

Peguei minha caneca vazia de cima da mesa e fiquei de pé. "Pode apostar."

Fomos para a máquina.

"Você está toda bronzeada", comentou Mark, olhando para mim.

"Pois é, tomei um solzinho no fim de semana. Foi legal ficar à toa, sem fazer nada. Aliás, é uma das coisas que mais gosto de fazer."

"Que inveja. Steven não aguenta ficar muito tempo sem fazer nada. Está sempre me arrastando pra algum lugar pra fazer alguma coisa."

"O amigo que mora comigo é igualzinho. Fico cansada só de vê-lo sempre correndo de um lado para o outro."

"Ah, antes que eu me esqueça." Ele fez um gesto para que eu entrasse primeiro. "Shawna pediu pra você ligar. Ela tem ingressos para um show de uma dessas bandas novas de rock e perguntou se você não gostaria de ir."

Lembrei-me da garçonete ruiva bonita que conhecera na semana anterior. Era irmã de Steven, o companheiro de longa data de Mark. Os dois se conheceram na faculdade e estavam juntos desde então. Eu adorava Steven. E tinha quase certeza de que adoraria Shawna também.

"Tudo bem se eu sair com ela?", fui obrigada a perguntar, já que era a cunhada do meu chefe.

"Claro. Não esquenta. Não tem problema."

"Legal." Sorri e desejei que ela logo se tornasse mais uma aquisição para minha lista de amigas em Nova York. "Valeu."

"Agradeça com um café", ele disse, pegando um copo da pilha e entregando para mim. "O seu sempre fica melhor que o meu."

Lancei um olhar um tanto incrédulo para ele. "Meu pai sempre diz isso."

"Então deve ser verdade."

"Deve ser um golpe masculino", rebati. "E como é que você e Steven dividem a tarefa de fazer o café?"

"Não precisamos fazer isso." Ele sorriu. "Tem um Starbucks na esquina de casa."

"Tenho certeza de que existe uma boa explicação pra chamar isso de golpe, mas meu nível de cafeína ainda está baixo demais para pensar a respeito." Entreguei um copo cheio para ele. "O que provavelmente é um bom motivo pra não mencionar a ideia que acabei de ter."

"Pode falar. Se for muito ruim, posso usar isso contra você para sempre."

"Puxa. Valeu." Segurei minha caneca com as duas mãos. "Não seria melhor tentar vender o tal café com sabor de blueberry como se fosse um chá? Sabe como é, numa xícara de porcelana chique, com pires e um potinho de creme ao fundo? Para dar uma ideia de coisa sofisticada, tipo chá das cinco? Com um cara lindo e meio britânico dando um golinho?"

Mark contorceu um pouco os lábios enquanto pensava. "Acho que gostei da ideia. Vamos falar com o pessoal da criação."

"Por que você não me contou que ia para Las Vegas?"

Suspirei em silêncio ao ouvir a voz aguda e irritadiça da minha mãe e posicionei melhor o telefone no ouvido. Mal tinha posto a bunda na cadeira quando ele tocou. Desconfiei que, se pegasse meus recados, ia encontrar um ou dois dela. Minha mãe é o tipo de pessoa que, quando fica preocupada, não descansa enquanto não receber notícias. "Oi, mãe. Desculpe. Eu ia te ligar na hora do almoço e contar tudo."

"Adoro Las Vegas."

"É mesmo?" Pensei que ela detestasse qualquer coisa relacionada a jogatina. "Não sabia."

"Pois saberia, se me perguntasse."

Havia um tom de queixa e mágoa na voz sussurrada dela que me fez estremecer. "Desculpe, mãe", eu disse mais uma vez, pois desde criança tinha aprendido que pedir desculpas sempre funcionava com ela. "Eu precisava passar um tempo sozinha com Cary. Mas a gente pode marcar uma viagem para Vegas qualquer dia, se você estiver a fim."

"Não seria divertido? Eu bem que gostaria que passássemos um tempo juntas, Eva."

"Eu também gostaria." Olhei para a foto dela e de Stanton que havia na minha mesa. Ela era linda, uma mulher que irradiava um tipo de sensualidade vulnerável que parecia irresistível aos homens. Sua vulnerabilidade não era uma coisa fingida

— minha mãe era uma pessoa frágil em diversos sentidos —, mas ela sabia muito bem conseguir o que queria. Os homens não se aproveitavam dela; era ela que tirava o que queria deles.

"Você já tem planos para o almoço? Posso fazer uma reserva em algum lugar e passar aí para pegar você."

"Tudo bem se eu levar uma colega?" Megumi havia me chamado para almoçar quando cheguei, prometendo contar tudo sobre seu encontro às escuras.

"Ah, eu adoraria conhecer seus colegas de trabalho!"

Abri um sorriso de afeto genuíno. Minha mãe era capaz de me enlouquecer, mas no fim das contas seu único defeito era me amar demais — uma característica que, combinada à sua neurose, era absurdamente irritante, porém motivada pela melhor das intenções. "Certo. Você pode passar aqui ao meio-dia. E a gente só tem uma hora de almoço, então tem que ser uma coisa rápida em um lugar não muito longe daqui."

"Pode deixar que eu cuido de tudo. Estou tão animada! Até daqui a pouco."

Minha amiga e minha mãe se deram muito bem. Reconheci no rosto de Megumi o olhar de deslumbramento que havia visto tantas vezes ser despertado por ela ao longo dos anos. Monica Stanton era uma mulher lindíssima, o tipo de beldade clássica que deixa todos embasbacados por encarnar um ideal de perfeição. Além disso, a poltrona roxa que ela havia escolhido para sentar era a ideal para realçar a beleza de seus cabelos loiros e seus olhos azuis.

Já minha mãe ficou encantada com o bom gosto que Megumi exibia ao se vestir. Enquanto eu pendia mais para o trivial, privilegiando a praticidade, Megumi preferia se arriscar nas cores e combinações, assim como a decoração do café localizado perto do Rockefeller Center a que minha mãe nos levara.

O lugar me fez lembrar de *Alice no País das Maravilhas*, com os veludos em cores berrantes que revestiam a mobília de formatos exóticos. A poltrona de Megumi tinha um encosto exageradamente curvado, e a da minha mãe tinha gárgulas entalhadas nos pés.

“Fiquei pensando no que ele tinha de errado”, Megumi ia dizendo. “Eu olhava e não entendia nada. Um cara como aquele não tinha por que se rebaixar a topar um encontro com alguém que nem conhecia.”

“Ele não estava se rebaixando”, discordou minha mãe. “Com certeza estava pensando que tinha tirado a sorte grande com você.”

“Obrigada!” Megumi sorriu para mim. “Ele era um gato. Não chegava a ser um Gideon Cross, mas era um gato!”

“Aliás, como vai Gideon?”

Não era uma perguntinha inocente. Minha mãe sabia que eu tinha contado para Gideon do abuso sexual que havia sofrido quando menina, e não gostou nem um pouco da ideia. Era a coisa da qual ela mais se envergonhava na vida — ter ciência de que aquilo aconteceu em sua própria casa —, e seu sentimento de culpa era terrível, apesar de nem um pouco justo. Ela não ficara sabendo do que ocorria porque eu escondia tudo. Nathan me fizera ameaças horrorosas, que me deixaram morrendo de medo de abrir a boca. Ainda assim, minha mãe não se sentia confortável com o fato de Gideon saber de tudo. Eu torcia para que em algum momento ela compreendesse que ele também não a culpava pelo que havia acontecido.

“Ele anda trabalhando bastante”, respondi. “Você sabe como é. Tomei bastante tempo dele no começo, e agora está tendo que compensar isso.”

“Você vale a pena.”

Dei um gole na minha água e senti uma vontade irrefreável de contar que meu pai ia me visitar. Ela poderia ajudar a convencê-lo de que os sentimentos de Gideon por mim eram verdadeiros, mas esse era um motivo egoísta demais para abrir a boca. Eu não tinha como saber de que modo ela reagiria ao fato de Victor ir para Nova York, mas era bem possível que ficasse aborrecida, o que tornaria a vida de todos um inferno. Por alguma razão, minha mãe preferia não manter nenhum tipo de contato com ele. Não havia como ignorar o fato de que, desde que eu crescera o suficiente para me comunicar com meu pai sem precisar da ajuda dela, eles nunca mais tinham se falado.

"Vi uma foto de Cary num anúncio na lateral de um ônibus ontem", ela comentou.

"Sério?" Eu me ajeitei na poltrona. "Onde?"

"Na Broadway. Era um anúncio de jeans, acho."

"Eu também vi", acrescentou Megumi. "Mas nem prestei atenção no que estava vestindo. Aquele homem é *demais*."

A conversa me fez sorrir. Minha mãe era uma admiradora da beleza masculina. Era um dos motivos por que os homens gostavam tanto dela — ela os fazia se sentir bem. E, quando se tratava de expressar sua admiração por caras bonitos, Megumi também era uma especialista.

"Ele está sendo reconhecido na rua", contei, feliz por ser em consequência dos anúncios, e não de fotos ao meu lado nos tabloides. O mercado da fofoca considerava um material de primeira a notícia de que a namorada de Gideon Cross morava com um modelo lindo de morrer.

"Mas é claro", disse minha mãe, com uma pontinha de reprovação. "E teria como ser diferente?"

"Sempre torci por isso", deixei bem claro. "Para o bem dele. É uma pena que o mercado de modelos masculinos não seja tão grande." Ainda assim, eu achava que Cary ia se dar muito bem. Ou seria doloroso demais para ele. Cary dava tanto valor à sua aparência que um fracasso nesse ramo provavelmente teria um efeito devastador. Um dos meus maiores medos era que sua carreira se tornasse um fantasma com o qual nenhum de nós fosse capaz de lidar.

Minha mãe sorveu mais um pequeno gole de sua água San Pellegrino. Aquele café era especializado em pratos com cacau, mas ela sempre tomava o cuidado de não ingerir todas as calorias diárias recomendadas em uma única refeição. Já eu não tinha esse cuidado. Pedi uma sopa, um sanduíche e uma sobremesa que me custaria uma boa hora a mais de esteira. Desculpei-me pelo deslize com um lembrete mental de que estava menstruada, o que para mim significava carta branca para o consumo de chocolate.

"E então", Monica sorriu para Megumi, "você vai ver o rapaz do encontro às escuras de novo?"

"Espero que sim."

"Querida, não dê chance ao acaso!"

Quando minha mãe começou a expor seus conhecimentos sobre como lidar com homens, eu me recostei e apreciei o espetáculo. Ela era irredutível em sua crença de que toda mulher merecia um homem rico para mimá-la e, pela primeira vez na vida, seus conselhos não eram dirigidos a mim. Eu estava em dúvida se meu pai e Gideon iam se dar bem, mas com minha mãe essa preocupação não existia. Ambas sabíamos que ele era o cara ideal para mim, apesar de acreditarmos nisso por razões diferentes.

"Sua mãe é demais", comentou Megumi quando Monica foi até o banheiro se arrumar antes de sairmos. "E você é muito parecida com ela, sua sortuda. Imagina que estranho seria se a sua mãe fosse mais bonita que você..."

Dei risada e disse: "Você tem que sair com a gente mais vezes. Foi divertido".

"Eu adoraria."

Quando chegou a hora de voltar ao trabalho, vi Clancy ao lado do carro estacionado no meio-fio e decidi que seria melhor andar e queimar algumas calorias antes de voltar ao trabalho. "Acho que vou a pé", eu disse a elas. "Comi demais. Vocês duas podem ir sem mim."

"Vou com você", disse Megumi. "Preciso de um pouco de ar fresco. O ar condicionado do escritório resseca demais a minha pele."

"Eu vou também", disse minha mãe.

Dei uma olhada desconfiada para os sapatos dela, mas logo lembrei que minha mãe não usava nada além de salto alto. Para ela, caminhar com aquele tipo de calçado era a mesma coisa que andar de tênis para mim.

Voltamos ao Crossfire no ritmo habitual de caminhada em Manhattan, ou seja, em passadas largas e decididas. Apesar de os obstáculos representados pelas pessoas que vinham em sentido contrário nunca deixarem de ser um problema, tudo se tornou mais fácil com minha mãe abrindo caminho. Os homens davam passagem a ela com todo o prazer, para depois acompanhá-la com o olhar. Com seu vestidinho azul simples e sexy, ela parecia fresca e tranquila em meio ao calor e à umidade.

Quase na esquina do Crossfire, ela parou de maneira tão repentina que Megumi e eu batemos nela. Minha mãe se desequilibrou e foi lançada para a frente. Foi por muito pouco que consegui agarrá-la pelo cotovelo e impedir que caísse.

Olhei para o chão à procura do motivo por que ela havia parado, mas não encontrei, e olhei em seu rosto. Ela observava o Crossfire, perplexa.

"Meu Deus, mãe", eu a afastei do fluxo de pedestres. "Você está branca. É por causa do calor? Está passando mal?"

"Quê?" Ela pôs a mão sobre a garganta. Seus olhos continuavam vidrados no prédio.

Virei a cabeça para tentar descobrir o que a estava deixando naquele estado.

"O que foi que vocês viram?", perguntou Megumi, franzindo a testa.

"Senhora Stanton." Clancy se aproximou, abandonando o carro com o qual nos seguia a uma distância discreta porém segura. "Está tudo bem?"

"Você viu...?", ela esboçou uma pergunta, virando-se para ele.

"Viu o quê?", eu quis saber, enquanto ele percorria a rua com seus olhos treinados. A expressão implacável de seu rosto me deu um frio na espinha.

"Levo vocês até lá", ele disse.

A entrada do Crossfire era literalmente do outro lado da rua, mas o tom de voz de Clancy não dava margem a questionamentos. Nós entramos, e minha mãe se sentou no banco da frente.

"O que aconteceu?", Megumi perguntou depois que saímos do carro, já no interior refrigerado do edifício. "Parecia que sua mãe tinha visto um fantasma."

"Não faço a menor ideia", eu disse, sentindo-me muito mal.

Alguma coisa havia deixado minha mãe com medo. Eu enlouqueceria se não descobrisse o que era.

# 7

Minhas costas bateram no tatame com força suficiente para roubar o ar dos meus pulmões. Aturdida, pisquei várias vezes olhando para o teto, tentando recobrar o fôlego.

O rosto de Parker Smith apareceu no meu campo de visão. "Você só está me fazendo perder tempo. Se veio até aqui, então se concentre no que está acontecendo *aqui*. Seus pensamentos estão a milhões de quilômetros."

Agarrei a mão que ele estendeu para mim e fui posta de pé em um puxão. Ao nosso redor, mais de uma dezena de aprendizes de krav maga treinavam duro. A academia no Brooklyn estava tomada por ruídos e atividade.

E ele tinha razão. Eu não conseguia pensar em mais nada além da reação estranha da minha mãe na frente do Crossfire quando voltamos do almoço.

"Desculpe", murmurei. "Estou com a cabeça meio cheia."

Ele se movia como um relâmpago, acertando meu joelho e depois meu ombro com golpes leves de mão aberta. "E você acha que um agressor não aproveitaria um momento de distração como esse para atacar?"

Eu me agachei, fazendo força para tentar me concentrar. Parker fez o mesmo, encarando-me com seu olhar atento e implacável. A pele morena de sua cabeça raspada brilhava sob a luz das lâmpadas fluorescentes. A academia era um antigo depósito, que não havia sido modificado nem decorado por razões tanto estéticas como práticas, criando assim uma atmosfera propícia ao exercício da autodefesa. Minha mãe e meu padrasto, paranoicos como eles só, faziam Clancy me levar às aulas. Aquela região estava sendo revitalizada, o que eu achava ótimo, mas para eles era sinal de problemas.

Quando Parker veio para cima de mim de novo, consegui detê-lo. Ele pegou ainda mais pesado depois disso, obrigando-

-me a esquecer qualquer outro pensamento até bem mais tarde, quando eu já estava em casa.

Gideon apareceu mais ou menos uma hora depois e me encontrou na banheira, cercada por velas aromáticas. Ele tirou a roupa para se juntar a mim, apesar de seus cabelos molhados denunciarem que havia tomado banho depois de se exercitar com o personal trainer. Eu o observei enquanto se despia, fascinada. A movimentação dos músculos sob sua pele e a elegância com que se mexia faziam uma sensação de bem-estar se espalhar pelo meu corpo.

Gideon se posicionou atrás de mim na banheira oval, suas longas pernas envolvendo as minhas. Ele segurou meus braços e me levantou, pegando-me de surpresa, e quando me dei conta estava sentada em seu colo.

"Encosta aqui em mim, meu anjo", ele murmurou. "Preciso sentir você."

Suspirei de prazer, soltando todo o meu peso e me aninhando sobre seu corpo firme e rígido. Meus músculos doloridos relaxaram, ansiosos como sempre para ser manipulados por seu toque. Momentos como aquele eram os meus preferidos. O restante do mundo e nossos gatilhos emocionais se tornavam uma coisa distante. Era quando eu *sentia* o amor que ele não ousava confessar.

"Mais hematomas?", ele perguntou com o rosto colado ao meu.

"Foi culpa minha. Minha cabeça não estava colaborando muito."

"Estava pensando em mim?", ele sussurrou, acariciando minha orelha com o nariz.

"Quem me dera."

Ele fez uma pausa antes de alterar o tom da conversa. "Me conte o que está incomodando você."

Eu adorava essa capacidade dele de me entender e mudar a abordagem de acordo com minhas reações. Eu me esforçava para ser como Gideon. A flexibilidade era um requisito indispensável em um relacionamento entre duas pessoas complicadas.

Entrelaçando meus dedos aos dele, falei sobre o comportamento esquisito da minha mãe depois do almoço.

"Por um momento achei que daria de cara com meu pai. Eu estava pensando... O prédio tem câmeras viradas para a calçada, não tem?"

"Claro. Posso conseguir as imagens pra você."

"Seriam no máximo dez minutos. Só quero tentar descobrir o que aconteceu."

"Por mim já está feito."

Joguei a cabeça para trás e beijei seu queixo. "Obrigada."

Seus lábios roçaram de leve meu ombro. "Meu anjo, eu faria qualquer coisa por você."

"Inclusive falar sobre seu passado?" Senti que ele se arrependeu do que tinha dito. "Não precisa ser agora", apressei-me em dizer, "mas algum dia. Você decide quando estiver pronto."

"Almoça comigo amanhã? Na minha sala?"

"Você vai me contar tudo durante o almoço?"

Gideon bufou. "Eva."

Virei o rosto e o soltei, decepcionada com a recusa. Agarrando as bordas da banheira, preparei-me para levantar e sair de perto do homem com quem eu tinha mais intimidade no mundo, mas que ainda assim parecia uma pessoa irremediavelmente distante. Manter uma relação com ele significava andar sempre no fio da navalha, começar a duvidar de coisas das quais eu tinha certeza poucos momentos antes. Começar e recomeçar o tempo todo.

"Pra mim já chega", murmurei, apagando a vela mais próxima de mim. A fumaça serpenteou pelo ar, intangível como o homem que eu amava. "Vou sair."

"Não." Ele agarrou meus seios, restringindo meus movimentos. A água começou a respingar para fora da banheira, reflexo da minha agitação.

"Me larga, Gideon." Eu o peguei pelos pulsos e afastei suas mãos de mim.

Ele enterrou o rosto no meu pescoço, segurando-me obstinadamente. "Eu chego lá. Tudo bem? Só me dá... Eu chego lá."

Eu me desarmei diante do pequeno triunfo que esperava obter logo de cara, quando fiz a pergunta.

"Podemos deixar isso de lado só por uma noite?", ele perguntou em um tom de irritação, ainda com o corpo todo tenso.

"Deixar tudo de lado? Só quero a sua companhia, pode ser? Pedir alguma coisa pra jantar, ficar vendo tevê, dormir abraçado... Podemos fazer isso?"

Percebendo que havia alguma coisa bem séria o incomodando, virei-me para olhá-lo. "Aconteceu alguma coisa?"

"Só quero ficar um tempinho com você."

Lágrimas brotaram dos meus olhos. Havia tanta coisa que ele não era capaz de me dizer, tanta coisa. Nosso relacionamento estava se transformando em um campo minado de palavras não ditas e segredos não compartilhados. "Tudo bem."

"Estou precisando disso, Eva. Eu e você, sem nenhum drama." Gideon passou os dedos molhados pelo meu rosto. "Me faça esse favor. E me beije."

Eu me virei, posicionei-me sobre seus quadris e agarrei seu rosto com as mãos. Inclinei a cabeça até o ângulo perfeito e juntei meus lábios aos dele. Comecei bem devagar, com sucções leves. Mordi sem muita força seu lábio inferior, depois me entreguei ao beijo para que todos os nossos problemas se esvaíssem ao contato da minha língua com a dele.

"Me beija, porra", ele rugiu, passando as mãos pelas minhas costas e se remexendo sem parar. "Se você me ama, me beija."

"Eu te amo", garanti, sem separar nossas bocas. "Não posso evitar."

"Meu anjo." Agarrando com as mãos meus cabelos molhados, ele me manteve na posição em que queria e se rendeu a um beijo apaixonado.

Depois do jantar, Gideon foi trabalhar na cama, com a cabeça encostada na cabeceira e o laptop em uma mesinha portátil. Eu estava deitada de bruços, vendo tevê e balançando os pés.

"Você sabe todas as falas desse filme?", ele perguntou, desviando temporariamente minha atenção de *Os Caça-fantasmas* para olhá-lo. Ele só estava usando uma cueca boxer preta.

Adorava vê-lo daquela maneira relaxada, despojada e íntima. Perguntei-me se Corinne já havia desfrutado da mesma visão. Em caso positivo, eu era capaz de imaginar seu desespero para estar de novo diante daquela cena, com base no meu desespero para nunca perder o privilégio.

"Talvez", admiti.

"E precisa dizer todas em voz alta?"

"Algum problema, garotão?"

"Não." Ele sorriu, e seus olhos deixavam claro que estava se divertindo. "Quantas vezes você já viu isso?"

"Um zilhão." Eu me virei e ergui as mãos e os joelhos. "Está bom pra você?"

Ele levantou uma sobrancelha.

"Você é o porteiro?", murmurei, aproximando-me.

"Meu anjo, com você me encarando desse jeito, aceito ser qualquer coisa."

Virei para ele com os olhos semicerrados e sussurrei: "Você quer este corpinho?".

Sorrindo, ele pôs o computador de lado. "Vinte e quatro horas por dia."

Montei em suas pernas e me inclinei sobre ele. Lancei meus braços sobre seus ombros e grunhi: "Me beija, criatura inferior".

"Ah, então é assim que as coisas funcionam? O que aconteceu com o deus do prazer? Agora sou uma criatura inferior?"

Pressionei meu sexo contra a extensão rígida do pau dele e remexi os quadris. "Você aceita ser qualquer coisa, esqueceu?"

Gideon me agarrou na altura das costelas e jogou a cabeça para trás. "E o que você quer que eu seja?"

"Meu." Dei uma mordida em sua garganta. "Todo meu."

Eu não conseguia respirar. Tentei gritar, mas alguma coisa tapava meu nariz... cobria minha boca. Um gemido agudo foi o único som a escapar. Meus pedidos frenéticos de socorro estavam aprisionados dentro da minha mente.

*Me larga! Para com isso! Não encosta em mim. Ai, meu Deus... por favor, não faz* isso *comigo.*

Onde estava minha mãe? *Mãe!*

A mão de Nathan cobria minha boca, bloqueando meus lábios. O peso de seu corpo pressionava o meu para baixo, esmagando minha cabeça contra o travesseiro. Quanto mais eu resistia, mais excitado ele ficava. Arfando como o animal que era, Nathan investia contra mim, de novo e de novo... tentando me penetrar. Minha calcinha estava no caminho, minha única proteção contra a dor que eu já havia experimentado incontáveis vezes.

Como se estivesse lendo minha mente, ele rugiu na minha orelha: "Você ainda não sabe o que é dor. Mas vai descobrir já, já".

Fiquei paralisada. A consciência me atingiu como um balde de água fria. Eu conhecia *muito bem* aquela voz.

*Gideon. Não!*

Minha pulsação acelerada ressoava nos meus ouvidos. Uma ânsia de vômito se espalhou por minha barriga. Senti a bile subir até minha boca.

Era ainda pior, muito pior, quando o estuprador era alguém em quem você confiava mais do que em qualquer outra pessoa no mundo.

O medo e a raiva se misturaram em uma dose potente de adrenalina. Em um momento de lucidez, ouvi a voz de Parker gritando seus comandos e me lembrei do básico.

Ataquei o homem que amava, o homem cujos pesadelos se misturavam com os meus da maneira mais pavorosa possível. Éramos ambos sobreviventes de abusos sexuais, mas nos meus sonhos eu ainda era a vítima. Nos de Gideon, ele havia se tornado o agressor, furiosamente determinado a se vingar infligindo a mesma agonia e humilhação que tinha sofrido a quem o atacou.

Meus dedos enrijecidos golpearam a garganta de Gideon. Ele recuou com um palavrão e se virou, e eu aproveitei para dar uma joelhada no meio de suas pernas. Dobrado sobre si mesmo, ele caiu para um dos lados. Rolei para fora da cama e caí no chão. Aos tropeções, arremessei-me porta afora e cheguei ao corredor.

"Eva!", ele gritou sem fôlego, acordado e ciente do que quase havia feito enquanto dormia. "Meu Deus. *Eva*. Espere!"

Continuei em frente e corri até a sala.

Encontrei um canto escuro, encolhi-me toda e, fazendo força para respirar, chorei até meus soluços ressoarem pelo apartamento. Pressionei a boca contra o joelho quando vi a luz do meu quarto se acender e não fiz nenhum movimento quando, uma eternidade depois, Gideon apareceu na sala.

"Eva? Meu Deus. Está tudo bem? Eu... machuquei você?"

Parassonia sexual atípica, foi o nome que o dr. Petersen mencionou, uma manifestação física do trauma psicológico profundo de Gideon. Para mim, o nome daquilo era inferno. E ambos tínhamos sido arrastados para ele.

Sua linguagem corporal era de partir o coração. Sua postura normalmente cheia de dignidade estava esmagada pelo peso do fracasso. Seus ombros estavam caídos e sua cabeça, abaixada. Gideon estava vestido e segurava a mala com suas roupas. Parou junto ao balcão. Abri a boca para falar, mas fui interrompida pelo barulho de um objeto de metal contra o tampo de pedra.

Da outra vez, eu o detive; pedi para que ficasse. Agora, não estava disposta a fazer o mesmo.

Agora, queria que ele fosse embora.

O ruído quase inaudível da chave entrando na porta reverberou pelo meu corpo. Algo dentro de mim morreu. O pânico tomou forma. Senti sua falta no mesmo momento em que ele partiu. Não queria que Gideon ficasse. Mas também não queria que fosse embora.

Não sei quanto tempo fiquei ali encolhida naquele canto antes de reunir forças para levantar e ir até o sofá. Notei distraidamente que a noite estava começando a virar dia, e logo depois ouvi o som distante do toque do celular de Cary. Pouco tempo depois, ele veio correndo até a sala.

"Eva!" Ele chegou até mim em um segundo, agachando-se na minha frente, apoiado sobre as mãos e os joelhos. "O que foi que ele fez?"

Pisquei, confusa. "Quê?"

"Cross ligou. Ele contou que teve outro pesadelo."

"Não aconteceu nada." Senti uma lágrima quente deslizar por meu rosto.

"Está na sua cara que alguma coisa aconteceu. Você está..."

Eu o agarrei pelos punhos quando ele se levantou dizendo um palavrão. "Estou bem."

"Merda, Eva. Nunca vi você tão assustada. Não dá pra continuar assim." Ele se sentou ao meu lado e me puxou para seu ombro. "Já chega. Está na hora de acabar com isso."

"Não posso tomar essa decisão assim, por impulso."

"Você está esperando o quê?" Ele me forçou a encará-lo. "Se esperar demais, não vai ser só mais um relacionamento fracassado, vai foder sua vida pra sempre."

"Se eu desistir de Gideon, ele nunca mais vai ter ninguém. Não posso..."

"Isso não é problema seu, Eva... Puta que o pariu. Você não tem a obrigação de salvar esse cara."

"É que... Você não entende." Com meus braços em torno dele e meu rosto enterrado em seu pescoço, eu disse aos soluços: "É ele que está me salvando".

Senti uma terrível ânsia de vômito ao ver a cópia da chave que havia dado para Gideon em cima do balcão da cozinha. Quase não tive tempo de chegar até a pia.

Depois de esvaziar o estômago, senti uma dor tão aguda que era quase debilitante. Agarrei-me à beirada do balcão, suando frio e com dificuldade para respirar, chorando tanto que não sabia como suportar os cinco minutos seguintes, muito menos o restante do dia. Ou da minha vida.

Da última vez que Gideon me devolveu aquela chave, ficamos sem nos falar durante quatro dias. Era impossível não pensar que a repetição daquele gesto significava uma ruptura muito maior. O que eu tinha feito? Por que não fora atrás dele? Por que não conversara com ele? Por que não impedira que fosse embora?

Meu telefone emitiu o sinal de alerta de mensagem de texto. Arrastei-me até a bolsa, torcendo para que fosse Gideon. Ele havia ligado três vezes para Cary, mas não tinha tentado falar comigo.

Quando vi seu nome na tela, senti um aperto no peito.

**Vou trabalhar em casa hoje. Angus vai passar aí e te levar para o trabalho.**

Senti meu estômago embrulhar de novo, dessa vez de

medo. Tinha sido uma semana dificílima para nós dois. Seria compreensível se ele desistisse de vez. Essa compreensão, porém, vinha revestida de um pânico tão pavoroso que senti um arrepio subir por meus braços.

Meus dedos tremiam enquanto eu digitava a resposta.

Nos vemos hoje à noite?

Depois de uma longa pausa, a ponto de eu quase escrever de novo, ele enfim se manifestou.

Não conte com isso. Tenho consulta com o dr. Petersen e um monte de coisas para fazer.

Agarrei o telefone com força. Precisei recomeçar três vezes antes de reunir forças para escrever: Quero ver você.

A resposta demorou mais do que nunca. Já estava quase ligando, em estado de pânico, quando a mensagem chegou: Vou ver o que posso fazer.

Meu Deus... Eu mal conseguia enxergar as letras em meio às lágrimas. Ele tinha desistido. Meu coração dizia isso, era o que eu sentia no fundo da alma. Não fuja. Eu não vou fugir.

Ele respondeu depois do que pareceu uma eternidade: Mas deveria.

Pensei em ligar para o trabalho e dizer que estava doente, mas acabei mudando de ideia. Eu já havia passado por aquilo antes. Se fizesse isso, o passo seguinte seria retomar os antigos hábitos autodestrutivos com os quais eu costumava lidar com a dor. Perder Gideon seria terrível, mas me perder poderia ser pior.

Eu precisava aguentar firme. Seguir em frente. Manter o controle. Um passo de cada vez.

E então lá estava eu, à espera do Bentley no horário de sempre. Apesar de a expressão sorridente de Angus ter me deixado ainda mais apreensiva, coloquei-me no modo piloto automático que me ajudaria a superar o restante daquele dia.

O expediente passou numa espécie de estupor. Trabalhei bastante e me concentrei no que precisava fazer, uma forma de impedir que acabasse enlouquecendo. Mas meu coração não estava lá. Passei a hora do almoço perambulando pelas ruas, incapaz de pensar em comer ou conversar com quem quer que fosse. Quando saí, pensei em faltar à aula de krav maga, mas acabei indo e me dedicando da mesma forma que com o trabalho. Era preciso seguir em frente, por mais desesperadores que fossem os rumos que as coisas estavam tomando.

"Hoje você está melhor", comentou Parker durante uma pausa entre os exercícios. "Ainda está distraída, mas está melhor."

Concordei com a cabeça e limpei o rosto com a toalha. As aulas de Parker a princípio eram apenas uma alternativa mais dinâmica às aulas de ginástica convencionais, mas, depois da noite anterior, percebi que a defesa pessoal era muito mais que um mero benefício adicional.

As tatuagens tribais que envolviam seus bíceps se encolheram quando ele levou a garrafa de água à boca. Como Parker era canhoto, sua aliança saltou aos meus olhos nesse momento. Lembrei-me do meu anel de compromisso na mão direita e olhei para ele. Recordei o momento em que Gideon me presenteou com aquele anel, dizendo que as cruzes incrustadas de diamantes ao redor da joia representavam nossos dedos entrelaçados. Imaginei se ele ainda pensava assim. Nesse caso, eu ainda estava disposta a tentar. E muito.

"Pronta?", perguntou Parker, descartando a garrafa na lata de lixo reciclável.

"Até demais."

Ele sorriu. "Agora sim."

Parker ainda levava a melhor sobre mim no corpo a corpo, mas não por falta de esforço da minha parte. Eu me dediquei a cada minuto, descarregando minhas frustrações de maneira saudável, através de exercícios físicos intensos. As poucas vezes em que superei meu instrutor me deram força para tentar lutar com o mesmo afinco pelo meu namoro tão tumultuado. Estava disposta a investir tempo e esforço para ficar com Gideon, para fortalecer a mim mesma e conseguir superar as nossas dificuldades. E era isso o que eu ia dizer para ele.

Quando a aula terminou, tomei uma ducha, despedi-me dos colegas, saí porta afora e encontrei um início de noite ainda bem quente. Clancy já estava à minha espera, encostado no carro, mas só um imbecil imaginaria que ele estava ali de bobeira. Apesar do calor, ele estava de paletó, escondendo a arma pendurada na cintura.

"Como estão indo as aulas?" Clancy se endireitou e abriu a porta para mim. Desde que o conhecia, ele mantinha seus cabelos loiros escuros em um corte militar, aprofundando ainda mais a impressão de ser um homem sério e circunspecto.

"Estou me esforçando." Instalei-me no banco de trás e pedi que me levasse à casa de Gideon. Eu tinha a minha própria chave, e planejava usá-la.

No caminho, fiquei curiosa para saber se Gideon havia de fato comparecido à consulta com o dr. Petersen ou se tinha cancelado. Ele só concordou em fazer terapia por minha causa. Se tivesse desistido definitivamente de mim, poderia não ver mais motivo para continuar.

Passei pelo sóbrio e elegante saguão do prédio e me identifiquei na portaria. Apenas quando estava no elevador privativo comecei a ficar nervosa de verdade. Ele havia me incluído entre as pessoas com acesso ao apartamento algumas semanas antes, um gesto com um significado muito especial, já que a casa de Gideon era seu santuário, um lugar onde as visitas eram presença raríssima. Eu era a primeira mulher a dormir com ele ali, e a única pessoa a ter a chave do apartamento além dos empregados. No dia anterior, tinha a certeza de ser bem recebida, mas naquele momento...

Saí do elevador para um pequeno hall com piso de pedra branco e preto e uma mesinha antiga com um arranjo de lírios brancos. Antes de abrir a porta, respirei bem fundo, reunindo forças para me preparar para quando o encontrasse. Na vez anterior em que havia me atacado durante o sono, ele havia ficado arrasado. Era impossível não temer as consequências da repetição daquele fato. Eu estava morrendo de medo de que a parassonia fosse o motivo que acabaria nos separando.

Assim que entrei no apartamento, porém, percebi que ele não estava em casa. A energia que preenchia aquele espaço quando Gideon estava lá era bem diferente.

Os sensores acionaram as luzes quando entrei na luxuosa sala, e fiz um esforço para tentar me sentir em casa. Meu quarto ficava logo ali, depois de um corredor, e foi para lá que me dirigi, parando um pouco na porta para digerir melhor o fato de que era uma reprodução exata do quarto no meu apartamento. Era uma réplica perfeita, da cor das paredes às roupas de cama, mas sua existência ali era um tanto perturbadora.

Gideon o havia criado como um quarto de segurança para mim, um espaço ao qual eu pudesse recorrer sem me afastar dele quando precisasse ficar sozinha. Era o que eu estava fazendo naquele momento, de certa forma, mantendo-me por perto, mas no meu próprio espaço.

Deixei minha bolsa e a mala da ginástica sobre a cama, tomei um banho e vesti uma das camisetas das Indústrias Cross que ele havia separado para mim. Tentei não ficar pensando no motivo de ele não estar em casa. Tinha acabado de pegar uma taça de vinho e de ligar a televisão da sala quando meu celular tocou.

"Alô?", atendi, perguntando-me se conhecia o número no identificador de chamadas.

"Eva? É Shawna."

"Ah, oi, Shawna." Tentei não parecer muito decepcionada.

"Você pode falar ou quer que eu ligue outra hora?"

Olhei para a tela do celular e percebi que eram quase nove horas. O ciúme se misturou à preocupação. Onde ele podia estar? "Posso falar, sim. Estou à toa, vendo tevê."

"Desculpa não ter atendido ontem quando você ligou. Sei que é um convite meio repentino, mas queria saber se você está a fim de ir comigo no show do Six-Ninths na sexta."

"No show de quem?"

"Six-Ninths. Você nunca ouviu falar? É uma banda indie. Bom, pelo menos era, até o ano passado. Conheço os caras há um bom tempo, ajudei na divulgação deles no começo, então ganhei uns ingressos. E é aquela coisa, todo mundo que conheço só gosta de hip-hop e dance. Não diria que você é minha última esperança, mas... você é minha última esperança. Me diz que gosta de rock alternativo, vai."

"Eu gosto de rock alternativo." Ouvi um bipe no telefone. Uma nova chamada. Quando vi que era Cary, deixei cair na caixa de mensagem. A conversa com Shawna não seria das mais longas, eu poderia ligar para ele logo em seguida.

"Bem que eu imaginei!" Ela riu. "Tenho quatro ingressos, então se você quiser levar alguém... A gente pode se encontrar às seis e sair pra comer alguma coisa. O show começa às nove."

Gideon chegou no exato instante em que respondi: "Está combinado".

Ele passou pela porta com o paletó pendurado no braço, o primeiro botão da camisa aberto e uma pasta na mão. Sua máscara estava lá, impedindo que suas emoções transparecessem ao me ver deitada em seu sofá, usando sua camiseta, com uma taça de vinho sobre sua mesa de centro e sua televisão ligada. Ele me olhou de cima a baixo, mas seus lindos olhos não diziam nada. Comecei a me sentir desconfortável, como se não fosse bem-vinda.

"Depois te falo sobre o ingresso extra", eu disse para Shawna, sentando-me lentamente para não ter que encará-lo. "Obrigada por se lembrar de mim."

"Estou feliz por você ter aceitado o convite! A gente vai se divertir muito."

Combinamos de conversar no dia seguinte e desliguei. Nesse meio-tempo, Gideon havia posto a pasta no chão e largado o paletó em uma das poltronas em volta da mesa de vidro.

"Faz tempo que você está aqui?", perguntou, afrouxando ainda mais o nó da gravata.

Fiquei de pé. Estava com as mãos suadas, morrendo de medo de que ele me mandasse embora. "Não muito."

"Já comeu?"

Sacudi a cabeça. Não tinha conseguido comer direito o dia inteiro. Só sobrevivi à aula com Parker graças a uma vitamina que havia tomado na hora do almoço.

"Peça alguma coisa." Ele passou por mim na direção do corredor. "Os cardápios estão na cozinha, na gaveta ao lado da geladeira. Vou tomar um banho rápido."

"Você vai querer comer também?", perguntei para as costas dele.

Gideon não parou para responder. "Vou. Ainda não comi."

No fim, decidi pedir uma sopa de tomate e baguetes fresquinhas de um lugar ali perto, algo que meu estômago não teria dificuldades para digerir, mas meu celular tocou de novo.

"Oi, Cary", atendi, sentindo um desejo de estar em casa com ele, e não à beira de um rompimento doloroso.

"Oi. Cross acabou de passar aqui procurando por você. Mandei ele ir para o inferno e não voltar nunca mais."

"Cary." Suspirei. Não era culpa dele — eu faria a mesma coisa para protegê-lo. "Obrigada por me avisar."

"Onde você está?"

"Na casa dele. Gideon acabou de chegar. Mas devo ir embora daqui a pouco."

"Você vai dar um pé na bunda dele?"

"Acho que quem vai fazer isso é ele."

Cary soltou o ar com força. "Sei que não é isso que você quer, mas é a melhor coisa que poderia acontecer. Você precisa ligar para o doutor Travis o quanto antes. Conversar com ele. Pôr as coisas nos seus devidos lugares."

Tive que engolir em seco, apesar do nó na garganta. "Eu... Talvez."

"Está tudo bem?"

"Pelo menos tudo vai terminar com uma conversa cara a cara, de uma forma civilizada. Já é alguma coisa."

O celular foi arrancado da minha mão.

Gideon não tirou os olhos de mim enquanto dizia "Tchau, Cary", desligava o telefone e o deixava sobre o balcão. Seus cabelos ainda estavam molhados, e ele vestia uma calça de pijama preta de cintura baixa. Fiquei abalada ao olhar para ele, o que me fez lembrar tudo o que tinha a perder quando não estivéssemos mais juntos — a ansiedade e o desejo de tirar o fôlego, o carinho e a intimidade, aquela sensação efêmera de que éramos *perfeitos* um para o outro e que fazia tudo valer a pena.

"Com quem você vai sair?", ele perguntou.

"Hã? Ah, com Shawna, cunhada de Mark. Ela tem ingressos sobrando pra um show na sexta-feira."

"Já decidiu o que quer comer?"

Fiz que sim com a cabeça, puxando para baixo a bainha da camiseta, envergonhada por estar com tão pouca roupa.

"Me dê uma taça disso aí que você está bebendo." Ele estendeu o braço por trás de mim e apanhou o cardápio que eu tinha deixado sobre o balcão. "Pode deixar que eu peço. O que você quer?"

Foi um alívio sair de perto dele para ir pegar a taça. "Sopa. E pão fresco."

Tirei a rolha da garrafa e servi o merlot que havia aberto pouco antes. Gideon ligou para a delicatéssen e começou a fazer o pedido com sua voz firme e rouca que eu adorava desde a primeira vez que tinha ouvido. Ele pediu sopa de tomate, o que me fez sentir mais um aperto no peito. Sem que nada fosse dito, Gideon havia pedido o que eu queria. Era mais uma daquelas pequenas coisas que sempre me faziam sentir que éramos feitos um para o outro, que estávamos destinados a ficar juntos para sempre se conseguíssemos acertar nossos ponteiros.

Entreguei a taça a ele e o observei dar o primeiro gole. Ele parecia cansado, o que me fez pensar que não havia dormido depois do acontecido, assim como eu.

Gideon baixou a taça e lambeu os resquícios de vinho em seus lábios. "Passei na sua casa pra falar com você. Cary deve ter dito."

Passei a mão sobre o peito para aliviar uma pontada de dor. "Desculpe... Sobre isto aqui e..." Apontei para a roupa que estava usando. "Que droga. Eu não estava preparada pra isto."

Ele se encostou no balcão e cruzou os tornozelos. "Como assim?"

"Pensei que você estivesse em casa. Eu devia ter ligado primeiro. Quando vi que não estava, devia ter esperado você chegar em vez de ir me instalando." Esfreguei os olhos, que estavam ardendo. "Eu... não sei direito o que está acontecendo. Estou confusa."

Ele inspirou profundamente, fazendo seu peito se expandir. "Se você está esperando que eu termine com você, nem espere mais."

Apoiei-me sobre a pia da cozinha para não perder o equilíbrio. *Será que tudo estava indo por água abaixo mesmo?*

"Não consigo fazer isso", ele disse sem rodeios. "Não consigo nem dizer que você já conhece o caminho da rua, se veio aqui para terminar comigo."

*O quê?* Franzi o rosto, confusa. "Você deixou sua chave na minha casa."

"E agora quero de volta."

"Gideon." Fechei os olhos, e as lágrimas correram pelo meu rosto. "Você é um idiota."

Virei as costas e tomei o caminho do meu quarto com passadas um tanto inseguras e cambaleantes, mas que tinham pouca relação com a quantidade de vinho que eu havia bebido.

Quando abri a porta do quarto, fui agarrada pelo cotovelo.

"Não vou entrar aí", ele disse asperamente, bem perto do meu ouvido. "Prometi a você. Só vou pedir pra você ficar, conversar comigo. Ou pelo menos me ouvir. Você veio até aqui..."

"Tenho uma coisa pra você." Essas palavras saíram da minha garganta a muito custo.

Ele me soltou, e eu corri até minha bolsa. Quando me virei para ele, perguntei: "Quando você deixou sua chave no balcão, estava pensando em terminar comigo?".

Ele ficou parado na porta. Seus braços estavam abertos e seus dedos agarravam os batentes, como se estivesse fazendo força para não entrar. Era uma posição que revelava seu corpo de maneira magnífica, definindo o contorno de cada músculo, deixando o elástico de sua calça pendurado por um fio sobre os quadris. Eu o desejava com todas as forças que tinha.

"Eu não estava pensando no longo prazo", ele esclareceu. "Só queria que você se sentisse segura."

Apertei com força o objeto que estava segurando nas mãos. "Você partiu meu coração, Gideon. Nem imagina o que senti quando vi aquela chave largada ali. O quanto aquilo me magoou. Você não faz ideia."

Ele fechou os olhos lentamente e baixou a cabeça. "Eu não sabia o que pensar. Achei que estava tomando a única atitude possível diante..."

"Pode parar com essa conversa. Não venha me falar de cavalheirismo ou de qualquer outro nome que você dê pra essa merda toda." Levantei a voz. "Vou te dizer uma coisa, uma coisa muito séria, mais séria do que tudo que já disse antes: se você me devolver essa chave de novo, está tudo acabado entre nós. É fim de papo. Entendeu bem?"

"Entendi, claro. Só não sei se você tem certeza do que está falando."

Soltei um suspiro trêmulo e fui até ele. “Me dê sua mão.”

A mão esquerda dele continuou agarrada ao batente, mas a direita veio em minha direção.

“Na verdade, nunca te dei a chave da minha casa, você simplesmente pegou.” Deixei meu presente na palma da mão dele. “Agora estou dando.”

Dei um passo atrás e o observei enquanto ele olhava para o chaveiro reluzente com a chave do meu apartamento. Foi a melhor maneira que encontrei para mostrar a ele que estava me entregando de corpo e alma, por livre e espontânea vontade.

Gideon cerrou o punho, apertando o presente com força. Depois de longos segundos de espera, olhou para mim com o rosto molhado de lágrimas.

“Não”, sussurrei, com o coração ainda mais apertado. Peguei seu rosto entre as mãos, limpando suas bochechas com os polegares. “Por favor... não.”

Ele me abraçou e colou seus lábios aos meus. “Não sei como fazer isso.”

“Shh.”

“Só vou magoar você. Já estou magoando. Você merece coisa melhor...”

“Quieto, Gideon.” Agarrei-me a ele e enlacei sua cintura com as pernas.

“Cary disse que você estava...” Seu corpo começou a tremer violentamente. “Não sei se está se dando conta do que eu estou fazendo com você. Estou acabando com sua vida, Eva...”

“Não é nada disso.”

Ele se ajoelhou no chão e me apertou com força. “A culpa é toda minha. Você sabia desde o começo, mas agora está se negando a acreditar... Você sabia que não deveria se envolver comigo, mas não deixei você fugir.”

“Não estou mais fugindo. Estou mais forte agora. Você me tornou uma pessoa mais forte.”

“Meu Deus.” O desespero em seus olhos era visível. Ele sentou, esticou as pernas e me puxou para mais perto. “Já temos traumas demais, e eu faço tudo errado. Vamos acabar nos matando desse jeito. Destruindo um ao outro até não sobrar mais nada.”

"Cala a boca. Não quero ouvir nem mais uma palavra desse papinho de merda. Você foi ver o doutor Petersen?"

Ele apoiou a cabeça na parede e fechou os olhos. "Claro que fui."

"Contou pra ele sobre ontem à noite?"

"Contei." Gideon cerrou os dentes. "E ele disse a mesma coisa da semana passada. Que estamos envolvidos demais. Acha que precisamos de um tempo, ir mais devagar, dormir cada um na sua casa, passar mais tempo com outras pessoas e menos tempo sozinhos."

Seria o melhor a fazer. Melhor para nossa saúde mental, melhor para nosso relacionamento. "Espero que ele tenha um plano B."

Gideon abriu os olhos e me encarou. "Foi isso que eu respondi. De novo."

"E daí que a gente é traumatizado? Todos os relacionamentos têm problemas."

Ele deu uma risada irônica.

"Estou falando sério", insisti.

"Mas *não vamos* dormir mais juntos. Isso é certo."

"Em quartos separados ou cada um na sua casa?"

"Em quartos separados. Mais que isso não aguento."

"Tudo bem." Suspirei e deitei a cabeça no ombro dele, feliz por estar de novo em seus braços, por estarmos juntos novamente. "Isso eu aceito. Por enquanto."

Gideon engoliu em seco. "Quando cheguei em casa e encontrei você aqui..." Ele me abraçou com força. "Nossa, Eva. Pensei que fosse mentira de Cary que você não estava em casa, pensei que não quisesse me ver. Depois achei que você tinha saído... que estava querendo me esquecer."

"Não é assim tão fácil esquecer você, Gideon." Eu nunca o esqueceria. Ele era parte de mim. Endireitei-me para poder olhar em seus olhos.

Gideon pôs a mão sobre meu coração, a mão que segurava a chave. "Obrigado."

"Nunca mais abra mão dessa chave", avisei mais uma vez.

"E você, não se arrependa de ter dado essa chave para mim." Ele colou sua testa à minha. Senti o calor de sua respiração em minha pele e imaginei que ele havia sussurrado algo, apesar de não ter conseguido entender o quê.

Mas não importava. Estávamos juntos. Depois de um dia longo e tenebroso, nada mais importava.

# 8

O som da porta do meu quarto se abrindo interrompeu um sonho nada memorável, mas foi o aroma tentador do café que de fato me acordou. Estiquei-me, mas mantive os olhos fechados, deixando a vontade crescer.

Gideon sentou na beira da cama, e um instante depois senti seus dedos percorrerem meu rosto. “Dormiu bem?”

“Senti sua falta. Esse café é pra mim?”

“Se você for boazinha.”

Abri bem os olhos. “Mas você gosta de mim safadinha.”

Seu sorriso provocava reações enlouquecidas em mim. Ele já estava vestido com um de seus ternos absurdamente sensuais e aparentava estar se sentindo bem melhor que na noite anterior. “Gosto de você safadinha *comigo*. E esse show na sexta?”

“É de uma banda chamada Six-Ninths. É só isso que eu sei. Quer ir?”

“Não é uma questão de querer. Se você vai, eu vou também.”

Minhas sobrancelhas se ergueram. “Sério? E se eu não tivesse convidado você?”

Ele tateou à procura da minha mão e girou meu anel de compromisso. “Então você não iria.”

“Como é?” Ajeitei os cabelos para trás. Ao notar a expressão que se desenhava em seu lindo rosto, sentei. “Me dá esse café. Quero estar bem energizada para acabar com você.”

Gideon sorriu e me passou a caneca.

“Não me olhe assim”, avisei. “Não estou nada contente com a ideia de você me proibir de sair.”

“Estamos falando sobre um evento específico, um show de rock, e eu não proibi você de ir, só disse que não pode ir sem mim. Sinto muito se não gosta, mas é assim que as coisas são.”

“E quem disse que é rock? Pode ser música clássica. Pop. Ou celta.”

"O Six-Ninths acabou de assinar com a Vidal Records."

"Ah." A Vidal Records era dirigida pelo padrasto de Gideon, Christopher Vidal, mas o proprietário era ele. Para mim, era impossível imaginar o que levaria alguém a comprar uma empresa da própria família. Qualquer que fosse o motivo, era mais uma das razões por que Christopher Jr., o meio-irmão de Gideon, o odiava.

"Vi uns vídeos da época em que eles eram uma banda indie", Gideon explicou. "Não vou deixar você sozinha no meio daquele bando de malucos."

Dei um gole caprichado no café. "Entendo, mas você não tem o direito de mandar em mim."

"Ah, não?" Ele pôs o dedo esticado na frente da minha boca. "Shh. Nada de discussões. Não sou um tirano, mas tenho minhas preocupações, e você precisa ter o bom senso de aceitar isso."

Afastei sua mão. "E bom senso significa fazer o que você achar melhor?"

"Claro."

"Quanta pretensão."

Ele ficou de pé. "Não vamos brigar por causa de situações hipotéticas. Você me convidou pra ir ao show na sexta e eu topei. Não tem motivo nenhum para discutir."

Deixei o café sobre o criado-mudo, saí de baixo das cobertas e levantei da cama. "Preciso ter a minha vida também, Gideon. Se abrir mão da minha individualidade, nunca vou conseguir me acertar com você."

"Sim, e tenho que pensar na minha individualidade. Não posso ser o único a fazer concessões."

Senti o golpe daquelas palavras. Ele tinha lá sua razão. Eu podia defender meu espaço, mas precisava entender que tipo de homem era Gideon. Precisava me acostumar com o fato de que ele também tinha seus gatilhos emocionais. "E se um dia eu quiser sair com minhas amigas?"

Ele pegou meu queixo com as duas mãos e beijou minha testa. "Você pode usar a limusine e ir pra qualquer lugar de que eu seja dono."

"Para você poder mandar os seguranças me espionarem?"

"Espionarem não, protegerem", ele corrigiu, dando-me

outro beijo. "Isso é tão terrível assim, meu anjo? Eu não conseguir parar de pensar em você é um fato imperdoável?"

"Você está distorcendo as coisas."

Ele me largou e me encarou com uma expressão séria e determinada. "Mesmo se você estiver na minha limusine ou em uma das minhas casas noturnas, o fato de não estar em casa comigo vai me deixar maluco. E, se vou ser obrigado a conviver com isso, você vai ser obrigada a conviver com minhas medidas de precaução. É um acordo justo."

"Como você consegue fazer os maiores absurdos parecerem razoáveis?", rosnei.

"É um dom."

Dei um apertão em seu belo e firme traseiro. "Vou precisar de mais café pra conseguir lidar com esse dom, garotão."

Já havia se tornado quase uma tradição sair para almoçar com meu chefe e seu companheiro às quartas-feiras. Quando Mark e eu chegamos ao pequeno restaurante italiano, descobri que ele também havia convidado Shawna, o que me deixou muito contente. Mark e eu tínhamos uma relação bastante profissional, mas de alguma forma ele conseguia agregar um toque pessoal que para mim significava muito.

"Que inveja do seu bronzeado", comentou Shawna, ao mesmo tempo casual e bem-vestida com jeans, uma blusinha bordada e uma echarpe. "Quando tomo sol fico toda vermelha, e minhas sardas aparecem ainda mais."

"Mas em compensação você tem esse cabelo lindo pra exibir", ressaltei, admirando sua coloração ruiva.

Steven passou a mão por seus cabelos, que tinham exatamente o mesmo tom, e sorriu. "A gente abre mão de tanta coisa pra ficar bonito."

"Como é que você sabe?" Ela deu um esbarrão no ombro do irmão e caiu na risada, mas ele nem se mexeu. Shawna era magra e esguia, e Steven, grande e forte. Mark já havia me contado que seu companheiro era um empreiteiro que não fugia do trabalho pesado, o que explicava tanto sua constituição física como suas mãos calejadas.

Entramos no restaurante e fomos logo para nossa mesa, já que eu havia providenciado a reserva com antecedência. Era um lugar meio apertado, mas muito charmoso. Janelas que iam do chão ao teto proporcionavam bastante luz natural, e o cheiro da comida era de dar água na boca.

"Estou animadíssima para sexta." Os olhos azuis de Shawna brilhavam de empolgação.

"Ah, é. Ela vai com *você*", comentou Steven, "e não com o irmão mais velho dela."

"O show não podia ser menos a sua cara", ela rebateu. "Você odeia aglomerações."

"Gosto de um pouco de distância entre as pessoas, só isso."

Shawna revirou os olhos. "Você pode ser chato em outro lugar."

Aquela conversa sobre aglomerações me fez lembrar do lado superprotetor de Gideon. "Tudo bem se eu levar o cara com quem estou saindo?", perguntei. "Ou você acha chato?"

"Claro que não. Ele pode convidar um amigo também."

"Shawna." Mark parecia incrédulo. E incomodado. "E Doug?"

"O que é que tem ele? Você nem me deixou terminar." Ela virou para mim e explicou: "Doug é o meu namorado. Ele está na Sicília fazendo um curso de culinária. É chef de cozinha".

"Que legal", comentei. "Adoro homens que sabem cozinhar."

"Ah, sim." Ela sorriu e lançou um olhar para Mark. "Ele é ciumento, e eu sei disso, então se seu acompanhante tiver um amigo que esteja interessado em ver o show, e não em arrumar uma mulher, pode ir também."

Pensei imediatamente em Cary e abri um sorriso.

Mais tarde, porém, ao chegar ao apartamento de Gideon depois da academia, mudei de ideia. Levantei do sofá em que estava tentando inutilmente ler um livro e fui até o escritório.

Ele estava concentrado, com o rosto franzido, digitando rapidamente no teclado. O brilho do monitor e a lâmpada sobre a colagem de fotos na parede eram as únicas fontes de iluminação do recinto, o que deixava muita coisa oculta nas sombras. Gideon estava sentado praticamente na penumbra, sem camisa e absolutamente senhor de si. Como sempre acontecia quando trabalhava, ele parecia solitário e inatingível. Sua solidão se fazia sentir só de olhar para ele.

A combinação da falta de intimidade física provocada por minha menstruação e a compreensível decisão de Gideon de dormirmos em quartos separados despertou minhas inseguranças mais profundas, fez-me querer ficar mais perto e tentar obter o máximo possível de sua atenção.

O fato de ele estar trabalhando em vez de dedicar seu tempo a mim não deveria me incomodar — eu sabia que ele era um homem ocupado —, mas incomodava. Estava me sentindo abandonada e carente, um sinal de que alguns velhos hábitos estavam voltando para a minha vida. Em resumo, Gideon era a melhor e a pior coisa que já havia acontecido na minha vida, e o mesmo valia para mim em relação a ele.

Ele desviou os olhos da tela e me hipnotizou com seu olhar. Sua atenção se voltou totalmente para mim.

"Estou deixando você de lado, não é, meu anjo?", ele perguntou, recostando-se na parede.

Fiquei vermelha. Queria que ele não fosse capaz de me decifrar tão facilmente. "Desculpe interromper."

"Você pode vir sempre que precisar de alguma coisa." Ele empurrou a gaveta com o teclado de volta para a mesa, bateu no tampo de madeira e empurrou a cadeira de rodinhas para trás. "Vem sentar."

A empolgação tomou conta de mim. Fui correndo, sem nenhuma preocupação em esconder meu desejo de atenção. Pulei na mesa e abri um sorriso quando Gideon aproximou a cadeira para se posicionar entre minhas pernas.

Deixando os braços apoiados sobre minhas coxas, ele me abraçou pelos quadris e disse: "Eu deveria ter explicado que preciso adiantar algumas coisas pra gente poder viajar no fim de semana".

"Sério?" Passei os dedos por seus cabelos.

"Quero me dedicar somente a você por um tempo. E estou precisando muito, muito mesmo, trepar longamente com você. Quem sabe o fim de semana todo." Ele fechou os olhos quando o toquei. "Sinto falta de estar dentro de você."

"Você está sempre dentro de mim", murmurei.

Ele abriu um sorriso malicioso e arregalou um pouco os olhos. "Você está me deixando de pau duro."

"E tem alguma novidade nisso?"

"Com certeza."

Franzi a testa.

"A gente conversa sobre isso depois", ele propôs. "Agora vamos tratar do motivo que trouxe você até aqui."

Hesitei, ainda sob o efeito de seu comentário misterioso.

"Eva." Seu tom de voz firme atraiu minha atenção. "Está precisando de alguma coisa?"

"De uma companhia pra Shawna. Hã... não no sentido romântico ou sexual. Ela tem namorado, mas ele está viajando. Acho que seria melhor se não fôssemos só nós dois e ela."

"E você não quer convidar Cary?"

"Eu pensei nele a princípio, mas já estou indo com uma amiga *minha*. Pensei que você poderia querer convidar algum conhecido *seu* pra ir. Sabe como é, pra equilibrar a dinâmica da coisa."

"Tudo bem. Vou ver se encontro alguém disponível."

Naquele momento, percebi que na verdade não esperava que ele fosse concordar.

Isso deve ter transparecido na expressão do meu rosto, porque logo em seguida ele perguntou: "Mais alguma coisa?".

"Eu..." Como dizer o que eu estava pensando sem parecer uma cretina? Sacudi a cabeça. "Não. Não é nada."

"Eva." Seu tom de voz ficou bem sério. "Diga logo."

"É bobagem minha."

"Não estou pedindo, estou mandando."

Senti um arrepio pelo corpo, como sempre acontecia quando ele adotava aquele tom autoritário. "É que pensei que você limitasse sua vida social aos encontros de negócios e a algumas trepadas ocasionais."

Dizer aquilo não foi nada fácil. Por mais que fosse uma idiotice ter ciúme das mulheres com quem ele tinha se envolvido no passado, era algo que eu não conseguia controlar.

"Você acha que não tenho amigos?", ele perguntou, claramente achando aquilo tudo muito engraçado.

"Bom, você nunca me apresentou nenhum amigo", eu disse com malícia, mexendo na bainha da minha camiseta.

"Ah..." Seu divertimento com a situação cresceu ainda mais, e seus olhos brilhavam em meio aos risos. "Você é meu segredinho, meu tesouro sexual. Não sei onde estava com a cabeça quando quis que a gente fosse fotografado se beijando em público."

"Bom." Meus olhos passaram para a colagem de fotos na parede, onde aquela imagem podia ser vista, uma fotografia que tinha sido destaque nos sites de fofocas durante dias. "Vendo a coisa dessa forma..."

Gideon soltou uma gargalhada, que provocou em mim uma onda de prazer. "Você conheceu alguns dos meus amigos quando saímos juntos."

"Ah." Eu pensava que as pessoas a que tinha sido apresentada em eventos fossem apenas parceiros de negócios.

"Mas manter você só pra mim também é uma ótima ideia."

Olhei bem para ele e resolvi trazer de volta à tona meu argumento na discussão que tivemos quando decidi ir para Las Vegas e não para Phoenix. "E por que *você* não pode ficar deitado sem roupa, sempre à minha disposição?"

"Que graça isso teria?"

Dei um soco em seu ombro e ele me puxou para seu colo, aos risos.

Seu bom humor era algo quase inacreditável, e fiquei me perguntando qual seria a razão daquilo. Quando bati o olho no monitor, só o que vi foi uma planilha enorme e um e-mail pela metade. Mas havia algo diferente no ar. E eu estava gostando.

"Seria um prazer", ele sussurrou com os lábios colados à minha garganta, "ficar deitado de pau duro o tempo todo, pra você cavalgar quando quisesse."

Senti meu sexo se contrair ao visualizar aquela imagem na minha mente. "Você está me deixando com tesão."

"Que ótimo. Adoro deixar você assim."

"Então", provoquei, "se minha fantasia fosse dispor dos seus serviços vinte e quatro horas por dia..."

"Pra mim seria uma maravilha."

Dei uma mordidinha em seu queixo.

Ele grunhiu: "Está querendo me provocar, meu anjo?".

"Quero saber qual é sua fantasia."

Gideon me ajeitou melhor em seu colo. "Você."

"É bom mesmo."

Ele sorriu. "Em um clube de striptease."

"Quê?"

"Em um show particular só para mim, Eva. Em um daqueles balanços, com sua bunda maravilhosa bem grudadinha no assento, os pés amarrados, as pernas abertas e a sua bocetinha perfeita molhada e pronta pra mim." Ele começou a fazer movimentos circulares sedutores na base da minha coluna. "Totalmente à minha mercê, incapaz de fazer qualquer coisa além de receber toda a porra que eu quisesse despejar. Acho que você ia adorar."

Eu o imaginei de pé no meio das minhas pernas, sem roupa e molhado de suor, com os bíceps e os peitorais se flexionando enquanto me puxava para trás e para a frente, entrando e saindo de mim com seu pau maravilhoso. "Você me quer totalmente indefesa."

"Quero você entregue e submissa. E não só em termos físicos. Tem que ser uma coisa de dentro pra fora."

"Gideon..."

"Se você acha que não aguenta, posso não ir até o fim", ele prometeu, com seus olhos brilhando de desejo à meia-luz. "Mas vou te levar até onde for possível."

Estremeci, tanto pela excitação como pela perturbação causada pela possibilidade de me entregar daquela maneira. "Por quê?"

"Porque quero que você seja minha, quero ser seu dono. A gente chega lá." Ele enfiou a mão por baixo da minha camiseta e agarrou um dos meus seios, apertando e torcendo de leve o mamilo, deixando meu corpo em chamas.

"Você já fez isso antes?" Perguntei, quase sem fôlego. "Esse negócio do balanço?"

A expressão em seu rosto mudou. "Não me pergunte esse tipo de coisa."

Ai, meu Deus. "Eu só queria..."

Ele me calou com um beijo. Mordeu meu lábio inferior, e então enfiou a língua na minha boca, mantendo-me na posição em que queria agarrando meus cabelos. O caráter dominante de seu gesto era inegável. O desejo surgiu dentro de mim, uma necessidade que eu não conseguia controlar, à qual não podia resistir. Gemi, sentindo uma pontada no peito ao pensar que ele já poderia ter investido tanto tempo e esforço para obter prazer de outra pessoa.

Gideon meteu a mão no meio das minhas pernas e me apertou. Eu me encolhi, surpresa com sua agressividade. Ele soltou um ruído para me tranquilizar e começou a me massagear, esfregando minha carne delicada com a habilidade costumeira em que eu havia me viciado.

Ele interrompeu o beijo, apoiando a mão nas minhas costas para levar meu peito até sua boca. Mordeu meu mamilo por cima do tecido, depois o envolveu com os lábios, chupando-o com tanta força que a sensação ecoou no meu ventre.

Eu estava cercada. Meu cérebro entrou em curto-circuito quando o desejo tomou conta de mim. Seus dedos ultrapassaram a barreira da minha calcinha para tocar meu clitóris, e aquela sensação de pele contra pele era justamente do que eu precisava. "*Gideon.*"

Ele ergueu a cabeça e me observou com os olhos cheios de furor enquanto me fazia gozar. Gemi ao ser arrebatada pelos tremores, a liberação de toda a tensão depois de dias de privação era quase insuportável. Mas ele não teve pena de mim. Continuou acariciando meu sexo até eu gozar mais uma vez, até meu corpo se sacudir violentamente e minhas pernas se fecharem para pôr um fim àquela tortura.

Quando ele tirou a mão, eu relaxei, respirando profundamente. Aninhei-me em seu colo, com o rosto encostado em seu pescoço, enlaçando os braços em sua nuca. Meu coração parecia inchado dentro do peito. Tudo o que eu sentia por ele, todo o tormento e o amor, veio à tona naquele momento. Eu o agarrei com força, procurando uma proximidade ainda maior.

"Shh." Ele me apertava tanto que ficava difícil respirar. "Você está questionando tudo e enlouquecendo no processo."

"Odeio isso", murmurei. "Eu não devia precisar tanto assim de você. Não é saudável."

"É aí que você se engana." Seu coração batia aceleradamente no meu ouvido. "E eu assumo a responsabilidade. Assumi o controle sobre algumas coisas e deixei outras por sua conta. É por isso que você está tão confusa e tão tensa. Peço desculpas por isso, meu anjo. Daqui para a frente as coisas vão ser mais fáceis."

Eu me inclinei para trás para poder encará-lo. Quase perdi o fôlego quando nossos olhos se encontraram, e vi que ele me olhava com uma expressão impassível. Foi então que entendi o que havia de diferente nele naquele dia — Gideon estava absolutamente sereno e seguro. Ao notar isso, também me tranquilizei. Minha respiração voltou ao ritmo normal, minha ansiedade começou a se esvair.

"Assim está melhor." Ele beijou minha testa. "Eu ia esperar até o fim de semana pra falar sobre isso, mas podemos conversar agora mesmo. A gente vai fazer um trato. Depois, não vai ser possível voltar atrás. Entendeu bem?"

Engoli em seco. "Estou tentando."

"Você sabe como sou. Já presenciou meus piores momentos. E, ontem à noite, disse que me queria mesmo assim." Ele esperou até que eu concordasse com a cabeça. "Esse foi meu erro. Não acreditei que você tomaria essa decisão, mas deveria ter acreditado. É por isso que tenho sido tão cauteloso... Seu passado me assusta, Eva."

A ideia de que Nathan pudesse me afastar de Gideon era tão dolorosa que me encolhi sobre os joelhos. "Ele não tem todo esse poder."

"Não mesmo. E você também precisa aceitar que existe mais de uma solução para as coisas. Quem disse que você precisa demais de mim? Quem disse que isso não é saudável? Não foi você. Está infeliz porque nega seus próprios instintos."

"Os homens não..."

"Foda-se isso. Nenhum de nós dois é normal. *E isso não é um problema.* É essa voz dentro da sua cabeça que está estragando tudo. Acredite em mim, sei do que você precisa. Aceite isso, mesmo quando achar que estou errado. E vou aceitar sua decisão de ficar comigo apesar dos meus defeitos. Certo?"

Mordi meu lábio inferior, tentando esconder o fato de que estava tremendo, e concordei com a cabeça.

"Você não parece muito convencida", ele disse num tom de voz suave.

"Estou com medo de me anular diante de você, Gideon. De perder o controle da minha vida, algo que lutei muito para conseguir."

"Eu nunca deixaria isso acontecer", ele prometeu com convicção. "Só quero que a gente fique seguro. O que sentimos um pelo outro não deveria ser a fonte de estresse que está sendo. Deveria ser nosso ponto de apoio, nosso porto seguro."

Meus olhos se encheram de lágrimas só de pensar naquilo. "É isso que eu quero", sussurrei. "E muito."

"E vou fazer acontecer, meu anjo." Gideon inclinou a cabeça e me beijou de leve. "Vou tornar uma realidade para nós dois. E você vai deixar as coisas acontecerem."

"Hoje parece estar tudo muito melhor", comentou o dr. Petersen quando Gideon e eu chegamos para nossa consulta de quinta à noite.

Estávamos sentados bem perto um do outro, de mãos dadas. Gideon acariciou meus dedos com o polegar, e eu olhei para ele e sorri, sentindo-me acolhida por aquele contato.

O dr. Petersen abriu a capa que protegia seu tablet e se ajeitou na poltrona. "Vocês querem discutir alguma coisa em especial?"

"A terça não foi nada fácil", eu disse baixinho.

"Imagino. Mas vamos falar de segunda-feira à noite. Você pode me explicar o que aconteceu, Eva?"

Contei que, ao despertar de um pesadelo, vi-me aprisionada pelo de Gideon. Narrei tudo o que havia acontecido naquela noite e no dia seguinte.

"Então vocês não estão mais dormindo juntos?", perguntou o dr. Petersen.

"Sim."

"Esses pesadelos", ele olhou para mim, "acontecem com frequência?"

"Não. A última vez antes de eu começar a namorar Gideon tinha sido há quase dois anos." Vi que ele começou a digitar rapidamente. Por algum motivo, sua sobriedade me deixava ansiosa. "Sou apaixonada por ele", completei.

Senti que Gideon ficou tenso.

O dr. Petersen levantou a cabeça para me observar. Passou os olhos por Gideon e depois voltou a me encarar. "Disso eu nunca duvidei. Por que você achou necessário dizer, Eva?"

Encolhi os ombros, sem graça, envergonhada ao notar que Gideon estava olhando para mim.

"Ela quer sua aprovação", Gideon comentou, bem sério.

Essas palavras me deixaram nua, expondo-me completamente.

"É isso mesmo?", o dr. Petersen me perguntou.

"Não."

"Claro que é." A irritação na voz de Gideon era perceptível.

"Não é, não", argumentei, apesar de ter compreendido isso após o comentário. "É... É a verdade. É como eu me sinto."

Olhei bem para o dr. Petersen. "A gente precisa dar certo. A gente *vai* fazer tudo dar certo", enfatizei. "Só queria deixar bem claro que precisamos remar na mesma direção. Você precisa saber que a gente não vai desistir um do outro."

"Eva." Ele abriu um sorriso compreensivo. "Você e Gideon têm muitos obstáculos a superar, mas nada que seja intransponível."

Soltei um suspiro de alívio. "Sou apaixonada por ele", repeti, balançando a cabeça.

Gideon ficou de pé em um pulo, apertando com força minha mão. "Você pode nos dar licença um minuto, doutor?"

Confusa e um tanto preocupada, eu o segui até a sala de espera vazia. A recepcionista já tinha ido embora, era a última consulta do dia. Minha mãe já havia deixado bem claro que essas consultas fora do horário não eram uma coisa habitual, e custavam bem caro. Fiquei feliz por Gideon estar disposto a pagá-las não uma, mas duas vezes por semana.

Quando a porta se fechou atrás de nós, virei-me para ele. "Gideon, juro que não foi..."

"Shh." Ele pegou meu rosto entre as mãos e me beijou, fazendo movimentos suaves mas sedentos com a boca.

Com o susto, demorei um pouquinho para deslizar minhas mãos pelo seu paletó e abraçar sua cintura esbelta. Sua língua entrou de uma vez na minha boca, e eu deixei escapar um gemido.

Ele me soltou e eu o encarei. Parecia ser o mesmo executivo lindíssimo de terno escuro que eu havia visto no dia em que nos conhecemos, mas a expressão em seu rosto...

Senti um nó na garganta.

Toda aquela intensidade e determinação, todo aquele desejo... Seus dedos acariciaram meu rosto, deslizaram pela minha garganta. Ele ergueu meu queixo e me beijou de levinho. Apesar de não ter dito nada, entendi tudo.

Demos as mãos e voltamos para o consultório.

# 9

Passei voando pelas catracas do Crossfire e sorri ao ver que Cary estava à minha espera no saguão.

"Oi", cumprimentei, admirando sua capacidade de fazer com que um simples jeans e uma camiseta de gola v parecessem sofisticados.

"Oi, sumida." Ele estendeu a mão para mim e saímos pela porta lateral de braços dados. "Você parece bem feliz."

O sol do meio-dia me atingiu como um soco. "Nossa. Que calor. Vamos a algum lugar aqui perto. Está a fim de comer taco?"

"Com certeza."

Fomos até o restaurante mexicano que Megumi havia me apresentado, e tentei não demonstrar o quanto a maneira como ele me cumprimentou tinha me deixado chateada. Fazia dois dias que eu não ia para casa, e Gideon estava planejando uma viagem para o fim de semana, o que significava mais dois dias sem Cary. Foi um alívio quando ele aceitou almoçar comigo. Eu não gostava de ficar muito tempo sem conversar com ele, sem saber se estava tudo bem.

"Você tem planos para hoje à noite?", perguntei depois de fazer o pedido.

"É aniversário de um fotógrafo com quem trabalhei. Pensei em dar uma passada lá." Estávamos de pé, esperando os tacos e as margaritas sem álcool. "Você vai sair mesmo com a irmã do seu chefe? Ou quer ir comigo?"

"Cunhada", corrigi. "Ela tem ingressos pra um show. Ela me disse que sou sua última esperança, mas acho que vai ser divertido. Pelo menos estou torcendo para que seja. Nunca ouvi falar da banda. Tomara que não seja muito ruim."

"Qual é a banda?"

"Six-Ninths. Você conhece?"

Cary arregalou os olhos. "Six-Ninths? Sério? Eles são muito bons. Você vai gostar."

Peguei nossas bebidas no balcão e deixei que ele carregasse as bandejas com os pratos. "Você conhece o Six-Ninths, Shawna é superfã... Onde eu estava que nunca ouvi falar deles?"

"Debaixo da asa do Cross, na sua fortaleza. Ele vai também?"

"Vai." Corri para garantir nossa mesa quando vi dois engravatados se levantarem. Nem comentei sobre o fato de Gideon ter dito que eu não poderia ir sem ele. Sabia que Cary não toleraria isso, o que me fez pensar no motivo pelo qual eu aceitava tão facilmente esse tipo de coisa. Cary e eu costumávamos concordar nesse quesito.

"Não acho que o Cross goste de rock alternativo." Cary se sentou com toda a naturalidade na cadeira em frente à minha. "Ele sabe *o quanto* você gosta? Principalmente dos roqueiros alternativos?"

Mostrei a língua para ele. "Não acredito que você ainda se lembra disso. É passado."

"E daí? Brett era um gato. Vai me dizer que nunca pensa nele?"

"Só se for pra me envergonhar." Peguei um dos tacos de carne assada. "Então tento evitar esse tipo de lembrança."

"Ele era um cara legal", rebateu Cary antes de dar um grande gole na raspadinha sabor margarita.

"Não estou dizendo que não era. Mas não era o cara certo pra mim." Só de pensar naquela época eu me contorcia de vergonha. Brett Kline era um gato e tinha uma voz que me deixava louca de tesão, mas também era um dos principais exemplos das péssimas escolhas que tinha feito em um período especialmente sórdido da minha vida. "Mudando de assunto... Você conversou com Trey ultimamente?"

O sorriso de Cary desapareceu. "Sim, hoje de manhã."

Fiquei em silêncio, à espera de mais informações.

Enfim ele cedeu, soltando um suspiro. "Sinto falta dele. De conversar com ele. Trey é muito inteligente, sabia? Que nem você. Ele vai comigo à tal festa de hoje à noite."

"Como amigo? Ou como namorado?"

"Isto aqui está uma delícia." Cary deu mais uma mordida no taco antes de responder. "A ideia é irmos como amigos, mas provavelmente vou estragar tudo e tentar trepar com ele. A gente vai se encontrar lá, pra não dar sopa para o azar, mas sempre dá pra fugir para o banheiro ou para algum depósito de produtos de limpeza. Nunca consigo me controlar, e ele não sabe dizer não para mim."

Seu tom de autodesprezo fez meu coração ficar apertado.

"Sei como é", fiz questão de lembrar. Eu também já tinha sido assim. Já havia sentido esse desespero pelo contato íntimo com alguém. "Por que você não tenta... sabe como é... resolver isso sozinho primeiro? Pode ajudar..."

Um sorriso largo e malicioso se abriu em seu belo rosto. "Uau, você poderia repetir isso para eu gravar?"

Amassei meu guardanapo e atirei nele.

Cary o apanhou aos risos. "Você é tão puritana às vezes... Adoro isso."

"E eu adoro *você*. Quero que seja feliz."

Ele pegou minha mão e a beijou. "Estou tentando, gata."

"Se precisar de mim é só falar, mesmo se eu não estiver em casa."

"Eu sei." Ele apertou com força minha mão antes de largá-la.

"Na semana que vem vou ficar bastante por lá. Preciso deixar tudo pronto para a visita do meu pai." Dei uma mordida em um taco, e meus pés até sapatearam de tão bom que estava. "Queria falar sobre a sexta. Vou estar no trabalho, então você poderia ficar de olho nele? Vou deixar comida e uns mapas da cidade, mas..."

"Sem problemas." Cary piscou para uma loira bonita que passou por nós. "Ele vai estar em boas mãos."

"Você vai querer sair com a gente enquanto ele estiver na cidade?"

"Eva, querida, estou sempre disposto a sair com você. É só me dizer onde e quando que dou um jeito."

"Ah!" Eu me apressei em mastigar e engolir o que tinha na boca. "Minha mãe disse que viu seu rostinho bonito estampado num ônibus um dia desses."

Ele sorriu. "Eu sei. Ela me mandou uma foto que tirou com o celular. Demais, né?"

"Mais que demais. Precisamos comemorar", eu disse, roubando sua fala habitual.

"Com certeza."

"Uau!" Shawna parou na calçada do prédio em que morava no Brooklyn e ficou boquiaberta ao deparar com a limusine estacionada. "Você caprichou."

"Eu não", comentei ironicamente ao olhar para seu short vermelho e sua camiseta do Six-Ninths estrategicamente rasgada. Seus cabelos ruivos estavam presos e puxados para trás, e ela tinha passado um batom da mesma cor que o short. Shawna estava linda e pronta para curtir, e eu senti que minha saia plissada de couro, minha regatinha branca e minhas botas Doc Martens cor de cereja haviam sido uma boa escolha.

Gideon, que estava conversando com Angus, virou-se para nos olhar, e eu fiquei tão impressionada com sua aparência quanto havia ficado logo depois de ele se trocar. Seu jeans largo, sua camiseta lisa e suas botas, tudo impecavelmente preto, de alguma forma criavam um visual tão absurdamente sexy que minha vontade era pular em cima dele. Se Gideon já parecia um moreno perigoso de terno, essa impressão se acentuava ainda mais com aquelas roupas. Ele parecia mais novo, além de lindo como sempre.

"Puta merda, não vai me dizer que ele é pra mim", murmurou Shawna, apertando meu pulso com toda a força.

"Ei, você já tem o seu. Esse aí é meu." Fiquei excitadíssima ao dizer isso. Ele era só meu, e eu podia tocá-lo e beijá-lo à vontade. E, mais tarde, trepar até morrer de cansaço. *E como...*

Ela riu ao notar minha alegria. "Tudo bem. Então apresenta a gente."

Fiz as honras, e deixei que ela entrasse primeiro na limusine. Quando me inclinei para entrar atrás dela, senti a mão de Gideon subir por baixo da minha saia e apertar minha bunda.

Ele se encostou em mim por trás e sussurrou na minha orelha: "Sempre tenha certeza de que estou atrás de você quando se curvar desse jeito, meu anjo, ou leva uns tapas na bunda".

Virei a cabeça e encostei meu rosto no dele. "Minha menstruação já era."

Ele grunhiu e apertou meus quadris entre os dedos. "Por que não me disse isso antes?"

"Para prolongar o estado de excitação, garotão", respondi, usando uma frase que ele usou certa vez para me torturar. Dei risada ao ouvir o palavrão que ele soltou e me posicionei no assento ao lado de Shawna.

Angus assumiu a direção e nós saímos, abrindo uma garrafa de Armand de Brignac no caminho. Quando chegamos ao Tableau One, um novo bistrô da moda com fila na porta e música alta que se ouvia da calçada, a combinação do champanhe com o olhar de desejo de Gideon e o comprimento quase indecente da minha saia estava começando a fazer efeito em mim.

Shawna se inclinou no assento e espichou os olhos para fora das janelas de vidros escuros. "Doug tentou arrumar uma mesa pra gente aí antes de viajar, mas a fila de espera era de dois meses. A gente pode até tentar, mas vamos ter que ficar horas na fila, e nada garante que vamos conseguir."

A porta da limusine se abriu, e Angus nos ajudou a descer, primeiro Shawna, depois eu. Gideon então se juntou a nós e me ofereceu o braço como se estivéssemos vestidos para um evento de gala, e não um show de rock. Fomos conduzidos para dentro com tanta rapidez e o gerente foi tão efusivo nas boas-vindas que fui obrigada a perguntar a Gideon se aquele restaurante também era dele.

"Sou um dos sócios."

Eu me limitei a suspirar, aceitando o inevitável. "Seu amigo vai vir jantar com a gente?"

Gideon levantou o queixo, apontando para a frente. "Ele já está aqui."

Segui seu olhar até encontrar um homem muito bonito vestindo jeans e uma camiseta do Six-Ninths. Ele estava posando para uma fotografia com uma bela mulher de cada lado, sorrindo efusivamente para a câmera num celular, e quando nos viu acenou para Gideon e pediu licença para se juntar a nós.

"Ai, meu Deus." Shawna parecia inquieta. "É Arnoldo Ricci!

Ele é o dono do restaurante. E tem um programa no canal de culinária da tevê!"

Gideon soltou meu braço para apertar a mão de Arnoldo e cumprir o velho ritual masculino dos tapinhas nas costas entre amigos. "Arnoldo, essa é minha namorada, Eva Tramell."

Estendi a mão, e Arnoldo a pegou, puxou-me para perto e me deu um beijo na boca.

"Pare com isso", repreendeu Gideon, e me posicionou atrás dele.

Arnoldo sorriu, e o brilho em seus olhos escuros mostrava claramente que ele estava apenas provocando Gideon. "E quem é essa beldade?", perguntou, virando-se para Shawna e beijando sua mão.

"Shawna, este é Arnoldo Ricci, seu acompanhante esta noite. Isso se ele sobreviver ao jantar." Gideon lançou um olhar de ameaça para seu amigo. "Arnoldo, esta é Shawna Ellison."

Ela parecia animadíssima. "Meu namorado é um grande fã seu. E eu também. Ele testou uma receita sua de lasanha uma vez, e ficou sen-sa-ci-o-nal."

"Gideon me contou que o seu namorado está na Sicília." A fala de Arnoldo era temperada por um sotaque delicioso. "Você devia ir visitá-lo."

Eu me virei como uma flecha para Gideon, já que não havia dado nenhuma informação mais detalhada a ele sobre o namorado da Shawna. Ele me olhou como quem se faz de inocente, com um sorrisinho quase imperceptível no rosto.

Sacudi a cabeça, decepcionada, mas era impossível negar que aquela seria uma noite inesquecível para Shawna.

A hora seguinte passou em um instante, acompanhada de comida e vinho de primeira. Eu estava me deliciando com um extraordinário creme zabaione com framboesas quando surpreendi Arnoldo me observando com um sorriso no rosto.

"*Bellissima*", ele comentou. "É sempre uma alegria ver uma mulher comer com gosto."

Fiquei vermelha, um tanto sem graça. Não dava para esconder que eu adorava comer.

Gideon estendeu o braço por trás da minha cadeira e começou a brincar com os cabelos da minha nuca. Sua outra mão levou a taça de vinho à boca, e eu sabia que ele estava pensando que preferia *me* saborear em vez da bebida. Seu desejo preenchia o ar ao nosso redor. E eu estava me rendendo a ele desde o início do jantar.

Por baixo da toalha de mesa, peguei seu pau por cima da calça e o apertei. Ele foi de semiereto a duro como pedra em um segundo, mas nada em sua expressão ou postura denunciava sua excitação.

Para mim foi inevitável encarar aquilo como um desafio.

Comecei a acariciá-lo com os dedos, tomando o cuidado de manter meus movimentos lentos e suaves, impossíveis de ser detectados. Para meu deleite, Gideon continuou conversado sem que nada em sua voz ou seu rosto me denunciasse. Seu autocontrole me excitava, fazia crescer minha ousadia. Procurei o botão de sua calça, animada com a ideia do contato de pele contra pele.

Gideon deu mais um gole no vinho e deixou a taça sobre a mesa.

"Só você mesmo, Arnoldo", ele disse com bom humor em resposta a algo que seu amigo tinha dito.

Senti meu punho ser agarrado no exato momento em que alcancei o botão dos seus jeans. Ele levou minha mão até a boca e a beijou, em um gesto aparentemente casual de afeto. Já a rápida mordida que deu no meu dedo me pegou de surpresa e me fez engasgar de susto.

Arnoldo sorriu — um sorriso um tanto irônico de um solteiro que via seu amigo ser laçado por uma mulher. Ele disse algo em italiano. Gideon respondeu com uma pronúncia fluente e sexy, num tom que parecia ser sarcástico. Arnoldo jogou a cabeça para trás e caiu na risada.

Eu me remexi no assento. Adorava ver Gideon daquela maneira, relaxado e se divertindo.

Ele olhou para meu prato vazio, depois para mim. "Podemos ir?"

"Ah, sim." Eu estava ansiosa para saber como seria o restante da noite, quantos lados de Gideon ainda seriam revelados. Para mim, essa nova face era tão adorável quanto o executivo poderoso vestido de terno, o amante dominador na cama, a criança magoada que não conseguia esconder as lágrimas e o companheiro carinhoso que me abraçava quando eu chorava.

Ele era complexo demais, um grande mistério para mim. Eu mal havia arranhado a superfície de seu ser. Mas ainda assim já estava totalmente envolvida por ele.

"Esses caras são bons!", Shawna gritou quando a banda de abertura começou a tocar sua quinta música.

Tínhamos abandonado nossos assentos depois da terceira música, abrindo caminho por uma multidão em polvorosa para garantir um lugar no espaço entre as fileiras de poltronas e o palco. Gideon estava posicionado atrás de mim, com seus braços me cercando de ambos os lados e segurando bem firme na grade. O restante da plateia se espremia ao nosso redor, empurrando-nos coletivamente, mas eu estava protegida pelo corpo dele, assim como Arnoldo protegia Shawna ao nosso lado.

Com certeza Gideon teria conseguido lugares muito melhores para nós, mas, como havia sido Shawna quem tinha nos convidado, usar seus ingressos era algo necessário para evitar uma tremenda indelicadeza. Gideon entendeu isso e estava disposto a encarar o que viesse pela frente, o que me deixou muito feliz.

Virei a cabeça para olhá-lo. "Essa banda também é da Vidal?"

"Não. Mas gostei."

Fiquei contente por ele estar curtindo o show. Levantei os braços e gritei, energizada pela animação da plateia e a batida pesada. Eu dançava entre os braços de Gideon, molhada de suor, com o coração disparado.

Quando o show de abertura terminou, os técnicos se apressaram em instalar os equipamentos e preparar o palco para o Six-Ninths. Num gesto de gratidão por aquela noite, por aquela alegria, pela maravilha de enlouquecer com o homem que amava, eu me virei e lancei os braços por sobre os ombros de Gideon e o beijei na boca.

Ele me pegou no colo e me fez passar as pernas em torno de sua cintura, beijando-me com violência. Seu pau estava duro e pressionado contra mim, incentivando-me a me esfregar nele. As pessoas ao redor começaram a assobiar e gritar coisas como "Vão para um motel" ou "Come ela, cara!", mas não dei a menor bola, e muito menos Gideon, que parecia tão arrebatado por aquele impulso sexual quanto eu. Sua mão na minha bunda me esfregava contra sua ereção, enquanto a outra agarrava meus cabelos, mantendo-me na posição em que queria ao me beijar, sedento para sentir meu gosto.

Nossas bocas abertas se esfregavam desesperadamente uma à outra. Sua língua ia fundo dentro de mim, em movimentos rápidos, como se estivesse fazendo amor com minha boca. Eu o recebia com prazer, lambendo e sentindo seu gosto, gemendo diante de seu desejo insaciável. Ele sugou minha língua, deslizando os lábios ao redor dela. Eu estava molhadinha e louca para ter seu pau dentro de mim, um desejo quase frenético de ser preenchida.

"Você vai me fazer gozar", ele rosnou, e mordeu meu lábio inferior.

Eu estava tão envolvida pela ferocidade de sua paixão que mal me dei conta de que o show do Six-Ninths havia começado. Foi só quando ouvi a voz do vocalista que me lembrei de onde estava.

Fiquei tensa na hora. Minha mente tentava raciocinar em meio à névoa do desejo, lutava para processar o que eu estava ouvindo. Eu conhecia aquela música. Meus olhos se abriram quando Gideon me soltou. Por cima de seus ombros, vi os cartazes erguidos no ar.

BRETT KLINE É MEU!

ME FODE, BRETT!

E o meu preferido: BRETT, EU TE ACERTARIA COMO A IRA DIVINA!!!

Droga. Quem poderia imaginar?

Cary, claro. Ele sabia, e não me disse nada. Deve ter achado que seria muito mais engraçado se eu descobrisse tudo ali na hora.

Minhas pernas se desprenderam dos quadris de Gideon, e ele me pôs de volta no chão, protegendo-me dos fãs enlouquecidos ao redor com a barreira de seu corpo. Virei para o palco sentindo um tremendo frio na barriga. Obviamente, Brett Kline estava ao microfone, com sua voz profunda, poderosa e infernalmente sexy silenciando os milhares de pessoas que estavam ali para vê-lo. Seus cabelos curtos estavam espetados, com as pontas descoloridas, e seu corpo esguio, vestido com uma calça cargo verde-oliva e uma camiseta regata preta. De onde eu estava não dava para ver, mas seus olhos eram de um verde-esmeralda brilhante, e a combinação de seu rosto bonito e seu sorriso encantador, com direito a covinhas, levava as mulheres à loucura.

Tentando desviar minha atenção de Brett, olhei para os outros membros da banda e reconheci todos. Mas na época de San Diego o grupo não se chamava Six-Ninths. Era Captive Soul, e fiquei me perguntando o motivo da mudança.

"Eles são bons, né?", Gideon perguntou com a boca colada ao meu ouvido para que eu pudesse ouvi-lo. Uma de suas mãos estava apoiada na grade e a outra ficava na minha cintura, mantendo-me grudada nele enquanto se mexia ao som da música. A combinação de seu corpo com a voz de Brett levou meu desejo sexual já enlouquecido a alturas inimagináveis.

Fechei os olhos e me concentrei na presença atrás de mim e na emoção inigualável que sempre sentia ao ouvir Brett cantar. A música ressoava por minhas veias, despertando lembranças — algumas boas, outras ruins. Eu balançava nos braços de Gideon, e o desejo se espalhava por meu corpo. Ele também estava louco de tesão. A luxúria exalava de seu corpo em ondas mornas, tomando conta de mim, tornando dolorosa a distância física que ainda havia entre nós naquele momento.

Agarrei a mão que ele mantinha espalmada na minha barriga e a puxei para baixo.

"Eva." Sua voz áspera estava carregada de volúpia. Eu o estava provocando a noite toda, do momento em que havia contado que não estava mais menstruada, passando pela breve sessão de masturbação no restaurante, até chegar ao beijo lascivo no intervalo.

Ele agarrou minha coxa e a apertou. "Abra as pernas."

Apoiei o pé esquerdo na parte inferior da grade. Deitei a cabeça sobre seu ombro e, um segundo depois, sua mão estava debaixo da minha saia. Sua língua percorria o contorno da minha orelha e sua respiração era ofegante. Senti seu gemido bem no meu ouvido quando ele descobriu o quanto eu estava molhada.

A banda emendava uma canção na outra. Gideon me massageava por cima da calcinha, em movimentos circulares que depois tomaram o sentido vertical, acompanhando minha abertura. Meus quadris se remexiam ao toque, meu ventre se contraía, minha bunda se esfregava sem parar em seu pau duro. Eu estava pronta para gozar ali mesmo, em meio a dezenas de pessoas, porque era esse o efeito que Gideon causava sobre mim. Ele me deixava literalmente louca de tesão. Nada mais importava quando eu sentia suas mãos sobre mim, sua atenção me tirava do sério.

"Isso mesmo, meu anjo." Ele puxou minha calcinha de lado e enfiou dois dedos em mim. "Vou passar horas e horas fodendo essa boceta maravilhosa."

Com a multidão se espremendo ao nosso redor, a música ressoando no ar e nossa privacidade garantida apenas pela distração dos demais, Gideon enfiou ainda mais profundamente os dedos em mim e os deixou por lá. Aquela penetração sólida e imóvel me deixou enlouquecida. Eu remexi os quadris em torno de sua mão, em busca do orgasmo de que tanto precisava.

A música acabou, e as luzes se apagaram. Envolvida pela escuridão, a plateia reagiu aos berros. A ansiedade foi crescendo em meio à multidão e se tornando cada vez maior até que um acorde de guitarra pôs fim ao silêncio da banda. Os gritos saltaram ao mesmo tempo de todas as gargantas, depois os isqueiros começaram a ser acesos, transformando aquele mar de gente em uma nuvem de vaga-lumes.

Um único holofote iluminou o palco. Brett estava sentado em um banquinho, sem camisa e brilhando de suor. Seu peitoral era rígido e bem definido, assim como seu abdome. Enquanto ele baixava o pedestal do microfone, os piercings em seus mamilos brilhavam. As mulheres na plateia começaram a gritar, inclusive Shawna, que pulava sem parar e soltava assobios ensurdecedores.

Eu entendia perfeitamente por quê. Sentado daquele jeito, com os pés sobre os apoios do banquinho e os braços bem torneados cobertos de tatuagens, Brett parecia absurdamente sexy e desejável. Durante seis meses, quatro anos antes, fiz de tudo para ficar sem roupa com ele sempre que possível, tão atraída e desesperada para ser amada que aceitava toda e qualquer migalha de atenção que ele me concedia.

Os dedos de Gideon começaram a deslizar dentro de mim, para dentro e para fora. O baixo entrou na canção. Brett estava cantando uma música que eu não conhecia, com uma voz grave e melódica, pronunciando cada palavra com perfeição. Ele tinha a voz de um anjo caído. Arrebatadora. Sedutora. E seu rosto e seu corpo só faziam crescer a tentação.

*Golden girl, there you are.*
*I'm singing for the crowd, the music's loud.*
*I'm living my dream, riding the high,*
*But I see you there, sunlight in your hair,*
*And I'm ready to go, desperate to fly.*

*Golden girl, there you are.*
*Dancing for the crowd, the music's loud.*
*I want you so bad. I can't look away.*
*Later, you'll drop to your knees. You'll beg me please.*
*And then you'll go, it's only your body I know.*

*Golden girl, where'd you go?*
*You're not there, with sunlight in your hair.*
*I could have you in the bar or the back of my car,*
*But never your heart. I'm falling apart.*
*I'll drop to my knees, I'll beg you. Please.*

*Please don't go. There's so much more I want to know.*
*Eva, please. I'm on my knees.*

*Golden girl, where'd you go?*

*I'm singing for the crowd, the music's loud.*
*And you're not there, with sunlight in your hair.*
*Eva, please. I'm on my knees.**

O holofote se apagou. Um longo instante transcorreu até a música terminar. Então as luzes voltaram e a bateria provocou uma explosão sonora. Chamas crepitaram no palco, e a plateia foi ao delírio.

Eu me sentia perdida, com um rugido nos ouvidos, um aperto no peito e uma confusão estonteante.

"Essa música", Gideon gemeu no meu ouvido enquanto metia com força os dedos em mim, "me faz pensar em você."

A palma de sua mão começou a massagear meu clitóris, e eu gozei em meio a um turbilhão de sentimentos. Meus olhos se encheram de lágrimas. Gritei, sentindo-me trêmula em seus braços. Agarrando a grade à minha frente, aguentei firme e deixei aquela onda irrefreável de prazer reverberar por meu corpo.

Quando o show terminou, eu só conseguia pensar em ligar para Cary. Enquanto esperávamos a multidão se dispersar, apoiei-me em Gideon, largando todo o meu peso sobre os braços que me envolviam.

* Garota dourada, aí está você./ Estou cantando para a multidão, o som está bem alto./ Estou vivendo meu sonho, curtindo o barato,/ Mas ainda vejo você aí, a luz do sol em seus cabelos,/ E estou pronto para ir, louco para sair voando.// Garota dourada, aí está você./ Dançando na multidão, o som está bem alto./ Eu te quero tanto. Não consigo ver mais nada./ Mais tarde você vai cair de joelhos. Implorar./ E depois você vai embora, o único corpo que eu quero.// Garota dourada, aonde você foi?/ Você não está aí, com a luz do sol nos seus cabelos./ Posso ter você, num bar ou no banco de trás do carro,/ Mas nunca seu coração. Estou desmoronando./ Vou cair de joelhos, vou implorar. Por favor.// Por favor, não vá. Tem tanta coisa que eu ainda quero saber./ Eva, por favor. Estou de joelhos.// Garota dourada, aonde você foi?/ Estou cantando para a multidão, o som está bem alto./ E você não está aí, com a luz do sol nos seus cabelos./ Eva, por favor. Estou de joelhos.

"Está tudo bem?", ele perguntou, passando as mãos nas minhas costas.

"Está", menti. Na verdade, nem sabia direito o que estava sentindo. O fato de Brett ter composto uma música que jogava uma luz diferente sobre nossa relação não deveria ter efeito nenhum sobre mim. Eu estava apaixonada por outro.

"Também quero sair daqui logo", Gideon murmurou. "Estou morrendo de vontade de você, meu anjo. Não consigo nem pensar direito."

Enfiei as mãos nos bolsos traseiros dos jeans dele. "Então vamos embora."

"Tenho acesso aos bastidores." Ele beijou a ponta do meu nariz quando me inclinei para trás para olhá-lo. "Não precisamos dizer nada para eles, se quiser mesmo ir embora."

Fiquei seriamente em dúvida por um momento. Afinal de contas, se a noite havia sido tão boa, isso se devia em grande parte a Gideon. Mas eu sabia que mais tarde me arrependeria de negar a Shawna e Arnoldo — que era um grande fã do Six-Ninths — algo de que eles lembrariam pelo resto da vida. E eu estaria mentindo se dissesse que não gostaria de ver Brett mais de perto. Não queria que ele me visse, mas adoraria observá-lo. "Não. Vamos lá com eles."

Gideon pegou na minha mão e foi falar com nossos amigos, cuja empolgação ao receber a notícia me forneceu o pretexto de dizer que estava fazendo aquilo por eles. Entramos por um caminho ao lado do palco, onde um homem enorme fazia as vezes de segurança. Enquanto o sujeito falava no fone de ouvido, Gideon sacou o celular e avisou Angus para estacionar a limusine nos fundos. Nesse momento, nossos olhos se encontraram. Seu olhar acalorado era uma promessa de prazer de tirar o fôlego.

"Seu namorado é o máximo", comentou Shawna, lançando para Gideon um olhar de quase reverência. Não era o olhar de alguém que estava interessada nele, e sim de alguém que o admirava. "Esta noite está sendo um sonho. Fico devendo uma." Ela me deu um abraço rápido, mas bem apertado. "Obrigada."

Eu a abracei de volta. "Obrigada você, por me convidar."

Um homem alto e magro com mechas azuis nos cabelos

e óculos com armações pretas estilosas veio até nós. "Senhor Cross", ele cumprimentou, estendendo a mão. "Eu não sabia que vinha hoje."

Gideon apertou a mão dele. "Não avisei ninguém", ele respondeu tranquilamente, levando a outra mão até mim.

Eu a agarrei e ele me puxou para a frente e me apresentou a Robert Phillips, empresário do Six-Ninths. Shawna e Arnoldo foram apresentados em seguida, e então fomos levados por corredores onde a movimentação era grande, principalmente de groupies.

Naquele exato momento, senti que seria melhor não chegar nem perto de Brett. Não foi nada difícil esquecer tudo de ruim que havia acontecido entre nós enquanto ele cantava. E ainda mais depois de ouvir a canção que ele tinha composto sobre nós. Aquele período da minha vida, porém, era algo que eu lembrava com vergonha.

"A banda está logo ali", disse Robert, apontando para uma porta aberta de onde a música e as gargalhadas saíam em altos volumes. "Eles vão adorar conhecer você."

Meus pés se fincaram no chão. Gideon parou, encarando-me com a testa franzida.

Fiquei na ponta dos pés e sussurrei: "Não estou nem um pouco a fim de falar com esses caras. Se não se importa, vou passar no banheiro e depois vou direto para a limusine".

"Espere um minutinho que eu vou com você."

"Vou ficar bem. Não se preocupe comigo."

Ele pôs a mão na minha testa. "Está tudo bem? Você está vermelha."

"Estou ótima. E vou provar quando a gente chegar em casa."

Isso foi suficiente para acalmá-lo. A ruga em sua testa se desmanchou, e ele sorriu. "Vou apressar as coisas aqui, então." Ele olhou para Robert Phillips e apontou para Arnoldo e Shawna. "Você pode ir com eles? Preciso resolver uma coisinha antes."

"Gideon, está tudo bem...", protestei.

"Vou levar você até lá."

Eu conhecia aquele tom de voz. Deixei que fosse comigo

até o banheiro, alguns metros adiante. "Eu posso ir sozinha daqui, garotão."

"Eu espero."

"Assim a gente nunca vai sair daqui. Vá lá fazer o que precisa fazer. Vou ficar bem."

Ele me lançou um olhar paciente. "Eva, não vou deixar você sozinha."

"Eu me viro. É sério. A saída é logo ali." Apontei para o corredor, para as portas abertas sob um sinal luminoso que marcava a saída. A equipe já estava começando a desmontar e retirar os equipamentos. "Angus está logo ali, não está?"

Gideon apoiou o ombro na parede e cruzou os braços.

Joguei as mãos para o alto. "Certo. Tudo bem. Faça o que você quiser."

"Você está aprendendo, meu anjo", ele disse com um sorriso.

Resmungando baixinho, entrei no banheiro e fiz o que precisava fazer. Enquanto lavava as mãos na pia, olhei-me no espelho e estremeci. Estava com manchas de rímel de tanto transpirar, e minhas pupilas estavam dilatadas.

"O que foi que ele viu em você?", perguntei a mim mesma, desdenhosa, pensando comigo que Gideon ainda estava impecável. Por mais suado que estivesse, ainda parecia lindo, enquanto eu estava um caco. Porém, mais do que na minha aparência, eu estava pensando nos meus deslizes. Disso não havia como escapar. Não enquanto estivesse sob o mesmo teto que Brett.

Esfreguei uma toalha de papel molhada sob os olhos para me livrar das manchas pretas, depois voltei para o corredor. Gideon estava à espera alguns metros adiante, conversando com Robert, ou, para ser mais precisa, ouvindo o que ele dizia. O empresário da banda estava claramente empolgado a respeito de alguma coisa.

Gideon me viu e estendeu a mão para que esperasse um minuto, mas eu não queria me arriscar. Apontei para a saída, virei-me e saí andando antes que ele pudesse me alcançar. Passei rapidamente diante da porta do camarim, arriscando uma rápida olhada para dentro. Shawna estava lá, dando risada com uma cerveja na mão. A sala estava lotada e barulhenta, e ela parecia estar se divertindo bastante.

Concluí minha fuga com um suspiro de alívio, sentindo-me dez vezes mais leve ao pisar do lado de fora. Angus estava ao lado da limusine de Gideon, estacionada perto de uma fileira de ônibus. Acenei e comecei a caminhar em sua direção.

Lembrando o que tinha acontecido naquela noite, fiquei impressionada com a desinibição de Gideon. Ele com certeza não era o tipo de homem que usava suas fusões e aquisições para impressionar uma mulher e levá-la para a cama.

Eu mal podia esperar para ficar sozinha com ele.

Uma chama se acendeu na escuridão à minha direita e me assustou. Fiquei paralisada ao ver Brett Kline acendendo o cigarro de cravo que pendia de seus lábios. Ele estava parado no escuro ao lado da saída, e a luz bruxuleante da chama revelou seu rosto e me fez voltar no tempo por um longo instante.

Brett levantou a cabeça e ficou sem reação ao me ver. Simplesmente olhamos um para o outro. Meu coração estava disparado, em uma mistura de excitação e apreensão. De repente ele soltou um palavrão, balançando o dedo que o palito de fósforo havia queimado.

Tentei dar o fora dali, esforçando-me para não parecer que estava fugindo ao partir na direção de Angus e da limusine.

"Ei! Espera aí!", gritou Brett. Ouvi seus passos correndo atrás de mim e senti a adrenalina se espalhar por meu corpo. Um membro da equipe estava empurrando um carrinho cheio de equipamentos e passei à frente dele, usando-o como cobertura para me esconder entre dois ônibus. Encostei na lateral de um deles, entre dois compartimentos de carga abertos. Estava encolhida na escuridão, envergonhada da minha covardia, mas ciente de que não tinha nada a dizer a Brett. Eu não era mais a menina que ele havia conhecido.

Vi quando passou apressado por mim. Decidi esperar, deixá-lo procurando um pouco até desistir. Mas estava preocupadíssima com o fato de que dali a pouco Gideon apareceria atrás de mim.

"Eva."

Senti um arrepio ao ouvir meu nome. Virei a cabeça e vi

Brett se aproximando pelo outro lado. Enquanto eu olhava para a direita, ele apareceu pela esquerda.

"É mesmo você", ele disse num tom de voz bem áspero antes de jogar o cigarro no chão e esmagar com a bota.

"Você devia parar de fumar", eu disse.

"Você sempre fala isso." Ele se aproximou com cautela. "Viu o show?"

Confirmei com a cabeça e me afastei do ônibus, andando para trás. "Foi muito bom. Vocês estavam ótimos. Parabéns."

Ele dava um passo à frente a cada passo atrás que eu dava. "Eu bem que esperava encontrar você algum dia em um show. Já pensei em milhares de reações diferentes que poderia ter ao te ver na plateia."

Eu não soube o que dizer. A tensão entre nós era tão grande que mal conseguia respirar.

A atração por ele ainda existia.

Não era nada comparada à que eu sentia por Gideon. Brett não passava de uma sombra, mas mesmo assim tinha certo efeito sobre mim.

Voltei para o ambiente aberto do estacionamento, onde a atividade era intensa e havia muita gente ao redor.

"Por que você está fugindo?", ele perguntou. Sob a luz de um poste de iluminação do estacionamento, vi seu rosto com clareza. Estava ainda mais bonito do que antes.

"Não posso..." Engoli em seco. "Não tenho nada a dizer pra você."

"O cacete." A intensidade de seu olhar me fez queimar por dentro. "Você sumiu. Não disse nada, simplesmente não apareceu mais. Por quê?"

Senti um nó no estômago, e o esfreguei com a mão. O que eu poderia dizer? *Finalmente tomei vergonha na cara e decidi que merecia ser outra coisa na vida além de uma das várias garotas que você comia no banheiro entre uma música e outra.*

"Por que, Eva? A gente tinha um lance legal e você desapareceu, porra."

Virei a cabeça à procura de Gideon ou Angus. Nenhum dos dois estava por perto, mas a limusine ainda estava lá. "Isso foi há muito tempo."

Brett chegou mais perto e me agarrou pelos braços, sacudindo-me e deixando-me assustada com seu surto de agressividade. Caso não houvesse mais gente ali, eu poderia ter entrado em pânico.

"Você me deve uma explicação", ele exigiu.

"Não devo na..."

Ele me beijou. Seus lábios eram macios e se encaixaram perfeitamente nos meus. Quando me dei conta do que estava acontecendo, Brett apertou meus braços com mais força, de um modo que me impedia de fugir ou de empurrá-lo.

E, por um brevíssimo instante, não senti vontade de fazer nem uma coisa nem outra.

Cheguei inclusive a retribuir o beijo, porque a atração entre nós ainda existia, e aquilo atenuava a sensação que persistia dentro de mim de que eu era apenas uma transa fácil e conveniente para ele. Seu gosto era de cravo, seu cheiro era de homem suado, e ele se apossou da minha boca com toda a paixão de uma alma criativa. Brett era familiar para mim em vários sentidos, incluindo os mais íntimos.

Mas, no fim, não importava se ele ainda gostava de mim. Não importava que tivéssemos um histórico, por mais doloroso que fosse. Não importava que eu tivesse ficado emocionada com a música que ele compôs, ou que, depois de seis meses transando com ele em qualquer lugar que tivesse uma porta e depois cedendo a vez para outra garota qualquer, era o meu nome que ele gritava enquanto seduzia a mulherada no palco.

Nada disso importava, porque eu estava loucamente apaixonada por Gideon Cross, e era dele que precisava.

Eu me afastei, sem fôlego...

... e vi Gideon se aproximar a toda velocidade, sem diminuir seu ímpeto ao bater em Brett e jogá-lo ao chão.

# 10

Cambaleei com o impacto e quase caí. Os dois foram para o chão com um baque surdo desesperador. Alguém gritou. Uma mulher. Eu não podia fazer nada. Fiquei paralisada e em silêncio, perdida em um vórtice de emoções.

Gideon segurou Brett pela garganta e acertou suas costelas com uma série incansável de golpes. Ele parecia uma máquina silenciosa e implacável. Brett gemia a cada impacto brutal e se debatia, tentando se livrar do ataque.

"Cross! *Dio mio.*"

Eu já estava chorando quando Arnoldo apareceu e tentou segurar Gideon, mas acabou sendo jogado para trás quando Brett conseguiu se virar de lado e os dois saíram rolando.

A banda abriu caminho aos empurrões em meio à aglomeração que se formou na frente dos ônibus, todos prontos para a briga... pelo menos até verem *com quem* Brett estava brigando — o homem do dinheiro da gravadora.

"Kline, seu imbecil!" Darrin, o baterista, agarrou os próprios cabelos. "Que porra é essa, caralho?"

Brett conseguiu se soltar, ficar de pé e empurrar Gideon contra a lateral de um ônibus. Gideon juntou as duas mãos e as usou para atingir as costas de Brett como um tacape, forçando-o a recuar. Em seguida deu um chute nele, seguido por um soco rápido no estômago. Brett baqueou, mas ainda assim conseguiu armar um soco. Gideon foi rápido o bastante para se esquivar e contragolpear com um murro de baixo para cima que balançou a cabeça do cantor.

*Minha nossa.*

Gideon não soltava nem um ruído, fosse enquanto batia ou quando era atingido por um direto no queixo. A intensidade silenciosa de sua ira era assustadora. Eu podia sentir as ondas de raiva exalando de seu corpo, a fúria era visível em seus olhos, mas ele permanecia sob controle e se movia de maneira metódica. Parecia fora do ar, de certa maneira, retraído a um estado mental em que conseguia observar as coisas de maneira objetiva enquanto seu corpo infligia sérios ferimentos a outro ser humano.

A culpa era minha. Eu havia transformado o homem afetuoso e brincalhão que me deixou encantada a noite toda naquele assassino impiedoso que estava em ação bem diante dos meus olhos.

"Senhorita Tramell." Angus me pegou pelo cotovelo.

Olhei para ele em desespero. "Você precisa acabar com isso."

"Por favor, entre na limusine."

"Quê?" Vi o sangue começar a correr do nariz de Brett. Ninguém ousava intervir. "Você está maluco?"

"Precisamos levar a senhorita Ellison para casa. Ela é sua convidada. Você precisa acompanhá-la."

Brett deu um golpe e, quando Gideon se esquivou, lançou o outro punho, acertando-o no ombro e obrigando-o a recuar alguns passos.

Peguei Angus pelos braços. "Qual é o seu problema?! Você tem que acabar com isso!"

Seus olhos azuis pareciam tranquilos. "Ele sabe quando parar, Eva."

"Você está de palhaçada comigo?!"

Ele olhou por cima dos meus ombros. "Senhor Ricci, por favor."

Quando percebi, estava sendo arrastada por Arnoldo até a limusine. Consegui levantar a cabeça e vi que um círculo de curiosos havia se formado na minha ausência, bloqueando meu campo de visão. Dei um grito de frustração e comecei a esmurrar as costas de Arnoldo, mas não pude me livrar dele. Entrei na limusine e ele subiu logo atrás, seguido de Shawna. Angus imediatamente fechou a porta como se nada estivesse acontecendo.

"Mas o que é que você está fazendo?", gritei com Arnoldo enquanto lutava contra a maçaneta, tentando abrir a porta do carro já em movimento. Ela não abriria de jeito nenhum, eu não tinha como destravá-la. "Ele é seu amigo! Você vai largar Gideon lá?"

"Ele é seu namorado." A neutralidade serena na voz de Arnoldo me deixou arrasada. "E está daquele jeito por *sua* causa."

Eu me atirei contra o encosto do assento, com um nó no estômago e as mãos ensopadas de suor. *Gideon...*

"Você é a Eva da música, não é?" Shawna perguntou baixinho do outro lado do assento.

Arnoldo ficou obviamente surpreso com o fato. "Será que Gideon..." Ele suspirou. "Claro que ele sabe."

"Isso foi há tanto tempo!", eu disse em minha defesa.

"Pelo jeito não o suficiente", ele assinalou.

Desesperada para reencontrar Gideon, eu não conseguia ficar parada. Meus pés sapateavam no assoalho e meu corpo estava absolutamente inquieto, como se estivesse amarrado e lutando para se soltar.

Eu tinha magoado o homem por quem estava apaixonada e, por causa disso, arrumado problemas para outro cara que estava apenas sendo ele mesmo. E, para piorar, sem nenhuma boa razão. Pensando bem, eu não sabia o que tinha dado em mim. Por que não o tinha repelido de uma vez? Por que tinha retribuído o beijo de Brett?

E o que Gideon ia fazer a respeito?

A ideia de que ele poderia terminar tudo desencadeou o pânico dentro de mim. Eu estava morrendo de preocupação. Será que estava machucado? Meu Deus... Só de pensar que Gideon poderia estar sofrendo eu já ficava desesperada. Será que ele teria algum problema com a polícia? Afinal, ele tinha começado. Minhas mãos ficaram encharcadas de suor quando lembrei que Cary contou que seu companheiro de suruba havia dito que queria processá-lo.

A vida de Gideon estava virando uma loucura — e tudo por culpa minha. Em algum momento ele ia se dar conta de que eu só atraía problemas.

Virei para Shawna. Ela olhava pela janela, pensativa. Eu tinha estragado aquela noite maravilhosa. E a de Arnoldo também. "Desculpe." Soltei um suspiro de infelicidade. "Estraguei tudo."

Ela me olhou e encolheu os ombros, depois abriu um sorriso de compaixão que me deu um nó na garganta. “Sem problemas. Eu me diverti bastante. Tomara que termine tudo bem.”

Para mim, a única forma de tudo terminar bem era continuar com Gideon. Será que eu tinha estragado tudo? Será que havia perdido a coisa mais importante da minha vida por causa de um momento estranho e inexplicável de confusão mental?

Ainda podia sentir a boca de Brett junto à minha. Comecei a esfregar os lábios, desejando ser capaz de apagar a última meia hora da minha vida.

Minha ansiedade fez o trajeto até o apartamento de Shawna parecer uma eternidade. Saí do carro e dei um abraço nela na calçada, na frente do prédio.

“Desculpe”, eu disse mais uma vez, tanto por antes como por aquele momento, porque estava preocupadíssima com Gideon — onde quer que ele estivesse — e minha impaciência era visível. Eu não sabia se seria capaz de perdoar Angus e Arnoldo por terem me tirado dali daquela maneira naquele momento.

Arnoldo abraçou Shawna e garantiu que ela e Doug teriam uma mesa no Tableau One sempre que quisessem. Isso fez com que eu começasse a vê-lo com outros olhos. Afinal, ele a tinha tratado muito bem durante toda a noite.

Voltamos para a limusine e tomamos o caminho do restaurante. Eu me encolhi em um cantinho escuro do assento e chorei em silêncio, incapaz de conter o desespero que tomava conta de mim. Quando chegamos, tive que usar minha camiseta para enxugar o rosto. Arnoldo não me deixou descer do carro.

“Pegue leve com ele”, aconselhou, encarando-me com uma expressão séria. “É a primeira vez que o vejo assim tão bem. Não sei se você merece Gideon, mas com certeza é capaz de fazer o cara feliz. Isso deu para perceber. Faça isso, ou então desapareça de uma vez. Só não bagunce ainda mais a cabeça dele.”

Não consegui dizer nada por causa do nó na minha garganta, então me limitei a acenar com a cabeça, torcendo para que ele fosse capaz de ver em meus olhos o que Gideon significava para mim: *tudo*.

Arnoldo entrou no restaurante. Antes que Angus fechasse a porta, deslizei no assento e pus a cabeça para fora. "Cadê ele? Preciso ver Gideon. Por favor."

"Ele ligou." A expressão no rosto de Angus era serena e gentil, o que me fez começar a chorar de novo. "Vou levar a senhorita até ele agora mesmo."

"Ele está bem?"

"Não sei."

Eu me recostei no assento, sentindo-me fisicamente mal. Não conseguia nem prestar atenção no caminho que estávamos fazendo. Minha única preocupação era me explicar. Precisava dizer a Gideon que o amava, que jamais o deixaria se ele ainda me quisesse, que ele era o único homem que eu desejava, o único pelo qual meu sangue fervia.

Por fim, o carro reduziu a marcha e eu olhei para fora, percebendo que estava de volta ao anfiteatro. Enquanto espiava pela janela à sua procura, a porta do outro lado se abriu, assustando-me, e eu me virei para ver Gideon entrar e se sentar de frente para mim no outro assento.

Eu me inclinei em sua direção. "Gideon..."

"Pode ficar aí mesmo." Sua voz estava carregada de ódio, o que me fez recuar e cair de bunda no assoalho. A limusine se pôs em movimento, jogando-me definitivamente para trás.

Aos soluços, eu o observei enquanto se servia de uma bebida amarelada e virava de um só gole. Fiquei sentada no chão esperando, com o estômago revirado de medo e tristeza. Ele encheu de novo o copo antes de fechar a porta do armário de bebidas e se recostar no assento. Eu queria perguntar se Brett estava bem ou muito machucado. Mas não podia. Ele poderia interpretar mal meus questionamentos e achar que eu estava mais preocupada com Brett do que com ele.

Seu rosto permanecia impassível e seus olhos, duros e frios como duas pedras preciosas. "O que ele significa para você?"

Limpei as lágrimas que escorriam por meu rosto. "Um erro."

"No passado? Ou no presente?"

"Nos dois."

Seus lábios se curvaram em um sorriso sarcástico. "E é assim que você costuma tratar os seus erros? Com beijos como aquele?"

Meu peito subia e descia enquanto eu tentava segurar o choro. Sacudi a cabeça violentamente em resposta.

"Você quer ficar com ele?", Gideon perguntou, bem sério, antes de dar mais um gole em sua bebida.

"Não", sussurrei. "Só quero você. Eu te amo, Gideon. Te amo tanto que chega a doer."

Ele fechou os olhos e deitou a cabeça para trás. Aproveitei a oportunidade para rastejar para mais perto dele, tentando pelo menos encurtar a distância física que se impunha entre nós.

"Você gozou pensando em mim quando enfiei os dedos em você, Eva? Ou foi pensando naquela maldita música?"

Meu Deus... Como ele podia duvidar...?

A culpa era *minha*. Eu o tinha feito duvidar. "Em você. Só você é capaz de me deixar daquele jeito. Me fazer esquecer quem sou, quem está por perto ou o que está acontecendo ao redor e me concentrar só no seu toque."

"Não foi isso que aconteceu quando ele te beijou?" Gideon ergueu a cabeça e lançou um olhar implacável para mim. "Ele já enfiou o pau em você. Já te comeu... já gozou dentro de você."

Eu me encolhi diante da amargura de seu tom de voz, da violência de suas palavras. Sabia como ele estava se sentindo. Como aquelas imagens podiam magoar e atormentar a pessoa até levá-la à loucura. Na minha cabeça, ele e Corinne já haviam trepado dezenas de vezes, despertando dentro de mim uma fúria ciumenta incontrolável.

Ele se inclinou subitamente para a frente e esfregou meus lábios com o polegar. "Ele já teve sua boca."

Apanhei seu copo e tomei o que restou da bebida, sentindo seu sabor amargo e uma terrível queimação na boca. Só consegui engolir depois de fazer muita força. Meu estômago se revirou em protesto. O calor do álcool se espalhou por minhas entranhas.

Gideon se recostou no assento e cobriu o rosto com o braço. Eu sabia que ele havia visto Brett me beijar. Sabia que aquilo estava acabando com ele.

Larguei o copo no chão, posicionei-me entre suas pernas e procurei o botão de sua calça.

Ele agarrou meus dedos com força, mas sem descobrir o rosto. "Que porra você está fazendo?"

"Goza na minha boca", implorei. "Tira o gosto dele de mim."

Houve uma longa pausa. Ele estava completamente imóvel, a não ser pelo peito, que subia e descia pesadamente.

"Por favor, Gideon."

Ele soltou um palavrão bem baixinho, soltou meus dedos e deixou sua mão cair para o lado. "Chupa."

Eu me apressei em pegá-lo entre as mãos, com o coração disparado pelo medo de que mudasse de ideia... de que decidisse que não havia mais nada entre nós. A única coisa que fez foi mover um pouco os quadris, para que eu arrancasse sua calça e sua cueca.

Poucos instantes depois aquele pau enorme e maravilhoso estava nas minhas mãos. Na minha boca. Gemi ao sentir seu gosto, sua temperatura morna e o toque salgado de sua pele, de seu cheiro. Esfreguei meu rosto em sua virilha, porque queria seu cheiro impregnado em mim, marcando-me como propriedade dele. Segui com a língua o caminho das veias grossas que pulsavam em toda a extensão, lambendo-o de cima a baixo.

Ouvi seus dentes rangendo quando comecei a chupá-lo com mais força. Gemidos de alegria e arrependimento escapavam da minha garganta. Vê-lo tão silencioso era de cortar o coração, ele que sempre adorava me dizer as maiores baixarias. Que estava sempre dizendo que me queria, que precisava de mim... Sempre falando sobre como era bom transar comigo. Gideon estava se segurando, negando-me a satisfação de saber que estava gostando.

Eu o masturbava com a mão fechada, chupando a cabeça daquele pau grande e grosso, lambendo o líquido pré-ejaculatório que escapava com lambidas rápidas e constantes. Suas coxas se enrijeceram, e ele começou a ofegar violentamente. Senti quando se encolheu todo, e então enlouqueci de vez. Peguei seu pau com as duas mãos e comecei a chupar com tanta força que meu queixo até doía. Ele se endireitou no assento, levantou a cabeça e pouco depois se atirou contra o encosto novamente, quando o primeiro jorro espesso se espalhou por minha boca.

Gemi. Aquele gosto na boca inflamou meus sentidos, fez--me querer mais. Engoli tudo convulsivamente, apertando e esfregando seu pênis com as mãos para obter mais daquele sêmen grosso e cremoso na minha língua. Seu corpo todo estremeceu enquanto ele gozava por vários segundos, enchendo minha boca até escorrer pelos cantos. Gideon não soltou nenhum ruído. Seu silêncio era antinatural, assim como na briga.

Eu poderia tê-lo chupado durante horas. Bem que queria, mas ele pôs as mãos sobre meus ombros e me afastou. Olhei para cima, para seu rosto irresistivelmente lindo, e vi seus olhos brilhando na semipenumbra. Ele tocou meus lábios com o polegar, espalhando seu sêmen por minha boca.

"Vem sentar aqui com essa bocetinha apertada", ele ordenou aos sussurros. "Ainda sobrou pra você."

Trêmula e assustada com seu aparente distanciamento, arranquei a calcinha.

"Tira tudo. Fica só com as botas."

Fiz como ele mandou. Meu corpo se apressou em obedecer ao comando. Eu faria o que ele quisesse. Estava determinada a provar que era dele e de ninguém mais. Suportaria qualquer provação que ele me impusesse para mostrar que o amava. Abri o zíper da minha saia e a arranquei, depois a blusinha, que joguei no outro assento, e por último o sutiã.

Quando subi no seu colo, Gideon me agarrou pelos quadris e me encarou. "Está molhadinha?"

"Estou."

"Chupar meu pau te deixa com tesão."

Meus mamilos endureceram ainda mais. A maneira despudorada e direta como ele falava de sexo também me deixava com tesão. "Sempre."

"Por que você o beijou?"

A mudança abrupta de assunto me deixou perplexa. Meu lábio inferior começou a tremer. "Não sei."

Ele me soltou, levando as duas mãos para cima e agarrando o apoio de cabeça. Seus bíceps se flexionaram e incharam naquela posição. Fiquei ainda mais excitada com sua visão, e com tudo mais a seu respeito. Queria ver seu peito nu brilhando de suor, seu abdome se contraindo enquanto ele metia em mim.

Lambi os lábios e senti seu gosto. "Tira a camiseta."

Ele estreitou os olhos. "Isso não é pra você."

Fiquei paralisada e meu coração disparou. Ele estava usando o sexo para me atingir. Na mesma limusine em que tínhamos feito amor pela primeira vez, na mesma posição em que o senti pela primeira vez dentro de mim... "Você está me castigando."

"Você fez por merecer."

Gideon podia até ter razão nesse ponto, mas, se eu tinha feito por merecer, ele também tinha.

Agarrei o encosto do assento para me equilibrar e, com os dedos da outra mão, segurei seu pau. Ainda estava duro e pulsando. Um músculo se contraiu em seu pescoço quando comecei a masturbá-lo de leve. Posicionei sua cabeça grande e grossa nos lábios do meu sexo, esfregando-o em mim, envolvendo-o com meu desejo úmido.

Fiz tudo isso sem tirar os olhos dele. Observei sua reação enquanto o provocava, procurando algum sinal do amante apaixonado que eu tanto adorava. Ele não estava lá. Quem me encarava era um desconhecido furioso, que me desafiava com seu distanciamento deliberado.

Deixei que a pontinha de seu pau escorregasse para dentro de mim, abrindo caminho. Depois deixei meus quadris desabarem sobre ele, soltando um grito ao sentir que tinha penetrado profundamente em mim, alargando meu ventre a uma extensão quase insuportável.

"Caralho", ele resmungou, trêmulo. "Puta que o pariu."

Sua reação incontida me estimulou. Apoiando os joelhos no assento, posicionei as mãos cada uma de um lado do seu corpo e me ergui, tirando o de mim, expondo meu sexo trêmulo. Depois desci de novo, deslizando mais facilmente agora que seu pau estava todo melado. Quando minhas nádegas se encontraram com as coxas dele, seu corpo denunciou a verdade — ele não estava indiferente.

Subi de novo, devagar, fazendo com que sentíssemos cada nuance daquela fricção deliciosa. Quando desci mais uma vez, tentei parecer distante como ele, mas a sensação de preenchimento, de intimidade acalorada, era boa demais para ser contida. Soltei um gemido, e ele começou a se mover inquietamente, remexendo os quadris em movimentos circulares sem nem se dar conta disso.

"Você é tão gostoso", sussurrei, esfregando-me em seu pau bem duro com meu sexo faminto. Subindo e descendo. "Você é tudo que preciso, Gideon. Tudo o que quero. Você foi feito pra mim."

"Você deve ter esquecido isso", ele soltou. As juntas de seus dedos estavam pálidas, tamanha era a força com que apertavam o apoio de cabeça.

Eu me perguntei se ele estava apenas se segurando ou se estava lutando para não sucumbir à vontade de me tocar. "Nunca. Eu jamais esqueceria isso. Você é parte de mim."

"Então me diz por que o beijou."

"Não sei." Apoiei minha testa suada contra a dele, sentindo as lágrimas brotarem nos meus olhos. "Pelo amor de Deus, Gideon. Juro que não sei."

"Então cala a boca e me faz gozar."

Se ele tivesse me dado um tapa na cara, o choque seria menor. Eu me endireitei para me afastar dele. "Vai se foder."

"Não, vou foder você."

As lágrimas começaram a descer pelo meu rosto. "Para de me tratar como se eu fosse uma puta."

"Eva." Sua voz era grave e rouca, cheia de afeto, mas seus olhos pareciam distantes e desconsolados. Expressavam uma dor que era compartilhada por mim. "Se quiser parar, sabe muito bem o que dizer."

*Crossfire*. Com uma única palavra, eu poderia pôr um fim definitivo àquele sofrimento. Mas aquele não era o momento de me poupar. Só o fato de ter mencionado minha palavra de segurança já demonstrava que ele queria me testar. Levar-me ao limite. Gideon tinha um plano em mente e, se eu desistisse, jamais saberia qual era.

Inclinei-me para trás e apoiei as mãos nos joelhos dele.

Esfreguei minha boceta encharcada por toda a extensão de seu pau duro, depois o enfiei de volta para dentro. Ajustei melhor a posição e comecei a subir e descer de novo, ofegante ao senti--lo dentro de mim. Puto da vida ou não, meu corpo idolatrava o dele, adorava senti-lo perto. Apesar da raiva e da mágoa, o contato físico entre nós parecia algo natural.

Sua respiração escapava com força dos pulmões a cada investida dos meus quadris. Seu corpo estava quente, quentíssimo, exalando calor como uma fornalha. Eu não parava de me mexer. Para cima. Para baixo. Extraindo o prazer que ele se recusava a me conceder. Minhas coxas, minha bunda, minha barriga e meu ventre se contraíam a cada subida, percorrendo toda a extensão de seu pau. Todos os meus músculos se relaxavam na descida, permitindo que ele me penetrasse por inteiro.

Entreguei-me de corpo e alma àquela foda, cavalgando-o com todas as minhas forças. Gideon sibilava por entre os dentes cerrados. Ele gozou para valer, jorrando dentro de mim com tanta força que cada jato de sêmen parecia uma estocada de seu pau enorme. Gritei, adorando aquela sensação, começando a perseguir um orgasmo que com certeza seria arrebatador. Estava desesperada para liberar toda a minha mágoa em forma de prazer. Principalmente depois de fazê-lo gozar duas vezes.

Mas ele me agarrou pela cintura, limitando meus movimentos, mantendo seu pau encravado dentro de mim. Tive que sufocar meu grito ao perceber que ele estava deliberadamente impedindo que eu gozasse.

“Me diz por que, Eva”, ele grunhiu. “*Por quê?*”

“Não sei!”, gritei, tentando remexer meus quadris sobre ele, empurrando seus ombros com as mãos ao sentir que me apertava ainda com mais força.

Sem me soltar, Gideon ficou de pé e nossas posições se inverteram. Ele tirou o pau de dentro de mim, fez-me virar de costas e me ajoelhar no assoalho, de costas para ele. Mantendo uma das mãos na base da minha coluna, para que eu não levantasse, ele agarrou meu sexo com a outra e começou a me masturbar, espalhando seu sêmen pela minha abertura sedenta, deixando-me toda lambuzada. Comecei a rebolar, aproveitando-me da pressão de seus dedos para gozar...

Mas ele me impediu de fazer isso. Deliberadamente.

Meu clitóris pulsava, e o desejo do meu ventre de ser preenchido estava me enlouquecendo. Eu precisava me libertar daquela sensação. Gideon enfiou dois dedos em mim, e minhas unhas se enterraram no couro preto do assento. Ele me masturbava a seu bel-prazer, entrando e saindo devagar, mantendo-me no limiar do orgasmo.

"Gideon", eu disse aos soluços. Os tecidos sensíveis que havia dentro de mim incharam avidamente ao redor de seus dedos. Eu estava coberta de suor, mal conseguia respirar. Comecei a rezar para o carro parar, para chegarmos ao nosso destino, ansiosa por uma oportunidade de escapar daquela situação. Mas a limusine continuava em movimento, seguia sempre em frente, e eu estava em uma posição em que não conseguia nem me erguer para ver onde estávamos.

Ele se inclinou sobre as minhas costas, apoiando o pau sobre a minha bunda. "Me diz por que, Eva", ele disse no meu ouvido. "Você sabia que eu iria atrás de você... Sabia que ia te ver..."

Fechei bem os olhos e cerrei os punhos. "Eu... não... sei... Merda! Eu não sei por que, porra!"

Ele tirou os dedos e meteu o pau em mim. Meu sexo se expandiu ao redor daquela ereção deliciosa, puxando-o ainda mais para dentro. Ouvi sua respiração se transformar num rugido abafado, e Gideon começou a me foder.

Soltei um grito de prazer. Meu corpo inteiro estremeceu de deleite enquanto ele me comia sem parar, abrindo caminho com seu pênis maravilhoso em meio aos meus tecidos hiperestimulados. A tensão foi crescendo, crescendo, acumulando-se como uma tempestade...

"*Assim*", gemi, encolhendo-me toda, pronta para gozar.

Ele se retraiu diante da primeira contração do meu sexo, deixando-me mais uma vez à beira do precipício. Soltei um grito de frustração, lutando para me levantar e me afastar daquele amante que havia se transformado em torturador.

Ele sussurrou diabolicamente no meu ouvido: "Me diz por que, Eva. Está pensando nele agora? Queria que fosse o pau dele dentro de você? Queria o pau dele fodendo sua bocetinha?".

Dei outro grito. "Eu te odeio! Seu sádico, egoísta, filho da..."

Ele meteu em mim de novo, preenchendo-me, investindo com estocadas ritmadas contra meu ventre sedento.

Eu não estava aguentando mais. Levei a mão até o clitóris, consciente de que uma única esfregada seria o bastante para me proporcionar um orgasmo violento.

"Não." Gideon agarrou meus pulsos e prendeu minhas mãos ao assento, usando suas coxas para manter minhas pernas afastadas e poder aprofundar ainda mais a penetração. De novo e de novo. O ritmo de suas investidas era constante e inabalável.

Eu estava me contorcendo toda, berrando, prestes a perder a cabeça. Ele era capaz de me fazer gozar só com o pau, proporcionando-me um orgasmo vaginal intenso. Bastava mudar um pouco um ângulo, estimular aquele pontinho exato dentro de mim, um lugarzinho que ele conseguia encontrar instintivamente toda vez que transava comigo.

"Te odeio", eu disse aos soluços, com o rosto banhado de lágrimas de frustração que caíam sobre o assento.

Inclinando-se sobre mim, ele disse no meu ouvido com a respiração ofegante: "Me diz por que, Eva".

A raiva cresceu dentro de mim e transbordou de uma só vez. "Porque você merece! Porque precisava sentir na própria pele! Descobrir o quanto machuca, seu cretino egoísta!"

Ele ficou paralisado. Senti o ar se esvair de seus pulmões. Minha pulsação ressoava nos meus ouvidos, tão intensamente que achei que estivesse delirando quando o ouvi falar num tom de voz suave e carinhoso.

"Meu anjo." Ele beijou meu ombro e soltou minhas mãos para agarrar meus seios. "Minha menina linda e teimosa. Finalmente resolveu dizer a verdade."

Gideon me levantou e me virou para ele. Exausta, deixei minha cabeça cair sobre seu ombro e as lágrimas pingarem no meu peito. Eu não tinha mais energias para lutar, mal consegui gemer quando ele beliscou um dos meus mamilos com a ponta dos dedos e depois abriu minhas pernas. Seus quadris começaram a se mexer, e ele agarrou a pele sensível em torno do meu clitóris e começou a me massagear enquanto me comia.

Eu gozei gritando seu nome, com o corpo inteiro convulsionado, entregue a tremores intensos enquanto a sensação de alívio tomava conta de mim. Aquele orgasmo durou um tempão, e Gideon parecia incansável, amplificando meu prazer com as estocadas perfeitas por que eu tanto ansiava.

Quando enfim me deixei cair em seus braços, arfando e ensopada de suor, ele me pegou no colo com cuidado e me deitou no assento da limusine. Esgotada, escondi o rosto entre as mãos, sem forças para detê-lo enquanto ele abria minhas pernas e começava a me chupar. Eu estava toda melada de porra, mas ele não se importou. Lambeu e chupou meu clitóris até me fazer gozar de novo. E de novo.

Minhas costas se arqueavam a cada vez que eu chegava ao clímax, soltando com força o ar dos pulmões. Perdi a conta de quantas vezes gozei. Os orgasmos foram se acumulando, indo e vindo seguidamente como ondas. Tentei afastar meu corpo do dele, mas Gideon se endireitou, arrancou a camiseta e montou sobre mim com um joelho no assento e o outro pé no chão. Gideon apoiou as mãos na janela acima da minha cabeça, expondo seu corpo de uma forma que havia se recusado a fazer antes.

Eu o empurrei. "Já chega! Não aguento mais."

"Eu sei." Seu abdome se contraiu quando ele me penetrou, mantendo os olhos nos meus enquanto abria caminho pelos meus tecidos inchados. "Só quero ficar um pouco dentro de você."

Joguei o pescoço para trás quando ele entrou mais fundo, deixando escapar um gemido grave diante daquela sensação *maravilhosa*. Por mais exausta e hiperestimulada que estivesse, ainda sentia vontade de possuí-lo e ser possuída por ele. Disso eu jamais abriria mão.

Gideon abaixou a cabeça e me beijou na testa. "Você é tudo que eu quero, Eva. Não existe mais ninguém. E nunca vai existir."

"Gideon." Ele foi capaz de entender o que eu não havia percebido. Aquela noite terminou em desgraça por causa do *meu* ciúme, da minha necessidade de fazê-lo sentir meu sofrimento na pele.

Ele me beijou de levinho, de forma quase reverente, eliminando toda e qualquer lembrança de outros lábios junto aos meus.

“Meu anjo.” A voz de Gideon preencheu meus ouvidos em uma onda morna. “Acorda.”

Eu gemi, fechando os olhos com ainda mais força e afundando ainda mais a cabeça em seu pescoço. “Me deixa em paz, seu tarado.”

Sua risada silenciosa me fez estremecer. Ele estalou um beijo na minha testa e começou a levantar. “Já chegamos.”

Abrindo um dos olhos, vi quando ele vestiu a camiseta preta. A calça continuava lá. Notei que o dia já estava claro. Sentei e olhei pela janela, tomando um sustou ao me ver de frente para o mar. Lembrava que havíamos parado para abastecer, mas não estava em condições de descobrir aonde íamos. Gideon tinha se recusado a contar quando perguntei, limitando-se a informar que era uma surpresa.

“Onde estamos?”, murmurei, admirada com a visão do sol acima da água. A manhã já estava alta.

“Na Carolina do Norte. Levante os braços.”

Obedeci automaticamente, e ele enfiou minha blusinha em mim. “Preciso pôr o sutiã”, comentei quando Gideon voltou ao meu campo de visão.

“Não tem ninguém aqui além de nós, e vamos direto pra banheira.”

Olhei mais uma vez para a casa ao lado da qual estávamos estacionados. Devia ter pelo menos três andares, com varandas enormes na frente e na lateral e uma linda porta de entrada. Tinha sido construída na própria praia, tão perto da água que quando a maré subia devia chegar até ela. “Quanto tempo demorou a viagem?”

“Quase dez horas.” Gideon envolveu minhas pernas com a saia e eu me levantei, permitindo que ele a ajeitasse e subisse o zíper. “Vamos lá.”

Ele desceu primeiro e estendeu a mão para mim. A brisa salgada e revigorante do mar atingiu meu rosto, despertando-

-me. Os movimentos ritmados das ondas me embalaram desde o momento em que me dei conta de onde estava. Angus não estava por perto, o que era um alívio, já que eu estava sem calcinha e sem sutiã. "Angus dirigiu a noite toda?"

"Trocamos de motorista quando paramos no posto."

Virei para Gideon e meu coração se acelerou quando vi a maneira carinhosa e intensa como ele me olhava. Uma mancha roxa se insinuava em seu queixo, e eu estendi a mão para tocá-la, sentindo um aperto no peito ao acariciar seu ferimento.

"Você está machucado em mais algum lugar?", perguntei, ainda me sentindo emocionalmente frágil depois da longa noite anterior.

Ele agarrou meu pulso e levou minha mão até seu coração. "Aqui."

*Meu amor...* Ele também estava sofrendo. "Sinto muito."

"Eu também." Ele beijou a ponta dos meus dedos, pegou minha mão e me levou para a casa.

A porta não estava trancada, e ele foi entrando sem cerimônia. Havia uma cesta de metal em uma mesinha ao lado da porta, contendo uma garrafa de vinho e duas taças amarradas com uma fita. Enquanto Gideon trancava a porta por dentro, peguei o envelope de boas-vindas e o abri. Uma chave caiu na palma da minha mão.

"A gente não vai precisar disso." Ele tomou a chave da minha mão e deixou na mesinha. "Pelos próximos dois dias vamos virar eremitas."

Uma onda de prazer foi tomando conta de mim, seguida de certa perplexidade pelo fato de um homem como Gideon Cross gostar tanto da minha companhia a ponto de abrir mão da convivência com todos os demais.

"Vamos", ele disse, empurrando-me escada acima. "A gente abre esse vinho depois."

"É verdade. Precisamos de café primeiro."

Dei uma olhada rápida na decoração da casa. Era rústica por fora e moderna por dentro. As paredes de madeira eram brancas e decoradas com fotos em preto e branco de conchas do mar. A mobília era toda branca, e a maior parte dos acessórios era de vidro e metal. Seria uma coisa até monótona, não fosse a vista maravilhosa para o mar e as cores dos tapetes sobre o piso de madeira nobre e do acervo de livros de capa dura que preenchia as estantes.

Quando chegamos ao andar de cima, minha felicidade aumentou ainda mais. A suíte principal era um espaço totalmente aberto, a não ser por duas colunas de sustentação. Buquês de rosas, tulipas e lírios brancos eram visíveis em quase todas as superfícies disponíveis, até mesmo no chão, em algumas áreas estratégicas. A cama era enorme, com lençóis de cetim, o que me fez pensar que se tratava de uma suíte nupcial, impressão reforçada pela fotografia em preto e branco pendurada sobre a cabeceira, a imagem de um véu transparente sendo levado pelo vento.

Olhei para Gideon. "Você já esteve aqui antes?"

Ele estendeu a mão e soltou meu rabo de cavalo, àquela altura todo torto e amassado. "Não. Que motivo eu teria para vir aqui?"

Verdade. O único lugar ao qual Gideon levava mulheres era seu matadouro num quarto de hotel — que aparentemente ele ainda mantinha. Meus olhos se fecharam quando começou a alisar meus cabelos com os dedos. Eu não tinha nem energia suficiente para me aborrecer com aquilo naquele momento.

"Tire a roupa, meu anjo. Vou encher a banheira."

Ele se afastou. Abri os olhos e o agarrei pela camiseta. Não sabia o que dizer. Só queria tê-lo por perto.

Ele entendeu, porque sabia como eu pensava.

"Não vou a lugar nenhum, Eva." Gideon pegou meu queixo com as mãos e olhou fundo nos meus olhos, mostrando a intensidade que havia me deixado maravilhada desde que o conhecera. "Mesmo se você quisesse ficar com ele, isso não seria suficiente pra eu abrir mão de você. Eu te quero demais. Quero você comigo, na minha vida, na minha cama. Se não puder ter isso, nada mais importa. Aceito o que você quiser me dar, não sou orgulhoso."

Eu me atirei sobre ele, atraída por sua necessidade obsessiva e insaciável por mim, que refletia minha profunda necessidade da companhia dele. Minhas mãos se agarraram à sua camiseta de algodão.

"Meu anjo", ele sussurrou, abaixando a cabeça e colando seu rosto ao meu. "Você também não consegue ficar longe de mim."

Ele me tomou nos braços e me carregou até o banheiro.

# 11

Eu estava deitada com os olhos fechados, as costas apoiadas no peito de Gideon, ouvindo o som da água se agitando enquanto ele passava as mãos sobre meu corpo na banheira com pés de bronze.

Ele havia lavado meu cabelo e meu corpo. Estava me fazendo um mimo, um agrado. Sabia que precisava se redimir da noite anterior, da maneira como havia me feito encarar a verdade — uma verdade que ele conhecia, mas precisava confirmar de uma vez por todas.

Como Gideon era capaz de me entender tão bem, algo que eu mesma não conseguia?

"Me conta sobre ele", murmurou, abraçando-me pela cintura.

Respirei fundo, mas aquela pergunta sobre Brett não me pegou de surpresa. Eu também conhecia muito bem meu amante. "Primeiro me diz se ele está bem."

Gideon fez uma pausa antes de responder. "Não sofreu nenhum ferimento grave. Você se importaria se ele estivesse muito machucado?"

"Claro que me importaria." Ouvi seus dentes rangerem.

"Quero saber sobre vocês dois", Gideon exigiu, muito sério.

"Não."

"Eva..."

"Não fale assim comigo, Gideon. Estou cansada de ser um livro aberto enquanto você guarda um monte de segredos." Virei a cabeça para o lado e apoiei a bochecha em seu peito. "Se tudo o que você tem a me oferecer é seu corpo, eu aceito. Mas não vou dar mais nada em troca."

"Ou seja, você não *quer*. Vamos tentar ser..."

"Eu não *consigo*." Inclinei-me para a frente para poder virar e encará-lo. "Olha só o que está acontecendo comigo! Eu *magoei* você ontem à noite. De propósito. Sem nem me dar conta disso, porque estava remoendo um ressentimento terrível enquanto tentava me convencer de que consigo viver sem saber de todas essas coisas que você não quer me contar."

Ele se sentou e abriu os braços. "Estou me abrindo com você, Eva! Você age como se não me conhecesse... como se tudo se resumisse ao sexo... mas você sabe mais sobre mim que qualquer outra pessoa."

"Vamos falar sobre o que eu *não* sei. Por que você é praticamente o dono da Vidal Records? Por que odeia a casa em que foi criado? Por que tem uma relação tão distante com sua família? O que você tem contra o doutor Terrence Lucas? Aonde tinha ido naquela noite em que tive um pesadelo? O que está por trás dos *seus* pesadelos? Por quê..."

"Já chega!", ele gritou, passando as mãos pelos cabelos molhados.

Eu me recostei, observando-o enquanto claramente lutava para se controlar. "Você devia saber que pode me contar qualquer coisa", eu disse baixinho.

"Ah, posso?" Ele me lançou um olhar penetrante. "O que sabe já não é suficiente para atormentar você? Quanto mais é capaz aguentar antes de sumir de vez da minha vida?"

Apoiei os braços nas bordas da banheira, encostei a cabeça e fechei os olhos. "Muito bem, então. Vamos ser meros companheiros de cama que discutem uma vez por semana na terapia. Que bom que esclarecemos isso."

"Eu trepei com ela", ele confessou. "Pronto. Está feliz agora?"

Sentei tão depressa que até derramei água para fora da banheira. Meu estômago deu um nó. "Com Corinne?"

"Não, porra." Ele ficou vermelho. "Com a mulher de Lucas."

"Ah..." Eu me lembrei da foto que tinha visto na pesquisa que fiz no Google. "Ela é ruiva." Foi a única coisa que consegui dizer.

"Minha atração por Anne se baseava inteiramente na relação dela com Lucas."

Franzi a testa, confusa. "Mas você e o doutor Lucas já tinham uma inimizade antes desse lance com a mulher dele? Ou começou por causa disso?"

Gideon apoiou o cotovelo na borda da banheira e esfregou o rosto. "Ele me afastou da minha família. Só retribuí a gentileza."

“Você fez com que eles se separassem?”

“Fiz com que *ela* quisesse a separação.” Gideon suspirou, tenso. “Ela veio falar comigo em um evento. Nem dei muita bola, pelo menos até descobrir quem era. Sabia que Lucas ficaria arrasado se a levasse pra cama. Então, quando a oportunidade surgiu, aproveitei. Era para ser só uma transa, mas Anne me ligou no dia seguinte. Como eu sabia que ele ficaria ainda mais magoado ao descobrir que ela quis mais, deixei acontecer. Quando estava a ponto de largar o marido por minha causa, mandei Anne de volta para ele.”

Fiquei olhando para Gideon, para seu embaraço um tanto relutante. Ele certamente faria tudo de novo, caso tivesse a chance, mas não sentia orgulho daquilo.

“Diga alguma coisa!”, ele gritou.

“Ela achou que você estava apaixonado?”

“Não. Porra, posso até ser um canalha por ter comido a mulher de outro, mas nunca prometi nada. Queria atingir Lucas através dela, não esperava esse efeito colateral. Se fosse hoje, não teria deixado a coisa chegar a esse ponto.”

“Gideon”, suspirei e sacudi a cabeça negativamente.

“O quê?” Ele estava inquieto, tenso, exalando uma energia nervosa. “Por que você disse meu nome desse jeito?”

“Porque você é ingênuo demais para a inteligência que tem. Você dormiu com essa mulher um monte de vezes e ainda fica surpreso por ela se apaixonar?”

“Deus.” Ele jogou a cabeça para trás com um grunhido. “Lá vem você de novo com essa história.”

Ele se endireitou de maneira abrupta. “Quer saber de uma coisa? Pode continuar pensando que eu sou um presente de Deus para as mulheres, meu anjo. Vou ficar mais tranquilo se você achar que nunca vai conseguir encontrar alguém igual a mim.”

Joguei água nele. A facilidade com que desdenhava de seus atributos físicos era bem parecida com a minha. Ambos conhecíamos nossos pontos fortes e sabíamos tirar proveito deles. Só não éramos capazes de entender o que nos tornava tão especiais a ponto de as pessoas se apaixonarem por nós.

Gideon se inclinou para a frente e segurou minhas mãos. “Agora me conta sobre você e Brett Kline.”

"Você não me contou o que o doutor Lucas fez pra te deixar tão irritado."

"Contei, sim."

"Não em detalhes", argumentei.

"É sua vez. Desembucha."

Precisei de um longo tempo para escolher bem as palavras. Homem nenhum queria uma vadia em recuperação como namorada. Mas Gideon esperou com toda a paciência. E obstinação. Eu sabia que só sairia daquela banheira depois de contar a ele sobre Brett.

"Para Brett eu era só uma transa fácil e garantida", fui logo confessando, querendo encerrar a conversa o mais depressa possível. "E aceitei essa situação, me sujeitei a um monte de coisas por isso. Nessa época, o sexo era a única forma que eu conhecia de me sentir amada."

"Ele fez uma canção de amor pra você, Eva."

Olhei para o outro lado. "Mas a verdade sobre nós daria uma música nem um pouco romântica, sabia?"

"Você era apaixonada por ele?"

"Eu... não." Olhei para Gideon quando ele soltou um suspiro audível, como se estivesse prendendo a respiração até então. "Eu sentia atração por ele, pelo jeito como cantava, mas era uma coisa totalmente superficial. Nem conhecia o cara direito, na verdade."

Seu corpo inteiro relaxou visivelmente. "Então era meio que... uma fase? É isso?"

Confirmei com a cabeça e tentei soltar as mãos, queria pelo menos poder me esconder atrás da minha vergonha. Eu não culpava Brett nem nenhum dos outros caras com quem me envolvi pelo que minha vida se tornou naquela época. A culpa era minha e de mais ninguém.

"Vem cá." Gideon me pegou pela cintura e me puxou para mais perto, juntando-me ao seu peito de novo. Seu abraço era a sensação mais maravilhosa do mundo. Suas mãos acariciavam minhas costas, reconfortando-me. "Não vou mentir pra você. Tenho vontade de encher de porrada todos os homens que passaram pela sua vida e seria bom se você os mantivesse bem longe de mim, mas nada a respeito do seu passado vai mudar o que sinto por você. Além disso, sei que também não sou nenhum santo..."

"Eu queria esquecer tudo isso", murmurei. "Não gosto de me lembrar da pessoa que já fui."

Gideon apoiou o queixo na minha cabeça. "Eu sei como é. Por mais que me lavasse depois de transar com Anne, nada era capaz de impedir que me sentisse sujo."

Apertei seus braços ao redor da minha cintura, um sinal de que o entendia e queria reconfortá-lo. Para a minha felicidade, eu também me sentia aceita e reconfortada.

O robe de seda branca que encontrei pendurado no closet era maravilhoso, revestido por dentro com um tecido felpudo e bordado com fios prateados nas bainhas. Eu adorei, o que era ótimo, porque, aparentemente, era a única peça disponível naquela casa.

Observei enquanto Gideon vestia uma calça de pijama de seda preta e amarrava o cordão para ajustá-la à cintura. "Por que você tem direito a roupas e eu só ganho um robe?"

Ele me olhou através de uma mecha de cabelo que havia caído sobre seu rosto. "Porque fui eu que providenciei tudo."

"Sem-vergonha."

"É só uma forma de facilitar o cumprimento de suas demandas sexuais insaciáveis."

"*Minhas* demandas insaciáveis?" Fui até o banheiro para tirar a toalha que estava enrolada na minha cabeça. "Eu me lembro claramente de implorar pra você parar ontem à noite. Ou foi hoje de manhã?"

Ele foi atrás de mim e parou no vão da porta. "Você vai implorar para eu parar hoje à noite também. Mas agora vou fazer o café."

Pelo espelho, vi um hematoma bem escuro quando ele se virou para sair. Estava localizado na parte inferior de suas costas, um local que eu não tinha visto até então. "Gideon! Você está machucado! Me deixa ver isso!"

"Eu estou bem." Ele me respondeu já do meio da escada. "Não precisa exagerar."

Fui invadida pelo sentimento de culpa e por uma vontade terrível de chorar. Minhas mãos tremiam enquanto eu passava o pente pelos cabelos molhados. No banheiro havia os mesmos produtos de beleza que eu tinha em casa, mais uma prova do quanto Gideon era atencioso, mais uma coisa a evidenciar meus defeitos. Eu estava tornando a vida dele um inferno. Depois de tudo por que ele havia passado, a última coisa de que precisava era lidar com uma pessoa problemática como eu.

Ao descer até o primeiro andar, notei que ainda não estava pronta para me juntar a Gideon na cozinha. Precisava de um minuto sozinha para me recompor. Não queria estragar o fim de semana dele.

Saí pelas portas envidraçadas que levavam ao deque. O rugido das ondas e a brisa úmida e salgada me atingiram em cheio. A bainha do meu robe ondulava suavemente ao vento, refrescando-me e revigorando-me ao mesmo tempo.

Respirei fundo, agarrei com força o gradil do deque e fechei os olhos, tentando encontrar a paz que aplacaria a preocupação de Gideon. Somente eu era capaz de fazer de mim mesma uma pessoa mais forte, o que era absolutamente necessário se quisesse fazê-lo feliz e transmitir a segurança que ele tanto desejava.

A porta se abriu atrás de mim e suspirei antes de me virar e encará-lo com um sorriso. Gideon apareceu com duas canecas fumegantes — uma de café preto e outra de café com leite. Eu sabia que estaria do jeito como eu queria, porque ele conhecia exatamente o meu gosto. Não porque eu havia dito, mas porque ele prestava atenção em tudo a meu respeito.

"Pare de se torturar", ele disse, muito sério, deixando as canecas sobre o gradil.

Suspirei. Obviamente, um sorriso não era suficiente para esconder meu estado de espírito. Ele me conhecia bem demais.

Gideon pegou meu rosto entre os dedos e me encarou. "Esse assunto está encerrado. Esquece isso."

Passei os dedos pelo lugar onde tinha visto o hematoma.

"Isso precisava acontecer", ele se limitou a dizer. "É sério. Fica quieta e me escuta. Acho que entendi o que você sente em relação a Corinne. Sinceramente, achava um exagero da sua parte. Mas estava errado. Agi como um imbecil egoísta."

“Mas eu estou mesmo exagerando. Não tenho por que odiá-la tanto assim. Não consigo pensar nela sem sentir impulsos violentos.”

“Agora eu entendo isso. Antes não entendia.” Ele deu um sorriso amarelo. “Às vezes só um evento dramático é capaz de me ensinar a ver as coisas de outro jeito. Por sorte, você é muito boa nisso.”

“Não tenta amenizar as coisas, Gideon. Você podia ter se machucado feio por minha causa.”

Ele me pegou pela cintura quando fiz menção de me virar. “Eu me machuquei feio por sua causa, *sim*. Ver você abraçada com outro cara, beijando a boca dele...” Seus olhos brilharam de raiva. “Aquilo acabou comigo, Eva. Cortou meu coração e me deixou sangrando. Parti para o ataque como uma forma de autodefesa.”

“Nossa”, eu disse quase sem fôlego, aturdida por sua sinceridade brutal. “Gideon.”

“Estou com muita raiva de mim mesmo por não ter entendido o que você sente por Corinne. Se um beijo já foi capaz de me fazer sentir daquele jeito...” Ele me abraçou com força, com um dos braços no meu quadril e outro nas minhas costas, para que sua mão pudesse agarrar minha nuca e me prender. Capturar-me.

“Se você me traísse”, ele continuou com a voz embargada, “acho que eu morreria.”

Virei a cabeça e beijei seu pescoço. “Aquele beijo idiota não significou nada. Significou menos do que nada, aliás.”

Ele agarrou meus cabelos e puxou minha cabeça para trás. “Você não sabe o que seus beijos significam pra mim, Eva. Não dá para sair beijando outra pessoa e dizer que foi só uma coisinha idiota...”

Gideon abaixou a cabeça e juntou seus lábios aos meus. O beijo começou suave, doce e provocador, com leves lambidas no meu lábio inferior. Abri a boca para ampliar o contato. Ele virou a cabeça e enfiou a língua na minha boca. Seus movimentos rápidos e não muito profundos só faziam aumentar meu desejo.

Enfiei os dedos por entre seus cabelos molhados e fiquei

na ponta dos pés para que o beijo pudesse se tornar mais profundo. Gemi ao sentir que ele sugava minha língua e me encostei um pouco mais em seu corpo. Seus lábios se moviam contra os meus, cada vez mais quentes e úmidos. Estávamos nos devorando, ficando mais excitados a cada segundo, como se estivéssemos trepando apenas com a boca, transando apaixonadamente através dos lábios, dos movimentos da língua e das leves mordidas. Eu arfava de desejo por ele, atacava-o com meus lábios, soltando gemidos de tesão pela garganta.

Seus beijos eram espetaculares. Era quando ele se mostrava por inteiro, sua força, sua paixão, seu desejo e seu amor. Nada ficava de fora, estava tudo ali. Ele se expunha completamente.

A tensão começou a tomar conta de seu corpo poderoso, sua pele acetinada estava cada vez mais quente. Sua língua se enfiou de uma vez na minha boca, enroscando-se com a minha. Sua respiração acelerada se misturava à minha, enchendo meus pulmões. Meus sentidos estavam todos imersos nele, no seu gosto, no seu cheiro, e minha cabeça girava a mil por hora enquanto eu virava a cabeça, em uma tentativa de senti-lo ainda mais profundamente. Eu queria lambê-lo com mais força, sugá-lo com mais força. Devorá-lo.

Eu o queria demais.

Suas mãos percorriam minhas costas, trêmulas e inquietas. Ele grunhiu, e senti meu sexo se contrair em resposta. Ele desamarrou o cordão do meu robe, enfiando as mãos por entre suas metades abertas para agarrar meus quadris e encravou os dentes no meu lábio inferior, para depois acariciá-lo com a língua. Gemi, querendo mais. Minha boca estava inchada e sensível.

Por mais perto que estivéssemos um do outro, a proximidade nunca parecia suficiente.

Gideon agarrou minhas nádegas e me puxou para cima dele. Senti sua ereção como uma barra de aço incandescente queimando minha barriga através do tecido da calça. Ele interrompeu o beijo e depois atacou minha boca de novo, preenchendo-me com o gosto de seu desejo, proporcionando-me tanto prazer com o toque aveludado de sua língua que seu gesto ganhou ares de tortura para mim.

Ele sentiu um tremor violento e soltou um rugido, remexendo os quadris. Seus dedos apertavam minha bunda, e seu grunhido reverberou com força contra meus lábios. Senti seu pau pulsar entre nós, depois seu jorro morno e delicioso na minha pele. Ele gozou soltando um ruído atormentado, encharcando a seda do pijama.

Gemi alto, desfazendo-me e desmanchando-me toda, enlouquecidamente excitada por conseguir fazê-lo perder o controle só com um beijo.

Aos poucos ele foi me soltando, ofegante. "Seus beijos são *meus*."

"Sim. Gideon..." Eu estava abalada, fragilizada emocionalmente pelo momento mais erótico que já havia vivenciado.

Ele ficou de joelhos e me chupou até que eu chegasse a um clímax arrebatador.

Tomamos um banho de chuveiro e tiramos um cochilo que durou todo o restante da manhã. Foi muito gostoso poder dormir ao seu lado de novo, com o travesseiro apoiado em seu peito, meu braço largado sobre sua barriga durinha e minhas pernas enroscadas com as dele.

Quando acordamos, pouco depois da uma da tarde, eu estava faminta. Descemos para a cozinha juntos, e ali descobri que gostava do visual hipermoderno daquele lugar. As portas de vidro dos armários e o granito das bancadas combinavam perfeitamente com a madeira nobre do piso. Para tornar tudo ainda melhor, a despensa estava lotada. Não precisávamos sair de casa para nada.

Optamos pela lei do menor esforço e fizemos sanduíches, que levamos para a sala e comemos com as pernas cruzadas, virados um para o outro.

Já estava na metade do meu quando surpreendi Gideon me olhando com um sorriso no rosto.

"Que foi?", perguntei entre uma mordida e outra.

"Arnoldo tem razão. É divertido ver você comer."

"Ah, fica quieto."

Seu sorriso se escancarou. Ele parecia tão despreocupado e feliz que senti um aperto no peito.

"Como foi que você descobriu este lugar?", perguntei. "Ou foi Scott?"

"Fui eu." Ele enfiou uma batata frita na boca e lambeu o sal dos lábios, o que achei absurdamente sexy. "Queria levar você para uma ilha, onde ninguém pudesse incomodar a gente. Este lugar é quase isso, descontando o contratempo da duração da viagem. Era para a gente ter vindo de avião."

Eu me distraí enquanto comia, lembrando a longa viagem para chegar até ali. Por mais enlouquecedora que pudesse ter sido, havia algo de excitante na ideia de que ele precisou reprogramar tudo apenas para poder me foder intensamente durante horas, tudo isso só para que eu pudesse encarar uma verdade que me recusava a enxergar. Só de imaginar toda a frustração e toda a raiva que o levaram a planejar aquilo... seus pensamentos voltados em liberar toda a sua paixão sobre meu corpo desejoso e indefeso...

"Você está com uma carinha de quem quer trepar...", ele observou. "E depois vem dizer que o tarado sou eu."

"Desculpa."

"Não foi uma reclamação."

Decidi voltar meus pensamentos para os eventos mais desagradáveis da noite. "Acho que Arnoldo não gostou muito de mim."

Ele ergueu uma das sobrancelhas. "Você está com a maior cara de tesão e estava pensando em Arnoldo? Vou ter que dar uma surra *nele* também?"

"Não. Que coisa... Só falei nisso pra desviar o foco do sexo, e porque é uma coisa sobre a qual precisamos conversar."

Ele deu de ombros. "Falo com ele."

"Acho que quem precisa fazer isso sou *eu*, na verdade."

Gideon me encarou com seus olhos azuis encantadores. "E o que você vai dizer?"

"Que ele tem razão. Que eu não mereço você e que pisei na bola. Só que estou apaixonada demais e preciso de uma chance pra provar que posso te fazer feliz."

"Meu anjo, se eu fosse mais feliz do que você me faz, viraria uma pessoa disfuncional." Ele pegou minha mão e beijou a ponta dos meus dedos. "Não interessa o que os outros pensam. A gente tem nosso próprio ritmo e está contente com ele."

"Você está *mesmo* contente?" Peguei minha garrafinha de chá gelado de cima da mesa e dei um gole. "Sei que tudo isso é bem desgastante pra você. E se essa dureza toda for mais do que a gente é capaz de suportar?"

"Essa sua conversa é bem sugestiva..."

"Ai, meu Deus." Dei risada. "Você é terrível."

Seus olhos brilhavam de divertimento. "Não é isso que você costuma dizer."

Balancei a cabeça e voltei minha atenção para o sanduíche.

"Prefiro brigar com você, meu anjo, a rir e me divertir com qualquer outra pessoa."

*Minha nossa*. Precisei de alguns instantes a mais para engolir o último pedaço que estava na minha boca. "Você sabe, né? Que te amo de paixão?"

Ele sorriu. "Sei."

Depois que limpamos a sujeira do almoço, larguei a esponja na pia e anunciei: "Preciso dar o telefonema semanal para meu pai".

Gideon sacudiu a cabeça. "Sem chance. Você vai ter que esperar até segunda."

"Hã? Por quê?"

Ele me encurralou no balcão, posicionando as mãos em torno de mim. "Aqui não tem telefone."

"Sério? E o seu celular?" O meu havia ficado em casa, pois não tinha onde carregá-lo no show e não havia motivo para levá-lo comigo.

"Está a caminho de Nova York, com a limusine. Estamos sem internet também. Mandei tirar o modem e os telefones antes de chegarmos."

Fiquei sem saber o que dizer. Com tantos compromissos e tanta responsabilidade nas costas, Gideon se desconectar do mundo daquela maneira durante o fim de semana era... inacreditável. "Uau. Quando foi que a última vez que você ficou incomunicável desse jeito?"

"Hum... acho que nunca fiquei."

"Deve haver pelo menos meia dúzia de pessoas surtando por não conseguir falar com você."

Ele deu de ombros, despreocupado. “Elas se viram.”

Senti uma onda de prazer percorrer meu corpo. “Então vou ter você todinho só pra mim?”

“Exatamente.” Ele abriu um sorriso malicioso. “O que vai querer fazer comigo, meu anjo?”

Sorri de volta, extasiada. “Vou pensar em alguma coisa, pode ter certeza.”

Fomos dar um passeio na praia.

Vesti uma das calças de pijama de Gideon, que enrolei até as canelas, e minha regatinha branca, o que era uma indecência, porque meu sutiã estava a caminho de Nova York com o celular de Gideon.

“Acho que morri e fui para o paraíso”, ele anunciou, olhando para meus peitos enquanto caminhávamos pela areia, “onde a encarnação de todas as minhas fantasias masturbatórias de adolescência existe de verdade e é toda minha.”

Bati no ombro dele com o meu. “Como é que você consegue passar de deliciosamente romântico para tarado e grosseiro em tão pouco tempo?”

“Esse é mais um dos meus talentos.” Seus olhos estavam de novo voltados para meus mamilos endurecidos, uma cortesia da brisa do mar. Ele apertou minha mão e soltou um suspiro de felicidade um tanto teatral. “Estou no paraíso com meu anjo. Não existe nada melhor que isso.”

Fui obrigada a concordar. A praia era linda e tinha um visual selvagem e indomado que lembrava bastante o homem que estava ao meu lado. O som das ondas e o barulho das gaivotas me proporcionavam um contentamento inigualável. A água fria batia em meus pés descalços, e o vento lançava meus cabelos sobre meu rosto. Fazia tempo que eu não me sentia tão bem, e fiquei feliz por Gideon ter reservado aquele tempinho só para nós. Quando estávamos sozinhos, tudo parecia perfeito.

“Você gostou daqui”, ele percebeu.

“Sempre gostei de ficar perto da água. O segundo marido da minha mãe tinha uma casa no lago. Eu me lembro de caminhar com ela pela margem, como estamos fazendo agora, e sempre pensei em comprar uma casinha perto da água pra mim algum dia."

Ele soltou minha mão e me abraçou pelo ombro. "Então vamos fazer isso. Que tal essa casa em que estamos? Você gostou?"

Eu me virei para Gideon e adorei vê-lo com os cabelos todos bagunçados pelo vento. "Está à venda?"

Ele olhou para a praia que se estendia diante de nós. "Tudo no mundo está à venda. Basta pagar o preço."

"E você gostou?"

"Ela é meio morta por dentro, com todo aquele branco, mas gostei da suíte principal. O resto podemos mudar e deixar do nosso jeito."

"Nosso jeito", repeti, perguntando-me qual seria. Eu adorava o apartamento dele, com sua elegância tradicional. Acho que ele se sentia à vontade no meu apartamento também, que tinha um toque moderno. Uma combinação dos dois... "Seria um grande passo comprar um imóvel juntos."

"Um passo inevitável", ele corrigiu. "Você mesma disse para o doutor Petersen que não vamos desistir um do outro."

"É, eu disse mesmo." Caminhamos mais um pouco em silêncio. Tentei descobrir como me sentia quanto ao fato de Gideon querer que tivéssemos um vínculo concreto entre nós. E também entender por que uma propriedade conjunta era a maneira que havia escolhido para isso. "Então posso deduzir que você também gostou daqui, certo?"

"Gosto de praia." Ele tirou o cabelo do rosto com a mão. "Tenho uma foto minha e do meu pai fazendo um castelo na areia."

Não sei nem como consegui me equilibrar sobre meus pés. Gideon quase nunca falava voluntariamente sobre seu passado, o que tornava aquela revelação um acontecimento. "Eu gostaria de ver."

"Está com minha mãe." Demos mais alguns passos antes que ele dissesse: "Eu pego pra você".

"Posso ir junto." Gideon ainda não havia me contado por que, mas a casa dos Vidal era um pesadelo para ele. Eu desconfiava que o trauma que deu origem à sua parassonia tinha acontecido ali.

Gideon respirou profundamente, fazendo seu peito subir e descer. "Posso mandar alguém buscar."

"Tudo bem." Virei a cabeça e beijei a mão que estava apoiada em meu ombro. "Mas minha oferta continua de pé."

"O que você achou da minha mãe?", ele perguntou, do nada.

"Ela é muito bonita. Muito elegante. E me pareceu muito agradável." Eu o observei bem, reconhecendo os cabelos escuros e os olhos azuis deslumbrantes de Elizabeth Vidal. "Ela parece te amar muito. Dava pra ver nos olhos dela."

Gideon continuou olhando para a frente. "Esse amor não foi suficiente."

Perdi o fôlego. Como não sabia a causa de seus terríveis pesadelos, achei que talvez sua mãe o amasse mais do que o normal. Foi um alívio saber que não era esse o caso. O fato de seu pai ter cometido suicídio já era ruim o bastante. Ser abusado pela própria mãe poderia gerar um trauma quase irrecuperável.

"Por que não foi suficiente, Gideon?"

Ele cerrou o maxilar. Seu peito se expandiu em um suspiro profundo. "Ela não acreditou em mim."

Parei de caminhar e me virei para ele. "Você contou para ela o que aconteceu? E ela não acreditou?"

Seu olhar estava perdido por cima da minha cabeça. "Isso não importa agora. Já faz tanto tempo..."

"Claro que importa. Importa muito." Eu estava furiosa. Uma mãe não tinha cumprido seu papel, que era apoiar o filho. E nesse caso a criança era Gideon, o que me deixava ainda mais indignada. "Aposto que ainda dói um bocado."

Ele baixou os olhos para mim. "Olha só você, toda irritada e chateada. Eu não devia ter dito nada."

"Você devia ter me contado isso antes."

A tensão em seus ombros cedeu, e ele abriu um sorriso um tanto desanimado. "Na verdade eu não te contei nada."

"Gideon..."

"Mas é claro que você acredita em mim, meu anjo. Já dividiu a cama comigo."

Peguei seu rosto com as mãos e olhei no fundo de seus olhos. "Eu acredito em você."

Seu rosto se contorceu em uma expressão de dor antes que ele me abraçasse com força. “Eva.”

Enlacei sua cintura com as pernas e seus ombros com os braços. “Acredito em você.”

Quando voltamos à casa, Gideon foi até a cozinha abrir uma garrafa de vinho e eu fiquei olhando os livros nas estantes. Abri um sorriso ao me deparar com o primeiro volume da série com o protagonista que me fazia lembrar dele, um dos motivos para chamá-lo de “garotão”.

Deitamos no sofá, e eu fiquei lendo em voz alta enquanto ele brincava distraidamente com meus cabelos. Gideon se manteve pensativo depois da nossa caminhada, com a cabeça bem longe. Não me incomodei com isso. Tínhamos feito uma série de revelações um para o outro ao longo dos dois últimos dias, e um período de reflexão era necessário.

Quando a maré subiu, chegou de fato até debaixo da casa, produzindo um som incrível e um visual ainda mais impressionante. Saímos para o deque para ver o vai e vem das ondas, que transformava a casa em uma ilha flutuante.

“Vamos derreter chocolate e comer com marshmallow”, sugeri, inclinando-me no gradil quando Gideon me abraçou por trás. “A gente pode acender aquela lareira.”

Ele mordeu minha orelha e sussurrou: “Prefiro lamber o chocolate derretido do seu corpo”.

*Sim, por favor...* “Não vai me queimar?”

“Não se a gente fizer direito.”

Ele me pegou e me pôs sentada no gradil quando me virei para encará-lo. Depois se posicionou entre minhas pernas e me abraçou pelos quadris. Observando o sol se pôr no oceano, fomos envolvidos por aquele clima de paz. Acariciei seus cabelos com os dedos, embalada pela brisa que os sacudia.

“Você chegou a falar com Ireland?”, perguntei, querendo saber de sua meia-irmã, que era tão linda quanto a mãe. Eu a havia conhecido numa festa da Vidal Records e não precisei de muito tempo para notar que ela estava desesperada por um pouco de atenção por parte do irmão mais velho.

"Não."

"Que tal você levá-la pra jantar lá em casa quando meu pai estiver na cidade?"

Ele inclinou a cabeça para me observar melhor. "Você quer que eu convide uma menina de dezessete anos pra jantar comigo e com seu pai?"

"Não, quero que minha família conheça a sua."

"Ela vai ficar entediada."

"Como é que você sabe?", perguntei. "Acho que sua irmã idolatra você. Com um pouquinho de atenção da sua parte, ela tem tudo pra ser uma ótima companhia."

"Eva." Ele suspirou, claramente incomodado. "Cai na real. Não tenho a menor ideia do que conversar com uma adolescente."

"Ireland não é uma garota qualquer, ela é sua..."

"Mas é como se fosse!" Ele franziu o rosto.

Foi quando percebi. "Você tem medo dela."

"Qual é?!", ele ironizou.

"Tem mesmo. Ela assusta você." E eu duvidava que isso tivesse a ver com a idade da irmã dele ou com o fato de ser menina.

"O que foi que deu em você?", ele protestou. "Está cismada com Ireland. Esquece que ela existe."

"Ela é a única pessoa da sua família com quem você pode contar, Gideon." Pelo menos era assim que eu queria que ele pensasse. Seu irmão Christopher era um canalha e sua mãe não merecia que ele fizesse parte de sua vida.

"Posso contar com *você*!"

"Amor..." Suspirei e o enlacei com minhas pernas. "Claro que você pode contar comigo. Mas isso não significa que não existe espaço na sua vida para outras pessoas que te amam."

"Ela não me ama", Gideon murmurou. "Nem me conhece."

"Acho que você está enganado, mas, mesmo se não estiver, Ireland vai aprender a amar você quando te conhecer melhor. É só abrir espaço para isso."

"Já chega. Vamos voltar a falar do chocolate."

Tentei insistir, mas era impossível. Quando ele dava um assunto por encerrado, não adiantava continuar falando. Eu teria que arrumar outro jeito de abordar a questão.

"Então você quer falar sobre chocolate, garotão?" Lambi os

lábios. "Aquela coisa quentinha e melequenta escorrendo por nossos dedos..."

Gideon estreitou os olhos.

Passei meus dedos sobre seus ombros e seu peito. "Eu até deixaria você me lambuzar todinha de chocolate. E adoraria despejar um pouco sobre você também."

Ele ergueu as sobrancelhas. "Está tentando me subornar com favores sexuais de novo?"

"Quando foi que eu disse isso?" Pisquei, fingindo-me de inocente. "Não me lembro de ter dito nada disso."

"Está implícito na conversa. Vamos ser bem claros." Ele falou com uma voz assustadoramente grave. Seus olhos faiscavam, e sua mão agarrava um dos meus seios por baixo da blusa. "Vou convidar Ireland para jantar com seu pai porque isso vai deixar você feliz, e assim eu também fico feliz."

"Obrigada", eu disse quase sem fôlego, porque ele estava acariciando de forma ritmada meu mamilo, fazendo-me gemer de prazer.

"Vou fazer o que quiser com o chocolate derretido no seu corpo, porque se eu gostar você também vai gostar. Sou eu que decido quando e como. Repita isso."

"É você que decide..." Eu soltei o ar com toda a força quando ele abocanhou meu outro mamilo por cima da roupa. "Nossa."

Ele me mordeu de leve. "Termine."

Meu corpo todo ficou tenso em obediência àquele tom de voz autoritário. "É você que decide quando e como."

"Com algumas coisas você pode barganhar, meu anjo, mas no sexo não existe negociação."

Agarrei seus cabelos com as duas mãos, uma resposta instintiva à sua sucção deliciosa nos meus mamilos sensíveis. Eu havia desistido de tentar entender por que queria que ele estivesse no controle. Era essa minha vontade e ponto final. "Com o que mais posso barganhar? Você tem de tudo."

"Seu tempo e sua atenção são duas coisas preciosas, que eu faria de tudo para conseguir."

Senti um tremor percorrer meu corpo. "Estou molhadinha pra você", murmurei.

Gideon se afastou do gradil, levando-me junto com ele. "E é justamente assim que eu quero."

# 12

Gideon e eu chegamos a Manhattan no domingo, pouco antes da meia-noite. Dormimos em camas separadas na noite anterior, mas passamos a maior parte do dia juntos na suíte. Beijando e tocando um no outro. Rindo e cochichando.

Graças a uma espécie de acordo silencioso, não falamos mais sobre assuntos desagradáveis durante todo o restante do retiro. Não ligamos a televisão nem o rádio, porque queríamos dedicar todo o nosso tempo um ao outro. Demos mais uma caminhada pela praia. Fizemos amor sem pressa, de maneira quase preguiçosa, no deque do terceiro andar. Jogamos baralho, e ele venceu todas as partidas. Recarregamos as baterias e deixamos bem claro novamente um para o outro que valia a pena lutar pela nossa relação.

Foi o dia mais perfeito da minha vida.

Fomos para meu apartamento na volta à cidade. Gideon abriu a porta com sua própria chave e entramos na sala escura procurando não fazer barulho, para não acordar Cary. Gideon me deu um de seus beijos apaixonados e foi dormir no quarto de hóspedes, enquanto eu me ajeitei na minha cama, que parecia vazia sem ele. Eu já sentia sua falta. Fiquei me perguntando por quanto tempo ainda precisaríamos dormir em quartos separados. Mais alguns meses? Ou anos?

Para fugir daqueles pensamentos, fechei os olhos e logo estava cochilando.

A luz acendeu.

"Eva. Acorda." Gideon entrou no meu quarto, foi diretamente até o closet e começou a mexer nas minhas roupas.

Piscando, vi que ele estava totalmente vestido, usando calça e uma camisa social. "O que aconteceu?"

"É Cary", ele disse, bem sério. "Ele está no hospital."

Um táxi já estava à nossa espera quando saímos do prédio. Gideon deixou que eu entrasse primeiro, depois assumiu seu lugar ao meu lado.

O táxi parecia estar andando bem devagar. Tudo parecia estar em câmera lenta.

Agarrei a manga da camisa de Gideon. "O que aconteceu?"

"Ele foi agredido na sexta à noite."

"Como é que você sabe?"

"Sua mãe e Stanton deixaram recado no meu celular."

"Minha mãe...?" Eu o olhei sem entender nada. "Por que ela não..."

Ela não tinha *como* me ligar. Eu estava sem celular. Fui imediatamente dominada pela preocupação e pelo sentimento de culpa. Mal conseguia respirar.

"Eva." Ele passou o braço pelos meus ombros e me fez apoiar a cabeça em seu corpo. "Não fique se remoendo. Primeiro vamos ver como ele está."

"Mas já faz *dias*, Gideon. E eu não estava lá."

As lágrimas começaram a descer pelo meu rosto e não pararam mais, mesmo depois de chegarmos ao hospital. Não consegui reparar em nada no exterior do edifício, minha atenção estava voltada totalmente para a ansiedade que me consumia. Agradeci a Deus por estar acompanhada de Gideon, sempre calmo e senhor da situação. Um funcionário nos forneceu o número do quarto de Cary, mas ele não poderia nos ajudar em mais nada. Gideon teve que fazer uma série de telefonemas em plena madrugada para garantir nosso acesso ao quarto fora do horário de visita. Ele tinha o costume de fazer doações generosas, e esse fato nunca era ignorado quando fazia algum pedido.

Ao entrar no quarto e ver o estado de Cary, meu coração se desfez em pedaços e minhas pernas fraquejaram. Se não fosse por Gideon, eu teria desabado. O homem que eu considerava meu irmão, o melhor amigo que tinha na vida, estava deitado em silêncio completo, imóvel em uma cama. Sua cabeça estava toda enfaixada e seus olhos estavam roxos. Um dos braços estava engessado e pelo outro ele tomava soro. Eu não o teria reconhecido se não o conhecesse tão bem.

Havia flores em todas as superfícies visíveis, buquês alegres e coloridos. Balões também, e alguns cartões. Eu sabia que muita coisa ali tinha sido enviada por minha mãe e Stanton, que certamente se encarregariam da conta do hospital também.

Nós éramos a família dele. E todos já haviam passado por ali, menos eu.

Gideon me levou para mais perto da cama, com o braço em torno da minha cintura para me amparar. Eu chorava aos soluços, lágrimas grossas e mornas escorriam por meu rosto. Era o máximo que podia fazer em termos de silêncio.

Ainda assim, Cary deve ter me ouvido ou sentido minha presença. Suas pálpebras tremeram um pouco, depois se abriram. Seus lindos olhos verdes estavam vermelhos e opacos. Ele precisou de alguns momentos para conseguir me ver. Quando olhou para mim, piscou algumas vezes e as lágrimas começaram a escorrer por seu rosto.

"Cary." Corri até ele e pus minha mão sobre a sua. "Estou aqui."

Ele me apertou com tanta força que até doeu. "Eva."

"Desculpe não ter vindo antes. Eu estava sem celular. Não fazia nem ideia... Teria vindo se soubesse."

"Não esquenta. Você está aqui agora." Cary lutou para engolir em seco. "Minha nossa... tudo dói."

"Vou chamar a enfermeira", anunciou Gideon, passando as mãos por minhas costas antes de sair silenciosamente do quarto.

Vi uma jarrinha com água e um copo na mesa do quarto. "Está com sede?"

"Muita."

"Posso sentar você? Ou é melhor não?" Estava com medo de fazer alguma coisa que aumentasse sua dor.

"Pode."

Usando o controle remoto que estava perto da mão de Cary, ergui a parte de cima da cama para que ele pudesse se sentar. Depois levei o copo até sua boca e observei enquanto bebia com vontade.

Ele relaxou com um suspiro. "Você é um colírio para meus olhos doloridos, gata."

"Mas o que foi que aconteceu?" Deixei o copo vazio de lado e agarrei de novo sua mão.

"Como se eu soubesse." Sua voz era fraca, quase um sussurro. "Bateram em mim. Com um taco de beisebol."

"Com um *taco de beisebol*?" Só de pensar me senti fisicamente mal. Quanta brutalidade. Quanta violência... "Que loucura!"

"Nem me fale", ele concordou, franzindo a testa numa expressão de dor.

Recuei um pouco. "Desculpe."

"Não precisa pedir desculpa. Porra. Eu estou..." Ele fechou os olhos. "Estou exausto."

Foi nesse momento que a enfermeira entrou, usando um avental decorado com desenhos de depressores linguais e estetoscópios antropomorfizados. Era jovem e bonita, com cabelos e olhos escuros. Ela examinou o estado geral de Cary, mediu sua pressão arterial e por fim apertou um botão no controle da grade da cama.

"Você pode se medicar a cada meia hora se estiver com dor", ela informou. "É só apertar o botão. O remédio não vai sair se não tiver passado menos de trinta minutos, então nem adianta ficar apertando se não estiver na hora."

"Se eu apertar uma vez já é muito", ele murmurou, olhando para mim.

Eu entendia sua relutância. Cary tinha uma tendência ao vício. Já tinha sofrido muito por causa das drogas antes de me conhecer.

Por outro lado foi um alívio ver a expressão de dor sumir de seu rosto e sua respiração voltar ao ritmo normal.

A enfermeira me olhou. "Ele precisa descansar. Você pode voltar durante o horário de visita."

Cary me lançou um olhar de desespero. "Não vá embora."

"Ela não vai sair daqui", informou Gideon ao voltar para o quarto. "Já mandei trazerem uma cama extra."

Não imaginei que fosse possível amar Gideon ainda mais, mas ele sempre arrumava um jeito de provar que era.

A enfermeira sorriu timidamente para Gideon.

"E ele precisa de mais água", avisei enquanto ela desviava relutantemente o olhar do meu namorado para prestar atenção em mim.

Ela pegou a jarra e saiu.

Gideon foi até a cama e falou com Cary.

"O que aconteceu?"

Cary suspirou. "Trey e eu fomos àquela festa na sexta, mas saímos cedo. Fui ajudá-lo a pegar um táxi, mas, como na frente do clube estava uma loucura, fomos até uma rua lateral. Quando ele entrou no carro e foi embora alguém me acertou na cabeça, por trás. Quando caí, levei um monte de pancadas no chão. Não tive a menor chance de me defender."

Minhas mãos começaram a tremer, e Cary começou a acariciá-las com o polegar.

"Ei", ele murmurou. "Isso é para eu aprender a não enfiar o pau em qualquer buraco."

"Quê?"

Os olhos de Cary se fecharam, e um segundo depois ele estava dormindo. Olhei para Gideon, completamente perdida.

"Vou tentar descobrir o que aconteceu", ele disse. "Venha aqui fora comigo um minutinho."

Eu o segui, olhando para trás o tempo todo, para Cary. Quando a porta se fechou atrás de nós, desabafei: "Minha nossa, Gideon. Ele está muito mal".

"Levou uma boa surra", Gideon comentou, soturno. "Teve traumatismo craniano, uma concussão, três costelas trincadas e um braço quebrado."

Aquela lista de ferimentos era dolorosa demais só de ouvir. "Não entendo por que alguém faria uma coisa dessas."

Ele me puxou para mais perto e beijou minha testa. "O médico disse que pode liberar Cary daqui a um ou dois dias, então vou providenciar alguém para cuidar dele em casa. E pode deixar que aviso seu chefe que você vai faltar."

"A agência de Cary também precisa ser avisada."

"Pode deixar que cuido disso."

"Obrigada." Eu o abracei com força. "O que seria de mim sem você?"

"Isso você nunca vai saber."

Minha mãe me acordou às nove horas na manhã seguinte, entrando exasperada no quarto de Cary assim que começou o horário de visitação. Ela praticamente me arrastou para o corredor, atraindo a atenção de todos que estavam por perto. Ainda era cedo, mas ela já estava toda produzida, com sapatos Louboutin de salto alto com sola vermelha e um vestidinho sem mangas cor de marfim.

"Eva. Não acredito que você passou o fim de semana inteiro sem celular! Onde estava com a cabeça? E se tivesse acontecido alguma emergência?"

"*Aconteceu* uma emergência."

"Pois é!" Ela jogou apenas uma das mãos para o alto, já que sob o outro braço estava sua bolsa de mão. "Ninguém conseguiu falar com você nem com Gideon. Ele deixou uma mensagem pra avisar que iam viajar no fim de semana, mas não disse pra onde. Não acredito que ele foi tão irresponsável! Onde é que estava com a cabeça?"

Interrompi, porque ela estava gritando e começando a se repetir: "Obrigada por cuidar de Cary. Nem sei como agradecer".

"Ora, não precisa agradecer." Minha mãe baixou um pouco o tom de voz. "Também o amamos, você sabe disso. Estou arrasada com o que aconteceu."

Seu lábio inferior começou a tremer, e ela remexeu a bolsa em busca de seu lencinho.

"A polícia está investigando o caso?", perguntei.

"Claro que está, mas não sei se vai adiantar muita coisa." Ela limpou o canto dos olhos. "Adoro Cary, mas ele é muito galinha. Duvido que se lembre de todas as mulheres e todos os homens com quem se envolveu. Sabe aquele evento a que você foi com Gideon? Quando comprei para você aquele vestido vermelho maravilhoso?"

"Claro." Eu jamais me esqueceria. Foi na noite em que Gideon e eu fizemos amor pela primeira vez.

"Tenho certeza de que Cary transou com uma loirinha com quem dançou naquela noite... enquanto estávamos lá! Eles desapareceram e quando voltaram... Bom, sei reconhecer um homem satisfeito quando vejo um. Aposto que ele não sabia nem o nome dela."

Eu me lembrei do que Cary havia dito antes de cair no

sono. "Você acha que esse ataque teve a ver com algum dos casos dele?"

Minha mãe pareceu confusa, e enfim se deu conta de que eu não sabia de nada. "Disseram para Cary manter distância 'dela', quem quer que fosse ela. Os detetives vão voltar mais tarde para ver se conseguem algum nome."

"Meu Deus." Esfreguei os olhos. Mais do que nunca, precisava lavar o rosto e beber um copo de café. "Eles precisam falar com Tatiana Cherlin também."

"Quem?"

"Cary está saindo com ela. Acho que pode ajudar a esclarecer tudo. O namorado de Cary pegou os dois juntos na cama e ela nem deu bola. É o tipo da pessoa que adoraria se envolver num drama."

Esfreguei minha nuca e então percebi que a pontada que estava sentindo nas costas tinha um motivo todo especial. Gideon estava vindo na minha direção, diminuindo rapidamente a distância entre nós com as passadas firmes de suas pernas compridas. Vestido de terno para ir trabalhar, com um copo de café em uma das mãos e uma mala preta na outra, ele surgiu ali como a pessoa certa na hora certa.

"Com licença." Fui até Gideon e me lancei a seus braços.

"Oi", ele cumprimentou, beijando minha cabeça. "Como estão as coisas?"

"Terríveis. E totalmente sem sentido." Meus olhos começaram a arder. "Era a última coisa de que Cary precisava. Ele já sofreu tanto..."

"Você também, e agora está sofrendo com ele."

"E você está sofrendo comigo." Fiquei nas pontas dos pés, dei um beijo em seu queixo e recuei. "Obrigada."

Gideon me entregou o café. "Trouxe algumas coisas pra você... uma troca de roupa, seu celular e seu tablet, uns produtos de higiene."

Eu sabia que tanta atenção teria um preço — literalmente. Depois de passar um fim de semana comigo, ele ainda teve que deixar o trabalho de lado mais um pouquinho para cuidar de mim. "Obrigada. Eu te amo."

"Eva!" O grito da minha mãe me arrepiou. Ela achava que aquelas palavras só deveriam ser ditas depois do casamento.

"Desculpe, mãe. Não deu pra evitar."

Gideon passou seus dedos quentes por meu rosto.

"Gideon", começou minha mãe, vindo na nossa direção, "você deveria saber que Eva não pode ficar sozinha sem nenhum meio de pedir socorro. Você *sabe*, aliás."

Ela estava claramente se referindo ao meu passado. Não entendi por que me considerava tão frágil a ponto de não conseguir me virar sozinha por dois dias. Minha mãe era muito mais indefesa do que eu.

Lancei um olhar de compaixão para Gideon.

Ele me entregou a mala e demonstrou com a expressão em seu rosto que estava tranquilo e sabia como lidar com minha mãe sozinho, então deixei que fizesse isso. Antes de qualquer outra coisa, eu precisava de uma boa dose de cafeína.

Voltei para o quarto e encontrei Cary já acordado. Senti o nó na minha garganta imediatamente se apertar. Ele era uma pessoa tão saudável e animada, um homem cheio de vida e malícia. Não havia nada pior do que vê-lo naquela situação.

"Oi", ele murmurou. "Você precisa parar de chorar toda vez que me vê. Parece que estou morrendo ou coisa do tipo."

Ele estava certo. Minhas lágrimas não ajudavam. Além de não me aliviarem em quase nada, faziam com que o sofrimento dele se tornasse ainda mais pesado. Cary merecia um comportamento mais digno da minha parte.

"Não consigo evitar", eu disse, fungando. "Que saco. Alguém chegou na minha frente e fez o que eu mesma deveria ter feito na sexta-feira."

"Ah, é?" Sua expressão carregada se aliviou um pouco. "E posso saber por quê?"

"Você não me disse nada sobre Brett e o Six-Ninths."

"Ah, é..." Seus olhos voltaram a mostrar um pouco do brilho habitual. "Como é que ele estava?"

"Bem. Muito bem." E um gato, mas isso eu não comentei. "Mas ele não deve estar muito diferente de você agora."

Contei a ele sobre o beijo e a briga que se seguiu.

"Cross foi pra cima dele então?" Cary sacudiu a cabeça, mas fez uma expressão de dor e parou. "É preciso ter coragem pra enfrentar Brett... ele é do tipo que adora uma boa briga."

"E Gideon tem um treinador particular de MMA." Comecei a mexer na mala que ele tinha me trazido. "Por que você não me contou que o Captive Soul tinha assinado com uma grande gravadora?"

"Pra você não cair de novo na mesma cilada. Existem garotas que conseguem namorar astros do rock, mas você não é uma delas. Tanto tempo na estrada, no meio de tantas groupies... Você ia ficar maluca."

Olhei para ele, bem séria. "Concordo plenamente. Mas acho meio ofensivo achar que eu voltaria correndo pra ele só porque a banda ficou famosa."

"Não foi por isso que não contei. Só não queria que você ouvisse a música nova deles."

"'Golden'."

"Pois é..." Ele ficou me olhando enquanto eu ia para o banheiro. "O que você achou?"

"Sempre dá pra ser pior. A música poderia chamar 'Já comi'."

"Rá!" Ele esperou que eu voltasse para o quarto, dessa vez com o rosto lavado e os cabelos penteados. "Então... vocês se beijaram."

"Sim, e a história termina por aí", eu disse, bem seca. "Você já contou para Trey?"

"Não. Estou sem celular. E sem minha carteira também, pelo jeito. Quando dei por mim, já estava vestido com essa...", ele pegou o avental do hospital entre os dedos, "... essa coisa aqui."

"Pode deixar que eu vou atrás das suas coisas." Guardei os artigos de banheiro de volta na mala, depois sentei na poltrona a seu lado com meu café. "Gideon está providenciando uma enfermeira pra cuidar de você lá em casa."

"Uh... essa é uma das minhas fantasias. Você pode arrumar uma bem gostosa? E solteira?"

Eu levantei as sobrancelhas, surpresa. No fundo, porém, estava aliviada por ver que Cary voltava a ser ele mesmo. "Pelo jeito você está se sentindo melhor, já que está todo saidinho. Como foram as coisas com Trey?"

"Bem." Ele suspirou. "Eu estava com medo de que aquela

festa não fosse a praia dele. Esqueci que ele conhecia um monte de gente ali."

Cary e Trey haviam se conhecido em uma sessão de fotos, Cary como modelo e Trey como assistente do fotógrafo. "Que bom que vocês se divertiram."

"Pois é. Mas ele estava determinado a *não* transar."

"Então você tentou... apesar de dizer que não faria isso."

"Estamos falando de *mim*." Ele revirou os olhos. "É claro que tentei. Ele é lindo, gostoso e..."

"... apaixonado por você."

Cary soltou o ar dos pulmões de uma vez, fazendo uma expressão de dor. "Ninguém é perfeito."

Não tive como segurar o riso. "Cary Taylor. Amar você não é um defeito."

"Bom, mas também não é uma coisa muito inteligente. Fui muito filho da puta com ele", Cary murmurou, desanimado. "Trey merece coisa melhor."

"Essa decisão cabe a ele, não a você."

"Mas alguém precisa tomá-la."

"Você só está fazendo isso porque também é apaixonado por ele." Sorri. "Que tal assumir logo de uma vez e tomar uma atitude?"

"Não sou tão apaixonado assim por ele." Todos os traços de bom humor sumiram de seu rosto, deixando entrever apenas o homem traumatizado e solitário que eu conhecia tão bem. "Não posso ser fiel como ele quer. Ficar só com Trey e mais ninguém. Também gosto de mulheres, não posso negar minha própria natureza. Só de pensar nisso já fico com raiva dele."

"Você teve que lutar muito pra se aceitar desse jeito", eu disse baixinho, lembrando tempos dolorosos. "Eu te entendo perfeitamente e não te condeno, mas você já tentou conversar com Trey a respeito?"

"Sim, já tentei. E ele me ouviu." Cary esfregou a testa com os dedos. "Eu entendo, não pense que não entendo. Se ele me dissesse que queria transar com outro cara, eu também ficaria muito puto."

"Mas com uma mulher não?"

"Não. Sei lá. Porra." Seus olhos avermelhados se dirigiram

a mim num pedido de ajuda. "Faria diferença pra você se Cross estivesse transando com outro cara? Ou só se fosse com uma mulher?"

A porta se abriu e Gideon entrou. Eu olhei bem para ele quando disse: "Se o pau de Gideon encostar em qualquer coisa que não sejam as mãos dele ou meu corpo, está tudo acabado entre nós".

Ele ergueu as sobrancelhas. "Tudo bem."

Eu sorri e dei uma piscadinha. "Oi, garotão."

"Anjo." Ele se virou para Cary. "Como é que você está se sentindo?"

Cary abriu um sorriso sarcástico. "Parece que levei uma surra de pau."

"Estamos tentando levar você pra casa. Acho que na quarta você tem alta."

"Peitos grandes, por favor", pediu Cary. "Ou braços musculosos. Qualquer um dos dois serve."

Gideon olhou para mim.

Sorri. "A enfermeira. Ou o enfermeiro."

"Ah."

"Se for mulher", continuou Cary, "você pode arrumar um daqueles uniformes com zíper na frente."

"Já estou até vendo o alvoroço na mídia que esse processo por assédio sexual vai causar", Gideon comentou com ironia. "Que tal uma coleção de filmes pornôs com enfermeiras safadas em vez de uma propriamente dita?"

"Cara." Cary sorriu e pareceu ter voltado a ser ele mesmo por uns instantes. "Você é o máximo."

Gideon se virou para mim. "Eva."

Eu levantei e dei um beijo em Cary. "Já volto."

Quando saímos do quarto, encontramos minha mãe conversando com o médico, que parecia embasbacado pela beleza dela.

"Já conversei com Garrity", informou Gideon, referindo-se a Mark, meu chefe. "Pode ficar tranquila."

E eu estava, porque ele tinha se encarregado de tudo. "Obrigada. Amanhã já volto a trabalhar. Vou ver se consigo falar com Trey, o namorado de Cary. De repente ele pode ficar aqui quando eu estiver no trabalho."

"Avise se precisar de alguma coisa." Gideon olhou no relógio. "Você vai querer passar a noite aqui de novo?"

"Sim, se eu puder. Pelo menos até Cary ir pra casa."

Ele pegou meu rosto com as mãos e me deu um beijo na boca. "Tudo bem. Eu tenho um monte de coisas pra fazer. Deixe o celular carregado, pra eu poder falar com você."

Ouvi o som de algo vibrando. Gideon deu um passo atrás e pegou o celular do bolso de dentro do paletó. Quando leu o nome que aparecia na tela, disse: "Preciso atender. Mais tarde a gente se fala".

Ele foi embora, atravessando de volta o corredor com os mesmos passos firmes e apressados.

"Gideon vai pedir você em casamento", minha mãe comentou, vindo até mim. "Você sabe, não é?"

Não, eu não sabia. Contentava-me só em saber que ainda estávamos juntos quando acordava todas as manhãs. "Por que você acha isso?"

Minha mãe me encarou com seus olhos azuis. Era um de seus poucos atributos físicos que eu não havia herdado. "Ele está passando por cima de você e assumindo o controle de tudo."

"Esse é o jeito dele."

"Dele e de todos os homens poderosos", ela acrescentou, mexendo no meu nada glamouroso rabo de cavalo. "Esses mimos todos são porque ele está investindo em você, quer torná-la parte da vida dele. Você é bonita, educada, bem relacionada e tem dinheiro. Além disso, está apaixonada por ele, e ele não consegue tirar os olhos de você. Aposto que o mesmo vale para as mãos."

"Dá um tempo, mãe." Eu não estava *nem um pouco* a fim de mais um de seus sermões sobre como fisgar um marido rico.

"Eva Lauren", ela me repreendeu, encarando-me. "Não me interessa se você vai me ouvir só porque sou sua mãe e estou mandando ou porque está apaixonada por ele e não quer estragar tudo, mas você *vai* me ouvir."

"Como se eu tivesse escolha", resmunguei.

"Você é um investimento agora", ela repetiu. "Tome cuidado para que suas escolhas não depreciem seu valor."

“Você está falando de Cary?”, perguntei com um tom de indignação na voz.

“Estou falando daquele hematoma no queixo de Gideon. Não me diga que você tem alguma coisa a ver com aquilo.”

Fiquei vermelha.

Ela estalou a língua em reprovação. “Eu sabia. Ele é seu namorado, e você o conhece como ninguém, mas nunca se esqueça de que é Gideon Cross. Você pode ter tudo para ser a esposa perfeita, mas ninguém é insubstituível, Eva. Se o relacionamento puser o império dele em risco, Gideon abrirá mão de você sem pensar duas vezes.”

Eu cerrei os dentes. “É só isso?”

Ela passou a ponta dos dedos pelas minhas sobrancelhas, mantendo os olhos atentos sobre mim. Eu sabia que minha mãe estava pensando no melhor tipo de maquiagem para mim ou em algo capaz de aprimorar os atributos que havia herdado. “Você deve achar que sou uma interesseira fria e calculista, mas minha preocupação é a coisa mais natural do mundo para uma mãe, pode acreditar. Quero muito que você se case com um homem que tenha dinheiro e vontade de cuidar de você acima de tudo. Preciso que você esteja segura. E quero que encontre o amor.”

“Já encontrei.”

“E posso dizer que estou animadíssima. Ele é jovem, ainda está disposto a correr riscos, então pode ser mais compreensível com suas... manias. E ele *sabe*”, minha mãe murmurou, atenuando a expressão no rosto. “Tome cuidado. É só isso que estou dizendo. Não dê nenhuma razão para que queira largar você.”

“Se Gideon fizer isso, é porque não me ama.”

Ela abriu um sorriso irônico e deu um beijo na minha testa. “Ora essa. Você é minha filha. Não é possível que seja assim tão ingênua.”

“Eva!”

Eu me virei ao ouvir meu nome e senti uma onda de alívio ao ver Trey correndo até mim. Ele tinha estatura mediana, um bom porte físico, cabelos loiros rebeldes, olhos bem redondos e um desvio no septo que mostrava que seu nariz havia sido quebrado algum dia. Vestia um jeans desbotado e uma camiseta, e eu mais uma vez me admirei ao observar que não era do tipo exibido e vaidoso de que Cary gostava. Ao menos uma vez, ao que parecia, a atração física não era a primeira coisa que o atraía a alguém.

"Acabei de ficar sabendo", ele disse quando chegou até mim. "A polícia foi até minha casa hoje de manhã me interrogar. Não acredito que isso aconteceu na sexta e eu só soube agora."

Aquele tom acusatório na voz dele me incomodou. "Também só fiquei sabendo hoje de manhã. Estava fora da cidade."

Depois de ser apresentada rapidamente a Trey, minha mãe pediu licença e foi ficar com Cary. Procurei saber se os detetives haviam dado alguma informação a Trey.

Ele passou as mãos pelos cabelos, bagunçando-os ainda mais. "Isso não teria acontecido se ele tivesse ido pra casa comigo."

"Você não tem culpa nenhuma."

"Quem mais eu posso culpar pelo fato de ele ter comido a namorada de outro cara?" Trey agarrou a própria nuca. "Não consigo dar conta dele. Cary tem a disposição de um adolescente cheio de hormônios, e eu passo o tempo todo na faculdade ou no trabalho."

Epa. Ele estava exagerando nos detalhes. Aquilo começava a me deixar desconfortável. Por outro lado, eu entendia que Trey não devia ter mais ninguém para conversar sobre Cary.

"Ele é bissexual, Trey", eu disse baixinho, passando a mão por um de seus braços. "Não é uma questão de você dar conta ou não."

"Não consigo aceitar isso."

"Você já pensou em terapia de casal?"

Trey me olhou um tanto incrédulo por um instante, depois deixou os ombros caírem em uma postura de desânimo. "Não sei. Acho que preciso decidir se consigo conviver com as traições dele. Você conseguiria, Eva? Ficaria em casa esperando seu namorado, mesmo sabendo que ele estava na rua com outra?"

"Não." Senti um arrepio só de ouvir aquelas palavras. "Não conseguiria."

"Nem sei se Cary toparia fazer terapia. Ele vive tentando me afastar. Ele me quer, mas ao mesmo tempo não quer. Uma hora parece comprometido, na outra não está nem aí. Quero ficar próximo a ele, Eva, assim como você, mas Cary não deixa."

"Precisei de um bom tempo para derrubar as defesas dele. Cary tentou me afastar oferecendo sexo, dando em cima de mim, me tentando. Você tomou a decisão certa ao não permitir nenhum contato mais íntimo na sexta. Ele acha que só tem valor pela aparência e pela sensualidade. Você precisa mostrar que não está interessado só no corpo dele."

Trey suspirou e cruzou os braços. "Foi assim que você conseguiu se aproximar? Se recusando a transar com ele?"

"Em certo sentido, sim. Mas o motivo principal é que sou problemática como ele. Demorou um pouco pra Cary perceber, mas ele sabe muito bem que não sou perfeita."

"Nem eu! Nem ninguém, aliás."

"Cary acha que você é uma pessoa melhor, e que merece alguém melhor." Sorri. "Quanto a mim... bom, aposto que ele acha que no fundo a gente se merece."

"Sujeitinho perturbado", Trey resmungou.

"Ele é isso mesmo", concordei. "Mas foi por isso que você se apaixonou, não? Quer entrar? Ou quer ir pra casa pensar um pouco?"

"Não, quero ver Cary." Trey jogou os ombros para trás e levantou o queixo. "Não me interessa por que ele está aqui. Quero segurar essa barra junto com ele."

"Fico feliz de ouvir isso." Dei o braço para Trey e o conduzi até o quarto.

Quando entramos, fomos recebidos pelo som da risada estridente e juvenil da minha mãe. Ela estava sentada na beira da cama, e Cary sorria adoravelmente. Ela era quase uma mãe para ele, e o amava como se fosse. Sua própria mãe o odiava, tinha abusado dele, e permitido que outros fizessem o mesmo.

Cary se virou para nós, e a emoção se tornou tão visível no seu rosto por um momento que meu coração se apertou dentro do peito. Trey soltou um suspiro audível diante daquela primeira visão do estado de Cary. Arrependi-me de não tê-lo alertado antes, para evitar que caísse no choro como eu.

Trey limpou a garganta. “Bicha dramática”, disse num tom afetuoso. “Se queria ganhar flores era só pedir. Isso é apelação.”

“E não adiantou nada, pelo jeito.” Cary se juntou à brincadeira, claramente tentando controlar as emoções. “Não estou vendo flor nenhuma aqui.”

“Estou vendo um monte.” Ele passou os olhos pelo quarto, depois voltou sua atenção a Cary. “Eu precisava ver o que a concorrência tinha trazido antes de escolher as minhas.”

Era impossível não notar o duplo sentido daquela afirmação.

Minha mãe levantou da cama. Ela se inclinou sobre Cary e o beijou no rosto. “Vou levar Eva para tomar café. Voltamos em uma hora, mais ou menos.”

“Só um minutinho”, eu disse, passando rapidamente pela cama, “e eu já deixo vocês dois em paz.”

Peguei o carregador do meu celular na bolsa e liguei na tomada perto da janela.

Assim que a tela se acendeu, escrevi uma mensagem rápida para meu pai e para Shawna, um simples **Ligo daqui a pouco**. Depois disso pus meu telefone no modo silencioso e o deixei no parapeito da janela.

“Pronta?”, minha mãe perguntou.

“Prontíssima.”

# 13

Tive que acordar antes do amanhecer na terça-feira. Deixei um bilhete para Cary em um lugar onde ele pudesse encontrar facilmente quando acordasse e peguei um táxi para casa. Tomei banho, troquei de roupa, fiz café e tentei esquecer a sensação de vazio que tomava conta de mim. Eu estava estressada e tinha dormido pouco nos últimos dias, o que só favorecia o aparecimento de tendências depressivas.

Tentei convencer a mim mesma de que aquela sensação não tinha nada a ver com Gideon, mas o nó no meu estômago dizia o contrário.

Olhei para o relógio e vi que já passava das oito. Eu precisava me apressar, já que Gideon não havia ligado nem mandado mensagem para dizer se me daria uma carona. Fazia quase vinte e quatro horas que não conversávamos. A ligação que fiz para ele às nove da noite no dia anterior tinha sido mais do que breve. Ele estava ocupado e praticamente se limitou a dizer "oi" e "tchau".

Eu sabia que ele estava cheio de trabalho. Sabia que não deveria me aborrecer por ele precisar compensar o tempo que tinha ficado só comigo. Além disso, ele tinha me ajudado muito com Cary, mais do que qualquer um poderia esperar. Cabia somente a mim encontrar a razão para o que estava sentindo.

Terminei o café, lavei a caneca, peguei minha bolsa e saí. A rua arborizada onde eu morava estava tranquila, mas a cidade de Nova York parecia bem acordada, com sua energia inesgotável rugindo ao meu redor de forma quase tangível. Mulheres bem-vestidas e homens de ternos acenavam para os táxis ou encaravam os ônibus e o metrô lotados. As banquinhas dos vendedores de flores explodiam em cores vibrantes — só a visão delas já era capaz de me animar pela manhã, assim como o cheiro que vinha da padaria, que ficava bem cheia àquela hora.

Eu havia acabado de entrar na Broadway quando meu celular tocou.

A emoção que me percorreu quando vi o nome de Gideon na tela me estimulou a andar mais depressa. "Oi, sumido."

"Onde é que você está?", ele foi logo perguntando.

Seu tom de reprimenda foi um balde de água fria na minha empolgação. "Estou indo para o trabalho."

"Por quê?" Ele disse algo para alguém perto dele e logo voltou ao telefone: "Está indo de táxi?".

"Estou indo a pé. Minha nossa. Por que tanto mau humor?"

"Você devia ter me esperado."

"Você não me avisou que ia me pegar, e eu não queria chegar atrasada depois de ter faltado ontem."

"Você poderia ter me ligado em vez de sair andando por aí." Seu tom de voz era grave e não escondia a irritação.

Fiquei irritada também. "Quando eu ligo, você não pode parar o que está fazendo nem um minutinho para falar comigo."

"Eu tenho um monte de coisas para fazer, Eva. Dá um tempo."

"Dou, sim. Que tal agora mesmo?" Desliguei o telefone e joguei-o na bolsa.

Ele começou a tocar de novo imediatamente, mas ignorei. Quando o Bentley estacionou ao meu lado, poucos minutos depois, continuei andando. Ele me seguiu, e a janela do banco da frente se abriu.

Angus se inclinou na minha direção. "Senhorita Tramell, por favor."

Parei e olhei para ele. "Você está sozinho?"

"Sim."

Suspirei e entrei no carro. Meu telefone ainda tocava sem parar, então desliguei a campainha. No quarteirão seguinte, ouvi a voz de Gideon no sistema de viva voz do carro.

"Você a encontrou?"

"Sim, senhor", respondeu Angus.

Ele desligou.

"Que bicho mordeu Gideon?", perguntei, olhando para Angus pelo retrovisor.

"Ele anda muito ocupado."

Até poderia estar, mas não comigo. Não conseguia acreditar em como ele estava sendo idiota. Na noite anterior tinha até sido seco comigo, mas não a ponto de ser grosseiro.

Poucos minutos depois de eu chegar ao trabalho, Mark foi até minha baia. "Sinto muito pelo seu amigo", ele disse, deixando um copo de café quentinho na minha mesa. "Ele já está melhor?"

"Cary vai ficar bem. Ele é durão. Vai sair dessa." Deixei minhas coisas na última gaveta e agradeci pelo cafezinho fumegante. "Obrigada. E por ontem também."

Seus olhos escuros expressavam ternura e preocupação. "Pensei que você nem viesse hoje."

"Preciso trabalhar." Consegui abrir um sorriso, apesar de toda a confusão e a dor que se contorciam dentro de mim. Tudo no mundo parecia estranho e errado se eu não estava bem com Gideon. "Conte o que eu perdi."

A manhã se passou em um instante. Eu tinha uma lista de pendências da semana anterior, e Mark precisava mandar uma solicitação de proposta para um fabricante de brindes promocionais até as onze e meia. Depois que mandamos a solicitação, mergulhei no trabalho com todas as forças, decidida a não pensar mais em Gideon durante as horas seguintes. Mas acabei me perguntando se ele não havia tido um pesadelo que atrapalhara seu sono, e decidi telefonar na hora do almoço, para não ficar com a consciência pesada.

Tudo mudou quando abri meu e-mail.

O alerta do Google que eu havia programado com o nome de Gideon estava à minha espera. Abri a mensagem na esperança de descobrir em que ele vinha trabalhando tanto. A expressão "ex-noiva" em algumas das manchetes saltou aos meus olhos. O nó no estômago voltou, mais apertado do que nunca.

Abri o primeiro link, que me levou a um site de fofoca que exibia fotos de Gideon jantando com Corinne no Tableau One. Estavam em uma mesa bem perto da janela, e a mão dela repousava sobre o antebraço dele. Gideon vestia o mesmo terno com o qual tinha ido ao hospital no dia anterior, destruindo minha esperança de que aquelas imagens fossem antigas.

Minhas mãos começaram a suar. Resolvi me torturar a ponto de abrir todos os links e olhar as fotos. Em algumas delas ele estava sorrindo, parecendo bem contente para um homem cuja namorada estava no hospital com o melhor amigo, que havia acabado de ser massacrado com um taco de beisebol. Senti ânsia de vômito. E vontade de gritar. De invadir o escritório de Gideon e perguntar o que ele pretendia com aquilo.

Gideon havia me dispensando quando eu ligara na noite anterior... para jantar com a ex.

Tomei um susto quando o telefone da minha mesa tocou. Atendi com minha saudação bem ensaiada: "Escritório de Mark Garrity, Eva Tramell falando".

"Eva." Era Megumi, a recepcionista, falando com sua empolgação habitual. "Tem um cara lá embaixo querendo falar com você... Brett Kline."

Fiquei sem reação durante longos segundos, tentando absorver aquela informação em meio ao caos instalado na minha mente. Encaminhei o alerta do Google para Gideon, como uma forma de avisá-lo de que eu já estava sabendo o que ele tinha feito. Depois respondi: "Já estou descendo".

Assim que passei pela catraca, vi Brett parado ali no saguão. Ele usava um jeans preto e uma camiseta do Six-Ninths. Seus olhos estavam escondidos pelos óculos escuros, mas seus cabelos espetados com as pontas coloridas imediatamente atraíam a atenção, assim como seu corpo. Brett era alto e robusto, mais musculoso que Gideon, que era forte, mas não daquela maneira.

Ele tirou as mãos do bolso quando me viu e endireitou a postura. "Oi. Olha só você..."

Olhei para meu vestido de mangas curtas, com um caimento que favorecia meus atributos e me dei conta de que ele nunca tinha me visto assim tão bem-vestida. "Não sabia que você ainda estava na cidade."

*E nem que teria coragem de vir me procurar*, mas isso eu não disse. Na verdade estava feliz em vê-lo, porque tinha ficado preocupada com ele.

"Tocamos em Long Island no fim de semana, e em Nova Jersey ontem à noite. Dei uma fugidinha pra ver você antes de ir para o sul. Procurei na internet seu nome, vi que trabalhava aqui e resolvi dar uma passada."

*De novo o Google*, pensei, desanimada. "Que bom que as coisas estão indo bem com a banda. Quer sair pra almoçar?"

"Quero."

Sua resposta foi empolgada e imediata, o que me fez pensar no que estava fazendo. Eu estava irritada, extremamente chateada e ansiosa para dar o troco em Gideon, mas não queria passar nenhuma impressão errada para Brett. Ainda assim, não resisti à tentação de ir com ele ao mesmo restaurante em que havia sido fotografada almoçando com Cary, na esperança de ser mais uma vez flagrada pelos paparazzi. Seria uma ótima lição para Gideon.

Quando estávamos no táxi, Brett perguntou sobre Cary, e não ficou surpreso ao saber que meu melhor amigo tinha mudado para o outro lado do país só para permanecer ao meu lado.

"Vocês dois não se largavam", ele comentou. "A não ser quando a gente estava transando. Diz pra ele que eu mandei um oi."

"Claro." Não falei nada sobre Cary estar no hospital, já que aquilo era um assunto particular que não lhe dizia respeito.

Apenas quando chegamos ao restaurante Brett tirou os óculos escuros, revelando o enorme hematoma que cobria seu olho direito até a junção com a mandíbula.

"Minha nossa", comentei, fazendo uma careta. "Sinto muito."

Ele deu de ombros. "Com um pouco de maquiagem some tudo no palco. E você já me viu em situação pior. O importante é que também acertei umas boas porradas nele, não?"

Lembrei-me das marcas no queixo e nas costas de Gideon e concordei. "É verdade."

"Então..." Ele fez uma pausa enquanto o garçom punha na mesa dois copos e uma garrafa de água bem gelada. "Você está namorando Gideon Cross."

Eu me perguntei se aquela questão apareceria na minha vida toda vez que eu duvidasse da solidez do meu relacionamento. "A gente está saindo."

"Mas a coisa é séria?"

"Às vezes parece que sim", respondi com toda a sinceridade. "Você está saindo com alguém?"

"No momento não."

Paramos de falar um pouco, enquanto líamos o cardápio e pedíamos a comida. O restaurante estava cheio e barulhento, mal dava para ouvir a música ambiente em meio ao ruído das conversas e dos pratos e talheres tilintando na cozinha logo ao lado. Ficamos nos olhando, cada um de um lado da mesa, pensando no que dizer. A energia que pulsava entre nós era perceptível. Ele passou a língua pelos lábios, demonstrando que também era capaz de senti-la.

"Por que você fez aquela música?", perguntei de repente, incapaz de conter minha curiosidade. Para Cary e Gideon, fingi que não tinha dado a menor bola para aquilo, mas a verdade era que estava me enlouquecendo.

Brett se recostou na cadeira. "Porque penso muito em você. O tempo todo, na verdade."

"Não consigo entender por quê."

"Foram seis meses, Eva. Nunca fiquei tanto tempo assim com alguém."

"Mas não estávamos juntos", rebati. "Era só sexo", completei, baixando o tom de voz.

Ele estreitou a boca. "Até entendo que pra você era só isso, mas mesmo assim fiquei magoado."

Olhei para ele por um bom tempo, com o coração acelerado dentro do peito. "Eu devo estar maluca então, porque, pelo que me lembro, a gente transava depois do show e você virava as costas e ia cuidar da sua vida. Se eu não estivesse disponível, você pegava outra qualquer e fim de papo."

Ele se inclinou para a frente. "Nada a ver. Eu tentava manter você por perto o tempo todo. Sempre te chamava pra sair com a gente."

Respirei fundo para me acalmar. Era inacreditável que, quatro anos depois, Brett Kline estivesse enfim dizendo o que eu queria ouvir naquela época. Estávamos almoçando juntos em público, era quase um programa de casal. A confusão tomou conta da minha cabeça, que já vinha perturbada pelas atitudes de Gideon.

"Eu estava gamada em você, Brett. Escrevia seu nome em coraçõezinhos, que nem uma adolescente. Queria desesperadamente ser sua namorada."

"Está falando sério?" Ele estendeu a mão e agarrou a minha. "Então por que isso não aconteceu?"

Sem nem se dar conta, ele estava brincando com os dedos com o anel que Gideon havia me dado. "Lembra quando a gente foi naquele bar jogar sinuca?"

"Claro. Como esqueceria?" Ele mordeu o lábio, claramente recordando tudo o que eu havia feito no banco de trás de seu carro, determinada a ser a melhor transa da vida dele, para que não quisesse mais ir atrás de outra depois daquele dia. "Pensei que depois daquilo a gente ia começar a se ver com mais frequência, mas você me chutou logo em seguida."

"Fui até o banheiro", disse baixinho, lembrando do sofrimento e da vergonha por que passei como se tudo tivesse acabado de acontecer, "e quando saí você e Darrin estavam pegando fichas pra jogar. Estavam de costas pra mim, por isso não me viram. Ouvi vocês conversando... e rindo."

Respirei fundo e puxei minha mão de volta.

Sou obrigada a reconhecer que Brett estava obviamente envergonhado. "Não lembro exatamente o que eu disse, mas... Porra, Eva. Eu tinha vinte e um anos. A banda estava começando a ficar famosa. A mulherada caía matando."

"Eu sei", respondi secamente. "Eu era uma delas."

"A gente estava começando a se envolver. Levar você com a gente para o bar era uma maneira de dizer para os caras que as coisas estavam ficando mais sérias." Ele esfregou as sobrancelhas, um gesto que repetia sempre. "Não tive coragem de me abrir com você. Parecia que era só sexo, mas pra mim não era."

Dei um gole na minha água, fazendo força para engolir apesar do nó na garganta.

Brett pôs a mão sobre o apoio da cadeira. "Então eu estraguei tudo por ser um linguarudo. Foi por isso que você deu no pé naquela noite. Foi por isso que nunca mais apareceu."

"Eu era louca por você, Brett", admiti, "mas não queria demonstrar."

O garçom trouxe a comida. Eu me perguntei por que tinha

feito o pedido, já que estava perturbada demais para conseguir comer.

Brett literalmente atacou seu filé, cortando-o com vontade. Mas de repente largou o garfo e a faca. "Eu estraguei tudo naquela época, mas hoje sei quais eram meus verdadeiros sentimentos. 'Golden' é nosso maior sucesso. Foi a música que garantiu nosso contrato com a Vidal."

Sorri ao ouvir aquilo. "É uma música linda, e combina perfeitamente com sua voz. Fico feliz de você ter vindo me ver antes de seguir viagem. Ainda bem que tivemos a chance de conversar sobre tudo isso."

"E se eu não quiser seguir viagem, e se eu não quiser partir pra outra?" Ele respirou fundo e soltou o ar com força. "Você foi minha musa durante anos, Eva. Foi pensando em você que compus minhas melhores músicas."

"É uma honra", agradeci.

"A gente tinha tudo pra dar certo. E ainda tem. Você sabe. O jeito como você me beijou naquele dia..."

"Foi um erro da minha parte." Cerrei os punhos por baixo da mesa. Já estava cansada daquele drama. Não suportaria reviver tudo o que tinha acontecido na sexta-feira. "E você deve saber que Gideon é dono da sua gravadora. É melhor não mexer com ele."

"Que se foda. O que ele pode fazer a respeito?" Brett começou a batucar na mesa com os dedos. "Quero outra chance com você."

Balancei a cabeça e peguei minha bolsa. "Impossível. Mesmo se eu não estivesse namorando, não sou a pessoa certa pra você, Brett. Um homem precisa suar a camisa se quiser ficar comigo."

"Disso eu lembro", ele disse, bem sério. "E como lembro."

Fiquei vermelha. "Não foi isso que eu quis dizer."

"E não é disso que estou atrás. Posso ser o companheiro de que você precisa. Agora mesmo, por exemplo... a banda toda está na estrada, e estou aqui com você."

"Não é assim tão simples." Tirei o dinheiro da carteira e deixei sobre a mesa. "Você não me conhece. Não faz ideia de como seria um relacionamento comigo, de quanto trabalho daria."

"Então me deixe descobrir", ele propôs.

"Sou carente, grudenta e absurdamente ciumenta. Deixaria você maluco em menos de uma semana."

"Você sempre me deixou maluco. Gosto disso." O sorriso sumiu de seu rosto. "Pare de fugir, Eva. Me dê uma chance."

Olhei no fundo dos olhos dele. "Estou apaixonada por Gideon."

Ele ergueu as sobrancelhas. Apesar dos hematomas, seu rosto era de tirar o fôlego. "Não acredito em você."

"Que pena. Preciso ir." Levantei e passei diante dele ao sair.

Brett me agarrou pelo cotovelo. "Eva..."

"Por favor, não faça um escândalo", murmurei, arrependida de ter escolhido um lugar tão movimentado.

"Você não comeu nada."

"Estou sem fome. Preciso ir."

"Tudo bem. Mas não vou desistir." Ele me soltou. "Posso até cometer erros, mas aprendo com eles."

Eu me inclinei em sua direção e disse da maneira mais firme possível: "Sem chance. Mesmo".

Brett espetou um pedaço de carne com o garfo. "Então prove."

O Bentley de Gideon estava à minha espera quando saí do restaurante. Angus desceu e abriu a porta para mim.

"Como você sabia onde eu estava?", perguntei, incomodada com sua aparição inesperada.

Ele se limitou a sorrir e bater com os dedos na aba de seu quepe de chofer.

"Isso é bem desagradável, Angus", reclamei enquanto me instalava no banco de trás.

"Eu acredito, senhorita Tramell. Mas só estou fazendo meu trabalho."

Mandei uma mensagem de texto para Cary no caminho de volta até o Crossfire: **Almocei com o Brett. Ele quer outra chance.**

Cary respondeu: **Desgraça pouca é bobagem...**

Escrevi: **Estou tendo um dia de merda. Queria recomeçar tudo do zero.**

Meu telefone tocou. Era Cary.

"Gata", ele começou. "Queria poder ser mais útil, juro pra você, mas esse seu triângulo amoroso é uma delícia. O astro do rock persistente e o bilionário possessivo. *Uau.*"

"Ai, meu Deus. Vou desligar."

"A gente se vê hoje à noite?"

"Sim. Mas não quero acabar me arrependendo disso, por favor." Desliguei o telefone ao som de sua risada, aliviada por saber que Cary estava tão bem-humorado. A visita de Trey deve ter feito muito bem para ele.

Angus me deixou na calçada diante do Crossfire, e eu andei depressa na direção do saguão, onde estava mais fresco. Consegui entrar em um elevador segundos antes de a porta se fechar. Havia umas seis pessoas lá dentro, divididas em grupos que conversavam entre si. Posicionei-me num cantinho perto da porta e tentei desviar meus pensamentos da minha vida pessoal. Eu precisava me concentrar no trabalho.

"Ei, o elevador passou direto pelo nosso andar", comentou a moça ao meu lado.

Olhei para o mostrador acima da porta.

O cara que estava perto do painel tentou acionar os botões, mas nenhum deles se acendeu... a não ser o do último andar. "Não está funcionando."

Meu coração acelerou.

"Tente falar no interfone", sugeriu outra moça.

O elevador subia depressa, e o frio na minha barriga aumentava a cada andar por que passávamos. Enfim, a cabine parou no último andar, e a porta se abriu.

Gideon estava lá, com seu lindo rosto, sua expressão impassível e seus olhos azuis... frios como gelo. Perdi o fôlego ao vê-lo.

No elevador, ninguém disse nada. Fiquei imóvel, torcendo para que a porta fechasse logo. Ele estendeu a mão, agarrou meu cotovelo e me puxou para fora. Eu me debati, estava irritada demais para querer alguma coisa com ele. Quando a porta do elevador fechou, Gideon me soltou.

"Seu comportamento hoje está sendo lamentável", ele rugiu.

"*Meu* comportamento? E o seu?"

Dei as costas para ele e apertei o botão para chamar o elevador. Não estava funcionando.

"Estou falando com você, Eva."

Olhei pelas portas de vidro da sede das Indústrias Cross e constatei aliviada que a recepcionista não estava lá.

"Ah, é?" Eu me virei para ele e fiquei com raiva de mim mesma por ainda achá-lo irresistível mesmo quando se comportava tão mal. "Que engraçado, porque você fala, fala e nunca sei de nada... Como que você ia sair com Corinne ontem à noite."

"Você não devia ficar fuçando na internet a meu respeito", ele soltou entre os dentes. "Ainda mais sabendo que o que encontrar só vai deixar você chateada."

"Então suas atitudes não são o problema?", rebati, sentindo o choro preso na garganta. "O problema é eu ficar sabendo?"

Ele cruzou os braços. "Você precisa confiar em mim, Eva!"

"Desse jeito é impossível! Por que você não contou que ia jantar com Corinne?"

"Porque eu sabia que você não ia gostar."

"Mas foi mesmo assim." E aquilo me magoou. Principalmente depois da nossa conversa no fim de semana, quando ele disse que sabia como eu me sentia a esse respeito...

"E você foi almoçar com Brett Kline mesmo sabendo que *eu* não ia gostar."

"O que foi que eu acabei de dizer? Quem está estabelecendo esse tipo de precedente é você."

"É olho por olho, então? Que bela demonstração de maturidade."

Dei um passo atrás. Aquele não era o Gideon que eu conhecia. Era como se o homem que eu amava tivesse desaparecido e aquele sujeito houvesse se apoderado do corpo dele.

"Você está me deixando com raiva", murmurei. "Para com isso."

Alguma coisa mudou no rosto de Gideon, mas, o que quer que tenha sido, desapareceu antes que eu pudesse entender. Sua linguagem corporal dizia tudo. Ele estava distante de mim, com os ombros bem rígidos e o maxilar cerrado.

Senti um aperto no coração e olhei para baixo. "Não vou conseguir falar com você agora. Me deixa ir embora."

Gideon foi até o outro elevador e apertou o botão. De costas para mim e de olho no mostrador, ele me disse: "Angus vai passar na sua casa todo dia de manhã. Pode esperar. E eu prefiro que você almoce por aqui mesmo. É melhor não ficar circulando muito por aí neste momento".

"Por que não?"

"Estou com muita coisa na cabeça no momento..."

"Tipo os jantares com Corinne?"

"... e ficaria melhor se não tivesse que me preocupar o tempo todo com você", ele continuou, ignorando minha interrupção. "Não acho que seja pedir muito."

Havia alguma coisa errada.

"Gideon, por que você não fala comigo?" Estendi a mão para tocar seu ombro, e ele se esquivou como se meu toque o tivesse ferido. Sua rejeição à proximidade física comigo era capaz de me magoar mais do que qualquer outra coisa. "Diz o que está acontecendo. Você está com problemas?"

"O problema é que na maior parte do tempo não sei nem onde você está!", ele gritou, olhando feio para mim quando a porta do elevador se abriu. "Seu amigo está no hospital. Seu pai está vindo visitar você. Tente... se concentrar só nisso."

Entrei no elevador com os olhos ardendo. Gideon não havia nem me tocado, a não ser quando me puxou pelo braço. Não tinha passado os dedos pelo meu rosto nem tentado me beijar. Nem ao menos mencionara que queria me ver mais tarde. Limitou-se a me comunicar que Angus estaria à minha espera no dia seguinte.

Eu estava mais confusa do que nunca. Não conseguia entender o que acontecia, o motivo daquela súbita distância entre nós, o porquê de Gideon estar tão tenso e irritado, o fato de ele não ter se importado muito com meu almoço com Brett.

O motivo de ele não parecer se importar com mais nada.

A porta começou a se fechar. *Confie em mim, Eva.*

Ele teria mesmo sussurrado aquelas palavras pouco antes de o elevador começar a descer? Ou foi apenas o que desejei que tivesse dito?

Assim que entrei no quarto de Cary, ele percebeu que eu estava abalada. A sessão de krav maga com Parker havia sido pesada, então passei em casa para tomar um longo banho e engolir um macarrão instantâneo sem gosto. O choque do sal e dos carboidratos no meu organismo depois de passar o dia todo sem comer me deixou absolutamente exausta.

"Você está péssima", ele comentou, tirando o som da televisão.

"Olha só quem fala", rebati, sentindo-me fragilizada demais para ser exposta a qualquer tipo de crítica.

"Levei uma surra com um taco de beisebol. E sua desculpa, qual é?"

Ajeitei o travesseiro e o cobertor da minha cama dobrável, depois relatei meu dia do início ao fim.

"E desde então não falei mais com Gideon", concluí, preocupada. "Até Brett tentou falar comigo depois do almoço. Deixou um envelope na portaria com o telefone dele."

E também o dinheiro que eu havia deixado para a conta do restaurante.

"Você vai ligar pra ele?", Cary quis saber.

"Eu não quero nem saber de Brett!" Deitei de barriga para cima e passei as mãos pelos cabelos. "Quero saber o que aconteceu com Gideon. A personalidade dele mudou completamente durante as últimas trinta e seis horas!"

"Talvez tenha a ver com aquilo ali."

Levantei a cabeça do travesseiro e o vi apontar para algo na mesinha de cabeceira. Fiquei de pé e fui ver do que se tratava: uma publicação da comunidade gay.

"Foi Trey que trouxe", ele explicou.

A foto de Cary estava na capa, em uma reportagem sobre a agressão que ele sofrera, que incluía especulações sobre o crime ter sido motivado por homofobia. O fato de ele viver comigo e meu envolvimento com Gideon Cross também eram mencionados, mas aparentemente apenas para acrescentar uma pitada de fofoca à matéria.

"Saiu no site deles também", Cary acrescentou, tranquilo. "Acho que alguém na agência deu com a língua nos dentes e resolveram usar o caso pra promover a causa. Mas, sinceramente, duvido que Cross esteja preocupado com..."

“Com sua orientação sexual. Não mesmo.”

“Mas o pessoal da assessoria dele pode pensar diferente. De repente Cross quer preservar você desse tipo de escândalo. E, se estiver com medo de que alguém queira me atingir através de você, pode querer te manter à vista, longe da rua.”

“Mas por que ele não me diria nada se fosse só isso?” Larguei o jornal. “Por que está sendo tão babaca? Nossa viagem foi maravilhosa. *Ele* foi maravilhoso. Pensei que as coisas estivessem entrando nos eixos. Achava que tinha me enganado a seu respeito, que a minha primeira impressão estivesse errada, mas agora ele está pior do que nunca. Está... Não sei. Estamos a milhares de quilômetros de distância um do outro agora. Simplesmente não entendo.”

“Nisso não posso ajudar, Eva.” Cary apertou a minha mão. “Você tem que perguntar pra ele.”

“Você está certo.” Fui até minha bolsa e peguei o celular. “Já volto.”

Fui até uma a sala de espera e liguei para Gideon. Depois de vários toques, a ligação caiu na caixa postal. Tentei ligar na casa dele. Gideon atendeu no terceiro toque.

“Cross”, ele disse.

“Oi.”

Gideon ficou em silêncio por um instante antes de dizer: “Espere um pouco”.

Ouvi o som de uma porta se abrindo. O ruído do telefone mudou — ele tinha ido atender a ligação em outro lugar.

“Está tudo bem?”, perguntou.

“Não.” Esfreguei meus olhos cansados. “Sinto sua falta.”

Ele suspirou. “Eu... não posso falar agora, Eva.”

“Por que não? Não entendo por que está sendo tão frio comigo. Eu te fiz alguma coisa?” Ouvi quando ele murmurou algo, e percebi que estava tapando o telefone e falando com outra pessoa. Uma terrível sensação de estar sendo traída comprimiu meu peito, dificultando a respiração. “Gideon. Quem está aí com você?”

“Preciso desligar.”

“Me diz quem está aí com você!”

“Angus vai passar no hospital às sete. Durma um pouco, meu anjo.”

O telefone ficou mudo.

Tirei o celular do ouvido e fiquei olhando para ele, como se alguma coisa no aparelho fosse capaz de me ajudar a entender o que estava acontecendo.

Ao voltar para o quarto, minha tristeza e meu desânimo eram visíveis.

Cary me olhou e suspirou. “Pela sua cara, parece que morreu alguém, gata.”

As comportas se abriram. Comecei a chorar.

# 14

Mal consegui dormir à noite. Fiquei me remexendo na cama, entre cochilos e um sono leve. As visitas frequentes das enfermeiras a Cary também ajudaram a me manter acordada. Os exames laboratoriais e de imagem apontaram que estava tudo bem e não havia risco de nenhuma sequela mais grave, mas eu não estava com ele quando o pior aconteceu. Sentia que era minha obrigação estar lá naquele momento, conseguindo dormir ou não.

Pouco antes das seis, enfim desisti e levantei.

Peguei meu tablet e meu teclado sem fio e fui até a lanchonete tomar um café. Puxei uma cadeira e comecei a me preparar para escrever uma carta para Gideon. Durante o pouco tempo em que havia conseguido falar com ele nos últimos dois dias, não conseguira expressar meus pensamentos com clareza. Uma mensagem por escrito seria a melhor saída. Manter um fluxo estável de comunicação era a única forma de sobreviver como um casal.

Dei um gole no café e comecei a digitar, começando com um agradecimento pelo fim de semana maravilhoso e dizendo o quanto aquilo tinha significado para mim. Expliquei que na minha opinião nosso relacionamento havia dado um enorme passo à frente durante aquela viagem, o que por outro lado só tornava mais doloroso nosso distanciamento...

"Eva. Que surpresa agradável!"

Virei a cabeça e vi o dr. Terrence Lucas de pé atrás de mim com um copo de café como o meu. Estava vestido para o trabalho, de calça social, gravata e jaleco. "Olá", cumprimentei, tentando esconder minhas reservas em relação a ele.

"Posso sentar aqui com você?", perguntou, passando por trás de mim.

"Claro."

Eu o observei enquanto se sentava ao meu lado, relembrando sua aparência. Seus cabelos eram bem branquinhos, mas em seu belo rosto quase não havia rugas. Os olhos tinham um tom de verde dos mais incomuns e pareciam inteligentes e vivazes. Seu sorriso era charmoso e reconfortante. Imaginei que ele deveria ser muito querido por seus pacientes — e pelas mamães também.

"Deve haver alguma razão bem específica", ele começou, "para você estar aqui no hospital fora do horário de visitação."

"Um amigo meu está internado." Não queria dar muitas informações, mas ele foi capaz de deduzir.

"Então Gideon Cross despejou um caminhão de dinheiro e você pôde ficar também." O dr. Lucas sacudiu a cabeça e deu um gole de café. "E você está toda agradecida. Mas sabe o quanto isso vai te custar?"

Eu me recostei na cadeira, indignada pelo fato de ele questionar a generosidade de Gideon e suas intenções. "Por que vocês dois se detestam tanto?"

Seus olhos perderam a ternura. "Ele magoou uma pessoa muito próxima a mim."

"Sua esposa. Gideon me contou." Notei que ele ficou surpreso. "Mas o problema não começou aí, começou? Foi uma consequência."

"Você sabe de tudo e mesmo assim ainda está com ele?" Lucas apoiou os cotovelos na mesa. "Gideon está fazendo a mesma coisa com você, que está visivelmente exausta e deprimida. Isso é parte do jogo dele. Cross é especialista em idolatrar uma mulher até ela se tornar dependente dele. Só que de uma hora para outra passa a não querer nem olhar na cara dela."

Aquela afirmação era uma descrição dolorosamente precisa da situação com Gideon naquele momento. Meu coração se acelerou.

Seu olhar se desviou para meu pescoço, mas logo voltou para meu rosto. Ele abriu um sorriso irônico e seguro de si. "Você sabe do que estou falando. Vai continuar brincando com seus sentimentos enquanto estiver se divertindo. Depois vai ficar entediado e largar você."

"O que foi que aconteceu entre vocês dois?", perguntei mais uma vez, sabendo que aquilo era a chave para explicar tudo.

"Gideon Cross é um narcisista e um sociopata", ele continuou, como se eu não tivesse dito nada. "E, na minha opinião, um misógino. Usa o dinheiro para seduzir as mulheres e depois as despreza por serem fúteis o bastante para terem sido atraídas por sua riqueza. Ele usa o sexo para controlar as pessoas e nunca se sabe com que humor estará. Isso torna as coisas ainda mais emocionantes... quando você está sempre preparada para o pior, é um alívio e uma surpresa agradável encontrar o cara de bom humor."

"Você não o conhece", eu disse sem perder a calma, recusando-me a morder a isca. "Nem sua mulher."

"Nem você." Ele se recostou na cadeira e bebeu mais um pouco de café, aparentemente tão tranquilo quanto eu estava tentando parecer. "Ninguém o conhece. Ele é um manipulador, um mentiroso. Não o subestime. Gideon Cross é um sujeito perigoso e pervertido, capaz de qualquer coisa."

"O fato de você não querer explicar o motivo da rixa entre vocês me leva a pensar que a culpa é sua."

"Você não deveria fazer esse tipo de suposição. Existem certas coisas que não posso comentar."

"Que conveniente..."

Ele suspirou. "Não sou seu inimigo, Eva, e Cross não precisa da ajuda de ninguém para encarar seus opositores. Você não é obrigada a acreditar em mim. Sendo bem sincero, minha amargura já chegou a tal ponto que nem *eu* acreditaria em mim no seu lugar. Mas você é uma jovem muito bonita e inteligente."

Ultimamente eu não estava sendo muito inteligente, mas só cabia a mim corrigir isso. Ou desistir de vez.

"Se parar um pouco para pensar", ele continuou, "e perceber o que tem feito com você, a maneira como vem se sentindo desde que o conheceu, se está realmente satisfeita com os rumos do relacionamento, vai poder tirar suas próprias conclusões."

Ouvi um ruído de um aparelho eletrônico, e ele tirou o celular do bolso do jaleco. "Ah, meu mais novo paciente acaba de chegar ao mundo."

O dr. Lucas ficou de pé e me encarou, com a mão no meu ombro. "Você vai acabar com isso. E eu vou ficar muito feliz."

Observei enquanto ele saía da lanchonete a passos rápidos e desabei na cadeira assim que desapareceu de vista, exausta e confusa. Voltei os olhos para a tela apagada do tablet em modo de espera. Não tinha mais energias para terminar a carta.

Guardei tudo e fui me arrumar enquanto esperava a chegada de Angus.

"Que tal comida chinesa?"

Desviei minha atenção da proposta de anúncio de café sabor blueberry que estava na minha mesa para os olhos escuros e afetuosos do meu chefe. Lembrei que era quarta-feira, o dia em que costumávamos almoçar com Steven.

Por um instante, pensei em recusar o convite e comer ali mesmo no escritório, para contentar Gideon. Mas, logo em seguida, me dei conta de que aquilo só me faria ficar com raiva dele mais tarde. Eu ainda estava tentando criar meu próprio círculo de amizades em Nova York, uma vida social que fosse além de minhas interações com ele.

"É sempre uma boa opção", respondi. Minha primeira refeição com Mark e Steven tinha sido comida chinesa, ali mesmo no escritório, em uma noite em que trabalhamos até tarde e Steven apareceu para jantar conosco.

Saímos ao meio-dia, e me recusei a me sentir culpada por algo de que gostava tanto. Steven estava à nossa espera no restaurante, sentado a uma mesa redonda com uma bandeja giratória no meio.

"Oi." Ele me cumprimentou com um abraço bem forte, depois puxou uma cadeira para mim. "Você parece cansada", comentou depois de me observar um pouco.

Imaginei que minha aparência devia estar péssima, já que todo mundo estava me dizendo aquilo. "Tem sido uma semana bem difícil."

A garçonete apareceu, e Steven pediu uns pasteizinhos de entrada e os mesmos pratos que havíamos comido da outra vez — frango *kung pao* e carne com brócolis. Quando estávamos de novo a sós, Steven comentou: "Não sabia que seu colega de apartamento era gay. Você nunca tinha falado nada pra gente".

"Na verdade ele é bi." Estava claro que Steven, ou alguém que ele conhecia, tinha lido o jornal que Cary me mostrara. "Acho que o assunto nunca veio à tona mesmo."

"Como ele está?", perguntou Mark, parecendo sinceramente preocupado.

"Melhor. Talvez tenha alta hoje mesmo." O que era algo que me preocupara durante toda a manhã, já que Gideon não tinha ligado confirmando.

"Se precisar de ajuda é só pedir", prontificou-se Steven, ficando bem sério. "Estamos à disposição."

"Obrigada. Não foi um ataque homofóbico nem nada do tipo", esclareci. "Não sei de onde esse repórter tirou isso. Eu costumava respeitar os jornalistas, mas agora sei que são poucos os que realmente apuram os fatos, e menos ainda os que escrevem de maneira objetiva e imparcial."

"Não deve ser nada fácil viver sob os holofotes da mídia." Steven apertou minha mão por cima da mesa. Era um sujeito gregário e brincalhão, mas por trás daquela aparência divertida havia um homem confiável, com um grande coração. "Mas acho que é isso que acontece quando se é disputada por astros do rock e magnatas bilionários."

"Steven", repreendeu Mark, franzindo a testa.

"Ah." Enruguei o nariz. "Shawna te contou."

"Claro que contou", confirmou Steven. "Era o mínimo que ela podia fazer depois de não ter me convidado para o show. Mas não se preocupe. Ela não faz o tipo fofoqueira. Não vai sair espalhando pra todo mundo."

Acenei com a cabeça, sentindo-me tranquila a esse respeito. Shawna era muito gente boa, mas ainda assim era meio embaraçoso que meu chefe soubesse que eu tinha beijado outro cara na frente do meu namorado.

"E não foi uma coisa exatamente ruim fazer Cross provar do próprio veneno", murmurou Steven.

Franzi a testa, confusa. Então me deparei com o olhar solidário de Mark.

Foi quando me dei conta de que o jornal da comunidade

gay não era a única coisa que eles deviam ter lido. Provavelmente haviam visto as fotos de Gideon com Corinne. Fiquei vermelha, sentindo-me humilhada.

"E ele vai provar", murmurei. "Nem que eu tenha que enfiar goela abaixo."

Steven ergueu as sobrancelhas, depois soltou uma risada e deu um tapinha nas minhas costas. "Não dá mole pra ele, não, garota."

Eu mal havia voltado para minha mesa quando o telefone tocou.

"Escritório de Mark Garrity, Eva..."

"Por que é tão difícil pra você seguir minhas ordens?", Gideon perguntou num tom bem áspero.

Eu estava observando a colagem de fotos que ele havia me dado, imagens nossas em momentos de intimidade e amor.

"Eva?"

"O que você quer comigo, Gideon?", perguntei sem demonstrar nenhuma emoção.

Ele ficou em silêncio por um instante, depois soltou o ar com força. "Cary vai ser transferido para seu apartamento hoje à tarde, sob a supervisão do médico e de uma enfermeira. Ele já vai estar por lá quando você chegar em casa."

"Obrigada." O silêncio se fez mais uma vez entre nós, mas Gideon não desligou. Por fim, perguntei: "É só isso que você tem pra me dizer?".

A pergunta tinha um duplo sentido, mas não sei se ele entendeu, nem se pelo menos deu bola para o que eu havia dito.

"Angus vai levar você pra casa."

Apertei o telefone com força. "Tchau, Gideon."

Desliguei e voltei ao trabalho.

Assim que cheguei em casa, fui correndo ver Cary. Sua cama havia sido movida e encostada contra a parede na vertical, a fim de abrir espaço para uma cama de hospital, que ele podia ajustar conforme suas necessidades. Ele estava dormindo quando cheguei, e a enfermeira estava sentada em uma poltrona novinha em folha lendo um e-book. Era a mesma que estava no hospital na noite em que cheguei, a garota bonita e de visual exótico que não conseguia tirar os olhos de Gideon.

Perguntei-me quando foi que ele havia falado com ela — se tinha feito isso pessoalmente ou por meio de alguém — e se ela havia topado por causa do dinheiro, de Gideon ou das duas coisas.

A verdade era que eu estava cansada demais para me preocupar com aquilo, o que já era suficiente para mostrar o quanto estávamos distantes. Talvez existissem pessoas no mundo cujo amor era capaz de sobreviver a tudo, mas o meu era do tipo frágil. Precisava ser cultivado para criar raízes mais profundas e crescer.

Tomei um banho bem quente e demorado e fui para a cama. Levei meu tablet comigo e tentei continuar minha carta para Gideon. Queria expressar minhas opiniões e reservas de uma forma madura e inequívoca. Queria ajudá-lo a entender minhas reações a coisas que ele havia dito ou feito, expor meu ponto de vista sobre a nossa relação.

No fim, faltou energia para tudo isso.

*Só não continuo*, esclareci, *porque acabaria escrevendo uma súplica. E, se você não me conhece a ponto de saber que está me magoando, uma carta não vai ser suficiente para resolver nossos problemas.*

*Estou desesperada por sua causa. Estou muito infeliz sem você. Fico pensando no fim de semana, nos momentos que passamos juntos e no que eu não faria para ter você de novo só para mim. Mas, em vez disso, você está passando seu tempo com ELA, e eu estou sozinha pela quarta noite seguida.*

*Mesmo sabendo que estiveram juntos, sinto vontade de rastejar até você e implorar por uma migalha de atenção. Um toque. Um beijo. Uma palavra carinhosa. Você fez com que eu me rebaixasse a esse ponto.*

*Odeio me sentir assim. Odeio sentir tanto a sua falta. Odeio minha obsessão por você.*

*Odeio ser tão apaixonada por você.*

*Eva*

Anexei o arquivo de texto a um e-mail com o título *Meus pensamentos mais sinceros* e o enviei para ele.

*

"*Não tenha medo.*"

Fui acordada por essas três palavras em meio à escuridão. O colchão afundou quando Gideon se sentou ao meu lado, inclinou-se sobre mim e me abraçou através dos cobertores, um casulo e uma barreira que permitiram que minha mente despertasse sem sustos. A deliciosa e inconfundível fragrância de seus produtos de banho, misturada com o cheiro da sua pele, tinha para mim o mesmo efeito calmante de sua voz.

"*Meu anjo.*" Ele me beijou, cobrindo seus lábios com os meus.

Toquei seu peito com os dedos, sentindo sua pele nua. Ele gemeu e levantou, mas se manteve inclinado na minha direção para que o beijo não fosse interrompido enquanto nos livrávamos das cobertas.

Logo ele estava sobre mim, com seu corpo quente e nu. Sua boca ardente foi descendo pela minha garganta e suas mãos arrancaram minha camisola para chegar aos meus seios. Seus lábios abocanharam meu mamilo e o sugaram. O peso de seu corpo estava apoiado sobre um dos antebraços, colado ao colchão. Sua outra mão estava no meio das minhas pernas.

Ele agarrou meu sexo, deslizando o dedo para dentro da minha calcinha de cetim. Sua língua brincava com meu mamilo, deixando-o duro e pontudo, e ele cravava de leve os dentes na minha carne sensível.

"Gideon!" As lágrimas escorriam pelo meu rosto. A dormência que eu sentia até então como uma forma de proteção estava desaparecendo, deixando meus sentimentos expostos. Eu sofria demais longe dele, o mundo perdia seu caráter vibrante para mim, meu corpo sentia a distância do seu. Tê-lo comigo... me tocando... era como uma chuva depois de um grande período de seca. Minha alma se abriu para ele, escancarou-se para absorver sua presença.

Eu o amava demais.

Seus cabelos roçavam minha pele enquanto sua boca aberta deslizava pelos meus seios e seu peito se expandia em uma respiração profunda, inebriando-se com meu cheiro. Ele capturou meu outro mamilo com uma sucção profunda e potente. Uma onda de prazer se espalhou por meu corpo, lubrificando ainda mais meu sexo junto ao seu dedo.

Ele foi descendo pelo meu corpo, marcando seu caminho com lambidas na minha barriga, forçando-me a abrir as pernas para envolver seus ombros e sentir seu hálito quente na minha abertura sedenta. Ele pressionou o nariz contra o tecido molhado da minha calcinha e grunhiu ao inalar meu cheiro, deixando-me arrepiada.

"Eva. Eu estou faminto."

Com seus dedos impacientes, Gideon pôs de lado minha calcinha e posicionou a boca entre minhas pernas. Mantendo-me toda aberta para ele com os polegares, atacava meu clitóris com movimentos rápidos com a língua. Minhas costas se arquearam e eu gemi bem alto, com todos os sentidos aguçados, menos a visão. Inclinando a cabeça, ele investiu contra meu sexo trêmulo, penetrando-me de forma ritmada com suas lambidas.

"Ai, meu Deus!" Eu me contorcia de prazer, sentindo meu ventre se expandir e os primeiros sinais do orgasmo que se aproximava.

Gozei violentamente, com a pele coberta de suor e a garganta em chamas, lutando para respirar. Seus lábios me sugavam com força, sua língua se remexia dentro de mim. Ele me chupava com uma intensidade irresistível. A carne tenra entre minhas pernas estava toda inchada e sensível, totalmente vulnerável a seu apetite avassalador. Não demorei muito mais tempo para gozar mais uma vez, cravando as unhas nos lençóis.

Meus olhos se arregalaram na escuridão quando ele rasgou minha calcinha e montou sobre mim. Senti a cabeça grande e grossa do seu pau abrir caminho dentro de mim, e então ele me penetrou profundamente, soltando um grunhido animalesco. Gritei, surpresa por sua agressividade, que me excitou ainda mais.

Gideon se ergueu, apoiando-se sobre os tornozelos e posicionando minhas coxas sobre as dele. Ele me agarrou pelos quadris e me levantou, posicionando-me no ângulo que desejava. Depois meteu de novo em mim, puxando-me para baixo até eu gemer de dor com aquela penetração tão profunda. Os lábios do meu sexo chegaram até a base do seu pênis, abrindo-se totalmente para abocanhar toda a sua espessura. Ele estava dentro de mim por inteiro, até o fundo, e eu adorava aquilo. Estava me sentindo vazia havia dias, tão abandonada que até doía.

Ele grunhiu meu nome e gozou num jorro espesso e quente que foi escorrendo por dentro do meu corpo, pois não havia espaço no meu ventre para mais nada. Tremeu violentamente, fazendo seu suor cair sobre a minha pele. "Foi pra você, Eva", ele disse, ofegante. "Até a última gota."

Ele me puxou de maneira abrupta, virou-me de bruços e ergueu meus quadris. Eu me agarrei à cabeceira da cama, com meu rosto suado apoiado no travesseiro. Estava à espera da penetração e estremeci quando senti seu hálito nas minhas nádegas. Meu corpo todo se contraiu ao sentir sua língua naquela região. Ele me provocou com movimentos circulares com a língua, estimulando a entrada no meu traseiro.

Deixei escapar um ruído de medo. *Não faço anal, Eva.*

Meu orifício aliviou um pouco sua contração quando me lembrei daquelas palavras e se rendeu às suas delicadas carícias. Não havia mais nada entre nós na cama. Nosso contato físico era a única coisa que importava.

Gideon agarrou minhas nádegas com as duas mãos, mantendo-me imóvel. Eu estava aberta e arreganhada para ele em todos os sentidos, totalmente exposta ao seu beijo cheio de luxúria.

"Ah!" Fiquei imediatamente tensa. Sua língua estava dentro de mim, entrando e saindo. Meu corpo todo começou a tremer, os dedos dos meus pés se contraíram e minha respiração se tornou ofegante enquanto ele me possuía sem pudores nem reservas. "*Ah... nossa.*"

Eu me movi em direção à sua boca, entreguei-me a ele. A afinidade entre nós era primitiva e brutal, quase insuportável. Senti-me imobilizada por seu desejo, minha pele fervia, meu peito subia e descia incontrolavelmente.

Ele estendeu uma das mãos por baixo de mim e começou a massagear meu clitóris com os dedos. Mas era sua língua que me deixava maluca. O orgasmo que crescia dentro de mim se tornava ainda mais estimulante por eu saber que a última barreira do meu corpo estava sendo derrubada. Ele podia fazer o que quisesse comigo — me possuir e me usar a seu bel-prazer. Enterrei a cara no travesseiro e soltei um grito quando gozei, sentindo um prazer tão intenso que minhas pernas cederam e desabei no colchão.

Gideon deitou sobre minhas costas, abriu minhas pernas com os joelhos e me encobriu com seu corpo suado. Ele abriu caminho para dentro de mim com seu pau enquanto nossos dedos se uniam, nossas mãos espalmadas sobre a cama. Eu já estava toda melada, e ele pôde investir com força contra mim, entrando e saindo.

"Estou desesperado por sua causa", ele disse, ofegante. "Estou muito infeliz sem você."

Meu corpo todo se retraiu. "Para de tirar sarro."

"Meu desejo é como o seu." Ele mergulhou o rosto entre meus cabelos enquanto me comia bem devagar. "Minha obsessão é a mesma. Por que você não acredita em mim?"

Fechei os olhos com força, sentindo as lágrimas escorrerem pelo rosto. "Não entendo você. Isso está acabando comigo."

Ele virou a cabeça e cravou os dentes no meu ombro. Um rugido de dor e prazer reverberou em seu peito, e eu senti que ele estava gozando, seu pau tremia enquanto enchia meu ventre de sêmen.

Gideon relaxou o maxilar e me libertou da mordida. Estava ofegante, e seus quadris ainda se moviam. "Sua carta me deixou sem chão."

"Você não fala comigo... não me ouve..."

"Não consigo." Ele grunhiu e me apertou entre os braços até eu não conseguir mais me mexer. "Eu simplesmente... É assim que vai ter que ser."

"Não consigo viver assim, Gideon."

"Também estou sofrendo, Eva. Isso está acabando comigo. Você não está vendo?"

"Não." Eu estava aos prantos, com o travesseiro cada vez mais encharcado sob meu rosto.

"Então pare de tentar analisar tudo e comece a *sentir*! A sentir minhas reações."

O restante da noite se passou em um instante. Eu o castiguei com as mãos e os dentes, arranhando e mordendo sua pele suada até ouvi-lo sibilar de prazer.

Seu desejo era frenético e insaciável. Ele se entregou com um desespero que chegou a me assustar, porque parecia um último ato. Uma despedida.

"Preciso do seu amor", ele sussurrou junto à minha pele. "Preciso de você."

Ele me tocava por todo o corpo. Queria estar o tempo todo dentro de mim, com o pau, com os dedos, com a língua.

Meus mamilos queimavam, sensibilizados com tanta sucção. Meu sexo pulsava, dolorido depois de tantas estocadas rígidas e violentas. Minha pele estava toda irritada pelo atrito constante com sua barba por fazer. Minha mandíbula doía de tanto chupar seu pau grosso. Minha última lembrança foi dele deitado de lado atrás de mim, com o braço sobre minha cintura enquanto me penetrava. Ambos estávamos doloridos e exaustos, mas não conseguíamos parar.

"Não desista de mim", implorei, depois de jurar que não desistiria dele.

Quando meu despertador tocou e eu acordei, Gideon não estava mais lá.

# 15

Passei no quarto de Cary antes de sair para o trabalho na quinta-feira de manhã. Abri a porta de mansinho e dei uma olhada lá para dentro. Quando vi que ele estava dormindo, dei um passo atrás para sair.

"Oi", ele murmurou, piscando.

"Oi." Eu entrei no quarto. "Como é que você está?"

"Feliz por ter voltado pra casa." Ele esfregou o canto dos olhos. "Está tudo bem?"

"Claro... Só queria ver como você estava antes de ir trabalhar. Devo voltar mais ou menos às oito. Vou comprar comida no caminho, então me mande uma mensagem lá pelas sete horas me dizendo o que você quer..." Eu me interrompi com um bocejo.

"Que tipo de vitaminas Cross toma?"

"Hã?"

"*Sempre* estou com tesão, mas sinceramente não aguentaria uma noite como essa. Eu ficava pensando: 'Agora ele cansou'. E logo depois começava tudo de novo."

Fiquei toda sem graça.

Ele deu uma gargalhada. "Está escuro aqui, mas aposto que você está vermelha."

"Você deveria ter colocado fones de ouvidos", murmurei.

"Não esquenta. Pelo menos agora sei que meu equipamento ainda funciona. Fazia tempo que eu não tocava uma. Desde antes de ser atacado."

"Eca... Que nojo, Cary." Fui saindo do quarto. "Meu pai chega hoje à noite. Tecnicamente amanhã de manhã. O voo dele está programado pra pousar às cinco."

"Você vai lá buscá-lo?"

"Claro."

O sorriso sumiu de seu rosto. "Você vai acabar se matando desse jeito. Ainda não teve uma noite de sono esta semana."

"Depois compenso o sono perdido. Até mais."

"Ei", ele me chamou quando me virei. "Então quer dizer que você e Cross fizeram as pazes?"

Eu me apoiei no batente da porta e suspirei. "Tem alguma coisa errada, mas ele não quer me dizer o que é. Escrevi uma carta pra ele explicando praticamente todos os motivos das minhas inseguranças e neuroses."

"Esse é o tipo de coisa que a gente *jamais* pode confessar por escrito, gata."

"Pois é... tudo o que eu ganhei em troca foi uma noite de sexo selvagem e nenhuma explicação sobre o que está acontecendo. Ele disse que as coisas iam ter que ser assim. Não sei nem do que estava falando."

Cary concordou com a cabeça.

"Pelo visto você entendeu tudo", comentei.

"A parte do sexo acho que entendi."

Senti um frio na espinha. "Uma forma de aliviar a culpa?"

"Provavelmente", ele concordou em voz baixa.

Fechei os olhos e tentei digerir aquela confirmação. Mas logo me recompus. "Preciso ir. Até mais tarde."

O problema dos pesadelos era que eles sempre me pegavam desprevenida. Apareciam nos momentos de maior vulnerabilidade, bagunçando totalmente minha cabeça quando eu me encontrava mais indefesa.

E não ocorriam apenas quando eu estava dormindo.

Eu me senti agoniada enquanto Mark e o sr. Waters discutiam os últimos detalhes sobre os anúncios da vodca Kingsman, sem conseguir desviar minha atenção do fato de que Gideon estava do outro lado da mesa, vestindo um terno preto, camisa branca e gravata.

Ele estava me ignorando deliberadamente desde o momento em que entrei na sala de reuniões da sede das Indústrias Cross, a não ser por um aperto de mãos formal quando chegamos. Aquele breve toque de pele contra pele havia me deixado toda acesa, meu corpo o reconhecera imediatamente como a pessoa que tinha me proporcionado prazer a noite toda.

Gideon, por sua vez, pareceu alheio ao contato, e seu olhar estava distante quando me cumprimentou dizendo: "Senhorita Tramell".

O contraste em relação à última vez em que tinha visitado aquela sala era imenso. Naquela ocasião, ele não conseguia tirar os olhos de mim. Seu olhar era ávido e ardente, e assim que a reunião acabou ele disse que queria me comer e estava disposto a eliminar quem quer que se pusesse no caminho.

Dessa vez, ele se apressou em levantar ao término da reunião, apertou a mão de Mark e do sr. Waters e caminhou em direção à porta se limitando a me lançar um único olhar, rápido e inescrutável. As executivas da empresa o seguiram, duas morenas bonitas.

Mark me lançou um olhar incrédulo do outro lado da mesa. Sacudi a cabeça.

Voltei para minha mesa e mergulhei no trabalho durante toda a tarde. No horário do almoço, fiquei no escritório pensando em coisas para fazer com meu pai. Pensei em três possibilidades: Empire State Building, Estátua da Liberdade e uma peça na Broadway. A viagem até a Ilha Ellis, no entanto, só seria feita caso ele quisesse *de verdade* ir até lá. Caso contrário, poderíamos dispensar o passeio de balsa e ver tudo de longe mesmo. Sua visita à cidade já seria curta, e eu não queria que se transformasse em uma correria desenfreada.

Durante minha última pausa do dia, liguei para o escritório de Gideon.

"Oi, Scott", cumprimentei seu secretário. "Será que posso falar com seu chefe um minutinho?"

"Espera só um pouquinho."

Eu imaginava que minha ligação seria rejeitada, mas dois minutos depois estava falando com ele.

"O que foi, Eva?"

Saboreei o som de sua voz por um instante. "Desculpe interromper. Pode parecer uma pergunta meio idiota, considerando o que está acontecendo, mas... você vai jantar lá em casa amanhã para conhecer meu pai?"

"Vou", ele respondeu, bem seco.

"Ireland também vai?" Fiquei surpresa por minha voz ter

saído normalmente, apesar da imensa sensação de alívio que tomou conta de mim.

Ele fez uma pausa. Depois respondeu: "Sim".

"Certo."

"Vou ter uma reunião hoje que vai até tarde, então a gente se encontra no consultório do doutor Petersen. Angus leva você. Eu vou de táxi."

"Tudo bem." Eu me afundei na cadeira. Ainda havia uma luz no fim do túnel. O desejo de continuar com a terapia e de conhecer meu pai era um sinal positivo. Gideon e eu estávamos por um fio, mas não havíamos desistido. "A gente se vê lá, então."

Angus me deixou na frente do consultório do dr. Petersen às quinze para as seis. Quando cheguei à recepção, ele fez um sinal para que eu entrasse, levantando de trás da mesa para me cumprimentar.

"Como estão as coisas, Eva?"

"Já estiveram melhores."

Ele percorreu meu rosto com os olhos. "Você parece cansada."

"É o que todo mundo está me dizendo", respondi, incomodada.

O dr. Petersen olhou por sobre a minha cabeça. "Onde está Gideon?"

"Ele tinha uma reunião até mais tarde, então vim primeiro."

"Certo." Ele apontou para o sofá. "É uma boa oportunidade para conversarmos só nós dois. Existe alguma coisa em particular que você deseje discutir antes que ele chegue?"

Instalei-me no sofá e pus tudo para fora, contando ao dr. Petersen sobre nossa maravilhosa viagem e a semana bizarra e inexplicável que tivemos depois dela. "Não dá pra entender. Posso ver que ele está perturbado com alguma coisa, mas não consigo fazê-lo se abrir. Ele se fechou totalmente pra mim. Pra ser bem sincera, já não sei mais o que fazer. Tenho medo de que esse comportamento seja por causa de Corinne. Toda vez que as coisas ficam assim entre nós, ela está envolvida."

Olhei para meus dedos, que estavam retorcidos uns sobre os outros. Lembrei-me do hábito de minha mãe de torcer seus lencinhos e forcei minhas mãos a relaxar. “Parece que ela exerce algum tipo de poder sobre Gideon e que ele não consegue se livrar disso, apesar do que sente por mim.”

O dr. Petersen parou de digitar no tablet e olhou para mim. “Ele contou para você que não viria na consulta da terça?”

“Não.” Aquela notícia me abalou ainda mais. “Ele não disse nada.”

“Para mim também não. E eu não diria que esse é um comportamento recorrente da parte dele.”

Concordei com a cabeça.

O dr. Petersen cruzou as mãos sobre o colo. “Às vezes as coisas vão sair mesmo um pouco dos trilhos. É algo até esperado, considerando a natureza da relação. Vocês dois precisam trabalhar não só como casal, mas também como indivíduos para poder ser um casal.”

“Mas não estou conseguindo lidar com isso.” Respirei fundo. “Com esses altos e baixos. Estou ficando maluca. A carta que escrevi pra ele... Foi terrível. Era tudo verdade, mas foi um horror. Tivemos momentos realmente maravilhosos juntos. Ele disse coisas...”

Tive que me interromper por um minuto e, quando retomei, minha voz estava embargada. “Ele disse umas coisas lindíssimas pra mim. Não quero que essas lembranças sejam soterradas por uma avalanche de maus-tratos. Eu me pergunto toda hora se não é melhor pular fora enquanto é tempo, mas prometi pra ele e pra mim mesma que não ia mais fugir. Que bateria o pé e lutaria pra que a gente desse certo.”

“Você está tendo que se esforçar pra isso?”

“Sim. E não está sendo nada fácil. Porque certas coisas que ele faz... São coisas que eu aprendi a evitar. Para meu próprio bem! Sempre chega um ponto em que a gente percebe que fez tudo o que podia, mas mesmo assim não adiantou. Certo?”

O dr. Petersen inclinou a cabeça para o lado. “E, se não adiantar mesmo, qual é a pior coisa que pode acontecer?”

“Você quer que eu fale?”

“Sim. A pior das hipóteses.”

"Bom..." Estendi as mãos sobre as coxas. "Ele continuar se afastando de mim, o que me faria me agarrar a ele com mais força e perder todo o amor-próprio. No fim, ele voltaria pra sua vidinha de sempre e eu voltaria pra terapia pra juntar os cacos."

Ele continuou me olhando, e algo em sua observação tranquila e paciente das minhas reações me induziu a continuar falando.

"Tenho medo de que ele não corte relações comigo quando chegarmos a um fim inevitável e de que eu também não perceba quando chegar a hora. De embarcar numa barca furada e afundar junto com ela. Queria que ele soubesse o que fazer quando chegar a hora de terminar."

"E você acha que isso vai necessariamente acontecer?"

"Não sei. Talvez." Olhei para o relógio na parede. "Mas, considerando que já são quase sete horas e ele me deu um bolo hoje, parece bem provável."

Para mim o mais inexplicável de tudo foi *não ficar* surpresa quando vi o Bentley de Gideon parado na frente do meu prédio às quinze para as cinco da manhã. Só o motorista que saiu de trás do volante para me abrir a porta era um desconhecido. Era bem mais jovem que Angus, devia ter pouco mais de trinta anos. Parecia ser latino, com pele morena e cabelos e olhos pretos.

"Obrigada", eu disse para ele enquanto contornava o veículo, "mas vou de táxi mesmo."

Ao ouvir isso, o porteiro da noite correu até o meio da rua para chamar um para mim.

"O senhor Cross me mandou levar você até o aeroporto La Guardia", argumentou o motorista.

"Pode dizer para o senhor Cross que não vou mais precisar dos serviços de transporte dele." Fui até o táxi que o porteiro chamou, mas, antes de entrar, virei-me e disse: "E pode dizer também pra ele ir se foder".

Subi no táxi e me joguei no assento quando ele arrancou.

Admito que não sou a pessoa mais isenta para dizer que meu pai se destacava no meio de qualquer multidão, mas era verdade.

Assim que saiu da área de desembarque, Victor Reyes virou o centro das minhas atenções. Tinha um e oitenta de altura, estava em plena forma e não precisava do distintivo para impor sua presença imponente. Seu olhar percorreu toda a área ao redor — ele era um policial mesmo quando não estava de serviço. Tinha uma mala de viagem pendurada no ombro, vestia jeans e uma camisa preta. Seus cabelos eram escuros e ondulados, e os olhos, da cor dos meus. Ele era gatíssimo, intenso, com um estilo meio rude. Não conseguia imaginá-lo ao lado da minha mãe, uma beldade frágil e mimada. Eu nunca os havia visto juntos, nem em fotografias, mas queria muito. Mesmo que fosse uma única vez.

"Pai!", gritei, acenando.

Seu rosto se iluminou quando ele me viu, abrindo um enorme sorriso.

"Minha garota!" Ele me deu um abraço bem forte, tirando meus pés do chão. "Estava morrendo de saudade."

Comecei a chorar. Não pude evitar. Encontrá-lo foi a gota d'água que fez meu estado emocional extravasar.

"Ei." Ele me sacudiu. "Por que o choro?"

Abracei seu pescoço com ainda mais força, felicíssima por meu pai estar ali comigo, sabendo que todos os meus problemas ficariam em segundo plano enquanto ele estivesse por perto.

"Eu também estava morrendo de saudade", respondi, fungando.

Voltamos para a minha casa de táxi. No caminho, meu pai fez o mesmo tipo de interrogatório sobre a agressão sofrida por Cary que os detetives haviam feito no hospital. Tentei mantê-lo distraído com esse assunto quando estacionamos na frente do prédio, mas não teve jeito.

Seus olhos de lince foram diretamente para a superfície envidraçada que se sobrepunha à fachada de tijolos do edifício. Ele reparou também em Paul, o porteiro, que tocou com os dedos na aba do quepe e abriu a porta para nós. Observou a mesa da portaria e o segurança ali a postos, e parecia inquieto enquanto esperávamos o elevador.

Não disse uma palavra e manteve uma expressão impassível, mas tenho certeza de que estava pensando no luxo da vida que eu estava levando em Nova York. Quando entramos no apartamento, percorreu com os olhos toda sua extensão. As janelas enormes proporcionavam uma vista belíssima da cidade, e o televisor de tela plana pendurado na parede era apenas um dos aparelhos eletrônicos moderníssimos à vista.

Ele sabia que eu não tinha condições de bancar tudo aquilo sozinha. Sabia que o marido da minha mãe estava me oferecendo um estilo de vida que meu pai jamais poderia proporcionar. E eu me perguntei se nesse momento pensou em minha mãe e em suas necessidades além de posses.

"A segurança aqui é bem rígida", expliquei. "Se a pessoa não mora aqui, não tem como passar pela portaria sem autorização de um morador."

Meu pai soltou o ar com força. "Isso é bom."

"Pois é. Acho que mamãe não conseguiria nem dormir à noite se não fosse assim."

Isso fez a tensão em seus ombros se aliviar um pouco.

"Vem ver seu quarto." Eu o conduzi pelo corredor até o quarto de hóspedes. Tinha seu próprio banheiro e um frigobar. Vi que ele reparou em tudo isso antes de largar a mala sobre a enorme cama. "Está muito cansado?"

Ele olhou bem para mim. "Sei que *você* está. E precisa trabalhar hoje, não é? Por que não tira um cochilo até a hora de levantar?"

Bocejei e concordei com ele. Seria bom tirar um cochilo, nem que fosse só por duas horinhas. "Boa ideia."

"Me acorda quando levantar", ele pediu enquanto se espreguiçava. "Preparo um café enquanto você se arruma."

"Legal." Minha voz saiu abalada pelas lágrimas suprimidas. Gideon quase sempre fazia café para mim quando dormia na minha casa, porque costumava levantar antes de mim. Sentia falta daquele pequeno ritual entre nós.

De alguma forma, eu teria que aprender a viver sem aquilo.

Fiquei na ponta dos pés e dei um beijo no rosto dele. "Estou muito feliz por você estar aqui, pai."

Fechei os olhos e o apertei com força enquanto ele me abraçava.

Saí do mercadinho em que comprei os ingredientes para o jantar e franzi a testa ao dar de cara com Angus no meio-fio. Eu havia recusado sua carona de manhã e também ao sair do Crossfire, mas ele continuava me seguindo. Aquilo já estava ficando ridículo. Só o que eu conseguia pensar era que Gideon não me queria mais como namorada, mas seu desejo desmedido e neurótico pelo meu corpo o impedia de deixar que eu me aproximasse de outra pessoa — mais especificamente, Brett.

Enquanto caminhava para casa, deixei-me levar pela ideia de convidar Brett para jantar, imaginando o que Angus diria para Gideon quando o visse entrando no meu prédio. Foi só uma fantasia de vingança — eu jamais usaria Brett daquela maneira, e, além disso, ele estava na Flórida —, mas serviu para me animar um pouco. O trajeto ficou mais leve e, quando entrei no apartamento, estava de bom humor pela primeira vez em vários dias.

Larguei as compras na cozinha e fui ver Cary. Ele estava jogando videogame com meu pai. Cary usava apenas uma das mãos, já que a outra estava engessada.

"Uau!", gritou meu pai. "Estou acabando com você."

"Você devia se envergonhar", rebateu Cary. "Está tirando vantagem de um inválido."

"Estou morrendo de dó."

Cary olhou para mim e piscou. Meu amor por ele transbordou nesse momento. Fui até meu amigo e dei um beijo em sua testa machucada.

"Obrigada", sussurrei.

"Me agradeça com comida. Estou morrendo de fome."

Endireitei o corpo. "Comprei ingredientes pra fazer *enchiladas*."

Meu pai me olhou e sorriu, pois sabia que eu ia precisar de ajuda. "Ah, é?"

"Quando você achar melhor", eu disse a ele. "Agora vou tomar um banho."

Quarenta e cinco minutos depois, meu pai e eu estávamos enrolando o queijo e o frango já assado que eu havia comprado na rotisserie — uma pequena trapaça minha, para ganhar tempo — nas tortilhas de milho. No som da sala, um novo CD começou a tocar, e a voz cheia de emoção de Van Morrison saiu pelos alto-falantes.

"Aí, sim", disse meu pai, pegando minha mão e me afastando do balcão. "Hum-de-rum, hum-de-rum, moondance", ele cantava com sua voz de barítono.

Soltei uma gargalhada de alegria.

Apoiando o dorso da mão nas minhas costas para não me sujar de gordura, ele me pôs para dançar pela cozinha, nós dois cantando e sorrindo. Estávamos no segundo giro de um passo não ensaiado quando vi duas pessoas paradas ao lado do balcão.

O sorriso desapareceu do meu rosto e perdi o equilíbrio, obrigando meu pai a me amparar.

"Você tem dois pés esquerdos?", ele provocou, sem tirar os olhos de mim.

"Eva é uma ótima dançarina", interveio Gideon, ostentando a máscara impassível que eu tanto detestava.

Meu pai se virou e o sorriso sumiu do seu rosto também.

Gideon contornou o balcão e entrou na cozinha. Estava usando jeans e uma camiseta dos New York Yankees. Era uma escolha apropriada para a informalidade da ocasião e também para puxar assunto, já que meu pai era torcedor fanático dos San Diego Padres.

"Só não sabia que ela também era ótima cantora. Gideon Cross", ele se apresentou, estendendo a mão.

"Victor Reyes." Meu pai mostrou os dedos engordurados. "Estou com a mão suja."

"Não tem problema."

Meu pai encolheu os ombros, apertou a mão de Gideon e o mediu de cima a baixo.

Joguei um pano de prato para os dois e fui até Ireland, que estava de fato radiante. Seus olhos azuis brilhavam e suas bochechas estavam vermelhas.

"Que bom que você veio", eu disse, abraçando-a com cuidado para não sujá-la. "Você está linda!"

"Você também!"

Eu sabia que era mentira, mas fiquei feliz de ouvir mesmo assim. Eu não tinha passado nada no rosto depois do banho, estava com a cara lavada, pois sabia que meu pai não ia nem reparar e não esperava que Gideon aparecesse. Afinal de contas, na última vez em que nos falamos ele disse que me encontraria no consultório do dr. Petersen.

Ela olhou para o balcão onde tínhamos instalado nossa bagunça. "Posso ajudar?"

"Claro. Só não tente calcular as calorias... vai perder as contas." Eu a apresentei a meu pai, que foi bem mais simpático com ela do que com Gideon, depois a levei até a pia para lavar as mãos.

Logo Ireland estava ajudando a enrolar as últimas *enchiladas*, enquanto meu pai punha as cervejas Dos Equis que Gideon havia trazido na geladeira. Nem me preocupei em tentar descobrir como ele sabia que eu ia fazer comida mexicana. Só desejei que investisse seu tempo em outras coisas mais úteis, como ir à terapia.

Meu pai foi até o quarto se limpar. Gideon se aproximou por trás, pôs a mão na minha cintura e me beijou no rosto. "Eva."

Fiquei tensa diante da vontade irresistível de me entregar ao seu toque. "Pode parar", murmurei. "Não precisamos fingir nada."

Ele soltou o ar com tanta força que balançou meus cabelos. Seus dedos apertaram meus quadris. Então eu senti seu telefone vibrar e ele me soltou, recuando alguns passos para ver quem estava ligando.

"Com licença", resmungou, saindo da cozinha para atender.

Ireland chegou mais perto e sussurrou: "Obrigada. Sei que foi você que mandou Gideon me trazer".

Eu sorri para ela. "Ninguém é capaz de obrigar Gideon a fazer nada que ele não queira."

"Você é." Ela jogou o cabelo para o lado com um movimento de cabeça. "Não viu a cara dele quando estava dançando com seu pai. Os olhos dele brilharam. Pensei que Gideon fosse chorar. E, no caminho até aqui, no elevador, ele tentou fingir que estava tudo bem, mas eu percebi que estava todo nervoso."

Olhei para a lata de molho nas minhas mãos, sentindo meu coração se apertar mais um pouquinho.

"Você está brava com ele, né?", perguntou Ireland.

Limpei a garganta. "Às vezes as pessoas se dão melhor só como amigas."

"Mas você disse que estava apaixonada."

"Isso nem sempre basta." Eu me virei para pegar um abridor e dei de cara com Gideon me encarando do outro lado da cozinha. Fiquei paralisada.

Um músculo se contraiu em seu maxilar. "Quer uma cerveja?", ele perguntou, bem sério.

Aceitei com um aceno de cabeça. Aceitaria uma dose de uma bebida mais forte também. Talvez mais de uma.

"Quer um copo?"

"Não."

Ele olhou para Ireland. "Está com sede? Tem refrigerante, água, leite..."

"Que tal uma cerveja?", ela sugeriu, abrindo um sorriso irresistível.

"Vai sonhando", ele respondeu, irônico.

Fiquei de olho em Ireland, e vi como ela ganhava vida quando Gideon concentrava sua atenção nela. Não acreditei que ele não fosse capaz de ver o quanto sua irmã o amava. Podia até ser um sentimento baseado em coisas superficiais, mas estava lá, e se tornaria mais profundo com um pouco de convivência. Eu ainda tinha a esperança de que ele fizesse isso.

Quando Gideon me entregou a cerveja gelada, seus dedos encostaram nos meus. Ele segurou a garrafa por um instante, olhando-me bem nos olhos. Eu sabia que ele estava pensando na nossa última noite juntos.

Naquele momento a lembrança parecia um sonho, como se sua visita nunca tivesse acontecido. Estava quase acreditando que havia inventado tudo, ansiosa e desesperada por seu toque a ponto de proporcionar à minha mente um falso alívio para meu desejo incontrolável. Se ainda não estivesse dolorida, não saberia o que tinha sido real e o que eram apenas falsas esperanças.

Puxei a cerveja de sua mão e virei de costas. Não queria dizer que nosso relacionamento estava acabado, mas com certeza precisávamos de um tempinho longe um do outro. Gideon precisava pensar no que estava fazendo, no que queria, se iria de fato me incluir em sua vida. Aquela montanha-russa que vivíamos acabaria comigo, e eu não podia deixar aquilo acontecer. E não ia.

"Posso ajudar em alguma coisa?", Gideon perguntou.

Respondi sem olhar para ele, a fim de evitar uma experiência dolorosa. "Você pode trazer Cary pra cá? Tem uma cadeira de rodas lá no quarto."

"Certo."

Ele saiu da sala, e eu pude respirar fundo de novo.

Ireland veio até mim. "O que aconteceu com Cary?"

"Conto pra você enquanto a gente põe a mesa."

Fiquei surpresa por conseguir comer. Acho que fiquei tão impressionada com a disputa velada entre Gideon e meu pai que nem percebi que estava enfiando comida na boca. De um lado da mesa, Cary entretinha Ireland e a fazia soltar gargalhadas que me faziam sorrir o tempo todo. Do outro lado, meu pai estava sentado na ponta da mesa, com Gideon à sua esquerda e eu à direita.

Eles estavam conversando. Começaram falando de beisebol, como eu imaginava, depois mudaram o assunto para golfe. À primeira vista, pareciam ambos tranquilos, mas o ar em torno deles estava absolutamente carregado. Reparei que Gideon não estava usando seu caríssimo relógio de pulso. Estava tentando parecer o mais "normal" possível.

Mas nada que ele fizesse era capaz de mudar seu caráter. Não havia como esconder o que de fato era — um macho dominante, dono de um império, um homem cheio de privilégios. Cada gesto que ele fazia, cada palavra que dizia denunciava isso.

Ele e meu pai disputavam para ver quem dominaria o recinto, e desconfiei que me usavam como desculpa para isso. Como se eu não tivesse nenhum controle sobre minha vida e minhas escolhas.

Ainda assim, eu entendia que meu pai só tinha conseguido assumir *de fato* sua função paterna nos últimos quatro anos, e não abriria mão dela facilmente. Gideon, por outro lado, estava pleiteando uma posição que eu não estava pronta para ceder a ele.

E estava usando o anel que eu havia dado. Tentei não tirar nenhuma conclusão a partir disso, mas era uma esperança. Estava disposta a acreditar.

Terminamos de comer e eu estava me levantando para pegar a sobremesa quando o interfone tocou. Atendi.

"Eva? Os detetives Graves e Michna estão aqui", informou a moça da recepção.

Olhei para Cary, imaginando que a polícia havia descoberto quem o agredira. Dei permissão para que subissem e voltei correndo para a mesa de jantar.

Cary estava curioso, com as sobrancelhas erguidas.

"É a polícia", revelei. "Acho que descobriram alguma coisa."

O foco da atenção do meu pai imediatamente mudou. "Pode deixar que eu abro a porta."

Ireland me ajudou a limpar a mesa. Tínhamos acabado de pôr os copos na pia quando a campainha tocou. Enxuguei as mãos num pano de prato e fui para a sala.

Os dois detetives que estavam na porta não eram os que eu esperava, os que haviam interrogado Cary no hospital na segunda-feira.

Gideon apareceu vindo do corredor, enfiando o celular no bolso.

Eu queria saber quem estava ligando para ele a noite toda, mas não disse nada.

"Eva Tramell", disse a mulher, entrando no meu apartamento. Era uma moça magra, com uma expressão bem séria e olhos azuis inteligentes e afiados, sua característica mais marcante. Seus cabelos eram castanhos e ondulados, e seu rosto estava sem maquiagem. Ela usava calça, sapatos pretos sem salto, camisa de botão e uma jaqueta de tecido leve, que não escondia o distintivo e a arma presos no cinto. "Sou a detetive Shelley Graves, da polícia de Nova York. Esse é meu parceiro, detetive Richard Michna. Sinto muito incomodar a senhorita a esta hora numa sexta."

Michna era mais velho, mais alto e mais corpulento. Seus cabelos estavam ficando grisalhos nas têmporas e começando a rarear no topo da cabeça, mas seu rosto era marcante e seus olhos escuros percorriam toda a sala enquanto Graves falava comigo.

"Olá", cumprimentei.

Meu pai fechou a porta, e algo em sua postura ou na maneira como ele se movia chamou a atenção de Michna. "Você é da polícia?"

"Da Califórnia", explicou meu pai. "Estou aqui de visita. Eva é minha filha. De que assunto vieram tratar?"

"Gostaríamos de fazer algumas perguntas, senhorita Tramell", informou Graves. Ela olhou para Gideon. "E para o senhor também, senhor Cross."

"É sobre Cary?", perguntei.

Ela olhou de relance para ele. "Por que não sentamos um pouco?"

Fomos todos para a sala, mas apenas Ireland e eu sentamos. Os outros preferiram ficar de pé, e meu pai se encarregou de empurrar a cadeira de Cary.

"Belo apartamento", comentou Michna.

"Obrigada." Olhei para Cary, tentando entender o que estava acontecendo.

"Faz quanto tempo que você está na cidade?", o detetive perguntou para meu pai.

"Só vim passar o fim de semana."

Graves sorriu para mim. "Você vai com frequência à Califórnia visitar seu pai?"

"Só faz alguns meses que mudei pra cá."

"Fui pra Disneylândia uma vez quando era criança", ela contou. "Já faz um bom tempo, claro. Mas sempre quis voltar lá."

Franzi a testa, sem entender por que estávamos jogando conversa fora.

"Temos umas perguntinhas bem simples pra fazer", disse Michna, puxando um bloquinho de anotações do bolso do casaco. "Não queremos tomar ainda mais o tempo de vocês."

Graves acenou com a cabeça, sem tirar os olhos de mim. "Você conhece um homem chamado Nathan Barker, senhorita Tramell?"

A sala toda começou a girar. Cary soltou um palavrão, ficou de pé e deu alguns passos vacilantes para sentar ao meu lado. Ele agarrou minha mão.

"Senhorita Tramell?" Graves se sentou na outra ponta do sofá de canto.

"Ele era filho de um ex-padrasto dela", interveio Cary. "Por quê?"

"Quando foi a última vez que você viu Barker?", Michna quis saber.

*No tribunal...* Tive que fazer força para engolir em seco e mesmo assim não consegui. "Oito anos atrás", respondi com a voz embargada.

"Você sabia que ele estava em Nova York?"

*Ai, meu Deus.* Sacudi a cabeça violentamente.

"Mas que conversa é essa?", interrompeu meu pai.

Olhei desesperada para Cary, depois para Gideon. Meu pai não sabia nada sobre Nathan. E eu não queria que soubesse.

Cary apertou com força minha mão. Gideon nem olhou para mim.

"Senhor Cross", interpelou a detetive Graves. "E quanto ao senhor?"

"E quanto a mim o quê?"

"Conhece Nathan Barker?"

Implorei com os olhos para que Gideon não dissesse nada na frente do meu pai, mas ele não desviou seu foco nem por um instante.

"Não estaria me perguntando isso se já não soubesse a resposta", foi o que ele se limitou a dizer.

Meu estômago se revirou. Estremeci violentamente. Ainda assim, Gideon não olhava para mim. Meu cérebro estava tentando processar o que estava acontecendo... o que aquilo significava... aonde ia chegar.

"Existe algum motivo para todas essas perguntas?", indagou meu pai.

Meu coração disparou, acelerado de pavor. Só a ideia de que Nathan poderia estar por perto bastava para me deixar em pânico. Eu estava ofegante. A sala toda girava diante dos meus olhos. Pensei que fosse desmaiar.

Graves me observava como um cão de caça. “Você pode me dizer onde estava ontem, senhorita Tramell?”

“Onde eu estava?”, repeti. “Ontem?”

“Não responda”, ordenou meu pai. “Esta conversa só vai continuar quando vocês disserem por que estão aqui.”

Michna acenou com a cabeça, como se já esperasse aquela interrupção. “Nathan Barker foi encontrado morto esta manhã.”

# 16

Assim que o detetive Michna terminou a frase, meu pai interrompeu o interrogatório. "Não temos mais nada a dizer", ele disse, bem sério. "Caso tenham mais perguntas, ela poderá responder na presença de um advogado."

"E quanto ao senhor Cross?" O olhar de Michna se voltou para Gideon. "Se importaria em dizer onde esteve ontem?"

Gideon saiu de trás do sofá. "Podemos conversar enquanto eu levo vocês até a saída."

Fiquei olhando para ele, mas sem resposta.

O que mais Gideon não queria que eu soubesse? O que estaria escondendo de mim?

Ireland enlaçou seus dedos aos meus. Cary estava sentado ao meu lado do sofá. Ireland estava do outro lado, enquanto o homem que eu amava permanecia a vários metros de distância e não tinha me dirigido nem um olhar na última meia hora. Senti um tremendo frio na barriga.

Os detetives anotaram meus telefones, depois saíram com Gideon. Percebi que meu pai olhava para ele com reprovação.

"Vai ver ele foi comprar um anel de noivado pra você", sussurrou Ireland, "e não quer estragar a surpresa."

Apertei sua mão como uma forma de agradecer por ser tão carinhosa comigo e por ter uma visão tão positiva do irmão. Eu torcia para que ele nunca a decepcionasse ou desiludisse. Da mesma forma como *eu* estava desiludida. Gideon e eu nunca seríamos nada — jamais teríamos uma verdadeira ligação — se ele não conseguisse ser sincero comigo.

Por que não tinha me contado sobre Nathan?

Larguei as mãos de Cary e Ireland, levantei e fui até a cozinha. Meu pai foi atrás.

"Quer me contar o que está acontecendo?", perguntou.

"Não faço a menor ideia. Isso tudo é novidade pra mim."

Ele se apoiou no balcão e ficou me observando. "O que aconteceu entre você e Nathan Barker? Parecia que você ia desmaiar quando ouviu o nome dele."

Comecei a enxaguar os pratos e pôr na lava-louças. "Ele era um menino problemático, pai. Só isso. E não gostou quando seu pai se casou de novo, muito menos com uma mulher que já tinha uma filha."

"E por que Gideon teria alguma coisa a ver com ele?"

"Essa é uma boa pergunta." Agarrei a beirada da pia, baixei a cabeça e fechei os olhos. Era isso que estava me afastando de Gideon — *Nathan*. Eu sabia.

"Eva?" As mãos de meu pai pousaram sobre meus ombros e apertaram meus músculos tensos e doloridos. "Está tudo bem?"

"S-só estou cansada. Não tenho dormido muito bem ultimamente." Fechei a torneira e deixei o restante dos pratos na pia. Fui até o armário onde guardávamos nossas vitaminas e remédios de primeira necessidade e tomei dois analgésicos que davam bastante sono. Queria uma noite tranquila e sem sonhos. Precisava descansar para estar em condições de descobrir o que seria preciso fazer.

Olhei para meu pai. "Você faz companhia para Ireland até Gideon voltar?"

"Claro." Ele me deu um beijo na testa. "Amanhã a gente se fala."

Ireland veio até mim antes que eu fosse até ela. "Você está bem?", perguntou ao entrar na cozinha.

"Estou indo deitar, se você não se importa. Sei que é falta de educação da minha parte, mas..."

"Não, tudo bem."

"Sinto muito. De verdade." Eu a puxei e a abracei. "Vamos nos encontrar de novo. Quem sabe só nós duas? Um dia de spa ou umas compras..."

"Claro. Me liga?"

"Ligo, sim." Eu a soltei e atravessei a sala em direção ao corredor.

A porta da frente se abriu e Gideon entrou. Nossos olhares se encontraram. Sua expressão não revelava absolutamente nada. Desviei os olhos, fui para o quarto e tranquei a porta.

*

Acordei às nove da manhã, sentindo-me meio grogue e bem mal-humorada, mas o cansaço brutal havia passado. Eu sabia que precisava ligar para Stanton e minha mãe, mas não sem antes tomar uma dose de cafeína.

Lavei o rosto, escovei os dentes e fui para a sala. Estava quase na cozinha — de onde vinha um delicioso cheiro de café — quando a campainha tocou. Meu coração disparou. Era uma reação instintiva à possibilidade da presença de Gideon, uma das únicas três pessoas que tinham permissão para subir sem serem anunciadas pelo interfone.

Mas, quando abri a porta, quem estava lá era minha mãe. Fiz um esforço para esconder minha decepção, mas ela nem deve ter notado. Passou direto por mim com seu vestido verde-água justíssimo, exibindo todos os contornos de seu corpo impecável de uma forma ao mesmo tempo elegante, sexy e apropriada à sua idade. Com base apenas na aparência, ela parecia ser minha irmã.

Minha mãe ainda lançou um olhar atravessado para a minha calça de moletom e minha camiseta folgada antes de dizer: “Eva. Meu Deus. Você nem imagina...”.

“Nathan morreu.” Fechei a porta e olhei preocupada para o corredor, na direção do quarto de hóspedes, torcendo para que meu pai ainda estivesse no fuso horário da Califórnia.

“Ah.” Ela se virou e me encarou, e pude olhar direito para seu rosto. Sua boca estava contraída de preocupação, seus olhos azuis pareciam perturbados. “A polícia já veio aqui? Eles acabaram de sair lá de casa.”

“Eles vieram ontem à noite.” Fui para a cozinha, mais especificamente até a cafeteira.

“Por que você não disse nada? Teríamos vindo. Você precisava ter *no mínimo* um advogado presente.”

“Foi uma visita bem rápida, mãe. Quer café?” Levantei a jarrinha.

“Não, obrigada. E você não deveria beber tanto café. Faz mal.”

Pus a jarrinha de volta na cafeteira e abri a geladeira.

"Minha nossa, Eva", murmurou minha mãe enquanto me olhava. "Você sabe quantas calorias tem o leite integral?"

Entreguei uma garrafinha de água para ela e fui fazer meu café com leite. "Eles ficaram aqui por mais ou menos meia hora e foram embora. Eu não disse nada a não ser que Nathan era meu irmão de criação e que não o vejo há oito anos."

"Ainda bem que você não disse mais nada." Ela abriu a garrafinha de água.

Peguei minha caneca. "Vamos até a antessala do meu quarto."

"Hã? Por quê? Você nunca fica lá."

Ela tinha razão, mas era uma boa maneira de evitar um encontro surpresa entre meus pais.

"Mas *você* gosta de lá", rebati. Passamos pelo meu quarto e fechei a porta atrás de nós, soltando um suspiro de alívio.

"Gosto mesmo daqui", comentou minha mãe, olhando ao redor da antessala.

Claro que gostava — ela tinha decorado aquele lugar. Eu também gostava, mas não via muita utilidade nele. Pensei em transformá-lo num quarto para Gideon, mas essa necessidade poderia nem existir mais. Ele se afastara de mim, escondera o fato de Nathan estar na cidade e de que saíra para jantar com a ex-noiva. Exigiria uma explicação e, dependendo de qual fosse, tentaríamos uma reaproximação ou tomaríamos a atitude dolorosa de seguir cada um com sua vida.

Minha mãe se sentou com toda a elegância no sofá, mantendo os olhos em mim. "Você precisa tomar cuidado com a polícia, Eva. Se eles aparecerem de novo, ligue para Richard que ele manda os advogados para cá."

"Por quê? Não sei por que eu deveria tomar cuidado com o que falo. Não fiz nada de errado. Nem sabia que ele estava na cidade." Vi que ela desviou os olhos quando eu disse aquilo e perguntei num tom de voz bem firme: "O que está acontecendo, mãe?".

Ela deu um gole em sua água antes de falar. "Nathan apareceu no escritório de Richard na semana passada. Pediu dois milhões e meio de dólares."

Senti minha pulsação acelerar. "*Quê?*"

"Ele queria dinheiro", ela disse, toda tensa. "Muito dinheiro."

"E por que achou que ia conseguir esse dinheiro com Richard?"

"Ele tem... ele *tinha* fotos, Eva." Seu lábio inferior começou a tremer. "E vídeos. De você."

"Ah, meu Deus." Deixei o café de lado com as mãos trêmulas e me inclinei sobre mim mesma, enfiando a cabeça entre os joelhos. "Ah, meu Deus. Estou passando mal."

Gideon também havia visto Nathan — ele mesmo confessou isso ao responder à pergunta dos detetives. Se tivesse visto as fotos... e se sentido enojado por elas... isso explicaria por que havia se afastado de mim. E por que estava tão perturbado quando apareceu na minha cama. Poderia até me querer, mas não conseguiria lidar com aquelas imagens em sua cabeça.

*É assim que vai ter que ser*, ele havia dito.

Deixei escapar um ruído terrível. Não conseguia nem imaginar o que Nathan poderia ter fotografado ou filmado. E não queria.

Não era à toa que Gideon mal conseguia me olhar. Quando fizemos amor pela última vez, fora na escuridão total. Ele conseguia me ouvir, conseguia me cheirar e me sentir, mas não me ver.

Abafei um grito de dor mordendo meu antebraço.

"Não, meu amor!" Minha mãe se ajoelhou diante de mim, puxando-me da cadeira para o chão, onde ela podia me embalar. "Shh. Já passou. Ele está morto."

Eu me aninhei em seu colo, com a certeza de que estava tudo acabado — Gideon nunca mais seria meu. Ele estava sofrendo por virar as costas para mim, mas eu entendia por que havia feito isso. Se olhar para mim o fazia se lembrar dos eventos mais traumáticos de seu próprio passado, como ele seria capaz de suportar isso? Como eu seria capaz de suportar isso?

Minha mãe acariciava meus cabelos. Senti que ela também estava chorando. "Shh", ela me acalmou, com a voz embargada. "Calma, meu amor. Eu estou aqui. Vou cuidar de você."

Por fim, não havia mais lágrimas. Eu estava me sentindo vazia, mas do vazio surgiu a lucidez. Não havia como mudar o passado, mas impedir que as pessoas que eu amava sofressem por causa dele dependia só de mim.

Eu sentei e enxuguei os olhos.

"Você não deveria fazer isso", minha mãe me repreendeu. "Esfregar os olhos desse jeito provoca rugas."

Por alguma razão, achei engraçadíssima a preocupação da minha mãe com eventuais pés de galinha em um momento como aquele. Tentei segurar, mas acabei soltando uma gargalhada.

"Eva Lauren!"

A indignação dela me pareceu igualmente engraçada. Comecei a rir ainda mais e não conseguia parar. Gargalhei até meu corpo começar a doer e eu precisar deitar no chão.

"Ora, pare com isso!" Ela sacudiu meu ombro. "Não tem graça nenhuma."

Ri até conseguir arrancar mais lágrimas dos meus olhos.

"Eva, é sério!" Mas ela também estava sorrindo.

Ri até não aguentar mais e começar a soluçar, sem lágrimas e em silêncio. Ouvi o risinho contido da minha mãe, e por algum motivo ela pareceu a pessoa perfeita para aplacar meu sofrimento. Eu não conseguia explicar, mas, por mais fragilizada e exposta que eu me sentisse, a presença da minha mãe — com suas manias e suas implicâncias que me deixavam maluca — era exatamente o que eu precisava.

Com as mãos sobre a barriga convulsionada, respirei profundamente para me acalmar. "Foi ele que providenciou tudo?", perguntei, já mais tranquila.

O sorriso desapareceu de seu rosto. "Quem? Richard? Providenciou o quê? O dinheiro? Ah..."

Eu me mantive em silêncio.

"Não!", ela protestou. "Richard não faria isso. Não é assim que ele resolve as coisas."

"Tudo bem. Mas eu precisava perguntar." Eu também não era capaz de acreditar que Stanton mandaria matar alguém. Já Gideon...

Seus pesadelos deixavam claro que seu desejo de vingança era marcado pela violência. E eu tinha visto sua briga com Brett. Aquela lembrança estava gravada na minha memória. Gideon era capaz de fazer aquilo e tinha antecedentes...

Inspirei profundamente e soltei o ar com força. "O que a polícia já sabe?"

"Tudo." Seus olhos exalavam ternura e culpa. "A confidencialidade da ficha de Nathan foi deixada de lado quando ele morreu."

"E como ele morreu?"

"Não disseram."

"Bom, isso não deve fazer diferença. O motivo eles já têm." Passei a mão pelos cabelos. "E provavelmente não acham que algum de nós tenha se envolvido pessoalmente com o crime. Você tem um álibi, não? Stanton também?"

"Sim. Você também, não?"

"Sim." Já quanto a Gideon, eu não sabia. Não que fizesse diferença. Ninguém seria capaz de achar que homens como Gideon e Stanton se dariam ao trabalho de se livrar de alguém como Nathan com as próprias mãos.

Havia mais de um motivo — a chantagem e a vingança — e meios também. E os meios levavam à ocasião.

Penteei os cabelos de novo e joguei água no rosto, o tempo todo preocupada em como fazer para tirar minha mãe do apartamento. Quando a vi mexendo nas roupas do meu closet — sempre preocupada com meu estilo e minha aparência —, descobri o que precisava fazer.

"Lembra aquela saia que comprei na Macy's?", perguntei. "Aquela verde?"

"Ah, sim. É uma graça."

"Nunca usei, porque não consegui encontrar nada que combinasse com ela. Você me ajuda?"

"Eva", ela disse, desanimada. "Você já deveria ter seu próprio estilo a esta altura... e não deveria incluir calça de moletom!"

"Me ajude, mãe. Já volto." Peguei a caneca de café como um pretexto para sair do quarto. "Não saia daqui."

"E para onde eu iria?", ela rebateu, com a voz abafada por estar dentro do meu closet.

Dei uma olhada rápida na sala e na cozinha. Meu pai não estava por ali, e a porta do quarto estava fechada. O mesmo valia para Cary. Fui correndo de volta para o meu quarto.

"Que tal esta?", ela perguntou, segurando uma blusa de seda cor de champanhe. Era uma combinação linda e muito elegante.

"Adorei! Você é demais! Obrigada. Mas acho que precisa ir, não é? Não quero ficar segurando você aqui."

Minha mãe franziu a testa. "Não estou com pressa."

"E Stanton? A cabeça dele deve estar fervilhando por causa disso. E hoje é sábado... ele sempre reserva os fins de semana pra você. Stanton também precisa da sua companhia."

E, de verdade, estava me sentindo muito mal por causar a ele tanto estresse. Stanton tinha gastado uma enorme quantidade de tempo e dinheiro em assuntos referentes a mim e a Nathan desde que se casara com minha mãe, quatro anos antes. Ele havia feito tudo o que estava em seu poder e esteve sempre ao nosso lado. Durante o resto da minha vida, teria minha gratidão.

"Sua cabeça também está fervilhando por causa disso", ela argumentou. "Quero ficar aqui com você, Eva. Quero oferecer meu apoio."

Senti um nó na garganta. Eu compreendia que sua intenção era tentar compensar o que havia acontecido comigo, já que se sentia incapaz de perdoar a si mesma. "Está tudo bem", eu disse com a voz embargada. "Vou ficar bem. E, sinceramente, me sentiria mal de tirar você de Stanton depois de tudo o que ele fez por nós. Você é a recompensa dele, um pedacinho do céu ao fim de uma semana de trabalho interminável."

Ela abriu um sorriso encantador. "É muito amável da sua parte."

Sim, era o que eu achava quando Gideon falava coisas parecidas para mim.

Parecia impossível que, uma semana antes, estivéssemos naquela casa de praia, apaixonadíssimos e consolidando firmemente nossa relação.

Mas naquele momento estávamos quase rompidos, e eu não sabia por quê. Estava chateada e magoada por ter me escondido algo tão importante quanto a presença de Nathan em Nova York. Estava furiosa por não me ter dito o que pensava e como estava se sentindo. Por outro lado, eu também era capaz de entender. Ele era um homem acostumado durante anos e anos a não se abrir sobre questões pessoais e não estávamos juntos havia tempo suficiente para mudar um hábito assim. Eu não podia culpá-lo simplesmente por ser quem era, assim como não podia culpá-lo por não ser capaz de conviver com meus traumas.

Com um suspiro, fui até minha mãe e a abracei. "Sua visita... era o que eu precisava, mãe. Rir, chorar e ficar com você. Nada poderia ter me feito tão bem. Obrigada."

"Ah, é?" Ela me abraçou com força e pareceu pequena e delicada nos meus braços, apesar de termos a mesma altura e ela estar de salto. "Pensei que estava deixando você louca."

Eu me inclinei para trás e sorri. "Acho que por um instante, sim, mas você me ajudou a me recuperar. E Stanton é um ótimo sujeito. Sou muito grata pelo que fez por nós. Por favor, diga isso pra ele."

De braços dados, peguei sua bolsa na minha cama e saímos em direção à porta da sala. Ela me abraçou de novo, acariciando minhas costas. "Me ligue hoje à noite e amanhã também. Quero saber se está tudo bem."

"Certo."

Minha mãe olhou bem para mim. "E vamos marcar um dia de spa na semana que vem. Se o médico de Cary não permitir que ele vá, podemos marcar uma sessão aqui mesmo. Seria bom para todo mundo um pouquinho de mordomia e cuidados com a aparência."

"Gostei da sua maneira de dizer que estou um caco." Estávamos ambas estressadíssimas, mas ela conseguia esconder isso muito melhor do que eu. A sombra de Nathan ainda pairava sobre nós como uma nuvem negra, era capaz de arruinar nossa vida e acabar com a paz. Só que fazíamos de tudo para parecer melhor do que realmente estávamos. Era assim que agíamos nessas situações. "Mas você tem razão... vai ser bom pra nós e vai melhorar bastante o astral de Cary, mesmo se ele só puder fazer as unhas."

"Vou providenciar tudo. Mal posso esperar!" Minha mãe abriu o lindo sorriso que era sua marca registrada e...

... foi exatamente com isso que meu pai deparou quando

abri a porta do apartamento. Ele ficou ali parado, com a chave de Cary nas mãos, que tinha acabado de pegar para pôr na fechadura. Estava usando bermuda e tênis de corrida, com a camisa suada jogada sobre o ombro. Com a respiração acelerada, a pele bronzeada coberta de suor e sua musculatura rígida, Victor Reyes era uma visão e tanto.

E estava olhando para a minha mãe de uma maneira no mínimo indecente.

Desviando os olhos do meu gatíssimo pai para minha glamourosa mãe, fiquei chocada ao perceber que ela o olhava da mesma maneira.

De todas as maneiras que havia para descobrir que meus pais ainda eram apaixonados um pelo outro, aquela era na certa uma das mais inusitadas. Eu até imaginava que ele mantivesse seus sentimentos intactos, mas sempre pensei que ela se envergonhasse de seu envolvimento com meu pai, que o considerasse um erro que tinha ficado no passado.

"Monica." A voz dele estava mais grave e mais profunda do que nunca, e seu sotaque latino se acentuou ainda mais.

"Victor." Minha mãe estava ofegante. "O que está fazendo aqui?"

Ele ergueu uma das sobrancelhas. "Estou visitando nossa filha."

"Mamãe já está indo embora", interferi, triste por não poder ver mais da interação entre meus pais, mas motivada por um sentido de lealdade em relação a Stanton, que era o homem ideal para minha mãe. "Ligo pra você mais tarde, mãe."

Meu pai nem esboçou se mexer, limitando-se a olhar minha mãe de cima abaixo. Então ele soltou um suspiro e abriu caminho.

Minha mãe saiu pelo corredor a caminho do elevador, mas no último minuto voltou atrás. Pôs a mão espalmada sobre o peito do meu pai, ficou na ponta dos pés, beijou seu rosto de um lado e depois do outro.

"Tchauzinho", ela sussurrou.

Observei enquanto ela caminhava com passos um tanto vacilantes e apertava o botão, de costas para nós. Meu pai só tirou os olhos dela quando o elevador se fechou e desceu.

Ele soltou o ar com força quando entramos no apartamento.

Fechei a porta. "Como é que eu não sabia que vocês dois ainda eram loucos um pelo outro?"

A expressão em seu rosto era de um sofrimento de cortar o coração. A agonia desesperadora de uma ferida reaberta. "Porque isso não significa nada."

"Não acredito nisso. O amor significa muita coisa."

"Mas não é garantia de nada." Ele ironizou: "Você consegue imaginar sua mãe como esposa de um policial?".

Fiz uma careta.

"Pois é", ele respondeu, desgostoso, limpando a testa com a camiseta. "Às vezes o amor não basta. E, quando é assim, pra que é que ele serve?"

Eu tinha todos os motivos para compreender muito bem a amargura daquelas palavras. Passei do seu lado e fui até a cozinha.

Ele veio atrás de mim. "Você está apaixonada por Gideon Cross?"

"Isso não está na cara?"

"E ele está apaixonado por você?"

Por pura falta de disposição, larguei minha caneca na pia e peguei outras duas limpas. "Não sei. Ele me quer por perto, e às vezes sinto que esse desejo é mais forte que ele. Acho que Gideon faria qualquer coisa por mim, porque no fim das contas abalei um pouco sua estrutura."

Mas ele não conseguia dizer que me amava. Não conseguia se abrir sobre seu passado. E, aparentemente, não conseguia lidar com a manifestação concreta do *meu* passado.

"Você tem uma cabeça muito boa."

Tirei os grãos de café do congelador para fazer uma jarra fresquinha. "Isso é altamente discutível, pai."

"Não tenta se enganar. Isso é bom." Ele abriu um leve sorriso quando virei o pescoço para olhá-lo. "Usei seu tablet para ver meus e-mails hoje de manhã. Estava na mesinha de centro. Espero que não se importe."

Sacudi a cabeça. "Fique à vontade."

"Aproveitei para navegar um pouquinho na internet. Fazer uma pesquisa sobre Cross."

Senti meu coração se apertar. “Você não gostou dele.”

“Ainda não me decidi quanto a isso.” A voz do meu pai se tornou mais distante enquanto ele andava pela sala, depois ficou mais audível quando reapareceu com o tablet na mão.

Enquanto eu moía o café, ele tirou o tablet da capa e começou a bater os dedos na tela.

“Fica difícil julgar com base em apenas uma noite. Eu precisava de mais informações. Encontrar alguma foto de vocês dois para ver se a coisa parecia promissora.” Seus olhos estavam concentrados na tela. “Mas o que encontrei foi outra coisa.”

Ele virou o tablet para mim. “Você pode me explicar isso? É outra irmã dele?”

Larguei o café moído no balcão, cheguei mais perto e vi o artigo que meu pai tinha encontrado na coluna social. Havia uma foto de Gideon e Corinne em um evento. Seu braço envolvia a cintura dela, em uma pose de familiaridade e intimidade. Seu rosto estava bem perto do dela, seus lábios quase tocavam sua pele. Ela segurava uma bebida na mão e sorria.

Peguei o tablet para ler a legenda: *Gideon Cross, CEO das Indústrias Cross, e Corinne Giroux em um evento publicitário da vodca Kingsman.*

Meus dedos tremeram ao rolar a página para cima e ler o breve artigo em busca de mais afirmações. Fiquei abismada ao saber que o evento havia ocorrido na quinta-feira, das seis às nove, em um local que era propriedade de Gideon e que eu conhecia bem até demais. Ele tinha me comido ali, além de dezenas de outras mulheres.

Gideon havia faltado à nossa consulta com o dr. Petersen para ir com Corinne ao matadouro.

Era *aquilo* que ele não queria contar na frente dos detetives. Seu álibi era uma noite — talvez inteira — passada com outra mulher.

Larguei o tablet com um cuidado até excessivo antes de soltar o suspiro que estava preso na minha garganta. “Ela não é irmã dele.”

“Foi o que imaginei.”

Olhei para ele. “Você pode terminar de fazer o café pra mim, por favor? Preciso dar um telefonema.”

"Claro. Depois vou tomar um banho." Ele foi até mim e segurou a minha mão. "Vamos sair e esquecer tudo isso. Que tal?"

"Parece ótimo."

Tirei o telefone da base e fui para o quarto. Liguei para o celular de Gideon e esperei. Ele atendeu no terceiro toque.

"Cross", ele disse, embora meu nome provavelmente tivesse aparecido na tela. "Não posso falar agora."

"Então só escute. Não vai demorar muito. Só um minuto. Um minutinho da merda do seu maldito tempo. Isso você pode me dar?"

"Sério, n..."

"Nathan mostrou fotos minhas pra você?"

"Este não é o momen..."

"Sim ou não?", gritei.

"Sim", ele confessou.

"E você quis ver?"

Ele fez uma longa pausa antes de responder. "Sim."

Suspirei. "Muito bem. Acho que você foi um babaca completo me mandando para o consultório do doutor Petersen mesmo sabendo que não iria porque ia sair com outra mulher. Isso é coisa de canalha de quinta categoria, Gideon. E, pra piorar, era um evento da Kingsman, o que deveria ter pelo menos *algum* valor sentimental pra você, considerando que foi assim que..."

Ouvi o ruído abrupto de uma cadeira sendo empurrada para trás. Eu me apressei, desesperada para conseguir dizer o que queria antes que ele desligasse.

"Acho que você foi um covarde por não dizer na minha cara que estava tudo terminado antes de começar a trepar com outra."

"Merda, Eva."

"Mas também queria dizer que, apesar de achar que você fez tudo da maneira mais errada possível e por isso quebrou meu coração e me fez perder todo o respeito por você, ainda assim não te culpo pela maneira como se sentiu depois de ver aquelas fotos. Isso eu consigo entender."

"Pare com isso." Sua voz era quase um sussurro, o que me fez imaginar que Corinne estava com ele naquele exato momento.

"Não quero que você se sinta culpado, tá bom? Depois de tudo por que passamos... Não que eu saiba o que passou, porque você nunca me contou, mas enfim..." Suspirei e estremeci ao sentir minha voz embargada. Para piorar, quando abri a boca de novo, ficou claro que eu estava chorando. "Não se sinta culpado. É só isso que eu queria dizer."

"Pelo amor de Deus", ele murmurou. "Pare com isso, Eva."

"Já parei. Espero que você..." Fechei a mão sobre as pernas. "Esquece. Tchau."

Desliguei e atirei o telefone sobre a cama. Tirei a roupa e, a caminho do chuveiro, arranquei o anel que Gideon havia me dado. Deixei a água na temperatura mais quente que minha pele era capaz de suportar e sentei no box.

Eu estava exaurida.

# 17

Durante o resto do fim de semana, meu pai e eu passeamos pela cidade. Fizemos o tradicional roteiro da comilança — cheesecake do Junior's, cachorro-quente do Gray's Papaya e pizza do John's, que levamos para comer no apartamento com Cary. Subimos no Empire State Building, mas nos contentamos em ver de longe a Estátua da Liberdade. Pegamos uma matinê na Broadway e passeamos pela Times Square, que estava terrivelmente cheia naquele dia de calor, mais ainda assim o passeio valeu a pena pela performance dos artistas de rua — alguns deles seminus. Tirei algumas fotos com o celular e mandei para Cary, para que ele pudesse rir um pouco.

Meu pai ficou bem impressionado com a sensação de segurança na cidade e gostou de ver os policiais montados a cavalo. Demos uma volta de carruagem no Central Park e desbravamos juntos o metrô. Eu o levei ao Rockefeller Center, à Macy's e ao Crossfire, que ele mesmo admitiu ser um edifício que se destacava em meio às outras construções também imponentes. Mas nossa principal preocupação era ficar juntos. Mais do que passear ou conversar, simplesmente curtir a presença um do outro.

Enfim descobri como ele e minha mãe tinham se conhecido. Quando o pneu de seu carrão esportivo furou, ela foi parar na oficina em que ele trabalhava. Essa história me fez lembrar de "Uptown Girl", a música de Billy Joel, e eu disse isso a ele. Meu pai riu e disse que aquela era uma de suas canções preferidas. Contou que ainda se lembrava do momento em que a vira aparecer ao volante de seu brinquedinho de milhares de dólares para virar sua vida de cabeça para baixo. Segundo ele, minha mãe era a coisa mais linda que ele tinha visto... até eu nascer.

"Você tem mágoa dela, pai?"

"Eu tinha." Ele me abraçou pelo ombro. "Nunca vou perdoar sua mãe por não ter posto meu sobrenome em você. Mas agora não me aborreço mais com essa coisa de dinheiro. Sei que jamais a faria feliz no longo prazo, e ela também sempre soube disso."

Balancei a cabeça, lamentando por todos nós.

"E, sendo bem sincero", ele suspirou e apoiou o rosto na minha cabeça por um instante, "por mais que não possa bancar as coisas que o marido dela tem a oferecer, fico feliz que você desfrute de tudo isso. Não sou orgulhoso a ponto de não querer admitir que tem uma vida melhor por causa das escolhas que ela fez. Estou feliz com o que tenho. A vida que levo me satisfaz e tenho uma filha que me enche de orgulho. Me considero um homem rico, porque não existe nada no mundo que eu queira e não tenha."

Parei de caminhar para abraçá-lo. "Eu te amo, pai. Estou muito feliz que você está aqui."

Ele me envolveu em seus braços e eu senti que no fim tudo ficaria bem. Tanto meu pai como minha mãe conseguiam viver bem longe da pessoa que amavam.

Eu também conseguiria.

Entrei em depressão depois que meu pai foi embora. Os dias seguintes se arrastaram. Precisava repetir para mim mesma o tempo todo que não deveria esperar nenhum tipo de contato com Gideon, mas quando ia para a cama chorava sozinha até cair no sono por mais um dia ter se passado sem notícias dele.

As pessoas mais próximas de mim pareciam preocupadas. Steven e Mark foram solícitos até demais no nosso almoço de quarta-feira. Fomos ao restaurante mexicano onde Shawna trabalhava, e os três se esforçaram o máximo possível para que eu me divertisse. Deu certo, porque eu adorava sair com eles e não queria vê-los preocupados, mas havia um vazio dentro de mim impossível de preencher, e além de tudo eu estava preocupada com as investigações sobre a morte de Nathan.

Minha mãe ligava todos os dias, perguntando se a polícia havia entrado em contato comigo de novo — não havia — e me informando dos contatos dela e de Stanton com os detetives.

Estava preocupada com o fato de eles estarem no pé de Stanton, mas, como sabia que meu padrasto era inocente, tinha certeza de que jamais descobririam nada que pudesse incriminá-lo. Ainda assim... Eu me perguntava se algum dia eles descobririam qualquer coisa que fosse. Obviamente se tratava de um homicídio, caso contrário não estariam investigando. Nathan era novo na cidade, quem poderia querer matá-lo?

No fundo, o que eu acreditava mesmo era que aquilo só podia ser obra de Gideon. Isso tornava ainda mais difícil esquecê-lo, já que parte de mim — a garotinha que um dia eu havia sido — desejava a morte de Nathan havia tempos. Queria que ele sofresse o que me fez sofrer durante anos. Perdi minha inocência por causa dele, além da virgindade. Perdi a autoestima e o respeito por mim mesma. E, no fim, ainda perdi um bebê em um aborto terrível quando eu mesma não passava de uma criança.

Passei a encarar cada dia de uma vez, cada minuto de uma vez. Obriguei-me a ir aos treinos de krav maga com Parker, a ver tevê, a sorrir e dar risada quando possível — principalmente perto de Cary — e a acordar todas as manhãs pronta para começar tudo de novo. Tentava ignorar o sentimento de luto que havia dentro de mim, mas nada era mais nítido do que a dor que me açoitava como um sofrimento contínuo e prolongado. Comecei a perder peso e, apesar de dormir bastante, sentia-me cansada o tempo todo.

Na quinta-feira, no sexto dia pós-Gideon, versão 2.0, deixei uma mensagem para a recepcionista do dr. Petersen informando que eu e Gideon não iríamos mais à terapia. Naquela noite, pedi para Clancy me levar até o prédio de Gideon e deixei o anel que tinha me dado e a chave de seu apartamento em um envelope lacrado na recepção. Não deixei um bilhete porque já havia falado tudo o que tinha a dizer.

Na sexta-feira, outro gerente de contas júnior contratou um assistente, e Mark me perguntou se eu podia ajudar no processo de adaptação do novo contratado. Seu nome era Will, e gostei dele logo de cara. Seus cabelos escuros eram ondulados, mas cortados bem curtinhos. Ele usava costeletas compridas e óculos quadrados que combinavam bem com seu rosto. Bebia refrigerante em vez de café e namorava a mesma garota desde os tempos de escola.

Passei quase a manhã toda apresentando-o às pessoas que trabalhavam na agência.

"Você gosta daqui", ele comentou.

"Adoro." Eu sorri.

Will sorriu de volta. "Ainda bem. Estava meio com o pé atrás. Você não parecia muito animada, mesmo quando dizia coisas legais."

"Foi mal. Estou saindo de um relacionamento complicado." Procurei não me estender muito. "Está difícil mostrar empolgação neste momento, mesmo com as coisas que eu mais adoro. Como meu trabalho."

"Sinto muito", ele disse, com seus olhos escuros exalando compaixão.

"É, eu também."

Quando chegou o sábado, Cary já estava bem melhor. Suas costelas ainda estavam enfaixadas, e o braço ficaria engessado por um bom tempo, mas ele já estava se virando sozinho e não precisava mais da enfermeira.

Minha mãe reuniu uma verdadeira equipe de beleza no nosso apartamento — seis mulheres de avental branco que tomaram conta da sala. Cary estava no paraíso. Desfrutava de tudo sem o menor pudor. Minha mãe parecia cansada, o que não combinava muito com ela. Eu sabia que ela estava preocupada com Stanton. E talvez andasse pensando em meu pai também. Para mim era quase impossível que não estivesse, depois de vê-lo pela primeira vez em quase vinte e cinco anos. O desejo dele me pareceu vivíssimo e intenso. Não dava nem para imaginar o efeito que aquilo havia tido sobre ela.

Quanto a mim, era ótimo poder estar com duas pessoas que me amavam e me conheciam bem a ponto de saber que não deveriam dizer o nome de Gideon nem ficar pegando no meu pé por eu estar deprimida. Minha mãe trouxe uma caixa das minhas trufas Knipschildt preferidas, que eu saboreei aos poucos. Era a única das minhas autoindulgências que ela não criticava. Minha mãe sabia reconhecer o direito das mulheres ao chocolate.

"O que você vai querer fazer?", Cary perguntou, olhando-me com o rosto todo lambuzado. Ele ia cortar os cabelos no estilo de sempre, nem muito curto nem muito comprido, e fazer as unhas do pé com as pontas bem quadradas.

Lambi o chocolate dos dedos e pensei na minha resposta. Da última vez em que tínhamos ido a um spa, eu havia acabado de concordar em ter um caso com Gideon. Seria nosso primeiro encontro, e eu sabia que ia transar. Escolhi um tratamento destinado à sedução, que deixou minha pele bem macia e perfumada com fragrâncias supostamente afrodisíacas.

Naquele momento, a situação era outra. Em certo sentido, era uma chance para recomeçar. As investigações sobre a morte de Nathan eram uma preocupação para todos nós, mas o fato de ele ter partido para sempre tinha me libertado de uma maneira que eu nem sabia necessária. Em algum lugar na minha mente, o medo persistia. Sempre havia a possibilidade de nos encontrarmos de novo enquanto ele estivesse vivo. E essa possibilidade tinha deixado de existir.

Era também uma chance para abraçar o estilo de vida de Nova York de uma maneira diferente daquela como eu vinha fazendo até ali. Eu nunca estava disponível. Não podia ir a lugar nenhum com ninguém. Enfim poderia ser quem *quisesse*. Quem seria a Eva Tramell que morava em Manhattan e tinha o emprego dos sonhos em uma agência de publicidade? Eu ainda não sabia. Até então, tinha sido uma recém-chegada de San Diego atraída para a órbita de um homem enigmático e inacreditavelmente poderoso. *Aquela* Eva estava em seu oitavo dia pós-Gideon, versão 2.0, encolhida em um canto lambendo suas feridas e por lá ficaria um bom tempo. Talvez para sempre, porque eu não conseguia imaginar que algum dia fosse me apaixonar de novo daquela maneira. Para o bem ou para o mal, Gideon era minha alma gêmea. Minha cara-metade. Em certo sentido, um reflexo de mim.

"E então?", Cary me cutucou, olhando para mim.

"Quero fazer tudo", declarei, decidida. "Um novo corte de cabelo. Mais curto, despojado e chique. E quero pintar as unhas de um vermelho bem vivo, das mãos e dos pés. Quero uma nova Eva."

Cary ergueu as sobrancelhas. "As unhas, com certeza. Os cabelos, não sei. Você não devia tomar decisões como essa quando está arrasada por causa de um cara. Pode voltar pra te assombrar."

Levantei o queixo. "Estou decidida, Cary Taylor. Você tem duas opções: ou me ajuda ou cala a boca e só fica olhando."

"Eva!" Minha mãe praticamente guinchou. "Você vai ficar linda! Sei exatamente o que fazer com seus cabelos. Você vai *amar*!"

Cary abriu um sorriso. "Legal, então, gata. Vamos ver como é que vai ser essa nova Eva."

No fim, a nova Eva era uma jovem sensual, elegante e moderna. Meus cabelos loiros outrora longos estavam na altura dos ombros e cortados em camadas bem definidas, com mechas platinadas emoldurando meu rosto. Fiz maquiagem também, para ver o que combinaria melhor com meu novo penteado, e descobri que para a cor dos meus olhos a sombra cinza era a ideal, além de um batom rosa.

No fim, acabei deixando de lado as unhas vermelhas e optando por um tom chocolate. Adorei. Pelo menos naquele momento. Eu era obrigada a admitir que estava passando por uma fase de mudanças.

"Certo, retiro o que disse", comentou Cary depois de soltar um assobio. "Essa separação claramente fez bem pra você."

"Está vendo?", completou minha mãe, sorrindo. "Eu disse! Agora sim você está com um visual urbano e sofisticado."

"É assim que você chama isso?" Olhei meu reflexo no espelho, surpresa com a transformação. Eu parecia um pouco mais velha. E formal. E com certeza sensual. Era um alívio ver outra pessoa no lugar daquela menina cheia de olheiras com quem eu estava deparando no espelho fazia quase duas semanas. De alguma forma, meu rosto mais magro e meus olhos tristes combinavam com aquele visual.

Minha mãe insistiu que fôssemos jantar fora, para nos exibir. Ela ligou para Stanton e mandou que se arrumasse para sair, e pelo jeito como terminou a conversa deu para perceber que ele estava adorando seu entusiasmo juvenil. Ela deixou a escolha do lugar e as demais providências por conta dele e voltou a concentrar sua atenção na minha produção, escolhendo um vestidinho preto no meu closet. Enquanto eu o experimentava, ela apanhou um vestido cor de marfim, um pouco mais formal.

"Pode pegar", eu disse a ela, achando divertido e sensacional o fato de que minha mãe podia tranquilamente usar as roupas de alguém quase vinte anos mais nova.

Quando ficamos prontas, ela foi até o quarto de Cary para ajudá-lo a se trocar.

Fiquei observando da porta enquanto minha mãe causava um rebuliço ao redor dele, falando o tempo todo sem ao menos esperar uma resposta. Cary se limitava a ficar ali parado com um sorriso no rosto, acompanhando-a com os olhos com uma expressão de contentamento enquanto ela percorria sem parar todo o quarto.

Suas mãos alisaram os ombros largos de Cary, esticando o tecido de linho de sua camisa, e depois ela deu um nó muito bem-feito em sua gravata, dando um passo atrás para admirar sua obra. A manga do braço engessado estava desabotoada e dobrada, e em seu rosto persistiam alguns hematomas já um tanto amarelados, mas nada capaz de minimizar o efeito que Cary Taylor causava quando se arrumava para sair.

O sorriso da minha mãe iluminou o quarto. "Maravilhoso, Cary. Simplesmente maravilhoso."

"Obrigado."

Ela chegou mais perto e beijou seu rosto. "Quase tão lindo por fora quanto por dentro."

Ele piscou algumas vezes e se virou para mim, com seus olhos verdes parecendo confusos. Inclinei-me para dentro do quarto e disse: "Existem pessoas que conseguem ver o que existe dentro de você, Cary Taylor. Essa sua aparência não nos engana. A gente sabe que você tem um coração enorme".

"Vamos lá", disse minha mãe, pegando-nos pela mão e nos levando do quarto.

Quando descemos para o saguão do prédio, encontramos a limusine de Stanton à nossa espera. Ele desceu do banco de trás, abraçou minha mãe e a beijou de leve no rosto, pois sabia que ela não ia querer que seu batom borrasse. Stanton era um homem bonito com cabelos brancos e olhos bem azuis. Algumas marcas da idade já se faziam notar no em rosto, mas isso não mudava o fato de ele ser uma pessoa atraente, ativa e em boa forma física.

"Eva!" Ele me abraçou também e me deu um beijou no rosto. "Você está estonteante."

Sorri, mas fiquei em dúvida se a escolha daquele adjetivo não significava que eu tinha exagerado na produção.

Stanton apertou a mão de Cary e deu um tapinha de leve em seu ombro. "Que bom ver você pronto para outra, garotão. Você nos deu um tremendo susto."

"Obrigado. Por tudo."

"Não precisa agradecer", afirmou Stanton, fazendo um sinal com a mão. "De jeito nenhum."

Minha mãe respirou fundo, depois soltou o ar com força. Seus olhos brilhavam na direção de Stanton. Ela percebeu que eu a estava observando e abriu um sorriso de alegria.

Acabamos indo a um clube exclusivo com música ao vivo — uma banda completa e dois cantores, um homem e uma mulher. Eles iam se revezando ao longo da noite, oferecendo o acompanhamento perfeito para um jantar à luz de velas servido em uma cabine forrada de veludo que parecia saída de uma foto dos tempos áureos da alta sociedade de Manhattan. Eu obviamente achei tudo um charme.

Enquanto esperávamos a sobremesa, Cary me tirou para dançar. Já havíamos feito aulas de dança juntos, por insistência da minha mãe, mas fomos obrigados a pegar leve por causa das condições físicas dele. Ficamos basicamente nos balançando sem sair do lugar, curtindo a felicidade de terminar um dia agradável com uma refeição compartilhada com pessoas que amávamos.

"Olha só esses dois", Cary disse, observando Stanton conduzir admiravelmente minha mãe pela pista de dança. "Ele é louco por ela."

"Pois é. E ela faz bem pra ele. Eles se completam."

Cary olhou para mim. "Está pensando no seu pai?"

"Um pouco." Passei meus dedos pelos seus cabelos, pensando em madeixas mais longas e grossas como fios de seda. "Nunca imaginei que fosse uma pessoa romântica. Quer dizer, gosto de gestos românticos e daquela sensação de ficar boba e apaixonada. Mas essa coisa de príncipe encantado e casamentos felizes para sempre nunca me convenceu."

"Você e eu, gata, somos traumatizados demais. Só precisamos encontrar alguém que satisfaça nossas necessidades na cama e aceite nosso lado perturbado."

Abri um sorriso amargo. "E, por algum motivo, me deixei enganar pensando que Gideon seria essa pessoa. Que o amor era tudo de que eu precisava. Acho que foi porque nunca pensei que fosse me apaixonar daquele jeito, e por causa da lenda de que, quando acontece, você vive feliz pra sempre."

Cary beijou minha testa. "Sinto muito, Eva. Sei que você está sofrendo. Queria poder fazer alguma coisa pra ajudar."

"Não sei por que nunca pensei em me concentrar só em encontrar alguém com quem pudesse ser feliz."

"Pena que a gente não sente tesão um pelo outro. Seria perfeito."

Dei risada e apoiei a cabeça em seu peito.

Quando a canção terminou, voltamos para a mesa. Senti dedos se enrodilhando na minha cintura e virei a cabeça...

Dei de cara com Christopher Vidal Jr., o meio-irmão de Gideon.

"Queria que você me concedesse a próxima dança", ele disse com seu sorriso de menino. Não havia nem sinal do homem malicioso que eu vira em um vídeo filmado secretamente por Cary em uma festa na residência dos Vidal.

Cary apareceu ao meu lado e me olhou com uma expressão de interrogação.

Meu primeiro instinto foi repelir Christopher, mas então olhei ao redor. "Você está sozinho?"

"Isso faz diferença?" Ele me pegou nos braços. "Sou eu que quero dançar com você. Ela está em boas mãos", ele disse para Cary, levando-me para a pista.

Tínhamos nos conhecido exatamente daquele jeito, com um convite para uma dança. Foi no mesmo dia do meu primeiro encontro com Gideon, e as coisas não estavam muito boas entre nós já àquela altura.

"Você está maravilhosa, Eva. Adorei seu cabelo."

Consegui abrir um sorriso amarelo. "Obrigada."

"Relaxe", ele disse. "Você está toda tensa. Eu não mordo."

"Desculpe. É que não sei se você está acompanhado e não quero que ninguém se aborreça por minha causa."

"Estou só com meus pais e o empresário de um cantor que quero contratar para a Vidal Records."

"Ah." Meu sorriso de repente se tornou mais sincero. Era o que eu esperava ouvir.

Enquanto dançávamos, eu continuava olhando ao redor. Reparei que, quando a música terminou, Elizabeth Vidal se levantou. Ela pediu licença para os presentes à mesa e eu pedi licença para Christopher, que reclamou.

"Preciso retocar a maquiagem", eu disse.

"Certo. Mas faço questão de pagar um drinque quando você voltar."

Fui atrás de sua mãe, ainda em dúvida se deveria ou não dizer a Christopher que o considerava um canalha da pior espécie. Eu não sabia se Magdalene havia contado a ele sobre o vídeo. Se não tivesse, deveria ter uma boa razão para tanto.

Fiquei esperando Elizabeth na porta do banheiro. Quando ela apareceu, viu-me ali parada no corredor e sorriu. A mãe de Gideon era uma mulher belíssima, com longos cabelos pretos e o mesmo par de olhos azuis deslumbrantes de seu filho e de Ireland. Só de olhar para ela meu coração se apertou. Eu sentia muita falta de Gideon. Precisava lutar a cada momento contra o impulso de ir atrás dele e me submeter ao que quisesse.

"Eva." Ela me cumprimentou com beijos estalados no ar. "Christopher bem que falou que era você. Nem a reconheci. Você está tão diferente com esse cabelo. Ficou uma graça."

"Obrigada. Preciso falar com você. Em particular."

"Ah, é?" Ela franziu a testa. "Aconteceu alguma coisa? É sobre Gideon?"

"Venha comigo." Fiz um sinal para continuarmos andando pelo corredor, na direção da saída de emergência.

"Do que se trata?"

Quando nos afastamos dos banheiros, eu disse a ela. "Lembra quando Gideon era criança e contou que tinha sido abusado?"

Ela ficou pálida. "Ele te contou sobre isso?"

"Não. Mas vi os pesadelos que ele tem. Pesadelos horrorosos, violentos, em que grita por misericórdia." Meu tom de voz era grave e crispado de raiva. Precisei me segurar para conter minhas mãos quando vi sua expressão ao mesmo tempo envergonhada e desafiadora. "Era sua obrigação proteger e ajudar seu filho!"

Ela levantou o queixo. "Você não sabe..."

"O que aconteceu antes de você ficar sabendo não foi culpa sua." Eu me aproximei dela, obrigando-a a dar um passo atrás. "Mas você tem total responsabilidade sobre o que aconteceu depois de ele ter contado."

"Vá à merda", ela soltou. "Você não sabe do que está falando. Que desrespeito é esse? Falando comigo desse jeito, fazendo acusações sem o menor cabimento?"

"Desrespeito coisa nenhuma. Seu filho é uma pessoa profundamente traumatizada por causa disso, e sua recusa em acreditar nele tornou tudo mil vezes pior."

"Você acha que eu permitiria que meu próprio filho fosse violentado?" Seu rosto estava vermelho de raiva e seus olhos brilhavam. "Gideon foi examinado por dois pediatras diferentes à procura de... indícios. Fiz tudo o que estava ao meu alcance."

"A não ser acreditar nele. O mínimo que poderia fazer como mãe."

"Sou mãe de Christopher também. Ele estava lá e jura que não aconteceu nada. Em quem eu acreditaria, se não havia provas? Nada confirmava o que Gideon dizia."

"Ele não precisava provar nada. Era só uma criança!" A raiva que eu sentia reverberava pelo meu corpo. Meus punhos estavam cerrados, prontos para atacá-la. E não só pelo que Gideon havia passado, mas também pelas consequências para nosso relacionamento. "Seu papel era ficar do lado dele, de qualquer maneira."

"Gideon era um menino problemático. Fazia terapia para superar a morte do pai, estava desesperado por atenção. Você não sabe como ele era naquela época."

"Sei como ele é hoje. É um homem magoado e ressentido, que não sabe dar valor a si mesmo. E em boa parte por culpa sua."

"Vá para o inferno." Ela se virou e saiu andando.

"Já estou lá!", gritei para as costas dela. "Assim como seu filho."

Passei o domingo inteiro sendo a velha Eva.

Trey estava de folga e saíra com Cary para almoçar e ir ao cinema. Fiquei feliz em vê-los juntos, animada por estarem tentando de novo. Cary não recebera a visita de mais ninguém aqueles dias, o que me levou a pensar que estava revendo suas amizades. Para mim, eram todos falsos amigos — na hora do aperto, não queriam nem saber.

Com o apartamento inteiro à minha disposição, dormi até bem tarde, empanturrei-me de porcarias e nem me dei ao trabalho de tirar o pijama. Chorei por Gideon na privacidade do meu quarto, olhando para a colagem de fotos que costumava ficar na minha mesa na agência. Sentia falta do peso do anel no meu dedo e do som de sua voz. Sentia falta do toque de suas mãos e de seus lábios, e da maneira possessiva como ele cuidava de mim.

Quando saí do apartamento na segunda-feira, voltei a ser a nova Eva. Com sombra cinza, batom rosa e o novo corte de cabelo, senti que conseguiria fingir ser outra pessoa durante o resto do dia. Alguém que não estava magoada, perdida e morrendo de raiva.

Vi o Bentley de Gideon estacionado quando saí do prédio, mas Angus nem se deu ao trabalho de sair do carro, pois sabia que eu não aceitaria a carona. Não entendia por que Gideon o fazia perder tempo daquele jeito, mantendo-o sempre à minha disposição. Não fazia o menor sentido, a não ser que ele estivesse se sentindo culpado. E o sentimento de culpa era uma coisa que eu detestava, já que afetava a maior parte das pessoas que faziam parte da minha vida. Meu desejo era que todos se esquecessem de tudo e seguissem em frente. Como eu estava tentando fazer.

A manhã na Waters Field & Leaman passou bem rápido, porque eu precisava me preocupar em ajudar Will, o novo assistente de gerência, além de cumprir minhas tarefas habituais. Para minha satisfação, ele não se abstinha de fazer perguntas, o que me mantinha ocupada com outra coisa que não fosse contar as horas, os minutos e os segundos que tinham se passado desde que eu havia visto Gideon pela última vez.

"Você está ótima, Eva", comentou Mark quando entrei em seu escritório. "Já está melhor?"

"Na verdade, não. Mas chego lá."

Ele se inclinou para a frente, apoiando os cotovelos na mesa. "Steven e eu terminamos uma vez, quando estávamos juntos fazia um ano e meio, mais ou menos. Estávamos brigando demais e decidimos seguir cada um seu caminho. Foi um horror, nossa", ele disse com veemência. "Detestei cada minuto. Levantar de manhã era um sacrifício, e ele também sofreu do mesmo jeito. Enfim... se você precisar de alguma coisa..."

"Obrigada. O melhor que você pode fazer por mim é me manter ocupada. Não quero ter tempo pra pensar em mais nada que não seja trabalho."

"Isso eu posso fazer."

Na hora do almoço, Will e eu fomos com Megumi a uma pizzaria ali perto. Ela contou sobre seu princípio de namoro, e Will narrou suas aventuras com os móveis da Ikea que ele e a namorada haviam comprado e precisavam montar sozinhos no apartamento vazio. E, para minha alegria, eu podia falar sobre o dia de spa.

"Vamos passar o fim de semana nos Hamptons", contou Megumi no caminho de volta para o Crossfire. "Os avós dele têm uma casa lá. Não é o máximo?"

"Com certeza." Passei pela catraca ao seu lado. "Eu também queria ter um lugar pra poder fugir desse calor."

"Então!"

"É bem mais divertido que montar móveis", resmungou Will, seguindo um pequeno grupo de pessoas até um dos elevadores. "Não vejo a hora de tudo isso acabar."

A porta começou a se fechar, mas de repente se abriu de novo. Gideon entrou no elevador. A energia palpável e tão familiar que emanava dele me atingiu como um soco. Senti um arrepio que começou na espinha e se espalhou por meu corpo todo. Os cabelos da minha nuca se eriçaram.

Megumi virou para mim, mas sacudi a cabeça. Sabia que o melhor a fazer era não olhar diretamente para ele. Não dava para ter certeza de que não tomaria uma atitude precipitada ou desesperada. Eu já havia tido o privilégio de tocá-lo, pegar sua mão, encostar nele, passar os dedos por seus cabelos. Sentia uma dor terrível dentro de mim por não poder fazer mais nada disso. Precisei morder os lábios para abafar um gemido de agonia ao senti-lo de novo tão próximo de mim.

Eu mantinha a cabeça baixa, mas era capaz de *sentir* os olhos de Gideon em mim. Continuei conversando com meus colegas, lutando para me concentrar em uma conversa sobre móveis e concessões necessárias para coabitar um espaço com alguém do sexo oposto.

À medida que o elevador ia parando nos andares, o número de pessoas lá dentro diminuía. Eu controlava a posição de Gideon com o canto do olho, ciente de que ele nunca entrava em elevadores tão lotados, desconfiando, torcendo e rezando que estivesse ali apenas para me ver, ficar perto de mim, mesmo que fosse em uma situação tão impessoal.

Quando chegamos ao vigésimo andar, respirei fundo e me preparei para sair, lamentando o fato de estar prestes a me afastar da única coisa no mundo que fazia com que me sentisse verdadeiramente viva.

A porta se abriu.

"Espere."

Meus olhos se fecharam. Parei ao ouvir o comando de sua voz. Sabia que deveria continuar andando como se nem tivesse ouvido. Sabia que uma interação com ele só me magoaria ainda mais, mesmo que durasse um minuto. Mas como poderia resistir? Quando o assunto era Gideon, era impossível.

Abri espaço para meus colegas saírem. Will franziu a testa ao ver que eu não ia com eles, mas Megumi o puxou para fora. A porta se fechou.

Eu me encolhi em um canto, com o coração saindo pela boca. Gideon estava à espera do lado oposto, como quem exigia uma explicação. À medida que nos aproximávamos do último andar, meu corpo ia reagindo à sua vontade quase palpável. Meus seios incharam e ficaram pesados, senti meu sexo se lubrificar. Eu estava louca de desejo por ele. Desesperada. Comecei a ofegar.

Ele não tinha nem encostado em mim e eu já arfava de tesão.

O elevador parou. Gideon sacou a chave do bolso e enfiou no painel, trancando a porta. Então veio até mim.

Estávamos separados por apenas alguns centímetros. Mantive a cabeça baixa e os olhos em seus sapatos luxuosos. Ouvi sua respiração, acelerada como a minha. Senti o aroma sutilmente masculino de sua pele e minha pulsação disparou.

"Vire, Eva."

Estremeci ao ouvir aquele tom autoritário, tão familiar e que eu amava tanto. Fechei os olhos e obedeci, depois soltei o ar com força ao senti-lo grudado em mim, espremendo-me contra a parede do elevador. Seus dedos se entrelaçaram aos meus, mantendo minhas mãos na altura dos ombros.

"Você está tão linda", ele sussurrou, com o rosto colado aos meus cabelos. "Chega a doer."

"Gideon. O que você está fazendo?"

O desejo exalava de seu corpo e me envolvia. Seu corpo forte estava todo rígido, estremecia de tensão. Ele estava excitado, e ao sentir seu pau duro contra meu corpo não pude reprimir a vontade de senti-lo mais de perto. Eu o queria dentro de mim. Preenchendo-me. Completando-me. Sentia-me vazia sem ele.

Gideon respirou profundamente. Seus dedos apertavam inquietamente os meus, como se ele quisesse tocar outras partes do meu corpo, mas estivesse tentando se controlar.

Senti o anel que havia lhe dado contra a minha pele. Virei a cabeça para olhar e, ao vê-lo ainda em seu dedo, fiquei confusa e agoniada.

"Por quê?", murmurei. "O que você quer de mim? Uma gozada? Você quer me comer, Gideon? É isso? Despejar sua porra dentro de mim?"

Ele prendeu a respiração ao ouvir aquelas palavras serem usadas contra ele daquela maneira. "Não faça isso."

"O que eu não posso fazer? Dizer as coisas claramente?" Fechei os olhos. "Tudo bem. Vai em frente. Não precisa pôr esse anel no dedo pra fingir que suas intenções são outras."

"Eu não tirei o anel. Nem vou tirar. *Nunca*." Sua mão direita largou a minha, e ele a enfiou no bolso. Gideon pôs o anel que havia me dado no meu dedo e levou minha mão à boca. Ele a beijou, depois levou os lábios — apressados, rígidos, furiosos — até meu rosto.

"Espere", ele se limitou a dizer.

E saiu. O elevador começou a descer. Minha mão direita se fechou, e eu me afastei da parede, ofegante.

Espere. O quê?

# 18

Quando desci do elevador no vigésimo andar, estava recomposta e determinada. Megumi abriu a porta para mim e ficou de pé. "Está tudo bem?"

Parei na mesa dela. "Não faço a menor ideia. Aquele homem é um caso sério."

Ela ergueu as sobrancelhas. "Depois me conta tudo."

"Eu devia escrever um livro", murmurei, perguntando-me enquanto voltava para minha baia por que estavam todos tão ouriçados com minha vida amorosa.

Quando cheguei à mesa, deixei a bolsa na última gaveta e liguei para Cary.

"Oi", cumprimentei quando ele atendeu. "Se você estiver sem fazer nada..."

"Se?", ele perguntou, ironizando.

"Lembra aquela pasta que você fez com informações sobre Gideon? Você pode fazer outra, sobre o doutor Terrence Lucas?"

"Claro. Conheço esse cara?"

"Não. É um pediatra."

Ele fez uma pausa, depois perguntou: "Você está grávida?".

"Não! Que absurdo. E, se estivesse, procuraria um obstetra."

"Ufa. Certo. Como se escreve o nome dele?"

Passei todas as informações para Cary, descobri onde ficava o consultório do dr. Lucas e marquei uma consulta. "Não vou precisar nem fazer ficha", eu disse à recepcionista. "Só preciso tirar umas dúvidas."

Depois disso, liguei para a Vidal Records e deixei uma mensagem para Christopher me ligar.

Quando Mark voltou do almoço, fui até sua sala e bati na porta. "Oi. Preciso tirar uma horinha de manhã pra ir ao médico. Tudo bem se eu chegar às dez e ficar até as seis?"

"Das dez às cinco já está ótimo, Eva." Ele me lançou um olhar cauteloso. "Está tudo bem?"

"Melhor a cada dia."

"Ótimo." Ele sorriu. "Fico feliz de ouvir isso."

Voltei logo ao trabalho, mas fiquei pensando o tempo todo em Gideon. Não parava de olhar para o meu anel, lembrando das palavras que ele tinha dito ao me dá-lo: *As cruzes são as intersecções entre mim e você.*

Eu precisava esperar. Por ele? Que voltasse para mim? Por quê? Não tinha entendido por que se afastara de mim daquele jeito. Nem por que esperava que eu o aceitasse de volta. Ainda mais com Corinne na jogada.

Passei o restante da tarde revivendo as duas semanas anteriores na minha cabeça, relembrando as conversas que havia tido com Gideon, as coisas que tinha dito ou feito, em busca de respostas. Quando saí do Crossfire no final do dia, vi o Bentley parado ali na frente e acenei para Angus, que sorriu em resposta. Eu estava enfrentando problemas com Gideon, mas o motorista dele não tinha culpa.

Na rua estava quente e úmido. Um horror. Passei na farmácia Duane Reade da esquina e comprei uma garrafinha de água para a caminhada até em casa e chocolate para depois da aula de krav maga. Quando saí, vi Angus à minha espera. Ao virar a esquina na direção do Crossfire para pegar o caminho de casa, vi Gideon saindo do prédio com Corinne. Sua mão estava na base da coluna dela, conduzindo-a para a Mercedes dele. Corinne estava sorrindo. A expressão de Gideon era impenetrável.

Horrorizada, não consegui me mexer nem desviar os olhos. Fiquei paralisada no meio da calçada lotada, com o estômago revirado pela tristeza, a raiva e uma terrível e asquerosa sensação de estar sendo traída.

Ele olhou para o lado e, quando me viu, imediatamente se deteve. O motorista latino que havia se oferecido para me levar ao aeroporto buscar meu pai abriu a porta de trás e Corinne desapareceu dentro do carro. Gideon permaneceu onde estava, com os olhos grudados nos meus.

Com certeza ele viu quando levantei a mão e ergui o dedo do meio.

Então um pensamento passou pela minha cabeça.

Dei as costas para Gideon e saí do meio da calçada, mexendo na bolsa em busca do celular. Liguei para minha mãe e perguntei: "Quando saímos pra almoçar com Megumi, você surtou quando voltamos para o Crossfire. Foi por que você o viu, né? Nathan. Você viu Nathan no Crossfire".

"Sim", ela admitiu. "Foi por isso que Richard decidiu que seria melhor pagar o que ele queria. Nathan disse que só deixaria você em paz se tivesse dinheiro para sair do país. Mas por que você está me perguntando isso?"

"Só me dei conta agora de que você tinha agido daquela maneira por causa dele." Virei de novo para a frente e comecei a caminhada para casa com o passo acelerado. A Mercedes não estava mais lá, mas eu continuava possessa. "Preciso desligar, mãe. Falo com você mais tarde."

"Está tudo bem?", ela perguntou, ansiosa.

"Ainda não, mas chego lá."

"Estou aqui se precisar de mim."

Soltei um suspiro. "Eu sei. Fique tranquila. Te amo."

Quando cheguei em casa, Cary estava sentado no sofá com o laptop no colo e os pés descalços sobre a mesa de centro.

"Oi", ele cumprimentou sem tirar os olhos da tela.

Larguei minhas coisas por ali mesmo e tirei os sapatos. "Adivinha só?"

Ele olhou para mim através de uma mecha de cabelos caída sobre os olhos. "O quê?"

"Acho que Gideon resolveu se afastar de mim por causa de Nathan. Numa hora ele estava tudo bem, depois foi tudo por água abaixo, e logo a polícia apareceu dizendo que Nathan tinha morrido. Acho que uma coisa tem relação com a outra."

"Faz sentido." Ele franziu a testa. "Acho."

"Só que Nathan esteve no Crossfire na segunda-feira da semana em que atacaram você. E eu sei que estava lá pra falar com Gideon. Tenho *certeza*. Nathan não iria atrás de mim em um lugar tão movimentado e cheio de seguranças."

Ele se endireitou. "Certo. E o que isso tudo significa?"

"Que Gideon ficou numa boa mesmo depois de ver Nathan." Joguei as mãos para o alto. "Ficou numa boa durante a semana inteira. Ficou mais do que numa boa durante nossa viagem no fim de semana. Estava numa boa na segunda de manhã depois que voltamos. Aí, do nada, ele pirou e mudou completamente na segunda à noite."

"Entendi."

"E o que foi que aconteceu na segunda?"

Cary ergueu as sobrancelhas. "Você vem perguntar pra mim?"

"Argh." Agarrei meus próprios cabelos. "Estou perguntando para o vento. Pra Deus. Pra qualquer um. O que foi que aconteceu com meu namorado, porra?"

"Pensei que você tinha concordado em perguntar pra ele."

"Só consegui duas respostas dele: *Confie em mim* e *Espere*. E hoje ele pôs o anel no meu dedo outra vez." Mostrei minha mão. "E ainda está usando o que eu dei a ele. Você faz ideia de como isso é confuso? Não são simples anéis, são promessas. São símbolos de entrega e comprometimento. Por que Gideon ainda usa o dele? Por que quer que eu continue usando o meu? Ele quer mesmo que eu fique esperando enquanto trepa com Corinne até enjoar dela?"

"É isso que você acha que ele está fazendo? De verdade?"

Fechei os olhos e joguei a cabeça para trás. "Não. E não sei dizer se estou sendo ingênua ou enganando a mim mesma por livre e espontânea vontade."

"O doutor Lucas tem alguma coisa a ver com isso?"

"Não." Fui sentar com ele no sofá. "Você encontrou alguma coisa?"

"Fica meio difícil encontrar alguma coisa, gata, se não sei nem o que estou procurando."

"Era só uma tentativa mesmo." Olhei para a tela. "O que é isso?"

"A transcrição de uma entrevista que Brett deu ontem pra uma estação de rádio da Flórida."

"Ah, é? Por que você está lendo isso?"

"Estava ouvindo 'Golden' e resolvi fazer uma pesquisa a respeito, aí apareceu isto aqui."

Tentei ler, mas da posição em que eu estava não dava para enxergar direito a tela. "O que diz aí?"

"Perguntaram se realmente existia a tal Eva, e ele disse que sim, e que pouco tempo atrás retomou o contato com ela e espera ter uma segunda chance."

"Quê? Você está brincando!"

"Estou nada." Cary sorriu. "Você já tem alguém à espera no banco de reservas se não der jogo mesmo com Cross."

Fiquei de pé. "Que seja. Estou com fome. Quer alguma coisa?"

"É um bom sinal que seu apetite esteja voltando."

"Estou voltando com tudo", afirmei. "E com sede de vingança."

Esperei Angus aparecer na frente do meu prédio na manhã seguinte. Quando ele chegou, Paul, o porteiro do edifício, abriu a porta para mim.

"Bom dia, Angus", cumprimentei.

"Bom dia, senhorita Tramell." Ele me olhou pelo retrovisor e sorriu.

Quando ele arrancou com o carro, inclinei-me para a frente no vão entre os assentos dianteiros. "Você sabe onde mora Corinne Giroux?"

Ele me olhou de novo. "Sim."

Eu me recostei de volta no banco traseiro. "É pra lá que eu quero ir."

Corinne morava bem perto de Gideon, era só virar a esquina. Não podia ser coincidência.

Apresentei-me na portaria e tive que esperar vinte minutos até receber permissão para subir ao décimo andar. Toquei a campainha e quem abriu a porta foi uma Corinne de cara lavada e sem nenhuma produção, vestida apenas com um robe de seda longo. Ela era lindíssima, com seus cabelos negros sedosos e seus olhos cor de água-marinha, e se movia com uma elegância natural e admirável. Eu estava vestida com meu vestido cinza sem mangas favorito e fiquei feliz com a escolha. Perto dela, sempre me sentia meio sem sal.

"Eva", ela sussurrou. "Que surpresa."

"Desculpe aparecer sem avisar. Só preciso fazer uma perguntinha rápida."

"Ah, é?" Ela manteve a porta parcialmente fechada e se apoiou no batente.

"Posso entrar?", perguntei sem cerimônia.

"Hã..." Ela olhou para trás. "Acho melhor não."

"Não me importa se você estiver acompanhada, e pode ficar tranquila que só vai levar um minutinho."

"Eva." Ela passou a língua pelos lábios. "Nem sei como dizer isso..."

Minhas mãos estavam tremendo, e eu senti um nó no estômago ao imaginar Gideon pelado atrás dela após ter sua foda matinal interrompida pela ex-namorada sem noção. Eu o conhecia bem o suficiente para saber que ele adorava fazer sexo de manhã.

Pensando bem, eu o conhecia bem mesmo. A ponto de poder dizer: "Vamos parar com a palhaçada, Corinne".

Ela arregalou os olhos.

Abri um sorriso irônico. "Gideon é apaixonado por mim. Ele não está trepando com você."

Ela logo se recompôs. "E nem com você. Disso eu sei bem, já que ele passa todo o tempo livre comigo."

Muito bem. Teríamos aquela conversa no corredor mesmo, então. "Conheço bem Gideon. Nem sempre entendo o que ele faz, mas isso é outra história. Tenho certeza de que ele disse logo de cara que vocês dois não teriam futuro, porque não iludiria você. Ele já te magoou antes, e não vai cometer o mesmo erro de novo."

"Que historinha interessante. Ele sabe que você está aqui?"

"Não, mas você vai contar. Fique à vontade. Só quero saber o que estava fazendo no Crossfire no dia em que saiu de lá como se tivesse acabado de dar uma trepada, assim como agora."

Ela abriu um sorriso sarcástico. "O que você *acha* que eu estava fazendo?"

"Dando para Gideon é que não era!", afirmei de maneira convicta, apesar de estar rezando em silêncio para não acabar fazendo papel de idiota. "Você me viu, não foi? Lá do saguão, você tinha uma visão perfeita do outro lado da rua e me viu chegando. Gideon contou pra você no jantar no Waldorf que eu era ciumenta. Você tinha dado uma rapidinha com alguém no prédio? Ou se descabelou toda de propósito antes de sair?"

A resposta estava na cara dela. Foi só um relance, pois Corinne logo conseguiu se controlar, mas eu vi.

"As duas hipóteses são absurdas", ela respondeu.

Acenei com a cabeça, saboreando um momento de profundo alívio e contentamento. "Escuta só. Você nunca vai ter Gideon da maneira como gostaria. E eu sei como isso machuca. Estou convivendo com essa sensação há duas semanas. Sinto muito por você, de verdade."

"Você pode enfiar sua solidariedade no cu", ela explodiu. "Guarde pra si mesma. É comigo que ele está ficando sempre que pode."

"E é aí que está sua redenção, Corinne. Se você prestar bem atenção, vai ver que ele está sofrendo. Seja uma boa amiga." Virei as costas na direção do elevador e disse por cima do ombro: "Tenha um bom dia".

Ela bateu a porta com força atrás de mim.

Quando voltei ao Bentley, pedi a Angus para me levar ao consultório do dr. Terrence Lucas. Ele se deteve enquanto fechava a porta e me encarou. "Gideon não vai gostar nada disso, Eva."

Concordei com a cabeça, compreendendo o aviso. "Eu me viro com ele."

O edifício onde ficava o consultório do dr. Lucas era um tanto modesto, mas por dentro era espaçoso e acolhedor. O chão da sala de espera era revestido com tábuas de madeira escura e as paredes estavam cobertas de fotos de crianças e bebês. As revistas sobre maternidade ficavam organizadas nas estantes, e a sala de brinquedos para os pequenos era bem-arrumada e supervisionada.

Passei pela recepção e depois me sentei, mas pouco tempo depois fui chamada pela enfermeira. Fui conduzida ao escritório do dr. Lucas, não ao consultório, e ele se levantou da cadeira e saiu de trás da mesa quando cheguei.

"Eva." Ele estendeu a mão e eu o cumprimentei. "Você não precisava marcar consulta."

Abri um sorrisinho. "Eu não sabia como entrar em contato com você."

"Sente."

Eu me sentei, mas ele permaneceu em pé, apoiado contra a mesa, agarrando as bordas com as mãos. Era uma posição de quem queria mostrar que estava no controle, e não entendi por que ele achou necessário fazer isso ao falar comigo.

"Em que posso ajudar?", ele perguntou. Tinha um ar tranquilo e confiante e um sorriso no rosto. Com sua boa aparência e sua educação, tenho certeza de que qualquer mãe confiaria em sua capacidade e integridade.

"Gideon Cross foi seu paciente, não foi?"

Ele fechou o rosto no mesmo instante e se endireitou. "Não posso falar sobre meus pacientes."

"Quando você me disse que não podia comentar certos assuntos lá no hospital, não relacionei uma coisa à outra, não sei por quê." Comecei a batucar com os dedos no apoio de braço da cadeira. "Você mentiu pra mãe dele. Por quê?"

Ele voltou para o outro lado da mesa, impondo um obstáculo entre nós. "Foi isso que ele disse pra você?"

"Não. Foi isso que deduzi. Em termos hipotéticos, por que você mentiria sobre o resultado de um exame?"

"Eu não faria isso. Agora vá embora."

"Ah, qual é." Eu me recostei e cruzei as pernas. "Esperava mais de você. E aquela conversa de que Gideon é um monstro sem alma que corrompe as mulheres?"

"Fiz a minha parte e alertei você." Seu olhar era duro, seus lábios estavam contorcidos. Ele não parecia mais tão bonito. "Se prefere jogar a sua vida fora, não há nada que eu possa fazer."

"Ainda vou descobrir tudo. Só precisava perguntar isso cara a cara. Precisava saber se eu estava certa."

"Não está. Cross nunca foi meu paciente."

"Isso é só um detalhe... a mãe dele consultou você. E, quando se ressentir do homem por quem sua mulher se apaixonou, lembre o que fez com aquele menino que precisava da sua ajuda." Minha raiva transparecia no meu tom de voz. Eu não era capaz de pensar no que havia acontecido com Gideon sem sentir um desejo de violência em relação às pessoas que tinham contribuído para seu sofrimento.

Descruzei as pernas e levantei. "O que aconteceu entre ele e sua mulher foi algo consensual entre adultos. O que aconteceu com ele quando criança foi um crime, e sua contribuição foi absurda."

"Fora daqui."

"Com prazer." Abri a porta e dei de cara com Gideon, apoiado na parede do lado de fora do escritório. Ele agarrou meu braço com a mão, mas seus olhos estavam concentrados no dr. Lucas, cheios de ódio e fúria.

"Fica longe dela", ele disse num tom áspero.

Lucas deu um sorrisinho carregado de malícia. "Foi ela que veio até mim."

O sorriso que Gideon abriu em resposta me fez estremecer. "Quando Eva aparecer, é melhor você sair correndo na direção oposta."

"Engraçado. Foi o mesmo conselho que dei a ela sobre você."

Mostrei o dedo do meio para o médico.

Bufando, Gideon me pegou pela mão e me tirou dali. "Que história é essa de ficar mostrando o dedo para os outros?"

"Que é que tem? É um clássico."

"Você não pode entrar aqui desse jeito!", repreendeu a recepcionista quando passamos por ela.

Ele a encarou. "Não precisa mais chamar o segurança. Já estamos indo."

Saímos para o corredor. "Angus me dedurou?", perguntei, tentando livrar meu braço.

"Não. Pare de se debater. Todos os meus carros são rastreados por satélite."

"Você é maluco. Sabia disso?"

Ele chamou o elevador e me encarou. "Ah, sou? E você? Resolveu sair por aí interrogando todo mundo. Minha mãe. Corinne. O filho da puta do Lucas. O que você está fazendo, Eva?"

"Não é da sua conta." Levantei o queixo. "Terminamos, esqueceu?"

Ele cerrou os dentes. Estava de terno, com uma aparência de elegância e urbanidade, mas irradiava uma energia incontrolável e febril. O contraste entre o que eu via e o que estava sentindo aumentou meu desejo. Adoraria ter aquele homem por baixo do terno. Cada pedacinho delicioso e indomável dele.

O elevador chegou e nós entramos. A excitação tomou conta do meu corpo. Gideon tinha ido atrás de mim. Aquilo tinha me deixado com tesão. Ele enfiou uma chave no painel e eu rosnei de raiva.

"Existe algum prédio em Nova York que não seja seu?"

Gideon voou para cima de mim, com uma das mãos nos meus cabelos e a outra na minha bunda, atacando minha boca com um beijo violento. Ele não perdeu tempo. Foi logo enfiando a língua entre meus lábios.

Gemi e agarrei sua cintura, ficando na ponta dos pés para tornar aquele contato ainda mais profundo.

Gideon cravou com força os dentes no meu lábio inferior. "Você acha que basta dizer algumas palavras e tudo entre nós chega ao fim? Nossa história não vai acabar, Eva."

Ele me prensou contra a lateral do elevador. Eu estava imobilizada por um metro e noventa centímetros de tesão violento.

"Estou com saudade", murmurei, agarrando sua bunda e o apertando contra mim.

Gideon gemeu. "Meu anjo."

Ele me atacava com beijos profundos e assumidamente desesperados que faziam meus dedos do pé se contorcerem dentro dos sapatos.

"O que você está fazendo?", ele perguntou, ofegante. "Está revirando um monte de coisas."

"Estou com muito tempo livre", respondi, tão ofegante quanto ele, "já que dei um pé na bunda do meu namorado idiota."

Ele grunhiu violenta e apaixonadamente, agarrando meus cabelos com tanta força que até doía.

"Você não vai sair dessa com um beijo ou uma trepada, Gideon. Desta vez não." Eu não conseguia largá-lo. Era quase impossível depois de passar semanas destituída do direito e da oportunidade de tocá-lo. Precisava daquilo.

Ele encostou a testa na minha. "Você precisa confiar em mim."

Pus as mãos em seu peito e o empurrei. Ele permitiu que eu fizesse isso, mas manteve os olhos grudados em mim.

"Não dá, você não fala comigo." Tirei a chave do painel e devolvi para ele. O elevador começou a descer. "Você me fez comer o pão que o diabo amassou. E de propósito. Queria me fazer sofrer. E continua fazendo. Não sei o que está pensando, garotão, mas essa merda toda de doutor Jekyll e senhor Hyde não está funcionando pra mim."

Ele enfiou a mão no bolso com um movimento tranquilo e controlado, o que o fazia parecer especialmente perigoso. "É impossível controlar você."

"Quando estou vestida é assim mesmo. Vai se acostumando." A porta do elevador se abriu e eu saí. Ele foi atrás e pôs a mão na base da minha coluna, fazendo-me estremecer. Esse toque aparentemente inofensivo, por cima da roupa, sempre me deixara maluca de tesão. "Se puser a mão nas costas de Corinne desse jeito de novo, eu quebro seus dedos."

"Você sabe que não quero mais ninguém", ele murmurou. "Nem poderia. Meu desejo por você me consome por inteiro."

Tanto o Bentley como a Mercedes estavam estacionados. O céu havia escurecido um pouco enquanto eu estava lá dentro, como se estivesse tramando alguma coisa, assim como o homem ao meu lado. Havia um clima carregado no ar, o primeiro sinal de uma tempestade de verão.

Parei sob a marquise do edifício e olhei para Gideon. "Vamos no mesmo carro, com você dirigindo. Precisamos conversar."

"Era essa a minha ideia."

Angus bateu na aba do quepe com os dedos e se posicionou atrás do volante. O outro motorista foi até Gideon e entregou as chaves.

"Senhorita Tramell", ele cumprimentou.

"Eva, esse é Raul."

"Nós já nos conhecemos", eu disse. "Deu o recado pra ele da outra vez?"

Os dedos de Gideon se contraíram nas minhas costas. "Deu, sim."

Sorri. “Obrigada, Raul.”

O motorista se posicionou no assento do passageiro do Bentley, enquanto Gideon me levava até a Mercedes e abria a porta para mim. Senti um arrepio de emoção quando ele se posicionou atrás do volante e ajustou o banco para acomodar suas longas pernas. Ele deu a partida e se lançou em meio ao trânsito, conduzindo com competência e confiança seu carro potente pelas ruas caóticas de Nova York.

“Ver você dirigindo me deixa com tesão”, comentei, notando a suavidade com que suas mãos manejavam a direção.

“Minha nossa.” Ele olhou para mim. “Você tem um fetiche por meios de transporte.”

“Tenho um fetiche por você.” Meu tom de voz se tornou mais grave. “Já faz semanas.”

“E estou odiando cada segundo. É um tormento pra mim, Eva. Não consigo me concentrar. Não consigo dormir. Perco a cabeça por qualquer besteira. Estou vivendo no inferno sem você.”

Nunca quis que ele sofresse, mas estaria mentindo se dissesse que meu sofrimento não se tornava menos amargo por saber que ele também sentia minha falta.

Eu me virei no assento para encará-lo. “Por que está fazendo isso com a gente?”

“Vi uma oportunidade surgir e resolvi aproveitar.” Seu maxilar estava cerrado. “Essa separação é o preço a pagar. Mas não vai durar pra sempre. Você precisa ter paciência.”

Sacudi a cabeça. “Não, Gideon. Não consigo. Não aguento mais.”

“Você não vai me deixar. Não vou permitir isso.”

“Mas eu já deixei. Você não percebeu? Estou vivendo minha vida, e você não tem participação nenhuma nela.”

“Estou participando como posso.”

“Mandando Angus me seguir? Qual é? Isso não é um relacionamento.” Encostei o rosto no assento. “Pelo menos não o que eu quero.”

“Eva.” Ele soltou o ar com força. “Meu silêncio é dos males o menor. Mesmo se eu explicasse tudo teria que manter você à distância, e isso ainda implicaria um risco. Você pode até achar que quer saber, mas tenho certeza de que vai se arrepender se eu contar. Confie em mim. Existem algumas coisas ao meu respeito que é melhor nem virem à tona."

"Você vai precisar me dizer pelo menos algumas coisas." Pus a mão em sua coxa e senti sua musculatura ficar rígida em reação ao meu toque. "Não sei o que pensar. Estou totalmente perdida."

Ele pôs sua mão sobre a minha. "Você acredita em mim. Apesar de tudo o que viu, continuou acreditando. Isso é importantíssimo, Eva. Pra nós dois. Pra nossa relação."

"Não temos mais relação nenhuma."

"Pare de dizer isso."

"Você queria minha confiança cega e conseguiu, mas isso é tudo o que tenho a oferecer. Aceitei conviver com o fato de não saber quase nada a seu respeito porque tinha você. Agora não tenho mais..."

"Tem, sim", ele protestou.

"Mas não da maneira que quero e preciso." Levantei um dos ombros, num gesto meio estranho. "Você me entregou seu corpo e eu me satisfiz com ele, porque era sua maneira de se abrir pra mim. Agora que não tenho mais isso, só sobraram promessas. E só isso não basta. Na sua ausência física, tudo o que tenho é o monte de coisas que você se recusa a me dizer."

Ele estava olhando para a frente, mantendo o corpo rígido. Tirei a mão de sua perna e olhei para o outro lado, dando-lhe as costas enquanto observava a cidade em movimento.

"Se perder você, Eva", ele disse com a voz embargada, "não vai me sobrar mais nada. Só estou fazendo tudo isso pra não te perder."

"Preciso de mais." Encostei a testa no vidro. "Se não puder ter você fisicamente, preciso ter acesso ao que existe dentro de você, mas isso eu também não posso ter."

Prosseguimos em silêncio, andando lentamente em meio ao trânsito matinal. Um pingo forte de chuva se espatifou no para-brisa, sendo logo seguido por outro.

"Quando meu pai morreu", ele disse sem se alterar, "custei a me acostumar com as mudanças. Lembro que as pessoas gostavam dele, estavam sempre por perto. Afinal, ele estava ganhando dinheiro pra um monte de gente. De repente o mundo virou de cabeça pra baixo e todo mundo começou a odiá-lo. Minha mãe, sempre tão feliz, começou a chorar o tempo todo. E a brigar com ele todos os dias. Isso foi o que mais me marcou... discussões e gritaria o tempo todo."

Olhei para ele, observando sua silhueta impassível, mas não disse nada, com medo de estragar o momento.

"Ela logo se casou de novo. Mudamos de casa. Ela engravidou. Nunca sabia quando ia encontrar alguém que tinha se fodido por causa do meu pai, e as outras crianças me maltratavam muito. Por causa dos pais delas. E os professores também. A notícia correu o mundo. Até hoje as pessoas comentam sobre meu pai e o que ele fez. Fiquei morrendo de raiva. De todo mundo. Tinha acessos de fúria o tempo todo. Quebrava coisas."

Gideon parou no sinal, sua respiração estava acelerada. "Quando Christopher nasceu, meu comportamento piorou ainda mais. Com cinco anos, ele resolveu agir como eu, dando um chilique na mesa de jantar e atirando o prato no chão. Minha mãe estava grávida de Ireland na época, e ela e Vidal decidiram que eu precisava fazer terapia."

Comecei a chorar ao ouvir a descrição que ele fazia de sua infância — a de um menino assustado e magoado, que se sentia um intruso na nova família de sua mãe.

"A terapeuta e o estagiário dela iam até a nossa casa. No começo foi tudo bem. Eles eram simpáticos, compreensivos, pacientes. Só que em pouco tempo a terapeuta começou a dirigir sua atenção principalmente pra minha mãe, que estava no meio de uma gravidez difícil com dois meninos incontroláveis pra domar. Passei a ficar cada vez mais tempo sozinho com ele."

Gideon estacionou o carro e o pôs em ponto morto. Ele agarrou a direção com todas as forças, engolindo em seco. A chuva caía de forma constante, isolando-nos do mundo e nos deixando a sós com uma dolorosa verdade.

"Não precisa dizer mais nada", sussurrei, soltando o cinto de segurança para chegar até ele. Toquei seu rosto com os dedos molhados de lágrimas.

Suas narinas se expandiram quando ele respirou fundo. "Ele me fazia gozar. Só parava quando eu gozava, pra poder dizer que eu tinha gostado."

Tirei os sapatos e tirei suas mãos do volante para poder subir no seu colo. Ele me apertou com uma força excruciante, mas não reclamei. Estávamos em uma rua absurdamente movimentada, com o fluxo ininterrupto dos carros de um lado e uma massa de pedestres do outro, mas nem nos importamos. Gideon tremia violentamente, como se estivesse chorando, mas não emitia nenhum ruído e não deixava cair nenhuma lágrima.

O céu chorava por ele. A chuva caía com força e raiva, fazendo o vapor subir do chão.

Segurei sua cabeça entre as mãos e encostei meu rosto molhado no dele. "Calma, meu amor. Eu entendo. Sei como isso funciona, a maneira como eles distorcem tudo. Sei como é a vergonha e o sentimento de culpa. Você não queria nada daquilo. Não estava gostando."

"No começo eu permitia que ele me tocasse", sussurrou Gideon. "Ele disse que na minha idade... com os hormônios... eu precisava me masturbar pra me acalmar. Pra deixar de sentir raiva o tempo todo. Ele disse que ia me mostrar como era. Que eu estava fazendo errado..."

"Gideon, já chega." Recuei para olhá-lo, já imaginando como seu relato prosseguiria a partir daquele ponto, todas as coisas que haviam sido ditas para que ele se sentisse culpado pelo abuso que sofrera. "Você era uma criança nas mãos de um adulto que sabia manipular muito bem as pessoas. Eles querem que tudo pareça ser culpa nossa, pra não ter que responder pelo crime, mas não é verdade."

Seus olhos pareciam imensos e sem vida em seu rosto pálido. Beijei de leve sua boca, sentindo o gosto das minhas lágrimas. "Eu te amo. E acredito em você. Sei que nada disso foi culpa sua."

Gideon agarrou meus cabelos, mantendo-me na posição em que queria enquanto atacava minha boca com beijos desesperados. "Não me deixe."

"Deixar? Eu vou é casar com você."

Ele inspirou profundamente. Depois me puxou mais para perto, percorrendo meu corpo com as mãos de maneira um tanto bruta.

Tomei um susto ao ouvir batidas na janela. Um policial

com capa de chuva e colete de segurança nos observava através do para-brisa, que não tinha filme, olhando feio para nós por baixo do quepe. "Vocês têm trinta segundos para sair daqui, ou vão ser indiciados por atentado ao pudor."

Envergonhada, com o rosto queimando, voltei para meu assento numa pose nada elegante. Gideon esperou que eu afivelasse o cinto, engatou a marcha, bateu na sobrancelha com o dedo para cumprimentar o policial e retomamos nosso caminho.

Ele pegou minha mão, levou até a boca e beijou a ponta dos meus dedos. "Eu te amo."

Fiquei paralisada, com o coração saindo pela boca.

Enlaçando nossos dedos, Gideon posicionou nossas mãos sobre sua perna. Os limpadores do para-brisa iam de um lado para o outro em um movimento ritmado e sincronizado com a batida do meu coração.

Engolindo em seco, murmurei: "Fala de novo".

Ele parou em um sinal, virou a cabeça e me olhou. Parecia exausto, como se sua habitual energia pulsante tivesse se esvaído. Mas seus olhos afetuosos ainda brilhavam, e em seu rosto havia um sorriso amoroso e esperançoso. "Eu te amo. A palavra certa não é bem essa, mas eu sei que é isso que você quer ouvir."

"Que preciso ouvir", eu disse num tom ameno.

"Desde que você entenda a diferença..." O sinal abriu e ele arrancou com o carro. "As pessoas conseguem esquecer um amor. Conseguem viver sem ele, seguir em frente. É possível perder um amor e encontrar outro. Comigo isso não vai acontecer. Não vou sobreviver a você, Eva."

Fiquei sem fôlego com a expressão em seu rosto quando ele se virou para mim.

"Estou obcecado, meu anjo. Viciado. Você é tudo que sempre quis e precisei, tudo com que sempre sonhei. Você é *tudo*. Eu vivo e respiro por você. Por você."

Pus minha outra mão sobre nossos dedos entrelaçados. "Tem tanta coisa no mundo te esperando... Só falta você descobrir."

"Não preciso de mais nada. Só tenho vontade de pular da cama de manhã e encarar o mundo porque você está nele."

Gideon virou a esquina e estacionou na frente do Crossfire, atrás do Bentley. Desligou o motor, soltou o cinto de segurança e respirou fundo. “Por sua causa, vejo as coisas de uma maneira que era incapaz de enxergar antes. Agora tenho um lugar no mundo, que é ao seu lado.”

De repente entendi por que ele trabalhava tanto, por que havia conseguido se tornar tão rico com tão pouca idade. Gideon estava determinado a encontrar seu lugar no mundo, deixar de ser um estranho onde quer que fosse.

Ele passou os dedos pelo meu rosto. Eu sentia tanta falta daquele toque que meu coração doeu ao experimentá-lo de novo.

“Quando você vai voltar pra mim?”, perguntei baixinho.

“Assim que puder.” Ele se inclinou para a frente e beijou minha boca. “Espere.”

# 19

Quando cheguei à minha mesa, havia uma mensagem de voz de Christopher. Fiquei em dúvida por um momento se continuava ou não minha investigação particular. Afinal, ele não era uma pessoa que eu queria que fizesse parte da minha vida.

Por outro lado, estava abalada pelo olhar que vira no rosto de Gideon quando me contara sobre seu passado, e o tom de sua voz, embargada pela vergonha e pelo sofrimento.

Senti sua dor como se fosse minha.

Na verdade, eu não tinha escolha. Liguei para Christopher e o convidei para almoçar.

"Almoçar com uma linda mulher?" A satisfação era perceptível em sua voz. "Com certeza."

"Qualquer dia da semana pra mim está ótimo."

"Que tal hoje mesmo?", ele sugeriu. "Vira e mexe sinto vontade de voltar àquela delicatéssen onde você me levou daquela vez."

"Por mim tudo bem. Pode ser ao meio-dia?"

Eu tinha acabado de desligar quando Will apareceu na minha baia. Ele fez cara de cachorro sem dono e disse: "Me ajuda".

Abri um sorriso. "Claro."

As duas horas seguintes passaram voando. Quando deu meio-dia, desci e encontrei Christopher à minha espera no saguão. Seus cabelos castanhos estavam propositalmente bagunçados e seus olhos verdes brilhavam. Com sua calça preta e uma camisa branca com as mangas dobradas, era um homem confiante e atraente. Ele me cumprimentou com seu sorriso de menino, e foi então que me dei conta: eu não poderia questioná-lo sobre o que tinha dito para sua mãe tanto tempo atrás. Era só uma criança, e ainda por cima criada em um lar disfuncional.

"Fiquei feliz por você ter me ligado", ele comentou. "Mas

tenho que admitir que estou curioso pra saber o motivo. Será que tem alguma coisa a ver com Gideon ter reatado com Corinne?"

Aquilo me magoou. Tive que respirar fundo e soltar minha tensão com um suspiro. Eu sabia da verdade. Não tinha nenhuma dúvida. Mas também queria poder afirmar isso publicamente. Queria poder tomar posse dele, fazer com que todo mundo soubesse que ele era *meu*.

"Por que você odeia tanto Gideon?", perguntei, abrindo caminho na frente dele pela porta giratória. Um trovão retumbou à distância, mas a chuva quente e constante havia passado, deixando as ruas da cidade banhadas em água suja.

Ele se juntou a mim na calçada e pôs a mão sobre a base da minha coluna. Senti um calafrio de repulsa. "Por quê? Você quer falar disso?"

"Claro. Por que não?"

Ao final do almoço, eu já tinha uma boa ideia do que alimentava o ódio de Christopher. Seu verdadeiro problema era com o homem que ele via no espelho. Gideon era mais bonito, mais rico, mais poderoso, mais confiante... mais *tudo*. E Christopher obviamente se remoía de inveja. Suas lembranças eram permeadas pela ideia de que seu meio-irmão monopolizava a atenção de todos quando eram crianças. O que poderia até ser verdade, considerando como Gideon era problemático. E, para piorar, a rivalidade fraternal invadiu o terreno profissional quando as Indústrias Cross assumiram o controle da Vidal Records. Eu precisava perguntar para Gideon por que havia feito aquilo.

Paramos na frente do Crossfire para nos despedir. Um táxi passou acelerado por cima de uma poça enorme e lançou um jato d'água diretamente na minha direção. Xingando baixinho, eu me esquivei para não me molhar e quase tropecei em Christopher.

"Gostaria de encontrar você outra vez, Eva. Te levar pra jantar algum dia, quem sabe."

"A gente vai se falando", despistei. "Meu colega de apartamento está bem doente e precisa de mim por perto o máximo possível."

"Bom, você tem meu telefone." Ele sorriu e beijou minha mão, um gesto que certamente considerava um charme. "E eu tenho o seu."

Passei pela porta giratória do Crossfire e me dirigi para as catracas.

Um dos seguranças de terno preto me deteve. "Senhorita Tramell." Ele sorriu. "Poderia me acompanhar, por gentileza?"

Curiosa, eu o segui até a sala de segurança onde tinha pegado meu crachá de funcionária quando fora contratada. Ele abriu a porta para mim e Gideon estava lá dentro à minha espera.

Encostado na escrivaninha com os braços cruzados, Gideon estava lindo, gostoso e deliciosamente divertido. A porta se fechou atrás de mim e ele suspirou, sacudindo a cabeça.

"Quantas pessoas você ainda vai interrogar por minha causa?", perguntou.

"Você está me espionando de novo?"

"A expressão certa é 'tomando precauções'."

Ergui uma das sobrancelhas. "Como você sabe se eu o interroguei ou não?"

Seu sorriso se abriu ainda mais. "Eu simplesmente sei."

"Bom, não foi esse o caso. De verdade. Não mesmo", afirmei diante de seu olhar de descrença. "Eu ia fazer isso, mas mudei de ideia. E por que a gente está nesta sala?"

"Você está envolvida em algum tipo de cruzada, meu anjo?"

Estávamos tendo uma conversa cheia de dedos, e eu não sabia muito bem por quê. Nem me importava com isso, pois logo algo muito mais relevante chamou minha atenção.

"Você percebeu que sua reação ao meu almoço com Christopher foi bem tranquila? Assim como minha reação às suas saídas com Corinne? Estamos agindo de uma maneira bem diferente de um mês atrás."

*Ele* estava diferente. Gideon sorriu, e aquele gesto denotava algo bem peculiar. "Confiamos um no outro, Eva. E isso é bom, não é?"

"Mas a confiança não significa que eu esteja menos perplexa com o que está acontecendo entre nós. Por que estamos escondidos nesta sala?"

"Para todos os efeitos, não estamos aqui." Gideon levantou e foi até mim. Pegando meu rosto entre as mãos, levantou minha cabeça e me beijou de levinho. "Eu te amo."

"Você está ficando bom nisso."

Ele passou os dedos pelos meus cabelos recém-cortados. "Lembra aquela noite em que você teve o pesadelo? Você quis saber onde eu estava."

"E ainda quero."

"Eu estava no hotel, desocupando aquele quarto. Meu matadouro, como você diz. Contar isso enquanto você vomitava até virar o estômago do avesso não me pareceu uma boa ideia."

Quase perdi o fôlego. Foi um alívio saber onde ele estava. E um alívio ainda maior saber que o matadouro não existia mais.

Ele me olhou com uma expressão de ternura no rosto. "Eu tinha esquecido completamente aquele quarto, até aquele dia no doutor Petersen. Nós dois sabemos que eu nunca mais vou precisar dele. Minha garota não gosta muito de camas, prefere transar em veículos em movimento."

Ele sorriu e saiu da sala. Fiquei ali parada, vendo-o se afastar.

O segurança apareceu na porta, e eu deixei meus pensamentos de lado para voltar a eles mais tarde, quando tivesse tempo de compreender aonde Gideon estava querendo chegar.

No caminho para casa, comprei uma garrafa de sidra sem álcool para celebrar como se fosse champanhe. Vi o Bentley de Gideon aqui e ali, seguindo-me, sempre pronto para estacionar e me oferecer uma carona. Aquilo costumava me irritar, pois transmitia uma sensação ambígua e confusa em relação a meu rompimento com Gideon. Mas, naquele momento, só era capaz de me fazer sorrir.

O dr. Petersen estava certo. A abstinência e a separação serviram para desanuviar minha cabeça. Por algum motivo, a distância entre mim e Gideon nos fortaleceu, ensinou-nos a dar mais valor um ao outro e fez com que percebêssemos como seria nossa vida se não estivéssemos juntos. Eu o amava mais do que nunca e me sentia assim em uma noite em que pretendia ficar em casa com Cary, sem saber onde Gideon estaria. Isso não importava. Eu sabia que estaria em seus pensamentos, em seu coração.

Meu celular tocou e o tirei da bolsa. Vi o nome da minha mãe na tela e fui logo dizendo: "Oi, mãe!".

"Não entendo o que eles querem!", ela reclamou, parecendo estar furiosa e beirando as lágrimas. "Eles não deixam Richard em paz! Foram até a empresa dele hoje e tiraram cópias de todas as fitas do sistema de segurança."

"Os detetives?"

"Sim. Eles não dão um sossego. O que estão querendo?"

Virei a esquina e cheguei à rua de casa. "Pegar um assassino. Devem querer saber quando Nathan apareceu por lá. Pra fazer uma cronologia ou coisa do tipo."

"Isso não tem o menor cabimento!"

"Na verdade é só um palpite. Mas não se preocupe. Eles não vão encontrar nada, porque Stanton é inocente. Vai ficar tudo bem."

"Ele está sendo exemplar nessa situação, Eva", ela disse baixinho. "Stanton é muito bom pra mim."

Suspirei ao notar em seu tom de voz que ela estava querendo se justificar para mim. "Eu sei, mãe. Entendo. E papai também. Seu lugar é ao lado dele. Ninguém está julgando você. Está tudo certo."

Ela só se acalmou quando eu já estava na porta do meu apartamento. Enquanto isso tentei imaginar o que os detetives encontrariam caso copiassem as fitas do sistema de segurança do Crossfire. A história do meu relacionamento com Gideon podia ser rastreada a partir do número de vezes em que estive com ele no hall de entrada da sede das Indústrias Cross. A primeira vez que ele deu em cima de mim foi ali, deixando bem claro seu desejo. Foi ali também que me prensou contra a parede, logo depois que concordei em não sair com mais ninguém além dele. E, quando ele rejeitou meu toque e deu início ao nosso terrível período de separação, também estávamos lá. Os detetives encontrariam todos esses momentos íntimos e pessoais naquelas fitas se as examinassem com o devido cuidado.

"Me ligue se precisar de alguma coisa", eu disse enquanto

largava minha bolsa e a mala no balcão. "Vou ficar em casa hoje à noite."

Desliguei e vi uma capa de chuva que não conhecia sobre um dos banquinhos. Dei um grito para Cary: "Querido, cheguei!".

Pus a garrafa de sidra na geladeira e fui até meu quarto tomar um banho. Estava quase lá quando a porta do quarto de Cary se abriu e Tatiana saiu. Meus olhos se arregalaram quando vi sua fantasia de enfermeira, cheia de rendas e material transparente.

"Oi, querida", ela disse, toda arrogante. Parecia altíssima em cima dos saltos, olhando-me de cima a baixo. Tatiana Cherlin era uma modelo de sucesso, com um rosto e um corpo de parar o trânsito. "Cuide dele por mim."

Ainda surpresa, observei aquela loira de pernas compridas desaparecer na sala. Pouco depois ouvi a porta da frente sendo fechada.

Cary apareceu na porta do quarto, todo vermelho e descabelado, usando apenas uma cueca boxer. Ele se apoiou no batente e abriu um sorriso preguiçoso e satisfeito. "Oi."

"Oi. Pelo jeito você teve um dia bem produtivo."

"E como."

Sua resposta me fez sorrir. "Sem querer me meter muito, mas pensei que você e Tatiana tinham terminado."

"Não sabia nem que tínhamos começado." Ele passou uma das mãos pelos cabelos para arrumá-los. "Aí ela apareceu hoje toda preocupada, pedindo mil desculpas. Estava em Praga e só ficou sabendo de tudo hoje. Apareceu vestida daquele jeito, como se tivesse lido meus pensamentos pervertidos."

Apoiei-me no batente da porta também. "Pelo jeito ela te conhece muito bem."

"Acho que sim." Ele encolheu os ombros. "Vamos ver no que vai dar. Ela sabe do meu envolvimento com Trey e não tem nada contra. Já ele... Sei que não vai gostar nada disso."

Lamentei pelos dois. Se quisessem ter um relacionamento saudável, teriam muito trabalho pela frente. "Que tal esquecer nossos respectivos e encarar uma maratona de filmes de ação? Trouxe sidra sem álcool pra gente beber."

Ele ergueu as sobrancelhas. "E que graça tem isso?"

"Como se você não soubesse que não pode beber por causa dos remédios", comentei com ironia.

"E sua aula de krav maga?"

"Amanhã eu vou. Estou a fim de ficar aqui com você hoje. Deitar no sofá, comer pizza com pauzinhos e comida chinesa com as mãos."

"Você é uma rebelde mesmo, gata." Ele sorriu. "E já tem programa pra hoje à noite."

Parker caiu no tatame soltando um gemido, e eu gritei de empolgação por minha tentativa bem-sucedida.

"Isso!", eu disse com o punho cerrado. Derrubar um cara pesado como ele não era coisa pouca. Devo ter demorado mais tempo que o necessário para encontrar a posição ideal para fazer a alavanca, por causa da minha dificuldade de concentração nas últimas semanas.

Não havia equilíbrio na minha vida quando meu relacionamento com Gideon estava abalado.

Aos risos, Parker estendeu a mão para que eu o ajudasse a levantar. Agarrei seu antebraço e o puxei para ficar de pé.

"Bom. Muito bom", ele elogiou. "Hoje você está com tudo."

"Obrigada. Vamos tentar de novo."

"Tire uns dez minutinhos pra descansar e se hidratar", ele recomendou. "Preciso falar com Jeremy antes que ele vá embora."

Jeremy era um dos instrutores que trabalhavam com Parker, um sujeito enorme que os alunos precisavam escalar antes de tentar derrubar. Eu não imaginava que seria capaz de lidar com um agressor do tamanho dele, mas já tinha visto algumas mulheres bem baixinhas na turma dele.

Peguei minha toalha e minha água e fui em direção à arquibancada de alumínio junto à parede. Senti minhas pernas fraquejaram ao dar de cara com uma visita nada agradável que tinha recebido pouco tempo antes no meu apartamento. Mas a detetive Shelley Graves não parecia estar a trabalho. Usava uma camiseta esportiva, calça de ginástica e tênis de corrida, e seus cabelos escuros e encaracolados estavam presos em um rabo de cavalo.

Como ela tinha acabado de entrar e a porta ficava bem perto da arquibancada, eu andava na direção dela. Fiz de tudo para parecer à vontade, mas estava bem longe disso.

"Senhorita Tramell", ela cumprimentou. "Quem diria que eu ia encontrar você aqui! Faz aula com Parker há muito tempo?"

"Mais ou menos um mês. Legal encontrar você aqui, detetive."

"Até parece." Ela deu um sorriso irônico. "Mas talvez você mude de ideia depois de uma conversinha."

Franzi a testa, confusa com aquele tom misterioso. Mas de uma coisa eu sabia: "Não posso falar com você sem a presença do meu advogado".

Ela abriu os braços. "Estou de folga. E, de qualquer forma, você não precisa dizer nada, só ouvir."

Graves apontou para a arquibancada, e eu hesitei um pouco antes de me sentar. Tinha razões de sobra para estar desconfiada.

"Que tal subir mais um pouco?" Ela foi até o último degrau, e eu me levantei e fui atrás.

Quando nos instalamos lá em cima, a detetive apoiou os antebraços sobre os joelhos e olhou para os alunos lá embaixo. "Isto aqui é bem diferente à noite. Geralmente faço aula de dia. Tinha decidido comigo mesma que, se algum dia encontrasse você quando estivesse fora de serviço, teríamos uma conversa. As chances de isso acontecer eram mínimas, mas, veja só, aqui estamos nós. Deve ser um sinal."

Aquela conversa toda não estava colando. "Você não parece ser do tipo que acredita em sinais."

"Isso é verdade, mas vou abrir uma exceção neste caso." Ela contorceu os lábios por um instante, como se estivesse escolhendo as palavras. Depois olhou para mim. "Acho que foi seu namorado que matou Nathan Barker."

Fiquei paralisada, visivelmente sem fôlego.

"Mas nunca vou conseguir provar isso", ela completou, bem séria. "Ele foi muito cauteloso. Muito metódico. A coisa toda foi cuidadosamente premeditada. A partir do momento em que decidiu matar Nathan Barker, Gideon Cross passou a encenar friamente cada um dos seus passos."

Eu não sabia se ficava ou se saía correndo — nem quais seriam as consequências de uma ou outra decisão. Enquanto eu não tomava uma atitude, ela continuou a falar.

"Acho que tudo começou na segunda após a agressão sofrida por seu amigo. Quando vasculhamos o quarto de hotel em que o corpo de Barker foi descoberto, encontramos várias fotografias. Muitas eram de você, mas também havia fotos de seu amigo."

"De Cary?"

"Se fosse encaminhar o caso à promotoria, diria que Nathan Barker atacou Cary Taylor para intimidar e ameaçar Gideon Cross. Meu palpite é que Cross não estava cedendo à chantagem dele."

Torci a toalha em minhas mãos. Não conseguia suportar a ideia de que Cary tinha sofrido tudo aquilo por minha causa.

Graves olhou para mim com seu olhar tranquilo e afiado. Olhos de policial. Assim como os do meu pai. "Nesse momento, acho que Cross percebeu que você estava correndo sério perigo. E quer saber? Ele estava certo. Pelas provas que coletamos no quarto de Barker, fotos, anotações detalhadas sobre sua rotina, recortes de jornal... e até coisas tiradas do lixo da sua casa. Em geral, quando descobrimos esse tipo de coisa, já é tarde demais."

"Nathan estava me espionando?" Só de pensar senti um tremor violento pelo corpo.

"Ele estava cercando você. A chantagem contra seu padrasto e contra Cross foi só mais um passo nessa direção. Quando sentiu que Cross estava se tornando íntimo demais de você, Barker se sentiu ameaçado. Acho que ele pensou que Cross sumiria da sua vida quando descobrisse seu passado."

Pus a toalha na frente da boca, para o caso da minha ânsia de vômito se concretizar.

"O que acho que aconteceu foi o seguinte." Graves entrelaçou os dedos e parecia estar com a atenção concentrada nas pessoas fazendo exercícios lá embaixo. "Cross dispensou você e começou a sair com uma ex. Isso teve dois efeitos: acalmou Barker e eliminou a conexão de Cross com o crime. Por que mataria alguém por causa de uma mulher com quem não tinha mais uma relação? Ele armou tudo muito bem, não contou nem para você. E você reforçou a mentira com seu sofrimento genuíno."

Ela começou a batucar com os pés e com os dedos. Seu corpo esguio exalava energia nervosa. "Cross não encomendou o serviço. Seria muita burrice. Ele não queria que o dinheiro fosse rastreado ou que o pistoleiro acabasse confessando tudo se fosse preso. Além disso, era uma questão pessoal. Envolvia *você*. Ele queria que a ameaça desaparecesse de uma vez por todas. Organizou um evento publicitário de última hora para uma marca de vodca dele. E assim conseguiu seu álibi. A imprensa estava lá e fotografou tudo. E ele sabia que você também teria um álibi incontestável."

Meus dedos se cravaram na toalha. *Meu Deus...*

As pancadas dos corpos contra o tatame, os gritos das instruções que eram dadas e os gritos de triunfo dos alunos se misturavam ao zumbido constante nos meus ouvidos. Havia um monte de coisas acontecendo diante de mim e meu cérebro não era capaz de processar nada. Parecia que eu estava sendo sugada para um túnel sem fim, e a realidade ia se encolhendo cada vez mais até se tornar apenas um pontinho preto bem distante.

Graves abriu a garrafa d'água e bebeu em grandes goles, depois limpou a boca com as costas da mão. "Sou obrigada a admitir, o lance da festa me deu trabalho. Como desmontar um álibi como esse? Tive que voltar ao hotel três vezes antes de descobrir que havia acontecido um incêndio na cozinha naquela noite. Nada de grave, mas o hotel inteiro foi evacuado durante uma hora. Os convidados e os hóspedes ficaram esperando na calçada. Cross ficou entrando e saindo do prédio, tomando as providências que um dono precisa tomar nessas circunstâncias. Falei com um monte de funcionários, e eles afirmaram que ele estava por perto, mas ninguém sabia precisar o horário. Todos disseram que a situação era caótica. Quem fica olhando no relógio no meio de uma confusão dessas?"

Senti que estava sacudindo a cabeça, como se ela estivesse me fazendo uma pergunta.

Ela jogou os ombros para trás. "Cronometrei o tempo da

entrada de serviço, onde Cross foi visto conversando com os bombeiros, até o hotel onde Barker estava. Quinze minutos a pé. Meia hora no total. Barker foi morto com uma única facada no peito. Bem no coração. A coisa toda não deve ter demorado mais de um minuto. Não foi encontrado nenhum sinal de luta corporal, e o corpo estava bem diante da porta. Meu palpite? Ele abriu a porta para Cross e não teve tempo nem de pensar. E adivinha só... O hotel é propriedade de uma subsidiária das Indústrias Cross. E o sistema de câmeras de segurança do edifício estava sendo trocado por um equipamento mais moderno, tinha sido desativado fazia meses."

"Que coincidência", comentei com a voz embargada. Meu coração estava a mil. No fundo da minha mente, eu registrava que havia pessoas por perto, cuidando da própria vida normalmente, sem nem desconfiar que alguém ali estava encarando uma situação catastrófica.

"Claro. Por que não?" Graves deu de ombros, mas seus olhos diziam tudo. Ela *sabia*. Não tinha como provar nada, mas sabia. "O que me leva à seguinte situação: posso continuar investigando e dedicando meu tempo a esse caso, deixando vários outros se acumularem na minha mesa. Mas por que faria isso? Cross não representa perigo para a sociedade. Meu parceiro costuma dizer que nunca se deve fazer justiça com as próprias mãos. E, na maior parte dos casos, concordo com ele. Só que Nathan Barker ia matar você. Talvez não no próximo mês. Talvez não no próximo ano. Mas um dia, com certeza."

Ela levantou, ajeitou a calça, pegou a água e a toalha e ignorou o fato de eu estar chorando e soluçando incontrolavelmente.

*Gideon*... Escondi meu rosto com a toalha.

"Queimei todas as minhas anotações", ela continuou. "Meu parceiro também concorda que chegamos a um beco sem saída. Ninguém se deu ao trabalho de pedir justiça para Nathan Barker. O pai dele me disse que considerava o filho um homem morto fazia tempo."

Olhei para ela e pisquei para tirar a névoa de lágrimas da frente dos olhos. "Não sei o que dizer."

"Você terminou tudo com ele no dia seguinte à nossa visita

à sua casa, não foi?" Acenei a cabeça, e ela fez o mesmo. "Cross estava na delegacia prestando depoimento. Ele saiu da sala, mas dava para vê-lo através da janela. Um sofrimento como aquele eu só costumo ver quando notifico os parentes de vítimas de assassinato. Sendo bem sincera, foi por isso que resolvi contar tudo isso agora... Para você poder voltar pra ele."

"Obrigada." Foi o agradecimento mais sincero de toda a minha vida.

Ela acenou com a cabeça e começou a descer a arquibancada, mas de repente se deteve e virou para mim: "Não é a mim que você tem que agradecer".

De alguma forma, fui parar no apartamento de Gideon.

Não me lembro de ter saído da academia, nem de ter dito a Clancy para me levar até lá. Também não me recordo de ter me identificado na portaria ou de ter pego o elevador. Quando me vi no hall privativo diante da porta de seu apartamento, tive que parar por um momento para pensar em como havia saído da arquibancada e ido parar ali.

Toquei a campainha e esperei. Como ninguém atendeu, desabei no chão e me apoiei contra a porta.

Foi lá que Gideon me encontrou. A porta do elevador se abriu e ele apareceu, parando subitamente ao me ver. Estava usando suas roupas de ginástica, com os cabelos ainda molhados de suor. Nunca esteve tão lindo.

Gideon se limitou a me encarar, imóvel, então expliquei: "Não tenho mais a chave daqui".

Não levantei porque sabia que minhas pernas fraquejariam.

Ele se agachou. "Eva? O que aconteceu?"

"Encontrei por acaso com a detetive Graves." Engoli em seco, sentindo um nó na garganta. "Eles vão arquivar o caso."

Seu peito se expandiu em um suspiro profundo.

Ao ouvir aquilo, tive certeza.

O desolamento era visível nos lindos olhos de Gideon. Ele sabia que eu tinha descoberto tudo. A verdade pairava no ar entre nós de forma quase palpável.

*Eu mataria por você. Abriria mão de tudo o que tenho... mas não desistiria de você.*

Gideon caiu de joelhos no chão gelado de mármore. Ele baixou a cabeça. Estava esperando que eu me pronunciasse.

Eu me ajoelhei diante dele e levantei seu queixo. Acariciei seu rosto com as mãos e a boca. Minha gratidão se fez sentir na sua pele: *Obrigada... obrigada... obrigada...*

Ele me abraçou com força e enterrou o rosto no meu pescoço. "E agora, vamos fazer o quê?"

Eu o apertei junto a mim. "O que for preciso pra ficarmos juntos."

# Agradecimentos

Sou muitíssimo grata a Cindy Hwang e Leslie Gelbman por seu apoio e incentivo e, acima de tudo, seu amor pela história de Gideon e Eva. É preciso paixão para escrever um livro, e para vendê-lo também. Fico muito feliz por elas terem isso.

Eu poderia escrever um livro inteiro de agradecimentos à minha agente, Kimberly Whalen. A série Crossfire é uma enorme empreitada multinacional em múltiplas plataformas, e ela consegue dar conta do recado com sobras. Com ela cuidando de tudo, posso me concentrar apenas na minha parte da parceria — a escrita! —, e é por isso que a amo tanto.

Além de Cindy, as competentíssimas equipes da Penguin e do Trident Media Group incluem também Leslie, Kim, Claire Pelly e Tom Weldon. Queria poder mencionar todo mundo, mas, de verdade, os nomes não caberiam aqui. Existem literalmente dezenas de pessoas às quais eu gostaria de agradecer por seu empenho e entusiasmo. A série Crossfire está sendo conduzida pela Penguin e pelo Trident Media Group em escala mundial, e eu sou muito grata pelo tempo que todos os colaboradores estão dedicando aos meus livros.

Meu mais profundo agradecimento à editora Hilary Sares, que foi fundamental para que a série Crossfire se tornasse o que é. É ela que me mantém na linha.

Um enorme agradecimento ao meu assessor de mídia Gregg Sullivan, que facilita minha vida de diversas maneiras.

Agradeço também a todos os meus editores espalhados pelo mundo (mais de trinta deles no momento em que escrevo estas linhas) por receberem tão bem Gideon e Eva em seus países e compartilhá-los com seus leitores. Vocês têm sido maravilhosos.

E, a todos os leitores que abraçaram a história de Gideon e Eva, muito obrigada! Quando escrevi *Toda sua*, pensei que ninguém mais gostaria do livro além de mim. Estou felicíssima por vocês terem gostado também e terem embarcado comigo na jornada de Eva e Gideon. Não existe nada melhor que a companhia dos amigos para percorrer caminhos difíceis!

TIPOLOGIA Adriane por Marconi Lima

DIAGRAMAÇÃO Verba Editorial

PAPEL Alta Alvura

IMPRESSÃO Geográfica, dezembro de 2014

FSC
www.fsc.org
MISTO
Papel produzido
a partir de
fontes responsáveis
FSC® C019498

A marca FSC® é a garantia de que a madeira utilizada na fabricação do papel deste livro provém de florestas que foram gerenciadas de maneira ambientalmente correta, socialmente justa e economicamente viável, além de outras fontes de origem controlada.